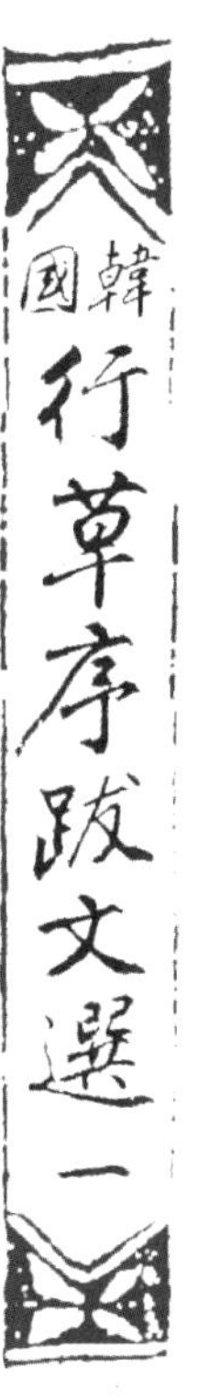
韓國
行草序跋文選 一

【 행초서발문선 】

지은이 ｜ (사) 해동경사연구소
펴낸곳 ｜ 도서출판 선
펴낸이 ｜ 김윤태

등록번호 ｜ 제15-201호
등록날짜 ｜ 1995년 3월 27일
초판발행 ｜ 2009년 9월 6일

주 소 ｜ 서울시 종로구 낙원동 58-1 종로오피스텔 314호
대표전화 ｜ (02) 762-3335
팩시밀리 ｜ (02) 762-3371

값   20,000원
ISBN   978-89-6312-018 8 03810
ISBN   978-89-6312-017 1 03810 (세트)

社團法人 海東經史研究所
  소장 ｜ 成百曉
  주소 ｜ 서울시 종로구 익선동 30-6 운현신화타워 405호
  전화 ｜ (02) 3672-0740
  홈페이지 ｜ http://www.haedong.org

韓國 行草序跋文選 一

海東經史研究所

1. 도판 배열은 《한국문집총간》의 간행 순서를 따랐다.
2. 본서의 편집은 원본을 별책(別冊)으로 묶었고, 탈초(脫草)한 한문과 번역문을 또한 책으로 묶었다.
3. 탈초한 한문은 원문에 현토(懸吐)하였고, 문맥에 따라 별행(別行)하였다.
4. 번역은 직역을 원칙으로 하였으나, 표현이 어색한 부분은 현대어로 바꾸었다.
5. 번역문은 한글로 썼으며, 필요한 경우는 한자(漢字)를 괄호( )에 넣었다.
6. 중요한 사항이나 설명이 필요한 부분은 각주로 해설하였다. 단, 반복되는 동일한 용어의 경우 제일 처음에만 명기하는 것을 원칙으로 하였다.
7. 원문이 결손된 경우는 □로 처리하였다.
8. 구성은 문체별로 구분하여 서발문, 서간문, 한시로 편집하였다.
9. 서발문은 대상 문집의 저자와 문집 소개, 그리고 서발문의 지은이에 대해 참고자료를 넣었다.
10. 서간문과 한시는 삼성문화재단(三星文化財團)에서 간행한 『조선시대 문인들의 초서 편지글』에서 뽑아 실었다.
11. 서간문의 피봉은 간찰 중에 남아있는 것만 실었으며, □(네모)로 처리하였다.
12. 서간문은 각 편지마다 알아보기 쉽게 보낸 이를 중심으로 하여 제목을 달았다.
13. 주석은 간단한 것은 ( )나 〔 〕 안에 간주(間註)하고 그밖에 것은 각주(脚註)하였다.
14. 색인을 붙여 찾아보기 편리하게 하였다.
15. 이 책의 사용부호는 다음과 같다.
    < > : 보충역   ( ) : 한자 및 간주
    『 』 : 책명   「 」 : 편명
    〔 〕 : 참고 원어   , : 원문에서는 동격 나열

한중명저선역총서韓中名著選譯叢書를 내면서

성백효成百曉
(해동경사연구소 소장 · 한국고전번역원 교수)

우리 고전古典은 민족문화추진회民族文化推進會에서 1960
년대부터 정부의 지원으로 고문헌현대화 작업이 추진되어 많은 역서
譯書가 간행되고 원전原典이 정리되었다. 더구나 지금은 민족문화추진
회가 한국고전번역원으로 공식 기관이 되어 더욱 활발한 작업이 전개
될 것으로 기대된다. 하지만 한학漢學의 맥이 거의 끊긴 지금 훌륭한
역자譯者를 발굴하는 것은 절대로 쉬운 일이 아니다. 더구나 우리의
고전을 우리의 현실에 맞게 재구성하여 독자들에게 제공하는 일은 매
우 필요하지만 번역원에서 이 분야까지 담당하기는 아직 요원하다고
생각된다.

이에 해동경사연구소海東經史研究所에서는 우리나라와 중국의 고전
가운데 명저들을 뽑아 역주譯註할 계획 아래 첫 번째로『행초서발문선
行草序跋文選』을 간행하게 되었다. 본서는 특히 한문공부를 심도있게

하려는 분들에게 행초서의 판독과 함께 백문白文으로 공부할 수 있는 좋은 자료가 될 것으로 기대한다. 한문의 문리는 표점이나 현토가 없는 백문白文을 그대로 보아야만 효과가 있다. 현토본이나 표점이 있는 대본으로 쉽게 공부한 자들은 백문白文의 원본을 대했을 때 당황하기 마련이다. 본 연구소에서 간행하는 책들은 되도록 3단계 과정을 두어 한문을 배우는 학생들의 실력 향상에 도움을 주려 한다. 즉 백문白文과 현토懸吐, 번역문을 함께 실어 백문白文으로 보다가 구두句讀가 제대로 떼어지지 않으면 현토懸吐를 보고 그래도 모를 경우에는 번역문을 참조하게 한 것이다.

본인은 그 동안 민족문화추진회와 전통문화연구회에서 많은 역서譯書를 간행한 경험이 있다. 특히 전통문화연구회에서는 사서四書·삼경三經의 동양고전국역총서와 『심경心經』·『근사록近思錄』 등의 동양고전역주 사업에 참여하여 이를 현토懸吐·역주譯註하는 새로운 기원을 세운 바 있다. 이에 본 연구소에서는 연구원들과 평소 강독을 통하여 오역 없는 연구 번역물을 계속 생산할 계획이다. 이 작은 소망이 결실을 맺도록 선배 제현과 동호인들의 지도 편달을 간절히 바라는 바이다.

2009. 5. 1.
관일헌觀一軒에서 쓰다

간 행 사

정종섭 鄭宗燮
(서울대 법학대학원 교수·새사회전략정책硏 원장)

이번에 해동경사연구소海東經史研究所에서 『행초서발문선行草序跋文選』을 출간하게 되었다. 우리나라 한학계의 대표적인 학자이신 한송寒松 성백효成百曉 선생께서 직접 주관하신 사업이다. 해동경사연구소를 창립하신 한송寒松 선생께서 야심작으로 기획한 한중명저선역총서韓中名著選譯叢書의 제1권으로 이 책이 출간된 것이다.

한학漢學의 중심인 중국과 한국의 명저를 정확하게 교감校勘하고 번역하여 그간의 오역을 바로잡고, 우리의 학계와 지식사회에 고문古文 번역의 표준을 제시하려고 하는 프로젝트이다. 한국과 중국의 명저名著에서 우리의 것을 먼저 발간하는 데에는 평소 우리의 전통 학문과 문화 그리고 역사에 남다른 긍지와 애정을 가지고 계시는 한송寒松 선생의 단심丹心이 담겨져 있다.

이번 이 책의 간행작업에서는 무엇보다도 읽기가 어렵다는 문집文集

의 서문序文과 발문跋文 가운데 행서와 초서로 쓴 부분을 탈초하고 이를 번역한 점에 중요성이 있다.

우리나라에서는 그간에 전통 학문을 수학해오신 한학자漢學者들이 계셔서 초서草書와 행서行書를 함께 사용하여 쓴 글을 읽는 데 별로 어려움이 없었고, 특히 다양한 초서를 분류하고 이를 정리한 사전을 만드는 일에는 별 의미를 두지 않았다. 그러나 이러한 분들이 점점 세상을 떠나시면서 초서나 행서를 정확하게 탈초하는 일이 어렵게 되었고, 따라서 번역도 문맥과는 동떨어진 해석을 하기에 이르렀다. 이제는 간찰읽기 사전을 편찬할 필요가 점점 강해지고 있다. 초서에도 필법이 있지만 쓰는 사람에 따라 상당한 차이가 있기에 초서사전만 가지고 초서로 된 문장을 번역하는데는 한계가 있고, 문장의 전체 문맥을 보아가며 그에 맞는 글자를 고증하여야 한다. 따라서 초서로 된 간찰簡札 등을 읽는 공부는 초서읽기에 가장 기초가 되는 출발점으로서 긴요하다.

『행초서발문선行草序跋文選』은 문장으로서도 읽고 공부할 의미가 있지만, 동시에 행서와 초서를 바로 읽고 공부하는데 도움이 되는 문장을 골라 이를 정확히 탈초하고 번역함으로써 고문을 번역하는 사람들에게 초서와 행서 읽기에 기본적인 정보와 지식을 제공하려는 데서도 적지 않은 의미를 가진다. 특히 우리 선현들의 서예도 함께 볼 수 있다는 점에서 서예자료로서의 가치도 함께 지니고 있다 하겠다.

오늘날 우리 서예書藝를 보면, 한자가 문자생활에서 멀어져가고 붓으로 쓰는 일은 일상의 생활이 아니라 서예를 하는 사람들이나 하는 특수한 일로 되었고, 서예를 하는 사람들도 학원에서 판박이로 배운 글씨가 주종을 이루고 있다. 그리하여 이미 옛날 우리 선현들이 쓰던 경지에 도달한 글씨는 점점 찾아보기 어렵게 되었다. 따라서, 이 책을 통하여 필법筆法과 장법章法을 함께 음미할 수 있다는 서예적 가치도 함유하고 있다.

　이러한 사업은 원래 국가가 앞장서서 해야 한다. 헌법 제9조에도 '국가는 전통문화의 계승·발전과 민족문화의 창달에 노력하여야 한다'라고 있듯이, 이러한 사업은 정부가 하여야 할 일이다. 정부도 한국고전번역원韓國古典飜譯院을 설립하여 이 분야에 힘을 기울이고 있으나 산적한 일이 산더미 같아 모든 과업을 실행하기에는 아직 힘이 모자란다. 한송寒松 선생께서는 이런 사정을 누구보다 잘 아시고, 민간 영역에서 이런 의미있는 일을 같이 하는 것이 필요하다고 판단하여 이번에 사단법인 해동경사연구소에서 이 사업을 기획하고 실행에 옮기셨다.

　해동경사연구소海東經史研究所의 이번 사업이 우리 학문과 문화의 격조格調와 수준水準을 한 단계 높이는데 기여할 것임은 의심의 여지가 없다. 이러한 노력이 강호제현江湖諸賢들에게 미쳐 우리 문화를 살찌우고 수준을 높이는 결과를 가져온다면 해동경사연구소가 밀알의 역할을 자임한 가치가 진정 드러날 것이다. 많은 뜻있는 학인學人들의 이해와 동참이 있기를 기대한다.

기축년己丑秊　하일夏日
학포연경재學圃研經齋에서 삼가 쓰다.

차 ● 례

Ⅱ. 서간문(書簡文)

Ⅲ. 한시(漢詩)

• 편집후기

I. 서발문 序跋文

임춘(林椿)

? ~ ?. 자는 기지(耆之), 호는 서하(西河), 본관은 예천(醴泉)이며, 고려 개국공신의 후예이다. 이인로(李仁老)를 비롯한 죽림고회(竹林高會) 벗들과 시와 술로 서로 즐기며 현실에 대한 불만과 탄식, 큰 포부를 문학을 통하여 피력하였다. 가전체(假傳體) 소설로 「국순전(麴醇傳)」·「공방전(孔方傳)」 등이 있으며, 장편시로는 「장검행(杖劍行)」 등이 있다. 예천의 옥천정사(玉川精舍)에 제향되었다.

서하집(西河集)

교우인 이인로(李仁老)가 잔고(殘稿)를 모아 6권으로 편집하고 아들 임비(林秘)를 시켜 교정·선사(繕寫)해 둔 것을, 1222년(고려 고종9)에 최우(崔瑀)가 서경(西京)의 제학원(諸學院)에 보내어 목판으로 간행하게 하였는데, 이 초간본은 현재 전하지 않는다. 그 후 14대손 임재무(林再茂)가 1713년(숙종39) 홍양진영장(洪陽鎭營將)으로 나갔을 때 목판으로 개간하였고, 1865년에는 후손 임덕곤(林德坤) 등이 6권 2책의 목활자로 개간하고, 1957년에는 임씨대동화수회 총본부(林氏大同花樹會總本部)에서 6권 1책으로 석인(石印)하였다. 본 서문은 1713년 개간본에 있는 것으로, 서울대 규장각장본이다.

최석정(崔錫鼎)

1646년(인조24)~1715년(숙종41). 초명은 석만(錫萬), 자는 여시(汝時)·여화(汝和), 호는 존와(存窩)·명곡(明谷), 본관은 전주(全州)이며, 영의정 완성부원군(完城府院君) 명길(鳴吉)의 손자이다. 9세에 이미 『시경(詩經)』과 『서경(書經)』을 암송하였고, 12세에 『주역(周易)』을 도해할 수 있는 수준에 이르러 신동으로 인정받았다. 남구만(南九萬)·이경억(李慶億)의 문인이며, 박세채(朴世采)와 종유(從遊)하면서 학문을 닦았다. 17세에 감시(監試) 초시에 장원을 하였고, 1671년(현종12) 정시문과에 병과로 급제하였다. 편저에 『전록통고(典錄通考)』가 있고, 저서로 『예기유편(禮記類篇)』과 『명곡집(明谷集)』 36권이 현재 전한다. 시호는 문정(文貞)이다.

【1. 임서하집 중간 서】

林西河集重刊序

최석정 崔錫鼎 ————

古稱三不朽에 立言居其一이요 又曰 言之不文이면 行而不遠이라하니
君子之爲文藝에 豈不期於傳之久遠而無廢乎아 然自漢, 唐來로 操觚
翰하고 費紙札하야 雕鏤藻繪하야 自詭爲永世不刊之業者 指不勝屈이
로되 及其時移代復하야는 率皆蕪絶蕩滅하니 譬如雲煙之變現과 蟲鳥
之喞噍(주초)하야 不過一瞬之頃하야 求其影響而不可得이라 間有將晦
而復顯하고 旣久而始彰하야 載之簡策而未沫하고 騰諸口頰而愈芳이면
必其雄視高蹈하야 倬乎出類而拔萃者耳라 我東詞章이 始盛於麗代하
니 登藝文之錄者 何限이리오마는 而遺集之行于世는 厪厪十數家니 噫
라 文之傳遠이 不其難哉아
林西河耆之先生은 生負絶藝하야 大鳴一世하야 文苑之評에 謂得蘇長
公風格이라하니 觀於眉叟誄文所謂名將泰華不滅하고 才與星斗相軋하
면 可見當時推許之盛也라 然其章什之流傳이 只寂寥數篇이니 眞箇

泰山毫芒이라 一臠(련)不足以識全鼎하니 譚者以爲恨이러라 乃者에 野僧掘地江岸이라가 得銅尊(준)一枚한대 中有西河集印本하니 詩文六卷이 合爲一冊이라 後爲淸道士人所有러니 西河之後孫再茂 訪求而得之라가 及爲洪陽營將하야 將謀重刻以廣其傳할새 間嘗袖以示余하야 求爲之釐定이라 余爲摩挲而屢歎之하고 與兒子昌大로 勘正其訛缺하니 東平尉鄭公載崙이 樂聞而相其役이라

旣繕寫訖에 又徵弁卷之文하니 余已荒落矣니 其言이 不足爲輕重이요 況公之文이 顧奚待於余言哉아 以是辭로되 請之勤하야 有不獲終辭라 謹以一言申之曰 今夫明珠美玉이 雖棄擲埋沒於泥土라도 其精英光怪 自不可銷鑠(삭)하야 歷世滋久에 有時而發이요 發則爲天下名器하나니 何則고 天地之寶藏也일새라 西河公이 以高才雋氣로 不名一第하고 平生困阨流離라가 卒以夭死하니 其視揚子雲錄位容貌不能動人하면 殆爲甚焉이라 然其文章이 終不容黮昧鬱沒이라 是卷也 寘之大江之濱과 深壤之中하야 濤波之所侵齧이요 土膏之所蒸潤이 不知其幾百年所로되 而曾無所漬(지)汙損壞하고 一朝而發之에 宛然如前日하니 此亦天地之寶藏이라 固富媼鬼物이 所呵護而慳秘者니 斯已奇矣라

今又重加剞劂하야 日傳萬紙하야 上爲御府群玉之林하고 下爲騷人巾篋之珍하야 其光價 踰照乘而軼連城하리니 向所稱雄視高蹈하야 出類而發萃者 非公之謂歟아 布衣窮居之士로 有志千古事者 觀乎此하면 亦可以無倦矣리라 余旣歎斯文顯晦之有數하고 又嘉營將君以武人으로 能知先懿之可重하야 捐薄俸而成之하야 遂爲之言하노라 若其製作造詣之品題하야는 世之具眼者 自當有定論也리라

今上三十九年 歲在癸巳中秋日에 完山崔錫鼎은 序하노라

  옛날 "세 가지 불후不朽[1]에 입언立言이 그 하나를 차지한다." 하였고,
또 "말이 문채가 나지 않으면 전해진다 해도 멀리 전해질 수 없다."[2]
하였으니, 군자가 문장을 지을 적에 어찌 오래도록 후세에 전해져서
없어지지 않기를 기대하지 않겠는가? 그러나 한漢나라·당唐나라 이
래로 붓〔觚翰〕을 잡고[3] 종이를 허비하여 문장을 아름답게 다듬고는 영
원히 사라지지 않을 업적[4]을 이루기를 스스로 다짐한〔自詭〕[5] 사람이 손
가락으로 이루 다 꼽을 수 없을 정도인데도 시대가 바뀌고 세대가 멀
어지면 대부분 없어지고 끊어져서, 비유하면 마치 구름과 연기가 변
하고 풀벌레와 새가 지저귀듯 해서 한 순간에 지나지 않아 그 그림자

---

1 세 가지 불후(不朽) : 입덕(立德)·입공(立功)·입언(立言)을 말한다. 『좌전(左傳)』양공(襄公)
24년 조에 다음과 같은 내용이 보인다. "목숙(穆叔)인 숙손표(叔孫豹)가 말하기를, '최상은 덕을
세우는 것이고, 그 다음은 공을 세우는 것이고, 그 다음은 글을 남기는 것이다. 이 세 가지는 오래되어도
없어지지 않기 때문에 이를 일러 불후라고 한다.' 하였다.〔大上有立德, 其次有立功, 其次有立言,
雖久不廢, 此之謂不朽.〕"

2 말이……없다 : 『좌전』양공 25년 조에 "중니(仲尼)가 말하기를, '옛 기록에 「말로 뜻의 부족함
을 충족시키고 글로 말의 부족함을 충족시킨다.」 하였다. 말을 하지 않는다면 누가 그 뜻을 알겠는
가? 말에 문채가 없다면 전해진다 해도 오래가지 못한다.' 하였다.〔仲尼曰 志有之 言以足志, 文
以足言. 不言, 誰知其志? 言之無文, 行而不遠.〕"라는 내용이 보이는바, 중니는 공자의 자(字)
이다.

3 붓〔觚翰〕을 잡고 : 고한(觚翰)은 원래 종이와 붓을 가리키나, 여기에서는 붓만을 지칭한다. 『급취
편(急就篇)』의 안사고(顏師古) 주에 "고는 글자를 익히는 목판으로, 때로는 여기에 일을 기록하기도
한다. 나무를 깎아 만드는데, 죽간(竹簡)과 같은 종류이다.……그 형태는 6면이나 8면으로 되어
있으며 모두 글자를 쓸 수 있다. 고는 모서리라는 뜻으로, 각이 있기 때문에 고라고 말한 것이다.〔觚
者, 學書之牘, 或以記事, 削木爲之, 蓋簡之屬也.……其形或六面, 或八面, 皆可書. 觚者, 棱
也, 以有棱角, 故謂之觚.〕" 하였다.

4 사라지지 않을 업적 : 옛날에는 죽간에 글을 썼는데 쓰다가 틀리면 깎아내었다. 그러므로 불간(不
刊)은 불후(不朽)와 같은 뜻이다.

5 한(漢)……다짐한〔自詭〕: 『한서(漢書)』「진탕전(陳湯傳)」에 "만년(萬年)이 스스로 3년 만에 이
루겠다고 다짐하였는데, 뒤에 끝내 이루지 못하였다.〔萬年自詭三年可成, 後卒不就.〕" 하였는데,
안사고(顏師古)의 주에 이르기를 "궤(詭)는 바라다는 뜻이니, 스스로 책임으로 삼은 것이다.〔師古曰
詭, 責也, 自以爲憂責也.〕" 하였다.

와 메아리를 찾으려 하여도 찾을 수 없다. 그런데 간혹 없어지려다가 다시 나타나거나 오랜 세월이 지난 뒤에 비로소 나타나서 간책簡冊에 실려 없어지지 않고 사람들의 입에 오르내려서 갈수록 향기를 더하는 것이 있다면, 이는 필시 웅장하게 보고 높이 행하여 우뚝이 무리에서 솟아나고 모은 것 중에서 빼어난 자일 것이다.

우리나라의 문장은 고려시대에 처음 성하게 되었으니, 예문록에 오른 자가 어찌 한정이 있겠는가? 그러나 유집이 세상에 전해지는 것은 겨우 수십 가에 불과하니, 아! 문장을 오래도록 전하는 것이 어찌 어려운 일이 아니겠는가?

서하西河 임기지林耆之 선생은 태어나면서부터 뛰어난 재주를 간직하여 한 세상을 크게 울리니, 문단의 평에 "소장공蘇長公6의 풍격을 얻었다." 하는 바, 미수眉叟의 제문에 "이름은 장차 태산泰山·화산華山과 같이 없어지지 않을 것이요, 재주는 북두성과 함께 서로 비견된다."7라고 한 것을 보면 그 당시 선생을 얼마나 많이 추앙하고 인정하였는가를 알 수 있다. 그러나 그 전해지는 시문은 겨우 쓸쓸한 몇 편에 불과하니, 참으로 태산의 티끌과 같았다. 고기 한 점으로는 온 솥의 맛을 알 수 없는 까닭에 말하는 사람들은 이것을 한으로 여겼다.

---

6 소장공(蘇長公) : 소식(蘇軾)을 가리킨다. 소식 3부자를 보통 삼소(三蘇)라고 칭하는데, 아버지 소순(蘇洵)은 호가 노천(老泉)이므로 노소(老蘇), 소식은 대소(大蘇) 또는 장공(長公), 동생 소철(蘇轍)은 소소(小蘇)라고 칭하였다.

7 미수(眉叟)의……비견된다 : 미수는 이인로(李仁老)의 자이다. 『서하집』「제임선생문(祭林先生文)」에 다음과 같은 내용이 보인다. "이제 공은, 몸은 비록 곤궁하였으나 재주는 북두성과 비교될 정도로 뛰어나고, 수명은 비록 짧았지만 이름은 장차 태산과 화산처럼 사라지지 않으리라.〔今公身雖窮而才與星斗相軋, 壽雖夭而名將泰華不滅.〕"『西河先生集 卷6 啓狀祭文 附李眉叟祭林先生文』

그런데 근래 시골의 한 중이 강가에서 땅을 파다가 구리 항아리 하
나를 얻으니, 이 가운데 『서하집』 인쇄본이 있었는데 시문 6권이 한
책으로 합해져 있었다. 이것은 뒤에 청도淸道 선비의 소유가 되었는
데,[8] 서하의 후손인 임재무林再茂가 수소문하여 얻었다가 홍양洪陽[9]의
영장營將이 되자 중간重刊하여 그 널리 전하려 하면서 근일에 일찍이
이 책을 소매에 넣어가지고 와서 나에게 보여주고 정리해줄 것을 원하
였다. 나는 이 책을 어루만지며 여러 번 탄식하고 아들 창대昌大와 함
께 잘못된 글자와 빠진 글자를 교감하여 바로잡았는데, 동평위東平尉
정공 재륜鄭公載崙[10]이 이 말을 듣고 기꺼이 이 일을 도왔다.

　정서淨書를 마치자 또다시 나에게 서문을 부탁하였으나 나는 이미
늙고 벼슬에서 물러났으니[11] 말하는 바가 이 책의 경중이 될 수 없

---

8 시골의……되었는데 : 『숭악집(崧岳集)』에 "청도현 운문사의 중 담인(淡印)이 약야계(若耶溪)
암석 사이의 구리 항아리 속에서 『서하집』을 얻는 꿈을 꾸었는데, '중 담인이 보관해 둔 것이다.'라
는 글이 있었다.〔淸道縣雲門寺僧淡印, 夢得西河集于若耶溪巖石間銅瓿中. 有書曰僧淡印藏云.〕"
하였고, 『서하집』 조태억(趙泰億)의 서문에는 "운문사의 중 인담(印淡)이 기이한 꿈을 꾸고 선생의
유집을 그 절의 부근 기슭에서 얻었다. 모두 시문 6편이 구리 그릇에 담겨져 밀봉되어 있었는데,
바로 고려 왕조의 중 담인이 보관해 둔 것이었다.〔雲門寺僧印淡因夢感之異, 掘得先生遺集於本寺
之近麓. 詩文凡六編, 盛之銅器, 封識甚密, 卽前朝僧淡印所藏也.〕" 하였으며, 또 선생의 14대 손
임재무가 쓴 발문에는 "한번은 청도군 유생 이하구(李夏耉)의 집에서 『임서하집』 고본 한 질을 보
았다. 고려의 중 담인이 구리 그릇에 담아 약야계 곁에 보관해 둔 것인데, 최근에 운문사의 중 인담
이 꿈을 꾸고 이것을 얻었다.〔嘗於淸道郡李生夏耉家, 覩林西河集古本一部. 蓋麗僧淡印盛之以銅
盎, 藏之于若耶溪傍, 迺者雲門寺僧印淡感夢而得之.〕" 하였다. 『숭악집』에서 말한 운문사의 담인
은 인담의 오류인 듯하다. 『崧岳集 卷2 題西河詩集序』・『西河集 西河集重刊序』・『西河集 西河集
重刻跋』

9 홍양(洪陽) : 충청남도 보령군(保寧郡)의 옛 이름이다.

10 동평위(東平尉) 정공 재륜(鄭公載崙) : 정재륜(鄭載崙)은 조선 효종(孝宗)의 부마(駙馬)로 효
종의 다섯째 딸 숙정공주(淑靜公主)와 결혼하여 동평위가 되었다. 아내가 일찍 죽고 외아들마저
요절하자 재취를 청원하는 상소를 올려 임금의 허락을 받았으나 대간(臺諫)의 반대로 재취하지 못하
였다. 저서에 『동평기문(東平記聞)』・『한거만록(閑居漫錄)』이 있다.

11 나는……물러났으니 : 최석정은 이 글을 쓰기 전 해인 1712년 8월에 부인상을 당하여 청주

다.[12] 하물며 공의 문장이 어찌 나의 말을 기다려 중해지겠는가? 이러한 이유로 사양하였으나 더욱 간곡히 청하는 바람에 사양하지 못하고 삼가 한마디 말을 덧붙인다.

지금 저 명주明珠와 미옥美玉은 진흙 속에 버려져 매몰되더라도 그 정영精英과 광채는 본래 없어질 수 없는 것이어서 누대를 거쳐 오랫동안 내려오다가 발로되는 때가 있는데, 발로되기만 하면 천하의 명기名器가 된다. 왜 그러한가? 천지의 보물이기 때문이다. 서하공은 높은 재주와 뛰어난 기개를 가지고서도 과거에 급제하지 못하여 평생을 곤궁하게 전전하다가 끝내 요절하였으니, 양자운揚子雲[13]의 녹봉과 지위와 용모가 사람들을 놀라게 할 수 없었던 것에 비하면 자못 더 심한 듯하다. 그러나 그 문장이 끝내 없어지고 매몰되지 않아서 이 책이 큰 강가 깊은 흙 속에 버려져서 파도에 침식되고 땅의 더운 훈기를

(淸州)에 장사 지내고 그대로 진천(鎭川)에 거주하였는데, 이 해 겨울에 옥책문(玉冊文) 제술관(製述官)으로 소명을 받았다. 이듬 해 10월에 상(上)이 환후가 있다는 소식을 듣고 도성에 들어왔다가 사직소를 올리고 돌아갔다.

12 말하는……없다 : 다른 사람의 글을 귀하게 만드는 서문을 현안지문(玄晏之文)이라고 한다. 현안(玄晏)은 진(晉)나라 황보밀(皇甫謐)의 호이다. 좌사(左思)는 10년에 걸쳐 「삼도부(三都賦)」를 완성하고 사람들이 이것을 알아주지 않을까 염려하여 당시에 문망이 높았던 현안 선생 황보밀에게 이를 보이고 크게 예찬하는 서문을 받았는데, 이로 인하여 좌사의 이 문장이 세상에 유명해져 사람들이 경쟁적으로 서로 베끼는 바람에 낙양(洛陽)의 종이 값이 일시 폭등했다고 한다. 『晉書 卷92 文苑傳 左思』 여기에서는 자신의 서문이 황보밀처럼 이 책의 성가(聲價)를 높일 수 없음을 말한 것이다.

13 양자운(揚子雲) : 자운(子雲)은 한(漢)나라 성제(成帝) 때의 궁정 문인 양웅(揚雄)의 자로, 문장과 식견이 높았으나 용모가 못나고 초년에 곤궁하였다. 시대에 적응하지 못한 자신의 불우한 원인을 묘사한 『해조(解嘲)』・『해난(解難)』을 비롯하여 각 지방의 언어를 집성한 『방언(方言)』・『역경(易經)』에 기본을 둔 철학서 『태현경(太玄經)』・『논어(論語)』의 문체를 모방한 수상록 『법언(法言)』 등을 저술하였다. 왕망(王莽)이 정권을 찬탈한 뒤 새 정권을 찬미하는 문장을 쓰고 협조하였기 때문에 지조가 없는 사람으로 송대(宋代) 이후에 비난의 대상이 되기도 하였으나 그의 식견은 한나라를 대표하였다.

받은 것이 몇 백 년인지 알 수 없는데도, 일찍이 물에 젖거나 파손된 바가 없어서 하루아침 세상에 나왔을 때 완연히 옛 모습과 같았다. 이 또한 천지의 보물이어서 진실로 땅 귀신〔富媼〕과 귀신들이 보호하고 아낀 것이니, 이 너무도 기이하다.

이제 또다시 중간하여 하루에 만 장의 종이로 전파해서, 위로는 어부御府의 여러 작품들과 함께 주옥의 숲을 이루고 아래로는 시인들 책상의 진귀한 보물이 되어 그 광채와 값이 조승照乘[14]과 연성連城[15]을 능가할 것이니, 위에서 말한 '웅장하게 보고 높이 행하여 우뚝이 무리에서 솟아나고 모은 것 중에서 빼어난 자'라는 것은 공을 말한 것이 아니겠는가? 포의布衣로 곤궁하게 사는 선비로서 천고의 일에 뜻을 둔 자가 이것을 보면 또한 분발하여 게을러짐이 없을 것이다.[16]

나는 이글이 드러나고 감추어짐에 운수가 있다는 것에 감탄하고, 또 영장군營將君이 무인武人으로서 선조의 아름다움을 소중히 여길 줄 알아 박봉을 털어 문집을 이루는 것을 가상히 여겨서, 마침내 그를 위하여 이것을 말한다. 이 작품의 조예에 대한 품평은 세상의 안목

---

14 조승(照乘) : 조승주(照乘珠)로 조거(照車)라고도 한다. 위(魏)나라 혜왕(惠王)이 제(齊)나라 위왕(威王)에게 "우리나라처럼 작은 나라도 앞뒤로 각 12대의 수레를 비추는 직경 한 치 되는 진주가 있습니다.〔若寡人國小也, 尙有徑寸之珠照車前後各十二乘者十枚.〕"라고 자랑한데서 유래하였다. 『史記 卷46 田敬仲完世家』

15 연성(連城) : 연성벽(連城璧)으로 연성옥(連城玉)이라고도 하는 바, 여러 성읍(城邑)을 이른다. 『사기(史記)』「염파인상여열전(廉頗藺相如列傳)」에 "조(趙)나라는 혜문왕(惠文王) 때 초(楚)나라의 화씨벽(和氏璧)을 얻었는데, 진(秦)나라 소왕(昭王)이 이 말을 듣고 조(趙)나라 왕에게 사람을 보내 15개의 성을 구슬과 바꾸고 싶다는 글을 보냈다.〔趙惠文王時, 得楚和氏璧. 秦昭王聞之, 使人遺趙王書, 願以十五城請易璧.〕"라는 내용이 보인다. 화씨벽은 초나라의 변화(卞和)가 발견한 박옥(璞玉)을 다듬어서 만든 옥이다.

16 포의(布衣)로……것이다 : 포의는 삼베옷으로 벼슬하지 못한 선비를 이르는 바, 지금 당장은 곤궁하여도 자신의 글이 후대에 영원히 전해질 것을 알면 자연 분발하게 될 것임을 말한 것이다.

있는 자들이 자연 정한 의론이 있을 것이다.

금상(숙종) 39년(1713) 계사 중추일에 완산完山[17] 최석정은 쓰다.

---

17 완산(完山) : 전라북도 전주(全州)의 옛 이름으로 최석정의 본관이다.

하연(河演)

1376년(고려 우왕2)~1453년(단종1). 자는 연량(淵亮), 호는 경재(敬齋), 본관은 진주(晉州), 정몽주(鄭夢周)의 문인이다. 1396년(태조5) 식년문과에 급제, 여러 관직을 역임하다가 70세 때 궤장(几杖)을 하사 받고 우의정·좌의정을 거쳐 1449년 영의정에 올랐다. 1454년(단종2) 문종의 묘정에 배향되었으며, 편서로 『경상도지리지(慶尙道地理志)』·『진양연고(晉陽聯藁)』가 있다. 시호는 문효(文孝)이다.

경재집(敬齋集)

저자의 시문은 대부분 병화에 산일되었는데, 5세손 하혼(河渾)이 저자의 시문 약간 편을 모아 『진양연고(晉陽聯稿)』에 편입하여 1609년(광해군1)에 처음으로 간행하였다. 1826년(순조26)에 후손 하대성(河大成)·하인혁(河寅爀) 등이 『진양연고』에 수록된 저자의 글과 흩어진 시문을 모아 본집 3권·부록 2권을 상하 2책으로 편차하고, 유심춘의 교정을 받아 합천(陜川)에서 활자본으로 간행하였는데, 이것이 초간본이다. 그 후 저자의 회갑인 1857년(철종8)에 족보를 만들면서 후손 하인환(河寅煥), 하기홍(河箕泓) 등이 「기성삼십일운(箕城三十一韻)」과 「남원산동비각서(南原山洞碑閣序)」를 새로 찾아 편 뒤에 붙여 문의(文義) 우록서원(友鹿書院)에서 5권 2책의 활자본으로 중간하였다. 그러나 초간본과 중간본이 활자로 간행되어 널리 보급되지 못하였기 때문에 1919년에 후손 하술효(河述孝) 등이 세계(世系) 및 제현(諸賢)의 시문을 추가하고 노상직(盧相稷)의 교감을 받아 5권 3책으로 밀양(密陽)에서 목판본으로 간행하였는데, 이것이 삼간본이다. 본 서문은 1918년 삼간본에 있는 것으로, 연세대학교 중앙도서관장본이다.

유심춘(柳尋春)

1762년(영조38)~1834년(순조34). 자는 상원(象遠), 호는 강고(江皐), 본관은 풍산(豊山)이다. 1786년(정조10) 사마시에 합격하여 생원이 되고, 학행으로 천거되어 세자익위사 익찬(翊贊)을 거쳐 익위(翊衛)가 되었다. 1830년(순조30) 왕의 하교로 3대가 과거 급제한 것을 치하 받고 돈령부 도정(都正)에 임명되었으며, 1854년(철종4) 아들 후조(厚祚)가 급제하였으므로 다시 통정대부에 올랐다. 평소에 『주자대전(朱子大全)』을 탐독하여 성리학에 조예가 깊었으며 시문에도 능하였다.

【 2. 경재선생문집 서 】

敬齋先生文集序

유심춘 柳尋春 ────

國家休明之治 莫盛於英廟朝하니 實東方一初熙運也라 時則有若黃翼成, 許文敬諸公이 後先登庸하야 贊襄吁咈하야 躋一世於唐, 虞之域하고 而踵武黃閣하야 伯仲皐, 夔者는 卽文孝公敬齋河先生이 是已라 先生이 稟光岳之氣하고 生忠賢之家하야 自秀才時로 已有爲國家致太平之志요 而遭値聖明하야 歷敭(揚)中外하니 所以職思其居하야 殫竭誠力하야 從容密勿於奏對施措之間者 固已非堯, 舜不陳矣라 聖眷彌隆하고 元老克壯하야 一堂都兪에 群龍厲翼하야 經綸事業이 蔚然爲聖代賢相하니 其致君澤民之功이 豈遠讓於古人哉아

蓋施於外者는 必由諸內라 先生이 蚤(早)登圃老之門하야 亟(기)蒙道南之詡하니 其發端啓要 固有在矣라 故로 平生立志 以斥異端, 扶正道로 爲己任하야 圖書左右하고 問學精深이요 而一敬字之表出扁齋에 可見其所存於中者 眞正不差하니 則由是而孝於事親하고 由是而忠

"

於事君하고 由是而發於事業하야 皆自學問中出來하니 玆豈非有得於
傳所謂合內外之道者也耶아

嗚呼라 聖人作矣요 奎運回矣라 海東千載에 斯文將啓어늘 而先生이 身
當其會하야 存諸心而爲主敬之學하고 著於文而爲造理之言하야 怳然
有指引吾道, 興起方來之意하니 其視夫先儒所云 宋初大臣 已能稍
稍向學者하면 淺深又何如哉아 世之論先生者 徒以相業爲重하고 而不
本於所學之正이면 則亦淺之爲知先生也라 噫라 安得起先生於九原하
야 陶鑄一世하야 以反諸古道也리오 今去先生歿이 殆四百年矣라 詩文
散佚하야 存者無幾러니 先生後孫大成甫 極力掇拾爲數卷하야 俾尋春
證其訛謬하고 且書一言하니 旣不得終辭일새 因附所感於心者如此어니
와 其於先生之德之崇, 業之廣하야는 烏可謂摹擬萬一云乎哉아

上之二十六年端陽節에 後學豊山柳尋春은 謹書하노라

　　국가의 정치가 훌륭하고 문교文敎가 밝은[1] 다스림이 세종 때보다 더
융성한 적이 없었으니, 실로 우리 동방에 처음 있었던 좋은 운이었다.
이때는 황익성공黃翼成公[2]·허문경공許文敬公[3]과 같은 분들이 앞뒤로

---

1 정치가……밝은 : 주자의 「대학장구서(大學章句序)」에 "정치가 훌륭하고 문교가 밝다.〔治敎休
明〕"라는 내용이 보인다.

2 황익성공(黃翼成公) : 익성(翼成)은 황희(黃喜 1363, 고려 공민왕12~1452, 단종2)의 시호이
다. 초명은 수로(壽老), 자는 구부(懼夫), 호는 방촌(厖村), 본관은 장수(長水)로 개성(開城)에서
출생하였다. 고려가 망하자 두문동(杜門洞)에 은거했으나, 태조(太祖)가 간청하여 다시 벼슬길에
올라 세종 때 18년간 영의정에 재임하면서 가장 신임 받는 재상으로 명성이 높았다. 인품이 원만하고
청렴하여 존경을 받았으며, 저서에 『방촌집(厖村集)』이 있다.

3 허문경공(許文敬公) : 문경(文敬)은 허조(許稠 1369, 고려 공민왕18~1439, 세종21)의 시호이
다. 자는 중통(仲通), 호는 경암(敬菴), 본관은 하양(河陽)이다. 고려 때 과거에 급제하여 벼슬하다가

등용되어 국정을 돕고 군신 간에 화합하여[4] 당시 한 세상을 요堯·순舜의 경지로 올려놓던 때였는데, 황각黃閣[5]에서 이 분들의 뒤를 이어 고요皐陶[6]나 기夔[7]와 같은 현신賢臣들과 백중을 이룬 분은 바로 문효공文孝公 경재敬齋 하 선생河先生이었다.

선생은 삼광 오악三光五嶽[8]의 기운을 받고 충현忠賢의 집안에서 태어나 수재秀才[9] 때부터 이미 국가를 위하여 태평성세를 이룰 뜻을 지녔는데, 성명聖明하신 군주를 만나 중외中外의 관직을 차례로 지냈는바, 맡은 직책을 다할 것을 생각해서 정성과 힘을 다해 주대奏對하고 조처하는 사이에 조용히 보필한 것이 참으로 요·순의 도가 아니면 아뢰지 않았다. 성상의 돌아봄이 더욱 극진하고 원로元老로서 능히 분발하여

조선이 건국되자 태종·세종을 도와 예악제도를 정비하는 데 크게 공헌하였다. 세종의 묘정에 배향되었다.

4 국정을……화합하여 : 『서경(書經)』「고요모(皐陶謨)」의 "날마다 잘 이루어지도록 도울 것을 생각한다.〔思曰贊贊襄哉〕"와 「요전(堯典)」의 사악(四嶽)이 요임금에게 홍수를 다스릴 인물로 곤(鯀)을 추천하자 요임금이 "아니다, 그렇지 않다!〔帝曰吁, 咈哉!〕"라고 한 데에서 나온 말로, 군신 간에 상의하는 것을 이른다.

5 황각(黃閣) : 한(漢)나라 때의 승상·태위(太尉) 등 삼공(三公)의 관서는 황제의 주문(朱門)을 피해 청사의 문을 황색으로 칠함으로써 천자와 구별하였는데, 이후 황각은 재상을 가리키게 되었다. 여기에서는 의정부(議政府)를 가리킨다.

6 고요(皐陶) : 요(堯)임금과 순(舜)임금 때에 사사(士師)에 임명되어 형법을 관장하였는데, 공평과 정직함으로 유명하였다.

7 기(夔) : 요임금과 순임금 때 전악(典樂)이 되어 주자(胄子)를 가르치고 오성(五聲)·육률(六律)·팔음(八音)을 바르게 하였다.

8 삼광 오악(三光五嶽) : 삼광(三光)은 세 가지 빛나는 것으로 해·달·별을 가리키며, 오악(五嶽)은 중국에 있는 다섯 개의 큰 산으로 태산(泰山)·화산(華山)·숭산(嵩山)·형산(衡山)·항산(恒山)을 가리킨다.

9 수재(秀才) : 본래 재주가 뛰어나게 우수한 사람을 가리키는 말이었으나 한대(漢代)에 수재과를 설치하여 이후로 선거 과목이 되었는데, 명대에는 현학(縣學)의 생원(生員)을 수재라 하였다. 여기에서는 1396년(태조5) 선생의 나이 21세 때 생원·진사시에 합격한 것을 말한다.

일당一堂[10]에서 정사를 논함에 여러 용과 같은 인재들이 함께 도와[11] 경륜經綸과 사업이 거룩하여 태평성대의 어진 정승이 되었으니, 군주를 요·순으로 만들고 백성들에게 은택을 내린 공이 어찌 옛 사람[12]에게 크게 뒤지겠는가?

　밖으로 행하는 것은 반드시 안에서 연유하는 법이다. 선생은 일찍이 포은圃隱 정몽주鄭夢周[13] 선생의 문하에 올라 "도道가 남쪽으로 갔다."[14]는 칭찬을 자주 들었으니, 단서를 열고 요점을 연 것은 진실로 여기에 있었다. 그러므로 평생 세운 뜻이 이단을 배척하고 정도正道를 붙드는 것을 자신의 임무로 여겨서 좌우에 도서를 쌓아놓고 학문이 정밀하고 깊었는데, 경敬 한 글자를 표출하여 서재의 편액을 삼은 것에서 그 마음속에 보존한 것이 참으로 올바르고 잘못되지 않음을 볼 수 있다. 그리하여 이 경으로 말미암아 어버이를 섬김에 효도하고, 이

---

10 일당(一堂) : 정사당(政事堂)으로 의정부 등의 조정을 가리킨다.

11 여러……도와 : 여익(廲翼)은 여익(勵翼)과 같은 바, 『서경』「고요모(皐陶謨)」에 "여러 명철한 자들이 힘써 도와준다.〔庶明勵翼〕"라는 내용이 보인다.

12 옛 사람 : 이윤(伊尹)을 가리킨다. 이윤은 탕(湯)임금을 도와 하(夏)나라 걸왕(桀王)을 멸망시키고 선정을 베푼 상(商)나라의 어진 재상이다. 『서경』「열명 하(說命下)」에 "내가 나의 임금을 요·순처럼 만들지 못하면 마음속으로 부끄럽고 수치스러워 마치 시장 안에서 종아리를 맞는 것처럼 여길 것이요, 한 사람의 가장이라도 생활의 안정을 찾지 못한다면 이것은 바로 나의 죄라고 할 것이다.〔予弗克俾厥後惟堯舜, 其心愧恥, 若撻於市. 一夫不獲, 則曰時予之辜.〕"라는 내용이 보인다.

13 정몽주(鄭夢周) : 1337년(고려 충숙왕6)~1392년(태조1). 초명은 몽란(夢蘭) 또는 몽룡(夢龍), 자는 달가(達可), 호는 포은(圃隱), 본관은 영일(迎日)이다. 문집에 『포은집(圃隱集)』이 있다.

14 도(道)가……갔다 : 원래는 마융(馬融)이 제자인 정현(鄭玄)이 그의 문하를 떠날 때 다른 문도들에게 "나의 도가 동쪽으로 가는구나.〔吾道東矣〕"라고 말했는데, 이후 정명도(程明道)의 제자인 양시(楊時)가 남쪽으로 갈 때에도 정명도가 "나의 도가 남쪽으로 가는구나!〔吾道南矣〕"라고 탄식한 데서 유래하였다.

경으로 말미암아 군주를 섬김에 충성하고, 이 경으로 말미암아 사업에 발로되었는데, 이 모든 것이 학문하는 가운데서 나왔으니, 이 어찌 옛 책에 이른바 "내외를 합한 도"[15]에서 얻은 것이 아니겠는가?

아! 성군이 나오고 문운文運이 돌아와 우리나라 천년에 사문斯文[16]이 장차 열리게 되었는데, 선생이 몸소 그 기회를 만나 마음에 보존하여 주경主敬의 학문을 하고 문장에 드러내어 이치에 합당한 말씀을 해서, 홀연히 우리 도를 인도하고 후학을 흥기할 뜻을 두셨으니, 선유先儒들이 말씀하신바 "송宋나라 초기의 대신들이 이미 점점 학문으로 향했다."[17]는 것에 비하면 얕고 깊음이 또 어떠한가? 선생을 논하는 세상 사람들이 다만 선생이 정승으로 있었을 때의 사업만을 중시하고 선생이 배운 바의 바름에 근본을 두지 않는다면, 또한 선생을 얕게 아는 것이다. 아! 어이하면 선생을 구원九原[18]에서 다시 나오게 하여 한 세상을 도야해서 옛 도로 돌아갈 수 있겠는가?

지금 선생이 별세하신 지가 거의 4백 년이 되었다. 시문이 흩어져서 보존된 것이 얼마 되지 않았는데, 선생의 후손 대성大成 씨가 힘을 다해 수집하여 몇 권을 만들고는 나에게 그 오류를 수정하게 하고 또 한마디 말을 책머리에 쓰게 하였다. 나는 끝내 사양할 수 없어 마음에 느낀 바를 이와 같이 부치지만, 선생의 높은 덕과 드넓은 사업은 어찌

---

15 내외를 합한 도 : 『중용(中庸)』 25장에 "내외를 합한 도이다.〔合內外之道也〕"라는 말이 보이는 바, 내(內)는 성기(成己)를 외(外)는 성물(成物)을 가리킨다.

16 사문(斯文) : '이 학문'이란 뜻으로 유학을 가리킨다.

17 송(宋)나라……향했다 : 송나라가 개국한 이래로 조보(趙普) 등과 같은 대신들이 차츰 학문에 관심을 두었는데, 이후로 학문을 크게 숭상하여 정자(程子)·주자(朱子)와 같은 현인들이 나온 것을 두고 한 말이다.

18 구원(九原) : 구천(九泉)·황천(黃泉)과 같은 말로, 저승을 가리킨다.

만의 하나인들 제대로 모사했다고 말할 수 있겠는가?

상이 즉위한 26년(1826, 순조26) 단양절端陽節[19]에 후학 풍산 유심춘은 삼가 쓰다.

유방선(柳方善)

1388년(고려 우왕14)~1443년(세종25). 자는 자계(子繼), 호는 태재(泰齋), 본관은 서산(瑞山)이다. 12세 무렵부터 변계량(卞季良)·권근(權近) 등에게 수학하여 일찍부터 문명이 높았다. 특히 유배생활 중 유배지인 영천(永川)에 태재(泰齋)라는 서재를 짓고 이안유(李安柔)·조상치(曺尙治) 등 문사들과 학문적인 교분을 맺었으며 이보흠(李甫欽) 등의 문하생을 배출하였다. 또 원주(原州)에서 생활하던 시기에 서거정(徐居正)·한명회(韓明澮)·권람(權擥)·강효문(康孝文) 등 문하생을 길러내었으며, 특히 시학(詩學)에 뛰어났다. 경현원(景賢院)과 영천 송곡서원(松谷書院)에 제향 되었다.

태재집(泰齋集)

아들 유윤경(柳允庚)과 유윤겸(柳允謙)이 집에 소장하고 있던 저자의 음고(吟藁)를 바탕으로 유고를 수집·편차하고, 저자의 문인 이보흠의 도움을 얻어 1450년(세종32)에 영천 북습서당(北習書堂)에서 목판으로 간행하였는데, 이것이 초간본이다. 이후 병란 등으로 판본이 잔결되고 편질이 산실되자 다시 중간을 도모하여, 14대손 유천식(柳天植)·유명오(柳明五) 등이 하시찬(夏時贊)이 지은 연보·세계도(世系圖)와 정규양(鄭葵陽)이 지은 행장 및 유사(遺事) 등을 부록으로 엮어 1815년(순조15)에 원주 송곡서원에서 목판으로 간행하였다. 이것이 중간본인데 현재 완질(完帙)은 전하지 않는다. 본 서문은 중간본에 있는 것으로, 고려대학교 만송문고장본이다.

서거정(徐居正)

1420년(세종2)~1488년(성종19). 자는 강중(剛中), 초자는 자원(子元), 호는 사가정(四佳亭) 혹은 정정정(亭亭亭), 본관은 달성(達城)이다. 어머니는 권근(權近)의 딸이며 자형(姉兄)은 최항(崔恒)이다. 조수(趙須)·유방선(柳方善) 등에게 배웠다. 천문·지리·의약·복서(卜筮)·성명(性命)·풍수에까지 통달하였고, 특히 시에 능하였다. 시문집으로 『사가집(四佳集)』이 전하며, 공동찬집으로 『동국통감(東國通鑑)』·『동국여지승람(東國輿地勝覽)』·『동문선(東文選)』·『경국대전(經國大典)』·『연주시격언해(聯珠詩格諺解)』가 있고, 개인저술로 『역대연표(歷代年表)』·『동인시화(東人詩話)』·『태평한화골계전(太平閑話滑稽傳)』·『필원잡기(筆苑雜記)』·『동인시문(東人詩文)』 등이 있다.

【 3. 태재선생문집 서 】

泰齋先生文集序

서거정 徐居正 

天地精英之氣 鍾於人而爲文章하니 文章者는 人言之精華也라 是故로 有遭遇盛時하야 賡載歌詠者는 則其文之昭著 如五緯之麗(리)天而燁乎其光也요 不遇而嘯詠山林하야 托於空言者는 則其文之炳燿 如珠璧捐委山谷이로되 明朗而終不掩其煒矣니 其所以駭一時之觀聽하고 而垂名聲於不朽는 則一也라

泰齋先生은 思菴文僖公之曾孫也라 天資英敏하고 學問精博하며 早遊陽村, 春亭兩先生之門하야 得師友淵源之正하니 人皆以大器目之러니 不幸而不獲乎時한대 尤肆意於經籍中하야 諸史百子를 靡不研究하고 至於醫藥, 卜筮, 陰陽, 地理之書하야도 亦皆搜刮無餘하시니 朝中文學之士 如有所疑면 皆詣先生而質之라 先生이 已無意於媒進하야 退居村野하야 優遊於泉石之間할새 凡天地之運化와 物理之消息과 人事之得失과 心思之憂樂을 一於詩發之하시니 有孤曠間適之趣와 悲憤激

烈之音矣라

歲己未冬에 居正이 謁先生於北原別墅하야 陪杖屨者數月하니 先生이 口授指畫하야 乃擊余蒙이라 其後相繼造謁하야 獲聞緒論하고 於先生所著에 亦時得一臠而嘗之나 恨不得完藁而見也라 先生竟不究於設施하고 捐館于鄕이러시니 今年春에 季子允謙이 裒稡遺文하야 彙次爲略干卷하고 示余하야 始得雋永而味焉이라 先生之詩는 本之以性理之學하고 推之以雅頌之正하야 不怪詭以爲奇하고 不藻飾以爲巧하야 淸新雅淡하고 高古簡潔하니 雖古之作者라도 無以加也라

昔之論詩者 蓋曰 有朝廷臺閣之詩하고 有山林草野之詩라하니 夫所處之地不同이면 則發而爲言辭者 不得不爾也라 先生이 以超邁卓絶之才와 宏深博大之見으로 不能施於臺閣之上하고 而於草野之中하시니 豈不深可惜哉아 論者亦曰 懽愉之辭는 難工하고 窮苦之辭는 易好라 然豈有工於窮而不工於不窮者哉아 使先生躋膴通顯하야 立乎制作之列하야 以鳴國家之盛이런들 則春容富麗하야 將有鏘金戞(알)玉之美矣리니 豈但止於此而已哉아 悲夫라

景泰元年庚午正月日에 承訓郞行集賢殿副修撰知製敎世子右正字門人徐居正은 敬序하노라

천지의 정영精英한 기운이 사람에게 모여서 문장이 되니, 문장이란 사람의 말 가운데 정화精華이다. 이 때문에 좋은 때를 만나 임금과 신하가 서로 화답하는 노래[1]를 읊은 자는 그 문장의 밝게 드러남이 마

---

1 임금과……노래:『서경』「익직(益稷)」에 "순임금이 마침내 노래하기를 '고굉이 기뻐하여 일

치 다섯 위성緯星²이 하늘에 걸려 있어 찬란하게 빛나는 것과 같고, 좋은 때를 만나지 못하여 산림에 은거하면서 시를 읊조려 빈 말에 의탁한 자는 그 문장의 빛남이 진주와 구슬이 산골짜기에 버려져도 밝게 빛나 끝내 그 광채를 가릴 수 없는 것과 같다. 그러나 당시에 보고 들은 이들을 놀라게 하고 명성을 무궁한 후세까지 남기는 것은 마찬가지이다.

태재 선생은 사암思菴 문희공文僖公³의 증손이다. 타고난 자품이 영민하였으며, 학문은 정밀하고 해박하였다. 일찍이 양촌陽村⁴ 선생과 춘정春亭⁵ 선생의 문하에 유학하여 사우師友의 바른 연원을 얻으니, 사람들이 모두 큰 그릇이라고 지목하였다. 불행하게 좋은 때를 만나지 못하였으나 더욱 경적經籍 가운데 뜻을 다하여 여러 역사서와 백가百家의 책을 모두 연구하였고, 심지어는 의학·점술·음양·지리서까지도 남김없이 찾아서 보았다. 그리하여 조정의 문학하는 선비들이 의심스

하면 원수의 다스림이 흥기되어 백공이 기뻐할 것이다.' 하였다.……고요가 마침내 순임금의 노래를 이어 완성하기를 '원수가 현명하면 고굉이 어질어서 모든 일이 편안할 것입니다.' 하고, 다시 노래하기를 '원수가 좀스럽고 자질구레하면 고굉이 태만해져서 만사가 폐해질 것입니다.' 하였다.〔(帝)乃歌曰 股肱喜哉, 元首起哉, 百工熙哉.……(皐陶)乃賡載歌曰 元首明哉, 股肱良哉, 庶事康哉. 又歌曰 元首叢脞哉, 股肱惰哉, 萬事墮哉.〕"는 내용이 보인다. 순임금의 노래에 이어 고요가 화답하여 부른 이 갱재가(賡載歌)에서 유래하여 임금과 신하 간에 창화(唱和)하는 것을 갱재가라고 한다.

² 다섯 위성(緯星) : 위성은 경성(經星)인 28수(宿)와 상대하여 말한 것으로, 금성(金星)·목성(木星)·수성(水星)·화성(火星)·토성(土星) 등을 가리킨다.

³ 사암(思菴) 문희공(文僖公) : 사암은 유기(柳沂 ?~1410, 태종10)의 호이며, 문희는 시호이다. 본관은 서산(瑞山), 부친은 관찰사 유후(柳厚)로 이색(李穡)의 사위이다.

⁴ 양촌(陽村) : 권근(權近 1352, 고려 공민왕1~1409, 태종9)의 호로, 초명은 진(晉), 자는 가원(可遠)·사숙(思叔), 본관은 안동(安東)이다. 시호는 문충(文忠)이다.

⁵ 춘정(春亭) : 변계량(卞季良 1369, 고려 공민왕18~1430, 세종12)의 호로, 자는 거경(巨卿), 본관은 밀양(密陽)이며, 이색(李穡)·정몽주(鄭夢周)의 문인이다. 시호는 문숙(文肅)이다.

런 점이 있으면 모두 선생에게 찾아가 질정하곤 하였다. 그러나 선생은 벼슬길에 뜻이 없어 시골에 물러나 거처하였는데, 아름다운 산수山水 사이에서 한가로이 노닐 적에 모든 천지의 운행과 줄어들고 자라나는 사물의 이치와 인사의 잘잘못과 마음의 근심이나 즐거움을 한결같이 시에 나타내니, 외롭고 한적한 뜻과 비분강개하는 격렬한 음률이 있었다.

기미년(1439, 세종21) 겨울, 나는 선생을 북원北原의 별장[6]에 찾아가 뵙고 여러 달 동안 지팡이와 신을 챙겨드리며 모셨는데, 이때 선생은 입으로 가르쳐주고 손으로 지시하여 마침내 몽매한 나를 깨우쳐주셨다. 그 후 연이어 찾아가서 서론緖論을 들었으며, 선생의 저술도 때로 일부분을 볼 수 있었지만 한스럽게도 완고完稿를 보지는 못하였다. 선생께서는 끝내 뜻을 펼쳐보지 못하고 시골에서 별세하셨는데, 금년 봄에 선생의 막내아들 윤겸允謙[7]이 유문遺文을 모아서 분류하고 차례 지어 약간 권을 만들고서 내게 보여주어 비로소 훌륭하고 깊은 글을 맛볼 수 있었다.

선생의 시는 성리학을 근본으로 삼고 아송雅頌[8]의 바름을 미루어서, 기이하게 변하는 것을 기이함으로 여기지 않고 아름답게 꾸미는 것을 공교로움으로 여기지 않아, 청초하고 담박하며 고고하고 간결하니, 비록 옛 문장가라도 이보다 더할 수가 없다.

---

[6] 북원(北原)의 별장 : 북원은 원주(原州)를 말하며, 별장은 법천(法泉) 촌사(村舍)를 가리킨다. 1428년(세종10)에 태재는 거처를 원주 명봉산(鳴鳳山) 아래 법천으로 옮겼다.

[7] 윤겸(允謙) : 유윤겸(柳允謙 1420, 세종2~?)을 이른다. 자는 형섭(亨燮)이다.

[8] 아송(雅頌) : 『시경(詩經)』의 시를 내용과 악곡에 따라 분류한 것으로, 아(雅)는 조정의 악곡이며, 송(頌)은 종묘 제사의 악곡이다. 뒤에 태평성대의 음악을 가리키게 되었다.

옛날 시를 논평한 이들이 "조정 대각朝廷臺閣[9]의 시가 있고 산림 초야山林草野의 시가 있다." 하였는데, 처한 상황이 같지 않으면 표현하여 문장을 짓는 것이 이와 같지 않을 수 없는 것이다. 선생이 뛰어난 재주와 깊고 넓은 식견을 대각의 위에서 펴지 못하고 초야 가운데 묻혔으니, 어찌 깊이 애석할 만한 일이 아니겠는가?

문장을 논평하는 자들이 또 말하기를 "기쁘고 즐거운 시절의 문장은 훌륭하기가 어렵고, 곤궁하고 괴로운 시절의 문장은 아름답기가 쉽다." 하였지만, 어찌 곤궁할 때는 잘하고 곤궁하지 않을 때는 잘하지 못하는 자가 있겠는가? 만일 선생이 높은 벼슬과 현달한 지위에 올라 예악을 제작하는 반열에 서서 국가의 성대함을 문장으로 울렸다면, 웅장하고 풍부하고 화려해서 장차 금옥金玉이 울리듯 아름다움이 있었을 것이니, 어찌 다만 여기에 그칠 뿐이었겠는가? 슬프다!

경태景泰[10] 원년(1450, 문종 원년) 경오 정월 모일에 승훈랑承訓郎 행 집현전 부수찬 지제교 세자우정자行集賢殿副修撰知製敎世子右正字인 문인 서거정은 삼가 쓰다.

---

9 조정 대각(朝廷臺閣) : 대각(臺閣)은 원래 한(漢)나라 때의 상서대(尙書臺)를 가리키는데, 뒤에는 중앙정부기구를 가리키게 되었다. 우리나라에서는 사헌부와 사간원을 아울러 이르는 말로 쓰였다.

10 경태(景泰) : 명(明)나라 경제(景帝)의 연호이다.

이석형(李石亨)

1415년(태종15)~1477년(성종8). 자는 백옥(伯玉), 호는 저헌(樗軒), 본관은 연안(延安)이며, 김반(金泮)의 문인이다. 1441년(세종23)에 사마시에 합격하고, 이어 식년문과에 장원으로 급제하였다. 집현전 응교(應敎)로 1447년 문과중시에 합격하였으며, 왕명으로 진관사(津寬寺)에서 사가독서(賜暇讀書)하여 학문에 진력하였다. 1471년(성종2)에는 좌리공신(佐理功臣) 4등에 책록되고, 연성부원군(延城府院君)에 봉하여졌다. 필법이 신묘하였고, 집현전 학사로 있을 때『치평요람(治平要覽)』과『고려사』의 편찬에 참여하였다. 세조 때에는 사서(四書)의 구결을 정하는 데 참여하여『논어』의 구결을 주관하였으며, 만년에는 성균관 서쪽에 계일정(戒溢亭)을 짓고 시문에 전념하였다. 저서에『대학연의집략(大學衍義輯略)』21권과『저헌집』이 있고, 편저로는『역대병요(歷代兵要)』·『치평요람』등이 있다. 시호는 문강(文康)이다.

저헌집(樗軒集)

사위 송여해(宋汝諧)가 약간 편을 모아 상·하권으로 편집한 것을 성종의 명에 의해 교서관에서 주자(鑄字)로 인행(印行)하였다. 이 초간본은 당시에도 인본이 매우 적어 거의 유포되지 못했으며 현존 본은 없다. 증손 이계(李啓)가 1587년(선조20) 의흥현감(義興縣監)으로 재임할 때 초간본을 교정·증보하여 목판으로 간행하였는데, 이때 저자의 시권(試券) 등을 모아 후집을 만들고 저자에 대한 만장·제문 등을 모아 별집을 만들었으며, 행장 뒤에 세계와 연보를 첨부하고 발문을 붙여 모두 2책으로 간행하였다. 이 중간본은 임진왜란 때 판본이 소실되자, 이계의 아들 이정귀(李廷龜)가 1624년(인조2) 용인(龍仁) 묘소에 신도비를 세우고 완산부(完山府)에서 중간본을 재각(再刻)하여 간행하였다. 여기에는 이정귀가 지은 비문과 발문이 첨부되었다. 이 삼간본은 병자호란 때 판본까지 유실되었는데, 7대손 이희조(李喜朝)가 경상감사 김연(金演)에게 부탁하여 1705년(숙종31)에 목판으로 간행하였다. 여기에는『홍재전서(弘齋全書)』에 실려 있는 글과 장천사(張天使 장영(張寧))가 준 시 등이 별집에 첨부되었으며, 이희조의 발문이 부기되었다. 이것이 사간본이다. 그 후 11대손 이덕수(李德秀)가 1863년(철종14)에 사간본을 저본으로 하여 중간하니 이것이 오간본이고, 1931년에는 15대손 이기승(李箕承) 등이 성기운(成璣運)의 발문을 붙여 중간하니 이것이 육간본이다. 본 발문은 1587년 중간본에 있는 것으로, 규장각장본이다.

이계(李啓)

?~1593년(선조26). 이석형(李石亨)의 후손으로 이정귀(李廷龜)의 아버지이다. 1587년(선조20)에 의흥현감을 지냈다.

【 4. 저헌집 발 】

樗軒集跋

이계 李啓 ────────

少之時에　始得先曾祖樗軒集於尊行(항)柳台鉉하고　歸而稟先君호되
想所著詩文이　必不爲不多어늘　若此는　何歟잇가　曰　噫라　我先考亦不
克永享하야　服関(결)越三載에　壽三十九捐館하시니　是時에　我年四周요
予季始晬하고　諸兄亦皆弱不振하야　先世遺墨이　被偸竊殆盡이러니　姑
夫宋公이　慨念最親하야　哀拾餘存하야　得若干篇하야　釐爲上下卷하니
蓋不能十之一二라　恐其又失也하야　承問於朝하야　印以鑄字나　惜當時
印本甚尠하야　得者寡傳이요　久益罕見이라하시고　因出草藁二卷曰　此先
祖手筆이니　姑夫所錄而印出者也라하시다

後拜季父公하니　示進士, 重試兩試卷하고　曰　我先祖　不獨文章擅一時
요　筆法又臻妙하야　集賢諸公이　所共推니　見(현)於閑話所錄發願詩　然
也어늘　而申公濟　集海東名跡할새　獨不及焉하니　是何異掎摭(기적)星宿
遺羲娥者리오하시다

退伏惟호니 是蓋敎也니 豈不在我리오 音常若在耳하야 耿耿鐫于心이러니 焂忽四十年來에 白髮已種種矣라 念莫克遂計하야 恐抱恨入地러니 今宰于玆에 俸稍有羨(연)하니 捐而起事면 尙可爲計라 乃剡梓(염재)하고 乃鳩工하야 校舊本하야 正漫訛하고 有不同이면 兩存之하고 自註月日하야 補于題下하며 遺稿試卷은 彙什後集하고 爲公作與挽章祭文은 錄爲別集하고 行狀之末에 倣柳州集하야 添入世系年譜하니 始乎孟秋하야 閱月完訖이라 又倩孫秀才旭하야 臨摹草藁數紙하야 謹囑義城李侯仁元하야 刻紫石하야 補編名跡中하니 此生宿計 於是諧矣라 嗚呼라 先曾祖文章德業이 到今百載後에 炳炳尙在人不泯하니 若後生未傳聞者는 宜於此焉徵이니라

萬曆十五年歲次丁亥季秋에 曾孫義興縣監啓는 謹書하노라

젊었을 때 선先 증조의 『저헌집』을 높은 항렬인 유태현柳台鉉에게서 처음 보고 돌아와 선군先君[1]에게 여쭙기를, "제 생각에 증조께서 지으신 시문이 분명 많지 않은 것이 아닐 터인데 이와 같이 적은 것은 어째서입니까?" 하였더니, 선군께서 다음과 같이 말씀하였다.

"아, 우리 선고先考[2]께서도 오래 사시지 못하여 복을 마친 지 3년 만에 39세로 별세하셨다. 이때 내 나이가 4살이고, 내 아우는 첫 돌을

---

[1] 선군(先君) : 이순장(李順長)을 이른다. 벼슬하지 않고 오래 살아 노인에게 주는 은전을 받고 가선대부(嘉善大夫)의 품계에 올랐으며, 영의정에 추증되었다. 『谿谷先生集 卷16 左議政月沙李公行狀』

[2] 선고(先考) : 이혼(李渾 1445, 세종27~1484, 성종15)을 이른다. 사헌부 장령으로 이조판서에 추증되었으며, 슬하에 수장(壽長)·명장(命長)·복장(福長)·효장(孝長)·순장(順長)·경장(敬長)과 딸 하나를 두었다. 『谿谷先生集 卷16 左議政月沙李公行狀』·『楮軒集楮軒世系 楮軒集世系』

지냈으며, 여러 형들도 어려서 또한 떨치지 못하였다. 그리하여 선대의 유묵遺墨이 도둑을 맞아 거의 없어졌는데, 고모부인 송공宋公[3]께서 서글피 생각하고 가장 친하다 하여 남아 있는 것들을 수습하여 약간 편을 얻어서 정리하여 상·하권을 만들었으나 이는 10분의 1,2밖에 되지 않았다. 이것을 또 잃게 되지 않을까 염려하여 조정에 아뢰어 동활자로 인쇄하였는데, 당시에 인쇄한 본이 매우 적어서 얻은 자가 적었고, 전하는 것도 오래되자 더욱 보기 드물게 되었다."

이어 초고 두 권을 내보이며 말씀하시기를, "이는 선조의 수필手筆로 고모부께서 기록하여 인쇄한 것이다." 하였다.

뒤에 계부공季父公[4]을 찾아뵙자 진사시와 중시 두 시권試券을 보여주며 말씀하기를, "우리 선조께서는 문장만 한 시대에 뛰어났을 뿐 아니라 필법도 지극히 아름다워서 집현전의 많은 분들이 함께 추존하였으니, 한화閑話에 기록된 발원시發願詩[5]에 나타난 것이 그러하다. 그런데도 신

---

3 송공(宋公) : 송여해(宋汝諧 1452, 문종2~1510, 중종5)를 이른다.

4 계부공(季父公) : 이경장(李敬長)을 이른다.

5 발원시(發願詩) : 『용재총화(慵齋叢話)』에 다음과 같은 내용이 보인다. "'동지중추부사(同知中樞府事) 홍경손(洪敬孫)이 젊었을 때 성균관에서 발원시를 짓기를, 이석형(李石亨)의 글씨, 조계(曹楙)의 활쏘기, 이인견(李仁堅)의 젊음과, 신숙주(申叔舟)의 눈, 이문형(李文炯)의 얼굴, 손차면(孫次綿)의 강한 음(양기)을 한 몸에 지니고, 등과하기를 항상 정인지(鄭麟趾)와 같게 하리라.' 하고, 미처 아래 구(句)를 잇지 못하자 중추부사 이계전(李季專)이 이때 옆에 있다가 말하기를, '내 이름으로 운을 맞추면 그대가 이을 수 있으리라.' 하였다. 홍경손이 드디어 다음 구를 이어 '위장병은 이계전과 같지 말 것이다.'라고 하니, 모두 포복절도하였다. 이 시의 뜻은 이석형은 글씨를 잘 쓰고, 조계는 활을 잘 쏘며, 이인견은 나이가 어리고 이문형은 얼굴이 아름다우며, 신숙주는 눈이 아름답고, 손차면은 양기가 강하고, 정인지는 두 번 장원 급제하였으며, 이계전은 위장병이 있음을 말한 것이다.〔洪同知敬孫少時在泮宮, 作發願詩曰 亨書楙射少仁堅, 舟目炯顔鳥次綿. 登科每似鄭麟趾, 未續下句. 李中樞季專時在側曰 吾名協韻, 君可續之. 洪遂續云 傷食毋如李季專, 左右絶倒. 詩意蓋謂 李石亨善書, 曹楙善射, 李仁堅年少, 李文炯美容, 申高靈美目, 孫次綿陰强, 鄭河東再爲壯元及第, 而李中樞有食傷病也.〕"

공제申公濟[6]가 해동의 유명한 필적들을 모을 때에 유독 여기에 넣지 않았으니, 이 어찌 별은 뽑고 해와 달은 버린 것과 다른 것이겠는가?" 하셨다.

내가 물러나와 삼가 생각해보니 이것은 나에게 내린 분부였다. 이것을 밝히는 책임이 어찌 나에게 있지 않겠는가? 숙부의 말씀이 항상 귓가에 있는 듯하여 잊지 않고 마음에 새겼는데, 어느덧 40년이 지나 백발이 성성해져 버렸다. 생각에 계획했던 것을 이루지 못하여 한을 품고 지하에 들어갈까 두려웠는데, 이제 이 의흥현義興縣의 읍재가 되어 봉급이 약간 남으니, 이것을 털어 일을 시작하면 오히려 계획을 할 수 있었다.

이에 판각할 나무를 모으고 각수刻手들을 모아서 옛 본을 대조하여 잘못된 것을 바로잡고 똑같지 않은 것이 있으면 두 가지를 다 기록해 두었으며, 달수와 날짜를 스스로 주注로 달아서 제목 아래에 보충해 넣었다. 유고와 시권은 모아 후집에 모으고, 공을 위해서 지은 것과 만장·제문 등은 기록하여 별집으로 만들었으며, 행장의 끝에는 유유주柳柳州[7]의 문집을 모방하여 세계世系와 연보를 더 넣었는데, 맹추孟秋에 시작하여 한 달 만에 일이 끝났다.

또 수재秀才 손욱孫旭에게 부탁하여 초고 몇 장을 임서臨書하게 해서 의성義城 이후 인원李侯仁元에게 부탁하여 붉은 돌〔紫石〕에 새겨서 『해

---

6 신공제(申公濟) : 1469년(예종1)~1536년(중종31). 자는 희인(希仁), 호는 이계(伊溪), 본관은 고령(高靈)이다. 초서와 예서에 능하였고 촉체(蜀體)를 잘 썼다. 또한 『해동명적(海東名蹟)』이라는 동국 명인의 필적을 간행하였다. 글씨는 「광주안참판침묘비(廣州安參判琛墓碑)」와 「남원윤판서효손묘비(南原尹判書孝孫墓碑)」가 남아 있다. 청백리에 피선되었다. 시호는 정민(貞敏)이다.

7 유유주(柳柳州) : 유종원(柳宗元 773~819)을 이른다. 당(唐)나라 하동인(河東人)으로, 자는 자후(子厚)이고 유하동이라고도 부른다. 헌종(憲宗) 원화(元和) 10년(815)에 유주자사(柳州刺史)를 지냈기 때문에 유유주라고 부르며, 한유(韓愈)와 함께 고문운동을 제창하였다. 『유하동집(柳河東集)』이 있다.

동명적海東名蹟』[8] 가운데 보충해 넣게 하였으니, 나의 이 생의 오랜 계획이 이에 다하였다. 아! 선 증조의 문장과 덕업이 이제 백 년이 지난 뒤에도 찬란하게 사람들에게 남아 있어서 없어지지 않게 되었으니, 만일 후생 가운데 전하여 듣지 못한 자는 마땅히 이 책에서 징험해야 할 것이다.

만력萬曆[9] 15년(1587, 선조20) 정해 계추季秋에 증손 의흥현감義興縣監 계啓는 삼가 쓰다.

---

[8] 『해동명적(海東名蹟)』: 1970년 12월 30일 보물 제526~1호로 지정되었는데 우리나라 역대 명필의 글씨가 돌에 새겨 있는 것을 탁본하여 상하 2책으로 묶은 것이다. 상책에는 조선시대 문종과 성종의 어필을 앞에 따로 놓고, 다음에 신라시대 최치원(崔致遠), 김생(金生), 영업(靈業)과 고려시대 탄연(坦然), 이암(李嵒), 신덕린(申德隣) 등 도합 6인의 글씨를 모아 놓았다. 하책에는 이강(李岡), 승려 혜근(慧勤), 성석린(成石磷), 박초(朴礎), 권근(權近), 이첨(李詹), 정도전(鄭道傳), 정총(鄭摠), 민자복(閔子復), 신색(申穡) 등 12인의 글씨가 실려 있다.

[9] 만력(萬曆): 명(明)나라 신종(神宗)의 연호(1573년~1619년)이다.

서거정(徐居正)

1420년(세종2)~1488년(성종19). 자는 강중(剛中), 초자는 자원(子元), 호는 사가(四佳), 본관은 달성(達成)이다. 어머니는 권근(權近)의 딸이며 자형(姊兄)은 최항(崔恒)이다. 조수(趙須)·유방선(柳方善) 등에게 배웠다. 천문·지리·의약·복서(卜筮)·성명(性命)·풍수에까지 통달하였고, 특히 시에 능하였다. 시문집으로『사가집(四佳集)』이 전하며, 공동 찬집으로『동국통감(東國通鑑)』·『동국여지승람(東國輿地勝覽)』·『동문선(東文選)』·『경국대전(經國大典)』·『연주시격언해(聯珠詩格諺解)』가 있고, 개인 저술로『역대연표(歷代年表)』·『동인시화(東人詩話)』·『태평한화골계전(太平閑話滑稽傳)』·『필원잡기(筆苑雜記)』·『동인시문(東人詩文)』등이 있다.

사가집(四佳集)

1483년(성종14) 왕명에 의해 저자가 30권으로 편차한 것을 졸(卒)한 직후 1488년에 나머지 유고를 모아 예각(藝閣)에서 갑진자(甲辰字)로 간행하였다. 이 초간본은 시 만여 수가 실린 50여 권의 시집과 산문 수백여 편이 실린 20여 권의 문집으로 되어 있으며, 저자가 생전에 부탁하여 지은 임원준(任元濬)·임사홍(任士弘) 부자의 서문 2편이 권수에 실려 있다. 그 후 1705년(숙종31)에 족손 서문유(徐文裕)가 중형(仲兄) 서문중(徐文重)의 권유를 받고 부윤으로 있던 전주(全州)에서 보유(補遺)를 편차하여 목판으로 중간하였다. 1929년에는 방계 후손 서광전(徐光前)이 16대손 서정준(徐廷俊)·서정규(徐廷圭) 등과 함께 산일된 중간본을 보결·증보하여 활자로 간행하였는데, 이것이 삼간본이다. 본 서문은 1705년 중간본에 있는 것으로, 국립중앙도서관장본이다.

임원준(任元濬)

1423년(세종5)~1500년(연산군6). 자는 자심(子深), 호는 사우당(四友堂), 본관은 풍천(豊川)이다. 1456년(세조2) 식년문과에 장원급제하였고, 1457년 문과중시에 급제하였으며, 1466년에는 발영시(拔英試)·등준시(登俊試)에 급제하였다. 1471년(성종2) 좌리공신(佐理功臣) 3등으로 서하군(西河君)에 책봉되었다. 1506년 중종반정(中宗反正) 후 아들 임사홍(任仕洪)의 죄로 관직이 삭탈되었다. 문장이 뛰어났고 경사(經史)와 의학에도 정통하였다. 저서에 의서(醫書)인『창진집(瘡疹集)』이 있다. 시호는 호문(胡文)이다.

【 5. 사가집 서 】

四佳集序

임원준任元濬 ————

文章之在天下也에 雖以古今時代而有異나 其高下盛衰는 則隨世道
之升降과 與政治之隆替而形焉이라 然文은 莫難乎詩하니 詩는 乃文之
精者也라 夫自雅頌降而爲國風으로 變而爲騷詞하고 爲漢, 魏하고 爲
六朝하고 爲隋, 唐하고 爲宋, 元諸體하야 作者輩出하야 人各異律하니
而斯可以觀世知政矣라

吾東方은 世稱文獻之國하야 文章之士 代不乏人이라 高句麗之乙支文
德과 新羅之崔致遠이요 至於前朝하야는 金侍中富軾과 李相國奎報 是
其尤者也라 迄于季世하야 益齋李公이 倡以古文之學한대 牧隱父子從
而和之하고 其如圃隱之嚴重과 陶隱之精鍊과 三峯之豪宕은 皆名家大
手요 而陽村權先生이 亦其一也라 陽村은 身任斯道하고 硏窮性理하야
發明五經之微義하야 以開來學之戶牖하니 其有功於斯文이 大矣니 豈
獨詩乎云哉아 此實五百年敎育之英材를 天其遺我祖宗之朝者也라

逮我莊憲大王하야 撫熙洽之運하고 闡文明之化하야 禮樂典章이 於是
乎粲粲하고 人材文物이 於是乎彬彬하니 有若河東鄭文成公, 高陽申
文忠公, 寧城崔文靖, 乖崖金文平이 莫不翹(교)英振秀하야 以鳴國家
之盛이요 四佳徐先生은 實陽村之禰甥이니 其得於淵源家法이 多矣라
而與諸公齊驅竝駕於一時하고 繼寧城掌文衡이 今二十有餘年이라
先生은 自童丱(관)으로 已有能詩聲하야 往往其佳篇警聯이 膾炙人口리
니 旣擢第入鑾坡하니 鑾坡群彦이 亦無出其右者라 先生이 窮抵古人
之妙奧하야 深契其理라 故로 雖率爾寓思하고 信筆點綴이나 而動中繩
墨하야 咳唾成珠하니 先生은 其眞三昧於詩者也歟인저 若夫規模之大
는 原委乎李, 杜하고 步趣之敏은 出入乎韓, 白이요 而其淸新豪邁하고
雅麗和平하야 備諸家而成一大家하니 先生은 其眞集成於詩者也歟인
저 是以로 朝庭縉紳이 無貴賤히 有得其詩者면 莫不藏弆以爲之寶요
至於觀光上國하고 奉使諸路하고 按部分符者와 與夫幽人逸士와 山僧
野客으로 袖卷求之者 日夕坌至로되 先生이 左扣右應하야 揮翰如流하
니 是豈尋常文士之所可企及也耶아
竊觀其應制와 其擬古題詠과 贈送哀輓之作과 若頌若賦若五七言古
風, 近體, 歌, 行, 絶句萬餘首로 爲詩集者 五十餘卷이요 序, 記, 說,
跋, 碑銘, 墓誌數百餘篇으로 爲文集者 二十餘卷이라 宏深廣闊하고
汪洋浩汗하야 如水之行地에 匯而爲湖海하고 流而爲江河하고 折而爲
涇渭하고 瀦而爲池沼하야 隨其大小而盈焉하니 苟非本之於五經하고
參之以諸子하며 貫穿百代하고 該括六合하야 明於事物之原하고 發乎
性情之正이면 則其所著述이 何能若是其富且麗哉아 先生이 以博通
之學과 明達之材로 歷翰苑하고 長臺諫하며 五判諸曹하고 四入黃扉가
踰四十年이라 其銘鍾鼎而垂竹帛者 悉於詩播之하야 渢渢鏘鏘하야 一
追雅頌之音하니 其所以超後代而復隆古者 實在於斯라 豈謂文章之

作이 直以古今時世而有異哉아

歲在丙申에 祁戶部順之使來于我也에 先生實承館接之命하니 當其
道途迓迎之際와 原隰馳驅之餘에 攬物興懷하면 輒形歌詠하야 與先生
更唱迭酬하야 爭奇競雄하야 欲以壓倒나 而先生左右逢源하야 其和强
韻이 雖至累百이나 愈出愈奇하니 亦何嘗見窘於彼耶아 是以로 祁終心
醉而歸하야 至曰 如此奇才는 求之天下라도 不易多得이라하니 戶部는
天下之士어늘 而其歎服如此하야 使中國之人으로 益信我東方文獻人
才之盛하니 先生은 眞所謂邦家之光矣라

雖然이나 序先生集에 歷擧前代하야 以及我東方의 邃古之詩士하야 敍
其次第而不遺乎今者는 誠以文章之在天下가 無古今時世之異요 而
詩派之傳이 實在先生하니 其亦猶韓子論道統之傳에 敍湯, 文, 周, 孔
하야 以接於堯, 舜之意歟인저 先生은 其亦不以吾言爲諛矣라 故로 佛
頭上着糞하야 吾亦不避其爲人誚하고 遂書以爲四佳集序하노라
쁴(時)弘治紀元之歲蒼龍戊申正月人日에 純誠明亮佐理功臣崇政大
夫西河君任元濬子深은 敍하노라

문장이 천하에 있어서는 비록 고금古今의 시대에 따라 차이가 있으나,
그 높고 낮음과 성하고 쇠함은 세도世道의 오르내림과 정치의 높고 낮음에
따라 나타난다. 그러나 문장은 시보다 어려운 것이 없으니, 시는 바로
문장의 정화精華이다. 아송雅頌이 강등되어 국풍國風이 되면서부터 변하
여 소사騷詞가 되고,[1] 한漢·위魏의 문체가 되고, 육조六朝의 문체가 되고,

---

1 아송(雅頌)이……되고: 아송은 『시경』의 문체 이름으로, 대아(大雅)·소아(小雅) 및 주송(周

수隋·당唐의 문체가 되고, 송宋·원元의 문체 등이 되어서, 작가가 계속하여 나왔지만 사람마다 각기 음률을 달리하였으니, 여기에서 세도를 보고 정치를 알 수 있다.

우리 동방은 세상에서 문헌文獻[2]의 나라라고 일컬어져서 문장을 짓는 선비가 대대로 끊어지지 않았는데, 고구려의 을지문덕乙支文德과 신라의 최치원崔致遠, 고려의 김시중 부식金侍中富軾과 이상국 규보李相國奎報는 그 중에서도 더욱 뛰어난 자들이다. 고려 말엽에 이르러 익재益齋[3] 이공李公이 고문학古文學을 제창하자 목은牧隱[4] 부자가 따라서 동조하였으며, 포은圃隱[5]의 엄중함과 도은陶隱[6]의 정련精鍊됨과 삼봉三峯[7]의 호탕함은 모두 명가名家의 큰 솜씨로, 양촌陽村[8] 권 선생權先生 또

頌)·상송(商頌)·노송(魯頌)을 가리킨다. 『맹자』「이루 하(離婁下)」에 "시가 없어진 뒤에 『춘추(春秋)』가 지어졌다.〔詩亡然後春秋作〕" 하였는데, 주자의 주에 이르기를 "왕풍(王風)의 「서리(黍離)」편이 아송(雅頌)이 되지 못하고 열국의 국풍(國風)으로 강등된 것을 이른다.〔謂黍離降爲國風〕" 하였다. 「서리」편은 주(周)나라 평왕(平王)이 동쪽 낙읍(洛邑)으로 천도한 뒤에 어떤 사람이 옛날 왕성(王城)이 있던 서주(西周)를 지날 때 보니 왕성이 황폐하여 모두 기장 밭이 되었으므로 이것을 서글퍼하며 지은 시이다. 소사(騷詞)는 『이소경(離騷經)』 등의 초사(楚辭)를 가리킨다.

2 문헌(文獻) : 『논어』「팔일(八佾)」에 "하(夏)나라의 예를 내가 말할 수 있으나 그 후손의 나라인 기(杞)나라에서 충분히 증거를 대 주지 못하며, 은(殷)나라의 예를 내가 말할 수 있으나 그 후손의 나라인 송(宋)나라에서 충분히 증거를 대 주지 못하는 것은 문헌이 부족하기 때문이다.〔夏禮吾能言之, 杞不足徵也, 殷禮吾能言之, 宋不足徵也, 文獻不足故也.〕" 하였는데, 주자의 주에 이르기를 "문(文)은 전적이며, 헌(獻)은 어진 사람이다.〔文, 典籍也. 獻, 賢也.〕" 하였다. 여기에서는 전장제도와 관계된 문자 자료와 전고를 많이 아는 사람을 가리킨다.

3 익재(益齋) : 이제현(李齊賢 1287, 고려 충렬왕13~1367, 고려 공민왕16)의 호이다.

4 목은(牧隱) : 이색(李穡 1328, 고려 충숙왕15~1396, 태조5)의 호로, 이제현(李齊賢)의 문하생이다.

5 포은(圃隱) : 정몽주(鄭夢周 1337, 고려 충숙왕6~1392, 태조1)의 호이다.

6 도은(陶隱) : 이숭인(李崇仁 1349, 고려 충정왕1~1392, 태조1)의 호이다.

7 삼봉(三峯) : 정도전(鄭道傳 1342, 고려 충혜왕3~1398, 태조7)의 호이다.

한 그 중의 한 분이었다. 양촌은 몸소 이 도를 책임지고 성리학을 연구하여 오경五經의 깊은 뜻을 발명해서 후학의 문을 열어 주었으니, 사문斯文에 큰 공이 있다. 어찌 다만 시뿐이겠는가? 이는 실로 고려조 5백 년 동안 교육한 영재英材를 하늘이 우리 조종조祖宗朝에 물려주신 것이다.

우리 장헌대왕莊憲大王[9]에 이르러서는 밝고 흡족한 운을 타고 문명의 교화를 밝혀서 예악禮樂과 전장典章이 이에 찬란하고 인재와 문물이 이에 빈빈彬彬하였다. 예컨대 하동河東 정문성공鄭文成公[10], 고양高陽 신문충공申文忠公[11], 영성寧城 최문정崔文靖[12], 괴애乖崖 김문평金文平[13] 같은 분이 모두 아름다움을 뽐내고 빼어남을 떨쳐서 국가의 성대함을 울렸으며, 사가四佳 서 선생徐先生은 실로 양촌의 외손으로 그 연원의 가법家法에서 얻은 것이 많았는데, 여러 공들과 한 시대에 나란히 달리고 함께 멍에 하여서 영성寧城을 뒤이어 문형文衡을 맡은 것이 이제 20여 년이다.

선생은 어릴 때부터 이미 시를 잘한다는 명성이 있어서 종종 아름답고 놀라운 시편이 사람들 입에 회자膾炙되었으며, 급제하여 난파鑾坡

---

8 양촌(陽村) : 권근(權近 1352, 고려 공민왕1~1409, 태종9)의 호이다.

9 장헌대왕(莊憲大王) : 장헌(莊憲)은 세종대왕의 시호이다.

10 정문성공(鄭文成公) : 문성(文成)은 정인지(鄭麟趾 1396, 태조5~1478, 성종9)의 시호이며, 하동은 본관이다.

11 고양(高陽) 신문충공(申文忠公) : 문충(文忠)은 신숙주(申叔舟 1417, 태종17~1475, 성종6)의 시호이다. 본관은 고령(高靈)으로, 고양은 고령의 옛 이름이다.

12 영성(寧城) 최문정(崔文靖) : 문정(文靖)은 최항(崔恒 1409, 태종9~1474, 성종5)의 시호이다. 영성은 최항의 본관인 경기도 삭녕(朔寧)을 가리킨다.

13 괴애(乖崖) 김문평(金文平) : 문평(文平)은 김수온(金守溫 1410, 태종10~1481, 성종12)의 호이다.

(한림원)에 들어가자 난파의 여러 선비들이 또한 그 위로 나오는 자가 없었다.

선생은 옛 사람의 오묘함을 끝까지 연구하여 그 이치를 깊이 알았다. 그러므로 비록 갑자기 생각을 붙이고 붓 가는 대로 점철點綴하였으나 번번이 법도에 맞고 해타咳唾가 구슬을 이루었으니, 선생은 참으로 시에 있어서 삼매경에 든 자라 할 것이다. 그 규모의 큼은 이백李白과 두보杜甫에 근원을 두었고, 보취步趣의 민첩함은 한유韓愈와 백거이白居易에 출입하였으며, 깨끗하고 호방하며 곱고 화평함은 여러 대가들을 구비함으로써 일대가一大家를 이루었으니, 선생은 참으로 시에 있어서 집대성한 자라 할 것이다.

이 때문에 조정의 사대부들은 귀천을 가리지 않고 그 시를 얻으면 잘 보관하여 보물로 여기지 않는 이가 없었으며, 상국上國[14]을 관광하고 여러 도에 사명使命을 받들고 나가며 부部를 살피고[15] 부절符節을 나눈[16] 자와 유인幽人·일사逸士·산승山僧·야객野客에 이르기까지 소매에 책을 넣고 와서 시문을 구하는 자가 밤낮으로 모여들었는데, 선생은 좌우로 답하고 응하며 붓을 휘갈기기를 마치 물이 흐르는 듯 하였으니, 이 어찌 평범한 문사文士가 바라고 미칠 수 있는 바이겠는가?

살펴보면 그 응제應製·의고擬古·제영題詠·증송贈送·애만哀輓시와 송頌·부賦, 오언五言·칠언七言의 고풍古風 및 근체시近體詩·가歌·행行·절

---

14 상국(上國) : 옛날 제후가 천자의 나라를 높여 일컫던 칭호로, 여기에서는 명(明)나라를 가리킨다.

15 부(部)를 살피고 : 관할 지역을 다스린다는 뜻으로, 안렴사(按廉使) 등의 도신(道臣)을 이른다.

16 부절(符節)을 나눈 : 왕에게 부절을 나눠 받았다는 뜻으로, 군현(郡縣)의 수령을 이른다.

구 등 1만 여 수로 시집을 만든 것이 50여 권이고, 서序·기記·설說·발跋·비명碑銘·묘지墓誌 수백여 편으로 문집을 만든 것이 20여 권이다. 크고 깊고 넓고 아득하여, 마치 물이 땅으로 흘러감에 모여서 호수와 바다가 되고, 흘러서 양자강과 황하가 되며, 꺾여서 경수涇水와 위수渭水가 되고 고여서 연못과 늪이 되어, 그 크고 작은 것에 따라 가득 채우는 것과 같으니, 만일 오경五經에 근본을 두고 제자백가를 참고하며 백대百代를 꿰뚫고 육합六合을 포괄하여 사물의 근원에 밝고 성정의 바름에서 나온 것이 아니라면 그 저술한 것이 어찌 이와 같이 많고 또 아름다울 수 있겠는가?

선생은 해박한 학문과 밝게 통달한 재주로 예문관의 벼슬을 지내고 대간臺諫의 장관이 되었으며, 다섯 번 여러 조曹의 판서가 되고 의정부에 네 번 들어가서 벼슬한 세월이 40년이 넘는다.[17] 그 종정鐘鼎에 새기고 죽백竹帛에 남길 글을 모두 시에 나타내었는데, 물이 솟아나듯 쇳소리가 크게 울리듯 한결같이 아송雅頌의 음을 따랐으니, 후대를 뛰어넘어 훌륭한 옛 것을 회복한 것은 실로 이에 있다. 어찌 문장을 짓는 것이 그저 고금의 시대에 따라 차이가 있다고 말할 수 있겠는가?

지난 병신년(1476, 성종7)에 호부낭중戶部郎中 기순祁順[18]이 우리나

---

17 예문관의……넘는다 : 서거정은 1444년(세종26) 25세 때 문과에 합격하여 사재감 직장을 거쳐 집현전 박사가 된 것을 시작으로, 1488년(성종19) 대사성으로서 중국사신을 접빈하고 그해 12월 69세의 나이로 죽기까지 40여 년 동안 여러 요직을 거쳤다. 1465년(세조11)에 예문관 제학, 1467년(세조13)에 예문관 대제학을 지냈으며, 1475년(성종3)에는 대사헌이 되었다. 그리고 1467년 2월에 형조판서, 같은 해 12월에 공조판서가 되었으며, 1469년(예종1)에 호조판서, 1479년(성종10)에 이조판서, 1481년(성종14)에 병조판서가 되었다. 그리고 1469년(예종1) 가을에 우참찬이 되고 1474년(성종5)에 대사헌에서 다시 우참찬이 되었으며, 1475년에 좌참찬, 1476년에 우찬성, 1483년에 좌찬성이 되어 의정부에 들어갔다.

18 기순(祁順) : 기순(1434~1497)은 명(明)나라 광동(廣東) 동관(東莞) 사람으로, 자는 치

라에 사명使命을 받들고 왔을 때에 선생이 실로 관접館接하는 명을 받들었다. 도로에서 전송하고 맞이하는 즈음과 언덕이며 습지를 달려가는 때를 당하여, 기순은 물건을 보고 감회가 일어나면 그때마다 시로 읊조려서 선생과 번갈아 주고받으며 기이함과 웅장함을 겨루어 선생을 압도하고자 하였다. 그러나 선생이 이리저리 알맞게 조처하여[19] 강운强韻[20]에 화답한 것이 수백 편에 이르렀는데도 갈수록 더욱 기이하였으니, 또한 어찌 저 기순에게 곤욕을 당했겠는가? 이 때문에 기순은 끝내 심취하여 중국에 돌아간 뒤에 말하기를 "이와 같은 기이한 재주는 중국 천하에서 찾더라도 많이 얻기가 쉽지 않다." 하였다. 기 호부祁戶部는 천하의 선비였는데도 그 탄복함이 이와 같아서 중국 사람들로 하여금 우리 동방의 문헌과 인재의 훌륭함을 더욱 믿도록 하였으니, 선생은 참으로 이른바 '국가의 영광'[21]이라 할 것이다.

그러나 내가 선생의 문집에 서문을 쓰면서 전대의 문인들을 차례로 열거하고 우리 동방의 옛 시사詩士에까지 미쳐서 차례대로 서술하여 현재의 문인들을 빠뜨리지 않은 것은, 진실로 문장이 천하에 있어서

화(致和), 호는 손천(巽川)이다. 천순(天順) 4년(1460)에 진사가 되어 병부주사(兵部主事) 등을 지냈고, 호부낭중(戶部郎中)으로 있으면서 우리나라에 사신으로 왔다. 관직이 강서좌포정사(江西左布政使)에 이르렀으며, 문집에 『손천집(巽川集)』이 있다.

19 선생이……조처하여 : 『맹자』 「이루 하(離婁下)」에 "이용함이 깊으면 좌우에서 취하여 씀에 그 근원을 만나게 된다.〔資之深, 則取之左右逢其源.〕"에서 온 말로, 좌우봉원(左右逢源)이란 이리저리 알맞게 한다는 뜻이다.

20 강운(强韻) : 험운(險韻)이라고도 하는데, 생경하고 잘 쓰지 않는 운을 말한다.

21 국가의 영광 : 『시경』 「소아(小雅) 남산유대(南山有臺)」와 「주송(周頌) 재삼(載芟)」에 보이는 바, 「남산유대」에 이르기를 "즐거운 군자여! 국가의 영광이로다.〔樂只君子, 邦家之光.〕" 하였으며, 「재삼」에 이르기를 "음식이 향기로우니 국가의 영광이로다.〔有飶其香, 邦家之光.〕" 하였다.

고금의 시대에 차이가 없고 시파詩派의 전수가 실로 선생에게 있기 때
문이니, 이 또한 한자韓子가 도통道統의 전함을 논하면서 성탕成湯·문
왕文王·주공周公·공자孔子를 서술하고는 요堯·순舜에 연결시킨[22] 뜻일
것이다. 선생은 또한 내 말을 아첨한다고 여기지 않을 것이기에, 부처
님 머리 위에 똥을 놓아서[23] 나도 남에게 꾸짖음 당하는 것을 피하지
않고 마침내 이 글을 써서 『사가집』의 서문으로 삼는 바이다.

　홍치弘治[24] 기원 무신년(1488, 성종19) 정월 인일人日[25]에 순성명량
좌리공신純誠明亮佐理功臣 숭정대부崇政大夫 서하군西河君 임원준 자심任
元濬子深은 쓰다. 🐚

---

[22] 한자(韓子)가……연결시킨 : 한자는 한유(韓愈)를 높여서 부른 것으로, 도통의 전수에 대해 논
한 내용이 한유의 「원도(原道)」에 보인다.

[23] 부처님……놓아서 : 『경덕전등록(景德傳燈錄)』 「여회선사(如會禪師)」에 "최상공이 절에 들어갔
을 때 새들이 부처님 머리 위에 똥을 싸는 것을 보고 대사에게 여쭙기를 '새들에게도 불성이 있습니까?'라
고 하자, 대사는 '있다.' 하였다. 최상공이 다시 '왜 부처님 머리 위에 똥을 싸는 것입니까?' 라고
묻자, 대사는 '너는 어찌하여 새매 머리 위에 똥을 싸지 않느냐?' 하였다.〔崔相公入寺, 見鳥雀於佛頭上
放糞, 乃問師曰 '鳥雀還有佛性也無?' 師云 '有.' 崔云 '爲什麼向佛頭上放糞?' 師云 '是伊爲什麼不向
鷂子頭上放?'〕" 라고 하였다. 또 원(元)나라 유훈(劉壎)의 『은거통의(隱居通議)』권18 「문장6(文章
6) 서서(序書)」에 "구양공(歐陽公 구양수(歐陽修)이 『오대사(五代史)』를 짓자 어떤 사람이 서문을
써서 그 앞에 두려고 하였다. 왕형공(王荊公 왕안석(王安石)이 그를 보고 말하기를 '부처님 머리
위에 어찌 똥을 붙일 수 있는가?' 하였다.〔歐陽公作五代史, 或作序記其前. 王荊公見之曰 佛頭上豈可
著糞?〕"는 내용이 보인다. 아름다운 사물이 오염되고 더러워지는 것을 비유하는데, 여기에서는 좋은
글의 앞에 나쁜 서문을 쓰는 것을 가리킨다.

[24] 홍치(弘治) : 명(明)나라 효종(孝宗)의 연호(1488년~1505년)이다.

[25] 인일(人日) : 음력 정월 7일을 가리킨다.

김종직(金宗直)

1431년(세종13)~1492년(성종23). 자는 계온(季昷), 호는 점필재(佔畢齋), 본관은 선산(善山), 밀양 출신이다. 고려 말 정몽주(鄭夢周)·길재(吉再)의 학통을 이은 아버지로부터 수학하였다. 제자 김일손(金馹孫)이 그의 「조의제문(弔義帝文)」을 사초에 수록하였는데, 중국의 의제 고사를 들어 세조의 왕위찬탈을 비난했다 하여 1498년(연산군4)에 무오사화가 일어났다. 그 결과 많은 사람들이 죽거나 귀양을 가게 되었고, 그도 부관참시(剖棺斬屍)를 당하였다. 뒤에 중종반정으로 신원되었다. 저서로는『점필재집』·『유두류록(遊頭流錄)』·『청구풍아(靑丘風雅)』·『당후일기(堂後日記)』등이 있으며, 편저로『일선지(一善誌)』·『이준록(彝尊錄)』·『동국여지승람(東國輿地勝覽)』등이 전해지고 있으나, 많은 저술들이 무오사화 때 소실된 관계로 지금 전하는 것은 많지 않다. 시호는 문충(文忠)으로, 한때 문간(文簡)으로 바뀌었다가 숙종 때에 다시 환원되었다.

이준록(彝尊錄)

이 글은『점필재집(佔畢齋集)』에 들어 있는데, 김종직이 부친상을 마친 세조 4년 무인년(1458)에 편찬하고, 성종 11년 경자년(1480)에 모친상을 당하여 다시 교정한 것이다. 저자의 생질인 홍해군수(興海郡守) 강백진(康伯珍)이 연산군 3년 정사년(1497)에 홍해에서 간행하고, 판목(板木)은 선산(善山)으로 옮겨서 보관하였다. 그 후 인조 27년 기축년(1649)에 경상도 관찰사 이만(李曼)이 밀양(密陽)의 예림서원(禮林書院)에서 중간하였으며, 문집에 합부되었다. 여기에서 이준(彝尊)이란,『예기(禮記)』의 "겨울 제사 때 이(彝)와 정(鼎)에 명문을 새긴다.〔施于烝彝鼎〕"는 글에서 뜻을 취한 것으로, 선조(先祖)의 아름다운 일을 종이(宗彝 종묘의 제기)나 정(鼎)에 새겨서 후세에 전한다는 의미이다. 본 서문은 1520년에 간행된 초간본을 교정·보판(補板)한 후쇄본에 실린 것으로, 규장각장본이다.

조위(曺偉)

1454년(단종2)~1503(연산군9)년. 자는 태허(太虛), 호는 매계(梅溪), 본관은 창녕(昌寧)이다. 7세에 이미 시를 지을 정도로 재주가 뛰어났다. 1498년(연산군4)에 성절사(聖節使)로 명나라에 다녀오던 중 무오사화가 일어나, 김종직(金宗直)의 시고(詩稿)를 수찬한 장본인이라 하여 오랫동안 의주에 유배되었다가 순천으로 옮겨진 뒤 그곳에서 죽었다. 저서에『매계집(梅溪集)』이 있다. 시호는 문장(文莊)이다.

【6. 이준록 서】

彝尊錄序

조위曹偉 ────────

子之於親에 愛之篤故로 慕之深하고 慕之深故로 猶懼一行一善之不
聞於世하니 此出於人心天理之正而不容已也라 文獻名家 著爲譜錄
하야 纂次世系者는 或有之矣로되 至於述先人行業하야 以及歷官師友
하야 萃爲一帙하야 以遺子孫者는 求之當世하면 絶無而僅有也라
文簡公佔畢齋先生은 道德文章이 師範一世하시니 學問淵源이 出於先
司藝公하야 如致堂之於文定과 九峯之於西山하니 其操履之篤과 文詞
之富가 雖由天分之卓越이나 而皆先公訓迪而養成者也라 昔在戊寅에
先生服闋家居할새 悼先公有至德茂行이나 不大顯於世하야 手撰一錄
하되 先之以譜圖하고 次之以紀年하고 又次之以師友하야 平生涖官行
事와 與夫訓戒之辭와 家廟祭儀之可法者를 纖悉具載하야 無有遺失이
리니 歲庚子에 更加校定하고 又効陶淵明, 朱晦菴하야 撰外祖朴公傳
과 及先夫人行狀하야 增附于後하고 目之曰彝尊錄이라하니 蓋取諸禮

施于烝彝鼎之義也라 藏之巾衍하야 秘不示人하시니 及門之士 皆不得
知라

先生易簀後六年春에 甥興海郡守康子輶이 得之汗漫間하야 將欲鋟
梓以傳할새 屬余爲序라 余伏讀而歎曰 有是哉라 君子之急於揚親善
也여 記曰 古之君子 論撰其先祖之美하야 而明著之後世하나니 無美
而稱之면 是誣也요 有善而不知면 不明也요 知而不傳이면 不仁也니
是三者는 君子之所耻也라하니 世之人이 孰不欲稱揚先美하야 以傳不
朽리오마는 然不能者는 誠有所未盡하고 孝有所未至耳라 何者오 嘉言
懿行을 耳濡目染於趨庭之日이라도 而一念不謹하야 苟不存之心이면
則漫不能記하고 雖或記之라도 而筆力不逮하면 則錄一漏百하니 曷能
備述其全을 如是其詳耶아

是錄也는 先後有序하고 詳略得宜하야 該而不失於細하고 實而不至於
文하니 苟非愛慕之深하고 誠孝之至하야 潛心體認하야 服膺不失者면
何能至此哉아 況祭禮一事는 尤關風敎라 我國家久染習俗하야 士大
夫喪祭에 雜用浮屠로되 莫或正之러니 獨司藝公이 奮不顧流俗하고 一
遵文公之禮하야 倡於鄕里하시고 先生이 又筆之於書하야 著爲家範하야
一洗世俗之陋하시니 豈徒金氏一家世守之規리오 抑亦當世搢紳之所
當法也라 嗟夫라 司藝公之篤於孝行과 佔畢齋之勤於用心을 非此錄
이면 世無得而知之리니 可謂父作子述하야 趾美傳芳者歟인저 使後之
爲子孫者 皆以二公之心爲心이면 則詩所謂孝子不匱하야 永錫爾類리
니 門戶之祚를 其可量耶아 然則是錄之行於世也 豈非敦民彝, 厚風
俗之一助乎아 嗚呼至哉인저

弘治十年丁巳仲夏端午後一日에 門人曹偉는 序하노라

자식이 어버이에 대하여 사랑하는 마음이 돈독하기 때문에 사모하는 마음이 깊고, 사모하는 마음이 깊기 때문에 행여 부모의 훌륭한 행실과 선善이 하나라도 세상에 알려지지 못할까 염려한다. 이는 인심人心과 천리天理의 올바른 데에서 나와 그칠 수가 없는 것이다. 문헌文獻으로 이름난 대가들이 보록譜錄을 만들어서 세계世系를 차례로 엮은 경우는 간혹 있지만, 선인의 행실과 사업에서부터 역임한 관직과 사우師友에 이르기까지 기술하여 한 질의 책을 만들어 자손에게 물려준 경우는 지금 세상에 찾아보면 겨우 한둘이 있을 뿐 거의 없다.

문간공文簡公 점필재佔畢齋 선생은 도덕과 문장이 당세에 사표가 되었다. 학문의 연원은 선친 사예공司藝公[1]에서 나와, 치당致堂[2]이 문정文定[3]에 있어서와 구봉九峯[4]이 서산西山[5]에 있어서의 경우와 같으니, 그

---

[1] 사예공(司藝公) : 김종직의 부친 김숙자(金叔滋 1389, 고려 공민왕1~1456, 세조2)를 말한다. 자는 자배(子培), 호는 강호(江湖)·강호산인(江湖散人), 본관은 선산(善山)이다. 1414년 생원시에 합격하고 1419년 식년 문과에 병과로 급제하였다. 고령현감(高靈縣監)·세자우정자(世子右正字)·개령현감(開寧縣監)을 역임하고 사예(司藝)가 되었으나 1456년 사직하고 밀양(密陽)으로 낙향하였는데 그해에 죽었다. 길재(吉再)를 사사하여 사림의 도통을 아들인 김종직에게 이어주었다. 시호는 문강(文康)이다.

[2] 치당(致堂) : 호인(胡寅 1098~1156)의 호로, 자는 명중(明仲)이다. 호안국(胡安國)의 조카로서 양자가 되어 후사를 이었다. 북송(北宋) 고종(高宗) 연간에 금(金)나라의 침입에 대해 주전론(主戰論)을 주장하다가 주화파(主和派) 진회(秦檜)의 미움을 사서 좌천되었다. 저서로는『독사관견(讀史管見)』·『논어상설(論語詳說)』·『비연집(斐然集)』 등이 있다. 시호는 문충(文忠)이다.

[3] 문정(文定) : 호안국(胡安國 1074~1138)의 시호로, 자는 강후(康侯), 호는 무이 선생(武夷先生). 복건성(福建省) 숭안(崇安) 출신이다. 정호(程顥)·정이(程頤) 중 특히 정이를 사숙(私淑)하여 거경궁리(居敬窮理)의 학문을 중시했다. 저서로는『춘추호씨전(春秋胡氏傳)』·『자치통감거요보유(資治通鑑擧要補遺)』 등이 있다.

[4] 구봉(九峯) : 채침(蔡沈 1167~1230)의 호이다. 채원정(蔡元定)의 아들이며, 주자(朱子)의 제자이자 사위이다. 저서로는『서경집전(書經集傳)』이 있다.

[5] 서산(西山) : 채원정(蔡元定 1135~1198)의 호로, 자는 계통(季通), 복건성(福建省) 건양(建陽) 출신이다. 주자의 문인으로 건양현의 서북쪽 서산에 은거하며 강학하여 서산 선생(西山

독실한 절조와 풍부한 문장은 비록 천부적으로 타고난 뛰어난 재주에서 연유하였지만 모두 선친께서 훈도하여 양성한 것이다.

지난 무인년(1458, 세조4)에 선생이 삼년상[6]을 마치고 집에 계실 적에 지극한 덕과 훌륭한 행실을 지닌 선친께서 세상에 크게 알려지지 못한 것을 슬퍼하여 저록著錄을 한 편 직접 지었는데, 맨 앞에 보도譜圖를 두고 다음에 기년紀年(연보)을 두고 또 그 다음에 사우師友와 평생 동안 지낸 관직과 사업, 그리고 훈계하신 말씀과 본받을만한 가묘家廟의 제의祭儀를 두어, 자세하게 모두 기재해서 빠뜨린 것이 없었다.

경자년(1480, 성종11)에 다시 교정하고, 또 도연명陶淵明[7]과 주회암朱晦菴[8]을 본받아 외조 박공朴公[9]의 전傳과 선부인先夫人의 행장을 지어 뒤에 덧붙이고 『이준록』이라 불렀다. 이는 『예기禮記』 「제통祭統」에 "증제烝祭(겨울제사)에 이彝와 정鼎에 명문을 새긴다.〔施于烝彝鼎〕"는 말에서 의미를 취한 것이다. 선생은 이것을 책상 속에 보관하여 숨기고 남에게 보여주지 않으셨는데, 이 때문에 문하의 선비들이 전혀 알지

先生)이라고 하였다.

6 삼년상 : 김종직은 세조 2년(1456) 3월에 부친상을 당하였다.

7 도연명(陶淵明) : 연명(淵明)은 도잠(陶潛 365~427)의 자이다. 일설에 원래 이름은 연명인데 뒤에 잠(潛)으로 고쳤다고 한다. 호는 오류 선생(五柳先生), 강서성(江西省) 구강현(九江縣) 시상(柴桑) 출신이며, 증조부는 도간(陶侃)이다. 29세에 주 좨주(州祭酒)·진군참군(鎭軍參軍)·건위참군(建衛參軍)을 거쳐 팽택현령(彭澤縣令)을 지내다가 사임하고 은거하였다. 육조시대 최고의 시인으로 『귀거래사(歸去來辭)』·『오류선생전(五柳先生傳)』·『도화원기(桃花源記)』·『수신후기(搜神後記)』 등의 작품이 있다.

8 주회암(朱晦菴) : 회암(晦菴)은 주희(朱熹 1130~1200)의 호로, 자는 원회(元晦)·중회(仲晦), 복건성(福建省) 우계(尤溪) 출신이다. 성리학을 집대성하였다.

9 박공(朴公) : 박홍신(朴弘信 1373, 공민왕22~1419, 세종1)을 이른다. 본관은 밀양(密陽)으로 조선전기의 무신이다. 1419년(세종1)에 이종무(李從茂) 등이 대마도를 토벌할 때 좌군병마사로 절도사 박실(朴實)에 예속되어 싸우다가 이망군(尼忘郡) 전투에서 전사하였다.

못하였다.

선생이 역책易簀[10]하신 지 6년이 지난 봄, 선생의 생질인 흥해군수興海郡守 강자온康子韞[11]이 우연히 이것을 얻고는 판각하여 후세에 전하려고 하면서 서문을 지어줄 것을 나에게 부탁하였다.

나는 삼가 이 책을 읽어보고 감탄하기를 "이와 같구나, 군자들이 어버이의 선행을 드날리기에 급급함이여!"라고 하였다. 『예기』「제통祭統」에 이르기를 "옛날의 군자는 선조의 훌륭한 점을 논찬論撰하여 후세에 밝게 드러냈다. 훌륭한 점이 없는데도 칭찬한다면 속이는 것이고, 선행이 있는데도 알지 못한다면 지혜롭지 못한 것이며, 알면서도 전하지 않는다면 불인不仁한 것이다. 이 세 가지는 군자가 수치로 여기는 것이

---

10 역책(易簀) : 책(簀)은 화려하고 아름다운 대자리로, 역책은 임종을 가리킨다. 증자가 병이 위독했을 때 깔고 누워 있던 대자리가 대부(大夫)만이 쓸 수 있는 대자리라는 것을 알고는 그 대자리를 바꾸게 하고 바로 운명했다는 고사에서 유래하였다. 『예기(禮記)』「단궁 상(檀弓上)」에 "증자가 병으로 드러누웠는데 매우 위독해졌다. 제자인 악정자춘(樂正子春)은 침상 아래 있었고, 아들인 증원(曾元)과 증신(曾申)은 그의 발아래 있었으며, 한 아이가 구석에 앉아 촛불을 들고 있었다. 아이가 '화려하고 윤이 나는 것을 보니 대부만이 쓸 수 있는 자리겠죠?' 라고 하자, 악정자춘이 소리 내지 말라고 하였다. 증자가 듣고 놀라서 탄식하는 소리를 냈다. 아이가 또 '화려하고 윤이 나는 것을 보니 대부만이 쓸 수 있는 자리겠죠?' 라고 하자, 증자가 말하였다. '그렇다. 이것은 계손씨(季孫氏)가 하사한 것인데 내가 미처 바꾸지 못하였다. 원아, 나를 일으켜서 자리를 바꾸도록 하여라.' 하였다.……증자를 부축하여 일으키고 자리를 바꾸었는데, 원래 자리에 놓고 안정시키기도 전에 죽었다.〔曾子寢疾, 病. 樂正子春坐於牀下, 曾元曾申坐於足, 童子隅坐而執燭. 童子曰 華而睆, 大夫之簀與! 子春曰 止. 曾子聞之, 瞿然曰 呼. 曰華而睆, 大夫之簀與! 曾子曰 然. 斯, 季孫之賜也, 我未之能易也. 元, 起, 易簀.……擧扶而易之, 反席未安而沒.〕라는 내용이 보인다.

11 강자온(康子韞) : 자온(子韞)은 강백진(康伯珍 ?~1504, 연산군10)의 자이다. 본관은 신천(信川)이며, 김종직(金宗直)의 생질이자 문인이다. 1477년(성종8)에 문과에 급제하였다. 1498년(연산군4) 무오사화가 일어나자 김일손(金馹孫)·권오복(權五福)·권경유(權景裕) 등이 대역죄로 능지처사를 당할 때 장(杖) 80에 정주로 귀양 가서 봉수(烽燧)의 야역(夜役)을 하였는데, 1504년에 무오수죄(戊午受罪)로 외방에 부처(付處)된 사람들의 처리에 대한 안이 나와 능지처참되고, 아들과 형제들도 결장(決杖)에다 외방으로 축출되었다. 1506년(중종1)에 대사간에 추증되었다.

다.”12 하였다. 세상 사람들이 누군들 선대의 훌륭한 점을 찬양하여 무궁한 후세에 전하고 싶지 않겠는가? 그러나 이렇게 하지 못하는 것은 정성에 미진한 점이 있고 효성에 지극하지 못한 점이 있기 때문이다.

어찌하여 그러한가? 선조의 좋은 말씀과 훌륭한 행실을 가정에서 모시고 가르침을 받던 시절13에 익히 보고 듣더라도 한 생각을 삼가지 않아서 이를 마음속에 기억해 두지 못한다면 까마득히 기억하지 못하게 되며, 비록 기억하더라도 필력筆力이 미치지 못하면 한 가지를 기록하고 백 가지를 빠뜨리게 되니, 어찌 그 전부를 이처럼 상세히 모두 기록할 수 있겠는가?

이 기록은 앞뒤에 차례가 있고, 자세하고 간략하게 쓴 것이 알맞다. 그리하여 기록한 것이 광범위하면서도 너무 세세한 잘못을 저지르지 않고, 내용이 충실하면서도 지나치게 꾸미는 데에 이르지 않았다. 만

---

12 옛날의……것이다 : 『예기(禮記)』「제통(祭統)」에 “옛날 군자가 그 선조의 아름다운 행실을 논찬 (論讚)하여 후세에 밝게 드러날 적에 이로써 자기 몸을 나란히 하며 이로써 그 나라를 중하게 함이 이와 같으니, 자손으로서 종묘와 사직을 지키는 자가 선조가 아름다운 행실이 없는데도 칭찬한다면 이것은 거짓말이고, 선(善)이 있는데도 알지 못하면 지혜가 밝지 못한 것이고, 알고도 전하지 않는다면 인(仁)하지 못한 것이니, 이 세 가지는 군자가 수치로 여기는 바이다.〔古之君子 論讚其先祖之美, 而明著之後世者也, 以比其身, 以重其國家如此, 子孫之守宗廟社稷者 其先祖無美而稱之, 是誣也. 有善而弗知, 不明也. 知而弗傳, 不仁也, 此三者 君子之所恥也..〕” 하였다.

13 가정에서……시절 : 추정(趨庭) 또는 과정지훈(過庭之訓)이라고도 하는 바, 가정에서 받는 부모 님의 가르침을 의미한다. 『논어』「계씨(季氏)」에 “진항(陳亢)이 백어에게 ‘자네는 달리 들은 것이 있는가?’라고 묻자, 백어가 대답하였다. ‘달리 들은 것은 없었다. 다만 한번은 홀로 서계실 때 내가 종종 걸음으로 뜰을 지난 적이 있었는데,「시를 배웠느냐?」고 물으시기에 배우지 못하였다고 대답하자「시를 배우지 않으면 말을 할 수 없다.」하셨다. 그래서 물러가 시를 배웠다. 다른 날 또 홀로 서계셨는데 내가 종종 걸음으로 뜰을 지나가고 있었다.「예를 배웠느냐?」물으시기에 못하였다고 대답하자「예를 배우지 않으면 설 수 없다.」하셨다. 그래서 물러가 예를 배웠다. 이 두 가지를 들었을 뿐이다.〔陳亢問於伯魚曰 子亦有異聞乎? 對曰 未也. 嘗獨立, 鯉趨而過庭, 曰學詩乎? 對曰 未也. 不學詩, 無以言, 鯉退而學詩. 他日又獨立, 鯉趨而過庭, 曰學禮乎? 對曰 未也. 不學禮, 無 以立, 鯉退而學禮. 聞斯二者.〕”라는 내용이 보인다.

일 사모하는 마음이 깊고 효성이 지극하여 마음을 잠겨 체득해서 가슴 속에 잘 간직하여 잃지 않은 사람이 아니고서야 어찌 이처럼 할 수 있겠는가?

더구나 제례祭禮는 더욱 풍교風敎에 관계된다. 우리나라는 오랫동안 습속에 물들어서 사대부의 상례喪禮와 제례에 불교의 의식을 섞어 쓰고 있으나 누구도 바로잡는 이가 없었다. 오직 사예공 만이 분발하여 유속流俗을 돌아보지 않고 한결같이 주문공朱文公(주희朱熹)의 『가례家禮』를 따라 고장에서 창도하였다. 또 선생이 이 사실을 책에 써서 가범家範을 만들어 세속의 비루함을 말끔히 씻어내었으니, 이것이 어찌 다만 김씨 한 집안에서만 대대로 지켜야 할 규범이겠는가? 또한 당대의 사대부들이 본받아야만 할 바이다.

아! 사예공의 돈독한 효행과 점필재의 간곡한 마음을 이 기록이 아니면 세상에서 알 수가 없었을 것이니, "아버지가 만들고 아들이 전술하여 훌륭한 사업을 계승하고 아름다운 명성을 전한 자"라고 말할 만하다. 만일 후세의 자손들이 모두 두 분의 마음을 자신의 마음으로 삼는다면 『시경詩經』에 "효자의 효성이 다하지 아니하면 너에게 길이 선善을 주리라.〔孝子不匱,, 永錫爾類〕"[14]고 말한 것과 같이 될 것이니, 가문의 복을 어찌 측량할 수 있겠는가? 그렇다면 이 기록이 세상에 전해지는 것이 어찌 사람의 타고난 선한 천성을 돈독하게 하고 풍속을 후하게 하는 데 일조一助가 되지 않겠는가? 아, 훌륭하다.

홍치弘治 10년(1497, 연산군3) 정사 중하仲夏의 단오端午가 하루 지난 날에 문인 조위曺偉는 쓰다.

---

14 효자의⋯⋯주리라 : 이 내용이 『시경』「대아(大雅) 기취(旣醉)」에 보인다.

양희지(楊熙止)

1439년(세종21)~1504년(연산군10). 자는 가행(可行), 호는 대봉(大峯), 본관은 중화(中和)이다. 한때 희지(稀枝)라는 이름을 사용하기도 하였다. 1462년(세조8)에 생원·진사 양시에 합격하여 성균관에 들어갔는데, 1464년에 동료 유생들과 함께 세자가 추진하는 원각사(圓覺寺) 개창에 맹렬히 반대하였다. 1474년(성종5)에 식년문과에 병과로 급제, 성종의 부름으로 편전에서 알현하였을 때 왕으로부터 희지라는 이름과 정보(楨父)라는 자를 하사 받았으며, 1475년부터 3년간 사가독서(賜暇讀書)하였다. 1494년 연산군 즉위 후 홍문관 전한(典翰)을 거쳐 상의원 정(尙衣院正)으로서 『성종실록』 편찬에 참여하였고, 1498년(연산군4)에 무오사화 때 사직하였다. 1500년에 다시 부총관을 거쳐 대사간이 되었으나 박임종(朴林宗) 등을 소구(疏救)하다가 우의정 성준(成俊)의 배척을 받은데다가 왕으로부터 임사홍(任士洪)의 당여로 붕당을 만들어 조정을 어지럽히는 자로 지목받아 익산(益山)에 부처(付處)되었다. 1502년에 풀려나 동지중추부사로 서용되고, 이듬해 동지성균관사를 거쳐 한성부 우윤에 이르렀다. 문장에 뛰어나고 재주가 있었으나 임사홍·유자광(柳子光)·노공필(盧公弼) 등과 친하고 임금의 뜻만 맞추려 한다는 등 출처(出處)에 비난을 받기도 하였다.

대봉집(大峯集)

저자의 시문은 그의 관력(官歷)이나 교우관계로 볼 때 많은 작품을 남겼을 것으로 추측되나, 본집이 간행되기 전까지는 간본(刊本)은 물론 고본(稿本)조차도 성책(成冊)되지 못하였다. 이에 외손 이천섭(李天燮)이 본가에 남아 있던 유고와 각종 전적에 수록된 시문을 모아 2권으로 편집하고, 행장과 묘지명·제현기증(諸賢寄贈)·유묵(遺墨) 등 자료를 부록 2권으로 성편(成篇)하였다. 그 뒤 10대손 양락(楊濼)이 안정복(安鼎福)의 교정과 서문을 받고 1787년에 이민보(李敏輔)의 서문을 붙여 4권 2책의 목판본으로 간행하였다. 본 서문은 이 초간본에 있는 것으로, 국립중앙도서관장본이다.

안정복(安鼎福)

1712년(숙종38)~1791년(정조15). 자는 백순(百順), 호는 순암(順菴)·한산병은(漢山病隱)·우이자(虞夷子)·상헌(橡軒)이다. 제천(堤川) 출신으로 본관은 광주(廣州)이며, 이익(李瀷)의 문인이다. 벼슬길이 끊긴 불우한 남인 집안에서 태어나 어려서부터 공부를 시작하여 경학은 물론 역사·천문·지리·의약 등에 걸쳐 깊은 경지에 도달하였으나 과거에는 응시하지 않았다. 1746년(영조22) 35세 때 이익의 문하에 들어가면서부터 경세치용(經世致用)에 학문의 목표를 두고 진력하였다. 저술로는 『순암선생문집(順菴先生文集)』·『동사강목(東史綱目)』·『하학지남(下學指南)』·『열조통기(列朝通紀)』·『임관정요(臨官政要)』·『계갑일록(癸甲日錄)』·『가례집해(家禮集解)』·『잡동산이(雜同散異)』·『성호사설유선(星湖僿說類選)』 등이 있다.

【 7. 대봉선생문집 서 】

大峯先生文集序

안정복 安鼎福 ————

自古尙論之士 莫不曰古之人, 古之人이나 然世遠而前輩之軌躅難攀
하고 人亡而後生之評議不及이면 則於何而考其德而觀其行乎아 孟子
曰 誦其詩하고 讀其書하되 不知其人이 可乎아 是以로 論其世也라하시니
夫人精神心術之運이 具於文이로되 而又考其當世行事之跡而後에 可
以知其人矣라

大峯先生楊公之歿이 今將三百年于玆矣라 遺風餘韻이 幾乎湮滅이러
니 外裔李上舍天燮甫는 博雅士也라 慨然殫誠하야 收拾遺文於斷爛
之餘하야 得詩文若干首하야 編爲一卷하고 北走四百里하야 要余校正하
고 且請弁卷之文이라 不佞이 誠老耄無識하야 不敢當이나 顧不佞傍祖
司諫諱彭命이 當成廟己丑하야 與公居泮中할새 時有巫承內旨하야 禱
祀于文廟한대 二公이 齊聲奮逐之하니 由是로 直聲震一世라 不佞이 常
欲得公之詳이나 而不可得이러니 今何幸得諸하니 有不敢終辭하야 謹受

而讀之라

公發軔之初에 値宣陵一治之會하야 歷敭華要하야 以繩愆糾謬로 爲己
任하시니 其請斬任士洪及捄金彦辛及斥佛三箚에 可以見公剛果之操
니 而尹弼商所謂主聖臣直者 然矣라 此則在有道之世言之니 斯爲易
矣어니와 逮燕山一亂之運하야 主驕於上하고 臣佞於下하야 以殺戮爲御
世之具라 人皆緘默苟容이어늘 公爲大諫하야 疏陳六條에 言多觸諱나
而亦被容宥하고 庚申에 因災異論啓하야 請量移戊午黨人之安置西北
道者하야 卽蒙允兪하니 於是而金先生宏弼과 朴公漢柱와 李公守恭과
曺公偉 竝得移配라 噫라 此何等世완대 而公之敢言이 若是오 自畫一
死가 卽其分內로되 而公終無恙하니 則雖以昏淫之君과 姦孽之徒로도
蓋知公素心之忠實無他요 而亦天之助順者然也라 此則在無道之世
言之하니 斯爲難矣어늘 而夷險不貳하야 終始令名하야 卒爲元祐之完
人하니 豈不偉哉아 又其甲子易簀時一律에 有漫天雨雪宗社扶顚之
句하야 慨時憂國之懷가 不已於臨化之際하니 非貞忠姱節素所蓄積者
면 烏能如是乎아

古人曰 觀人에 先觀其友라하니 公之所交遊가 盡一代之名勝이라 若寒
暄金先生, 一蠹鄭先生, 南秋江, 表藍溪, 金止止堂, 兪濡溪, 趙知
足, 申三魁, 洪虛白, 曺梅溪, 權冲齋, 李聾巖, 崔忠齋, 權公健, 蔡
公壽가 皆以道德文章으로 名於世者也니 公之交遊如是면 則公之賢을
可知也라 不佞이 嘗觀前輩評公之言하니 一蠹先生曰 蹈白刃하고 辭
爵祿은 今世에 唯吾楊可行一人이라하고 秋江曰 磊偉持大體하니 眞台
輔器也라하고 知足曰 學問文章之士也라하고 藍溪曰 可以托妻子, 輔
幼主라하니 其見許於諸公이 如是요 而成廟嘗以河嶽間氣와 文武全才
로 褒賞之하시니 世論知臣莫若君이라하니 執此諸說而推之하면 公之言
行文章이 雖不大傳於世나 而公之所以不朽者 自在하니 千百載之下

에 誦公詩, 讀公書者 苟能先論公所遇之時하면 則庶可以知公之大節
矣리라 一臠知鼎이니 奚以多爲리오 不佞不文하니 何能發揚幽潛이리오
마는 而旣重上舍之誠하고 且有附驥之願하야 不覺僭而謹書之하노라
時上之十年丙午閏月下澣에 前翊贊漢山安鼎福은 序하노라

　　예로부터 옛날을 논하는 선비들은 "옛날 사람은……, 옛날 사람
은……"이라고 말하지 않는 이가 없다. 그러나 세대가 멀어져서 선배
의 발자취를 찾기가 어렵고 사람이 죽은 뒤에 후생들의 논평이 미치지
않으면 어디에서 그 덕을 고찰하고 그 행실을 관찰하겠는가? 맹자께
서 말씀하기를, "그의 시를 외며 그의 시를 읽으면서도 그 사람을 알지
못한다면 되겠는가? 이 때문에 그가 산 세대를 논하는 것이다."[1] 하셨
다. 사람의 정신과 마음 씀은 글에 갖추어져 있으나 또 그 당세에 행
한 사적을 고찰한 뒤에야 그 인물을 알 수 있는 것이다.
　　대봉 선생大峯先生 양공楊公이 별세하신 지 이제 3백 년이 되어간다.
그리하여 유풍遺風과 여운餘韻이 거의 없어지게 되었는데, 외손인 상
사上舍[2] 이천섭李天燮은 박식한 선비였다. 개연히 정성을 다해 잔결殘缺
되어 온전하지 못한 유문을 수습하여 시문 약간 수를 얻어서 한 권으
로 엮고, 북쪽으로 4백 리를 달려와 나에게 교정해 줄 것을 요구하고

---

1 맹자께서……것이다 :『맹자』「만장 하(萬章下)」에 "천하의 선사(善士)와 벗하는 것에 만족하지
못하여 다시 위로 올라가서 옛 사람을 논한다. 그의 시를 외며 그의 글을 읽으면서도 그 사람을
알지 못한다면 되겠는가? 이 때문에 그가 산 시대를 논하는 것이니, 이는 위로 올라가서 벗하는
것이다.〔以友天下之善士爲未足, 又尙論古之人. 頌其詩, 讀其書, 不知其人, 可乎? 是以論其世也,
是尙友也.〕" 하였다.
2 상사(上舍) : 성균관의 유생으로서 생원, 진사 시험에 합격한 사람을 이른다.

또 서문을 청하였다.

불초는 진실로 늙고 아는 것이 없어 이 일을 감당할 수 없다. 다만 불초의 방조傍祖이신 사간司諫 휘 팽명彭命[3]이 성종 기축년(1469)에 공과 함께 성균관에 계셨는데, 이때 어떤 무당이 내지內旨를 받들어 문묘文廟(성균관)에서 기도를 하자 두 분이 일제히 소리 높여 쫓아내니, 이로 말미암아 정직하다는 명성이 온 세상에 진동하였었다. 그리하여 나는 늘 공에 대해 자세히 알고 싶었으나 알 수가 없었는데, 이제 참으로 다행스럽게도 이것을 얻었으니, 감히 끝내 사양할 수가 없어 조심스럽게 받아 다 읽어보았다.

공은 벼슬길에 나아가던 초기에 한번 다스려지는 기회[4]인 선릉宣陵[5]의 시대를 만나서, 화려한 관직과 요직을 두루 거쳐서 군주의 잘못을 바로잡고 오류를 규명하는 것을 자신의 임무로 삼았다. 임사홍任士洪의 목을 벨 것을 청하고, 김언신金彦辛을 구원하고 불교를 배척한 세 차자箚子[6]에서 공의 강직하고 과단성있는 지조를 볼 수 있는 바, 윤필상尹弼商

---

3 팽명(彭命) : 안팽명(安彭命 1447, 세종29~1492, 성종23)을 이른다. 조선 초기의 문신으로, 1488년에 사헌부 장령, 1490년에 사헌부 집의, 1491년에 사간원 사간을 역임하여 주로 대성(臺省)에서 명성을 떨쳤다. 『연려실기술』 등의 기록에 의하면 무당이 왕비의 밀지[內旨]라고 칭탁하고서 성균관 안에서 제사를 지내자 여러 유생이 모두 분개하고 미워하면서도 꾸지람이 있을 것을 두려워하여 말하는 자가 없었는데, 태학생 안팽명이 홀로 쫓아버렸다는 내용이 보인다. 『練藜室記述 別集 卷7 官職典故 成均館』・『續東文選 卷20 墓誌 朝散大夫成均館司成安君墓碣銘』

4 한번……기회 : 『맹자』 「등문공 하(滕文公下)」에 공도자(公都子)가 사람들이 선생님더러 변론을 좋아한다고 하는데 그 이유가 무엇이냐는 물음에 맹자는 "내 어찌 변론을 좋아하겠는가? 내 부득이해서이다. 천하에 사람이 살아온 지가 오래 되었는데, 한번 다스려지고 한번 혼란하였다.〔孟子曰 予豈好辯哉, 予不得已也. 天下之生久矣, 一治一亂.〕"라고 대답하고서 역사적으로 한번 다스려지고 한번 혼란해진 경우를 예시하였다. 여기에서는 태평성세를 말한다.

5 선릉(宣陵) : 성종과 정현왕후(貞顯王后) 한씨(韓氏)의 능으로, 서울 삼성동에 있다. 여기에서는 성종을 가리킨다. 『韓國漢字語辭典 卷2』

6 세 차자(箚子) : 자세한 내용이 「응지재소(應旨再疏)」・「구지평김언신차(捄持平金彦辛箚)」・

이 이른바 "군주가 성스러우면 신하가 정직하다."고 한 것[7]은 맞는 말이다. 그러나 이것은 도가 있는 세상에서 말한 것이어서 쉬운 일이었다.

한번 어지러워지는 연산군의 시대를 만나서 임금은 위에서 교만하고 신하들은 아래에서 아첨하여 살육하는 것을 세상을 다스리는 도구로 삼으니, 사람들마다 모두 입을 다물고 구차히 용납되기를 구하였는데, 공은 대사간이 되어서 상소로 아뢴 여섯 조항이 기휘忌諱를 저촉하는 말씀이 많았으나 또한 용서를 받았고, 경신년(1500, 연산군6)에 재이災異로 인하여 논계論啓할 적에 무오년의 당인黨人[8]으로서 서북

「걸체옥당차(乞遞玉堂箚)」에 보인다. 『大峯先生文集 卷2 疏 應旨再疏』·『大峯先生文集 卷2 箚 捄持平金彦辛箚』·『大峯先生文集 卷2 箚 乞遞玉堂箚』

7 윤필상(尹弼商)의……것 : 대봉 선생의 「신도비명」에 다음과 같은 내용이 보인다. "상께서 말씀하시기를 '참으로 곧구나, 이 사람은! 전에는 무당을 쫓아냈는데 이제 또 불교를 배척하니, 참으로 옥당의 창언(昌言)하는 선비라고 이를 만하다. 황하와 오악(五嶽)의 드문 정기가 이 사람에게 모여 있는 것인가! 가상하게 여겨도 부족할 터인데 어찌 죄를 논할 수 있겠는가?' 하고, 다음 날 상규를 따르지 않고 의정부 검상(檢詳)을 제수하였다. 얼마 뒤에 사인(舍人)으로 올리고 이어 사간으로 옮겼는데, 공이 말로써 품계가 높아졌다 하여 모두 한사코 사양하니, 윤필상이 감탄하여 말하기를, '「군주가 성스러우면 신하가 정직하다.」는 말은 오늘날을 말한 것이 아니겠는가?'라고 하였다."『樊巖先生集 卷44 神道碑 嘉善大夫司憲府大司憲兼世子左副賓客大峯楊公神道碑銘』

여기에서 '군주가 성스러우면 신하가 정직하다.'는 말은 『신당서』에 다음과 같은 내용이 보인다. "유범(柳範)이 정관(貞觀) 연간에 시어사(侍御史)로 있을 때 오왕(吳王) 이각(李恪)이 사냥을 좋아하자 유범이 그를 탄핵하였다. 태종이 말하기를 '권만기(權萬紀)가 내 아이를 잘 보좌하지 못하였으니 죽어 마땅하다.'라고 하자, 유범이 나와 아뢰기를, '방현령(房玄齡)이 폐하를 모실 때에도 사냥하시는 것을 만류하지 못하였는데, 어찌 권만기만 죄 주려 하십니까?' 하였다. 황제가 노하여 옷을 떨치고 일어났다. 얼마 뒤에 유범을 불러 '어떻게 나를 곧바로 꺾었는가?'라고 묻자, 유범이 대답하기를, '군주가 성스러우시면 신하가 정직한 법입니다. 폐하께서 인자하고 성스러우시니 어찌 감히 어리석은 소견을 다 피력하지 않을 수 있겠습니까?'라고 하니, 황제가 마침내 노여움을 풀었다.〔範貞觀中爲侍御史時, 吳王恪好田獵, 範彈治之. 太宗曰 權萬紀不能輔道恪, 罪當死. 範進曰 房玄齡事陛下, 猶不能諫止畋獵, 豈宜獨罪萬紀? 帝怒, 拂衣起. 頃之, 召謂曰 何廷折我? 範謝曰 主聖則臣直, 陛下仁聖, 敢不盡愚? 帝乃解.〕"『新唐書 卷112 柳範列傳』

8 무오년의 당인(黨人) : 무오사화(戊午士禍)에 죽은 사람들을 일컫는다. 무오사화는 연산군 4년(1498)에 김일손(金馹孫) 등 신진사류(新進士類)가 유자광(柳子光)을 중심으로 한 훈구파(勳舊派)에 의하여 화를 입은 사건으로, 사관이 왕의 언동을 기록한 초고본인 사초(史草) 문제로 발단되었기

西北道(평안도)에 안치된 자들을 양이量移[9]할 것을 청하여 즉시 윤허允許를 받았다. 이에 김 선생 굉필金先生宏弼, 박공 한주朴公漢柱, 이공 수공李公守恭, 조공 위曹公偉가 모두 배소配所를 옮기게 되었다.[10]

아, 이때가 어떤 세상이었는데 공은 용감히 말씀하기를 이와 같이 했단 말인가? 스스로 한번 죽기를 각오한 것이 바로 자신의 분수 안의 일이었는데 공은 끝내 아무 일도 없게 되었으니, 이는 비록 어두운 군주와 간사란 무리라 할지라도 공의 평소 마음이 충실忠實하여 다른 것이 없음을 알았기 때문이며, 하늘이 순한 사람을 도운 것이 그렇게 만든 것이다. 이것은 도가 없는 세상에서 말한 것이니, 더욱 어려운

때문에 사화(史禍)라고도 한다. 『성종실록』 편찬 때 김종직(金宗直)이 쓴 「조의제문(弔義帝文)」과 세조의 비인 정희왕후(貞熹王后)의 국상 때 훈구파 이극돈(李克墩)이 전라 감사로 있으면서 근신하지 않고 장흥 기생과 어울렸다는 불미스런 사실을 사초에 올린 것이 직접적인 동기가 되었는데, 그 결과 이미 죽은 김종직은 대역죄로 부관참시를 당하고, 김일손, 권오복(權五福) 등은 능지처참을 당하였다. 또 표연말(表沿沫), 정여창(鄭汝昌), 김굉필(金宏弼) 등이 모두 곤장을 맞고 귀양을 갔으며, 어세겸(魚世謙), 이극돈(李克墩) 등은 수사관(修史官)으로서 문제의 사초를 보고도 고하지 않은 죄로 파면되고, 홍귀달(洪貴達) 등도 같은 죄로 좌천되었다. 이 사화로 사림들이 대대적으로 화를 입고 정국은 훈척계열이 주도하게 되었다.

9 양이(量移) : 섬이나 변지(邊地)로 멀리 귀양 보냈던 사람을 그 죄를 참작하여 내지(內地)나 가까운 곳으로 옮기는 것을 말한다.

10 경신년에……되었다 : 『연산군일기』에 "평안도에 나누어 귀양 보냈던 사람들 중 조위(曹偉)·김굉필(金宏弼)을 순천(順天)에, 이수공(李守恭)을 광양(光陽)에, 정희량(鄭希良)을 김해(金海)에, 정승조(鄭承祖)를 영광(靈光)에, 이원(李黿)을 나주(羅州)에, 박한주(朴漢柱)를 낙안(樂安)에, 강백침(康伯琛)을 보성(寶城)에, 성중엄(成仲淹)을 하동(河東)에 이배(移配)하였다. 이극균(李克均)이 '본도가 흉년 들어 굶주리는데 귀양살이하는 사람들이 모두 사신 및 수령들의 구휼을 받고 있으므로, 이 때문에 도내가 더욱 피폐하다.' 하여 임금에게 아뢰어 다른 곳으로 옮긴 것이다.〔移配平安道分配人曹偉, 金宏弼于順天, 李守恭于光陽, 鄭希良于金海, 鄭承祖于靈光, 李黿于羅州, 朴漢柱于樂安, 康伯琛于寶城, 成仲淹于河東. 李克均以本道飢荒, 分配人等皆賴奉使及守令周恤. 因此, 道益疲弊啓移.〕"라는 기록이 보이며, 『한국문집총간해제』에는 "연산군 6년(1500) 5월에 서북도에 안치된 조위(曹偉) 등의 양이를 청하여 허락받고, 그해 9월에 양이를 청한 일로 노사신(盧思愼) 등의 탄핵을 받아 장기(長鬐)로 추방되었다."라는 내용이 보인다. 차자의 자세한 내용은 「인재이진언차(因災異進言箚)」에 보인다. 『燕山君日記, 6年 5月 7日 2번째 기사』·『韓國文集叢刊 解題1』·『大峯先生文集 卷2 箚 因災異進言箚』

일이었다. 그런데도 공은 평탄하거나 험하거나 마음을 변치 않고 시
종 훌륭한 명성을 간직하여 끝내 원우元祐의 완전한 사람[11]이 되었으
니 어찌 위대하지 않는가?

또 갑자년(1504, 연산군10) 별세할 때에 지은 한 율시에 "온 하늘에
함박눈이 내리는데 종묘사직이 기우는 것을 붙든다."[12]는 구절이 있어
세상을 개탄하고 나라를 사랑하는 마음이 임종할 때에도 그치지 않았
으니, 곧은 충정과 큰 절개가 평소 가슴속에 축적된 사람이 아니라면
어찌 이와 같을 수 있겠는가?

옛 사람이 말하기를, "사람을 관찰할 때에는 먼저 그 친구를 보라."
하였다. 공이 교유한 분은 한 시대의 명사들로, 예를 들면 한훤 김 선
생寒暄金先生[13], 일두 정 선생一蠹鄭先生[14], 남추강南秋江[15], 표남계表藍
溪[16], 김지지당金止止堂[17], 유뇌계兪濡溪[18], 조지족정趙知足亭[19], 신삼괴당

---

[11] 원우(元祐)의……사람 : 원우는 송(宋)나라 철종(哲宗)의 연호이다. 당시 왕안석(王安石) 등
일파에 반대하는 사마광(司馬光) 등이 당인(黨人)으로 몰려 온갖 박해를 당했으나 유안세(劉安世)
는 홀로 정도를 지키면서도 끝내 해를 입지 않아 세상에서 원우 완인(元祐完人)이라고 칭하였다.
『宋史 卷345』 대봉 선생은 무오사화 때 삭직되었다가 연산군 10년(1504)에 복관되어 벼슬이 우빈
객(右賓客)에 이르렀다. 『韓國漢字語辭典 卷2』

[12] 온 하늘에……붙든다 : 『대봉집』에 "삼각산 높고 한강은 감아 도는데, 온 하늘에 함박눈이 어
지러이 내리네. 고향에서 목숨 바친 사람 누구인가? 종묘사직 부지하려는 뜻 어긋났네. 장막엔
매화가 섣달 빛에 사랑스럽고, 길거리의 버들은 봄 햇빛에 아름답네. 홀연 베개 한번 베고 지난밤
꿈을 꾸니, 인간 세상 초월하여 날으는 학과 짝하였네.〔三角山高漢水圍, 漫天雨雪亂霏霏. 松楸
畢命何人是, 宗社扶顚此志違. 帳裏梅花憐臘色, 陌頭楊柳媚春暉. 條然一枕前宵夢, 超絶浮埃
伴鶴飛.〕"라는 시가 있다. 『大峯先生文集 卷1 甲子二月初五日 次贈成希顔愚翁』

[13] 한훤 김 선생(寒暄金先生) : 한훤(寒暄)은 김굉필(金宏弼 1454, 단종2~1504, 연산군10)의
호로, 자는 대유(大猷), 본관은 서흥(瑞興), 시호는 문경(文敬)이다.

[14] 일두 정 선생(一蠹鄭先生) : 일두(一蠹)는 정여창(鄭汝昌 1450, 문종 즉위~1504, 연산군10)
의 호로, 자는 백욱(伯勖), 본관은 하동(河東), 시호는 문헌(文獻)이다.

[15] 남추강(南秋江) : 추강(秋江)은 남효온(南孝溫 1454, 단종2~1492, 성종23)의 호로, 자는 백
공(伯恭), 본관은 의령(宜寧), 시호는 문정(文貞)이다. 생육신(生六臣)의 한 사람이다.

申三魁堂[20], 홍허백당洪虛白堂[21], 조매계曹梅溪[22], 권충재權冲齋[23], 이농암李聾巖[24], 최충재崔盅齋[25], 권공 건權公健[26], 채공 수蔡公壽[27] 등과 같이 모두 도덕과 문장으로 세상에 이름난 분들이었으니, 공의 교유가 이와 같다면 공의 어짊을 알 수 있는 것이다.

내가 일찍이 선배들이 공을 평한 말씀을 보니, 일두 선생은 "시퍼런 칼날을 밟고 작록爵祿을 사양할 자[28]는 지금 세상에 오직 우리 양

---

16 표남계(表藍溪) : 남계(藍溪)는 표연말(表沿沫 ?~1498, 연산군4)의 호로, 자는 소유(少游), 본관은 신창(新昌)이다.

17 김지지당(金止止堂) : 지지당(止止堂)은 김맹성(金孟性 1437, 세종19~1487, 성종18)의 호로, 자는 선원(善源), 본관은 해평(海平)이다.

18 유뇌계(俞㵢溪) : 뇌계(㵢溪)는 유호인(俞好仁 1445, 세종27~1494, 성종25)의 호로, 자는 극기(克己), 본관은 고령(高靈)이다.

19 조지족정(趙知足亭) : 지족정(知足亭)은 조지서(趙之瑞 1454, 단종2~1504, 연산군10)의 호로, 자는 백부(伯符), 본관은 임천(林川)이다.

20 신삼괴당(申三魁堂) : 삼괴당(三魁堂)은 신종호(申從濩 1456, 세조2~1497, 연산군3)의 호로, 자는 차소(次韶), 본관은 고령(高靈)이다.

21 홍허백당(洪虛白堂) : 허백당(虛白堂)은 홍귀달(洪貴達 1438, 세종20~1504, 연산군10)의 호로, 자는 겸선(兼善), 본관은 부계(缶溪), 시호는 문광(文匡)이다.

22 조매계(曹梅溪) : 매계(梅溪)는 조위(曺偉 1454, 단종2~1503, 연산군9)의 호로, 자는 태허(太虛), 본관은 창녕(昌寧), 시호는 문장(文莊)이다.

23 권충재(權冲齋) : 충재(冲齋)는 권벌(權橃 1478, 성종9~1548, 명종3)의 호로, 자는 중허(仲虛), 본관은 안동(安東), 시호는 충정(忠定)이다.

24 이농암(李聾巖) : 농암(聾巖)은 이현보(李賢輔 1467, 세조13~1555, 명종10)의 호로, 자는 비중(棐仲), 본관은 영천(永川), 시호는 효절(孝節)이다.

25 최충재(崔盅齋) : 충재(盅齋)는 최숙생(崔淑生 1457, 세조3~1520, 중종15)의 호로, 자는 자진(子眞), 본관은 경주(慶州), 시호는 문정(文貞)이다.

26 권공 건(權公健) : 권건(權健 1458, 세조4~1501, 연산군7). 자는 숙강(叔强), 본관은 안동(安東), 시호는 충민(忠敏)이다.

27 채공 수(蔡公壽) : 채수(蔡壽 1449, 세종31~1515, 중종10). 자는 기지(耆之), 호는 나재(懶齋), 본관은 인천(仁川), 시호는 양정(襄靖)이다.

가행楊可行 한 사람뿐이다." 하였고, 남추강은 "우뚝하게 대체大體를 유지하니 참으로 태보台輔(정승)의 그릇이다." 하였고, 조지족정은 "학문과 문장을 겸비한 선비이다." 하였고, 표남계는 "처자식을 부탁하고 어린 군주를 보필할 만하다."[29] 하였다. 여러 공들에게 인정받음이 이와 같았으며, 성종은 일찍이 "황하黃河와 오악五嶽의 드문 정기를 받아 태어났고 문무文武의 재주를 온전히 갖추었다."는 것으로 칭찬하였다.[30]

---

28 시퍼런……사양할 자 :『중용』에 "공자께서 말씀하기를, '천하와 국가를 고르게 다스리고 작록을 사양하며 흰 칼날을 밟을 수는 있어도 중용은 할 수 없다.〔子曰 天下國家可均也, 爵祿可辭也, 白刃可蹈也, 中庸不可能也.〕" 하였는데, 주자의 주에 "이 세 가지도 또한 지(智)・인(仁)・용(勇)의 일이니, 천하에 지극히 어려운 일이다.〔三者亦知仁勇之事, 天下之至難也.〕"라고 하였다. 『中庸章句 第9章』

29 처자식을……만하다 :『맹자』「양혜왕 하(梁惠王下)」에 맹자가 제 선왕(齊宣王)에게 비유를 들어 말씀하기를 "왕의 신하 중에 자신의 처자식을 친구에게 맡기고 초나라에 가서 놀던 자가 있었는데, 돌아와 보니 친구가 그 처자식을 추위에 떨고 굶주리게 하였다면 어떻게 하시겠습니까?〔王之臣有托其妻子於其友而之楚游者, 比其反也, 則凍餒其妻子, 則如之何?〕"라고 묻는 내용이 보이며,『논어』「태백(泰伯)」에 "6척의 어린 임금을 맡길 만하고, 백리 되는 제후국의 명을 부탁할 만하며, 대절에 임하여 그 절개를 빼앗을 수 없다면 군자다운 사람인가? 군자다운 사람이다.〔可以託六尺之孤, 可以寄百里之命, 臨大節而不可奪也. 君子人與? 君子人也.〕"라는, 증자(曾子)가 말한 내용이 보인다. 6척은 삼척동자와 같은 말로, 주척(周尺)은 길이가 짧아 지금의 4척 정도이다. 지금의 1척은 약 30cm이다.

30 성종은……칭찬하였다 :『대봉집』 행장에 "계축년(1493, 성종24) 7월에 내전(內殿)이 원각사(圓覺寺)에서 부처에게 기도하면서 옥당(玉堂) 관원에게 향을 올리게 하니, 공이 이 일을 맡아야 했다. 이에 상소하여 극력 반대하고 끝내 나아가지 않자 대신이 불경하다는 이유로 공을 논박하였는데, 상이 말씀하기를 '이 사람은 전에 태학에 있을 때에 이미 이단을 물리쳤는데 이제 또 강직함이 이와 같으니, 황하(黃河)와 오악(五嶽)의 드문 정기를 받아 태어난 사람이라 말할 수 있을 것이다. 참으로 옥당의 선언(善言)하는 선비이다. 내가 실로 이를 가상히 여기니 어찌 죄를 줄 수 있겠는가?' 하고, 온화한 비답을 내려 타일렀다." 하였고, 또 "무술년(1478, 성종9) 4월에 상을 경연(經筵)에서 모실 적에, 상이 '착건(鑿巾)'의 뜻을 물었는데 좌우에서 대답하는 사람이 없었다. 상이 공을 돌아보고 말씀하기를 '그대는 박식하고 기억력이 뛰어나니 한번 말해보시오.' 하였다. 공이 일어나 사례하고 '이 말은『예기』「잡기(雜記)」편에 있습니다. 대부(大夫) 이상이 자신의 어버이를 위하여 반함(飯含)할 때 사용하는 것입니다.' 하고는 이어 전문을 외웠는데 막힘이 없었다. 또 문묘(文廟)의 작헌례(酌獻禮)와 반궁(泮宮 성균관)의 양로의(養老儀) 및

세상에서 말하기를 "신하를 아는 것은 군주만한 이가 없다." 하니, 이 여러 말씀들을 가지고 미루어 본다면 공의 말씀과 행실과 문장이 비록 세상에 크게 전해지지는 못하나 공이 불후不朽할 수 있는 것이 그대로 남아 있는 것이다. 그러니 천백 년 뒤에 공의 시를 외고 공의 글을 읽는 자가 만일 먼저 공이 만났던 시기를 논한다면 거의 공의 큰 절개를 알 것이다. 한 점의 고기로써 온 솥 안의 맛을 알 수 있는 것이다. 어찌 많을 필요가 있겠는가?

불초는 문장을 잘하지 못하니 어찌 그윽하고 잠겨 있는 덕을 발양하겠는가마는, 이미 상사上舍의 정성을 소중히 여기고 또 천리마에 붙어 가려는 소원[31]이 있어서 참람함을 깨닫지 못하고 삼가 쓰는 바이다.

때는 금상(정조) 10년(1786) 병오 윤 7월 하한下澣에 전 익찬翊贊[32] 한산漢山 안정복은 쓰다.

제갈무후(諸葛武侯 제갈량(諸葛亮))의 「팔진법(八陣法)」에 대해 물었는데, 공이 근거를 들어가며 매우 자세하게 대답하자, 상이 매우 가상하게 여기고 말씀하기를 '옥당의 관원은 이와 같아야 할 것이다. 이 사람은 문무(文武)의 온전한 재주를 가졌으니 일반 인사규정으로 대할 수 없다.' 하고, 『자치통감강목(資治通鑑綱目)』과 내사복시(內司僕寺)에서 기르는 말을 하사했다." 하였다. 『大峯先生文集 卷3 附錄上 行狀〔李可臣〕』

31 천리마에……소원 :『사기(史記)』「백이열전(伯夷列傳)」에 "안연이 비록 독실하게 배웠으나 천리마의 꼬리에 붙었기 때문에 행실이 더욱 드러나게 된 것이다.〔顔淵雖篤學, 附驥尾而行益顯.〕" 하였는데, 사마정(司馬貞)의 『사기색은(史記索隱)』에 "파리가 천리마의 꼬리에 붙어서 천리를 가는 것으로 안회가 공자로 인하여 이름이 드러나게 된 것을 비유했다.〔蒼蠅附驥尾而致千裏, 以譬顔回因孔子而名彰也.〕" 하였다. 뒤에 이 말은 선배나 명사들의 뒤에 의지하여 이름을 이룬 것을 비유하게 되었다.

32 전 익찬(翊贊) : 익찬은 세자익위사(世子翊衛司)에 딸린 정6품 벼슬이다. 안정복은 정조 8년(1784) 7월에 익위사 익찬에 제수되었는데, 병으로 사직한 뒤 정조 10년 5월에 광주(廣州) 덕곡동(德谷洞)에 재사(齋舍)를 세우고 학약(學約)을 만들었다.

이식(李湜)

1458년(세조4)~1488년(성종19). 자는 낭옹(浪翁), 호는 사우정(四雨亭), 봉호는 부림군(富林君), 본관은 전주(全州)이다. 계양군(桂陽君) 이증(李璔)의 아들이며, 세종의 손자이며, 성종의 종숙이다.

사우정집(四雨亭集)

1500년(연산군6)에 아들 이철(李轍)이 편집하여 목판으로 간행하였다. 상·하 2권 2책으로 이루어져 있으며, 성현(成俔)·채수(蔡壽)의 서문과 강혼(姜渾)·이철의 발문이 있다. 자연이나 계절, 증별(贈別) 등이 주요한 시제(詩題)를 이루고 있다. 본 발문은 1500년 간행된 초간본에 실린 것으로, 고려대학교 만송문고장본이다.

이철(李轍)

이식(李湜)의 차남으로 도안부 정(道安副正)에 봉해졌다.

【8. 사우정집 발】

四雨亭集跋

이철李轍 

吾先君은 天性嗜淡薄하야 不事紛華하야 居家에 日以文墨爲事하며 博
該經史하고 涉覽諸集하시니 平生著述이 不爲不多나 而但下世之後에
如我輩幼弱하야 未能收集하야 散逸甚多라 大抵所作이 非敢雕章琢句
하야 用力於文字之間이요 而常對賓接事, 讌飮遊戲之時에 優游諷詠
하고 信筆立就하야 殊不經意로되 而辭旨超遠하시니 此非天才卓犖(락)
者면 所不能爲也라 第恨天不假之壽하야 享年纔到三旬에 未盡所長하
고 未罄所蘊하시니 安得有文章之大播와 道德之廣被乎아 是天之與之
者雖厚나 奪之者甚薄也라

嗚呼라 孝子之於親에 生致其敬하고 死致其哀하야 見宮室則思其所處
하고 見車馬則思其所乘이어든 況詩는 爲精神辭氣之所發이요 而又其
手跡者乎아 其哀慕之意를 可知라 今於笥篋中에 搜得亂稿하야 反復
咏嘆하니 如陪杖屨하야 親聆警欬之音하야 不覺涕淚交腮(顋시)라 遂裒

集成帙하야 分爲上下하고 號曰四雨亭集이라하야 鋟梓開刊하야 將欲廣
布於世하야 使後人으로 見有德者必有言云이라
時弘治庚申仲秋下澣에 男道安副正轍은 拜手稽首謹撰하노라

　우리 선친께서는 천성이 담박함을 좋아하여 화려함을 일삼지 않으
셨다. 집에 계실 적에 날마다 문묵文墨을 일삼으셨으며, 경사經史에 해
박하고 여러 문집을 널리 보셨으니, 평소 저술한 것이 적지 않을 것이
나 다만 별세한 뒤에 우리들이 너무 어려서 이것을 수집하지 못하여
산일散逸된 것이 매우 많다.

　대체로 선친의 작품은 문장을 꾸미고 글귀를 다듬어서 문자 사이에
힘을 쓴 것이 아니었다. 항상 손님을 대하고 일을 접하며 잔치하여
술 마시고 유희할 때에 한가로이 시를 읊고 붓 가는대로 즉시 써서
전혀 마음에 생각하지 않았지만 문장의 뜻이 초일超逸하였으니, 이는
타고난 재주가 드높은 자가 아니면 능히 할 수 없는 것이다. 다만 한
스럽게도 하늘이 오랜 수명을 빌려주지 않아서 향년享年이 겨우 30세
에 머물러서 뛰어난 재주를 다 펴지 못하고 온축한 바를 다 풀지 못하
였으니, 어찌 문장이 크게 전파되고 도덕이 널리 입혀지겠는가? 이는
하늘이 선친에게 재주를 준 것은 비록 후하였으나 빼앗은 것은 매우
박한 것이다.

　아, 효자는 어버이에 대해 살아계실 때에는 그 공경을 다하고 돌아
가시면 그 슬픔을 다하여, 궁실宮室을 보면 어버이가 거처하시던 바를
생각하고, 수레와 말을 보면 어버이가 타시던 바를 생각한다. 더구나
시는 정신과 사기辭氣에서 나온 것이요, 또 그 손수 쓰신 필적에 있어
서이겠는가? 그 슬퍼하고 사모하는 마음을 알 수 있다.

이제 상자 속에서 난고亂稿를 찾아내어 반복해서 읊어보니, 마치 선친을 모시고 지팡이와 신을 챙겨드리며 말씀하시는 음성을 직접 듣는 듯하여 자신도 모르게 눈물이 흘러 두 뺨을 적신다. 마침내 글을 모아 질帙을 이루어서 상·하 두 권으로 만들어『사우정집』이라 명명하고, 판각하여 간행해서 장차 세상에 널리 전하여 후세 사람들로 하여금 덕이 있는 자는 반드시 훌륭한 글이 있음을 알게 하고자 하는 바이다.

홍치弘治 경신년(1500, 연산군6) 중추 하한에 아들 도안부 정道安副正 철轍은 절하고 머리를 조아리며 삼가 짓다.

이현보(李賢輔)

1467년(세조13)~1555년(명종10). 자는 비중(裴仲), 호는 농암(聾巖), 본관은 영천(永川)이며, 예안(禮安) 출신이다. 1498년(연산군4) 식년문과에 병과로 급제한 후 정언(正言)으로 있을 때 서연관(書筵官)의 비행을 공박하여 안동(安東)으로 귀양 갔다. 1506년 중종반정 후 복직되었고, 1523년에는 성주목사(星州牧使)로 선정을 베풀어 표리(表裏)를 하사 받았다. 1542년(중종37) 76세 때 사직하고 고향에 돌아와 시를 지으며 한거하였다. 홍귀달(洪貴達)의 문인이며, 후배인 이황(李滉)·황준량(黃俊良) 등과 친하였다. 국문학사상 강호시조의 작가로, 작품에 「효빈가(效嚬歌)」·「농암가(聾巖歌)」·「생일가(生日歌)」 등 8수가 전하며, 저서로는 『농암문집』이 있다. 시호는 효절(孝節)이다.

농암집(聾巖集)

저자의 시문은 1665년(현종6)에 외손 김계광(金啓光)에 의해 처음 간행되었다. 여러 차례 난리를 거치면서 유고의 태반이 산실되었으므로 후손들이 간행을 의논하여 집안에 소장하고 있는 시문 약간 편을 수습하였다. 이에 김계광이 편차를 고증하고 6대손 이언필(李彦弼)이 선사(繕寫)하여 1663년 겨울에 시작, 1664년 3월에 목판본으로 완성하였다. 이것이 초간본이다. 속집(續集)은 1911년에 후손 이재명(李在明)이 저자의 시문과 부록·연보 2권을 합하여 4권 2책으로 간행하였다. 원집(原集)은 1935년에 이창연(李彰淵)에 의해 안동 긍구당(肯構堂)에서 다시 간행되었는데, 이것은 1665년에 간행된 김계광본에 내용을 첨가하여 추각(追刻)한 것이다. 본 서문은 5권 2책으로 된 1665년 원집 김계광본의 권4에 실린 것으로, 서울대학교 규장각장본이다.

조경(趙絅)

1586년(선조19)~1669년(현종10). 자는 일장(日章), 호는 용주(龍洲), 본관은 한양(漢陽), 윤근수(尹根壽)의 문인이다. 1623년 인조반정 후 유일(遺逸)로 천거되어 여러 관직을 역임하였다. 병자호란 때는 척화를 주장하였으며, 이조판서로 있을 때는 공정한 관리 등용으로 명망을 얻었다. 1650년(효종1) 청나라 사문사(査問使)의 척화신(斥和臣)에 대한 처벌 요구로 영의정 이경석(李景奭)과 함께 의주(義州) 백마산성(白馬山城)에 안치되었다. 이듬해 풀려나와 1653년 회양부사(淮陽府使)를 지내고 은퇴, 행 부호군(行副護軍)이 되어 1658년 기로소(耆老所)에 들어갔다. 숙종 때 청백리에 녹선 되었으며, 글씨에도 뛰어났다. 저술에 『용주유고(龍洲遺稿)』·『동사록(東槎錄)』이 있다. 시호는 문간(文簡)이다.

【9. 농암선생집 서】

聾巖先生集序

조경 趙絅 ——————

不佞絅은 生也後하고 且坐孤陋하야 於嶺南先正鉅人長德에 蓋若黃卷
中人이라 然及讀退陶先生文集而後에 始知聾巖先生이 若陳太丘之
汝南群賢之首也라 先生이 生於成化丁亥하니 則明憲宗純皇帝時요
而我莊憲康靖大王繼照之盛世也라 元命苞에 言茸弧北老人星이 時
平則見이라하니 果爾면 則老人星이 舍吾東何見이리오 先生이 享期頤壽
하니 其必應此也無疑라

上古에 有老萊子者 衣綵衣하고 作嬰兒戲하야 以娛其親하니 其親之大
年을 可知요 宋太平興國中에 御史李守忠이 道逢楊退擧者하니 年八
十有餘요 其父若祖方在堂하야 俱過百歲云하니 是之三世를 較先生兩
世之壽하면 固有倍焉이라 然未聞其天只之壽 如先生具慶時也요 又
未聞以隆爵厚祿으로 致榮其親을 如先生也요 又未聞子姓五人이 俱
以才學顯하야 迭宰旁邑하고 及先生懸車之日에 逐節歌舞하야 盡禮敬

於先生을 一似先生壽其親也로라 太史公傳萬石君하되 建老白首나 萬
石君尙無恙이라하니 唯此得庶幾垞(랄)先生이로되 而奮無文學하고 只
用恭謹으로 遭好黃老時하야 致位太傅하니 夫豈若先生以純儒起家하야
歷事三朝하야 忠言正論이 皆有可稱道하고 敎子孫이 皆可爲後世法이
리오 由是로 受天之祿하야 停鸞峙鵠이 亦皆彬彬君子者矣니 天之報施
善人이 其何如也오 當作愛日堂而擬九老會也라

先生이 時以玉堂長으로 來覲省하니 而先生誠孝之篤이 固已徹四聰矣
요 固已聳士林之爲人子者矣라 其治具淳熬하야 粉飾飣餕之盛이 固
已無不備矣요 仁里中父老鮐背鯢(예)齒 無非仁者之靜而壽者라 黃
冠野服과 刻鳩之杖으로 與金貂華組로 爭席而奉觴而上壽하니 是日太
公大家和悅之色은 雖陸大夫橐中千金이라도 惡能易此也리오 不知胡
白九老 亦有壽親事否아 汾川一鄕數百里內에 有此吾東數百年希覯
之事하니 如使太史氏善占天象이면 則德星之聚가 東漢陳荀이 必讓聾
巖九老三舍矣리라

噫라 先生은 德行이요 實餘事文章이로되 而讀其所著하면 若人樸未散하
고 古劍新鍛하야 語語皆眞하니 非後世飾羽雕蟲者之所及也라 且相與
酬唱諸君子 金慕齋, 朴訥齋, 周茂陵, 權松亭, 李容齋, 魚子游 爲
之先焉하고 蘇退休, 申瑛, 曹伸이 爲之後焉하며 退陶先生이 又以大
雅儒宗으로 闡揚先生事蹟하야 無毫髮遺하시니 後生耳食者 何敢贅一
辭於其間이리오

今先生彌甥孫金啓光氏 謬謂不侫이 享幸壽하야 方奉喜懼之親하니
不可無一語相聾巖集剞劂氏라 顧不侫은 孤露餘生으로 僅不忝主績
之敎已니 獲覩如此盛事에 一涕而已니 何敢容喙리오 啓光氏猶執不
改일새 敢摭集中總語하야 以汚赫蹄하니 架屋疊床之譏를 何處以逃리오
旃蒙大荒落南呂旣望에 後學八十歲老畸漢陽趙絅은 敍하노라

불초인 나는 뒤늦게 태어나고 고루한 탓에 영남의 선정先正(선현)으로 재주와 덕망이 높은 분들을 책 속에나 나오는 사람처럼 여겼다. 그러다가 『퇴계선생문집退溪先生文集』을 읽고 난 뒤에야 농암 선생이, 진태구陳太丘[1]가 여남汝南의 여러 현인 가운데 으뜸인 것과 같은 분임을 비로소 알게 되었다.

선생은 성화成化[2] 정해년(1467, 세조13)에 출생하시니, 이때는 명나라 헌종 순황제憲宗純皇帝[3] 때로 우리 장헌대왕莊憲大王과 강정대왕康靖大王[4]이 계속하여 덕을 밝히던 훌륭한 세상이었다. 『원명포元命苞』[5]에 "저호苴弧의 북쪽에 있는 노인성老人星[6]이 시대가 태평하면 나타난

---

[1] 진태구(陳太丘) : 태구장(太丘長)을 지낸 진식(陳寔 104~187)을 가리킨다. 진식은 후한 때 영천(潁川) 허(許) 땅 사람으로 자는 중궁(仲弓)이다. 태구장으로 있으면서 덕을 닦고 청정했기에 백성들이 편안하였다. 후에 당고(黨錮)의 화를 당해 금고(禁錮)를 받았다가 사면되었으나 다시는 벼슬에 나아가지 않았다. 그가 죽었을 때 조문한 자가 3만여 명이었다 한다. 시호는 문범 선생(文範先生)이다. 아들 진기(陳紀)·진심(陳諶)과 함께 삼군(三君)으로 유명하였다.

[2] 성화(成化) : 명(明)나라 헌종(憲宗)의 연호이다.

[3] 헌종 순황제(憲宗純皇帝) : 순황제(純皇帝)는 명(明)나라 헌종(憲宗) 주견준(朱見濬)의 시호인 '계천응도성면인경숭문숙무굉덕성효순황제(繼天凝道誠明仁敬崇文肅武宏德聖孝純皇帝)'의 준말이며, 헌종은 묘호(廟號)이다.

[4] 장헌대왕(莊憲大王)과 강정대왕(康靖大王) : 장헌(莊獻)은 세종(世宗)의 시호이고 강정(康靖)은 성종(成宗)의 시호이다.

[5] 원명포(元命苞) : 한(漢)나라 때 유행하던 위서(緯書)이다. 음양오행으로 유가의 경전을 해석한 문헌인데, 춘추위(春秋緯)에 속한다. 지금은 일실되고 명(明)나라 손곡(孫穀)의 『고미서(古微書)』에 집일(輯佚)되어 남아 있다.

[6] 저호(苴弧)의……노인성(老人星) : 저호는 호시성(弧矢星)을 가리키는 것으로 보인다. 호시성은 모두 9개의 별로 이루어져 있는데, 8개의 별은 활의 모습이고 바깥에 있는 별 하나는 화살의 모습이어서 이런 이름이 붙었다. 노인성은 남쪽 하늘에 있는 별로 일명 남극성(南極星)이라 하는데, 장수를 상징하므로 수성(壽星)이라고도 한다. 『사기(史記)』 「천관서(天官書)」에 "삼수성(參宿星) 동쪽에 큰 별이 있는데 낭(狼)이라 한다. 낭성의 빛이 변하면 도적이 많이 일어난다. 그 아래에는 네 개의 별이 있는데 호직랑(弧直狼)이라 부른다. 활의 화살이 낭(狼)을 똑바로 겨누고 있는 모양이다. 낭성 남쪽으로 지평 가까운 곳에 큰 별이 하나 있는데, 남극노인이라 부른다. 노인성이 나타나면

다." 하였으니, 과연 그렇다면 노인성이 우리 동방을 버리고 어디에 나타나겠는가? 선생은 기이期頤[7]의 장수를 누리셨으니, 반드시 여기에 응하였음을 의심할 것이 없다.

상고시대에 노래자老萊子[8]란 분이 있었는데 색동옷을 입고 어린아이의 장난을 하여 그 어버이를 즐겁게 하였으니, 그 어버이가 장수했음을 알 수 있다. 송나라 태평흥국太平興國[9] 연간에 어사 이수충李守忠이 길에서 양하거楊遐擧란 분을 만났는데 나이가 80여 세였고, 집에 있는 그의 할아버지와 아버지도 모두 1백세가 넘었다 하니,[10] 이들 삼대三代를 선생의 두 대가 장수한 것에 비하면 진실로 배가 된다.

정치가 편안하고, 나타나지 않으면 전쟁이 일어난다.〔其東有大星, 曰狼. 狼角變色, 多盜賊. 下有四星, 曰弧直狼. 狼比地有大星, 曰南極老人. 老人見, 治安, 不見, 兵起.〕" 하였다. 사마정(司馬貞)의 『색은(索隱)』에 이르기를 "수성(壽星)은 남극노인성을 말한다.〔壽星, 蓋南極老人星也.〕" 하였다.

[7] 기이(期頤) : 1백세를 의미한다. 농암은 실제로 89세까지 살았다. 『예기』「곡례 상(曲禮上)」에 "백세를 기이라고 한다.〔百年曰期頤.〕" 하였는데, 정현(鄭玄)의 주에 이르기를 "기(期)는 요구한다는 뜻이며, 이(頤)는 기른다는 뜻이다.〔期, 猶要也. 頤, 養也.〕" 하였으며, 손희단(孫希旦)의 『집해(集解)』에서는 "백세가 된 사람은 음식과 거처와 동작, 어느 하나 봉양을 기다리지 않음이 없다. 방각은 '사람은 백년을 기약하기 때문에 백년을 기(期)라고 명명한 것이다.' 하였다.〔百年者飮食居處動作, 無所不待於養. 方氏慤曰 人生以百年爲期, 故百年以期名之.〕"라고 하였다.

[8] 노래자(老萊子) :『사기정의(史記正義)』에 따르면 노래자는 춘추 말엽 초(楚)나라의 은사(隱士)이다. 효성이 지극하여 70세가 되었는데도 늘 오색 색동옷을 입고 어리광을 부려 부모를 즐겁게 해드렸다고 한다. 뒤에 몽산(蒙山)에 은거하였는데, 초나라 왕이 그가 어질다는 말을 듣고 재상〔輔〕으로 초빙하였으나 출사하지 않았다.

[9] 태평흥국(太平興國) : 송(宋)나라 태종(太宗)의 연호이다.

[10] 송나라……하니 : 원말 명초(元末明初)의 도종의(陶宗儀)의 『설부(說郛)』 권39 하(下)에 "태평흥국 연간에 이수충이 승지가 되어 남방의 어사로 나갔을 때였다. 바다를 지나 경주(瓊州)의 경계에 이르렀을 때 길에서 자칭 양하거(楊遐擧)라고 하는 한 노인을 만났는데, 나이가 81세였다. 이수충은 그 노인의 초대에 응하여 그가 사는 집에 갔는데, 그의 아버지 양숙련(楊叔連)을 만나보니 122세였고, 또 그의 할아버지 양송경(楊宋卿)을 만나보니 195세였다.〔太平興國中, 李守忠爲承旨, 奉使南方. 過海至瓊州界, 道逢一翁自稱楊遐擧, 年八十一. 邀守忠, 詣所居, 見其父曰叔連, 年一百二十二. 又見其祖曰宋卿, 年一百九十五.〕"는 내용이 보인다.

그러나 그 어머니[天只][11]가 장수한 것이 선생이 구경具慶[12]했을 때
와 같다는 말을 듣지 못하였다. 또 높은 벼슬과 많은 녹봉으로 그 어
버이에게 영화를 극진히 하기를 선생과 같이 했다는 말을 듣지 못하였
다. 또 자손 다섯 명이 모두 재주와 학문으로 현달하여 번갈아 옆 고
을의 읍재邑宰가 되었는데,[13] 선생이 벼슬을 내놓은 뒤에는 시절 따라
노래하고 춤을 추어서 선생에게 예의와 공경을 다하기를 마치 선생이
그 어버이에게 축수한 것과 똑같이 했다는 말을 듣지 못하였다.

태사공太史公(司馬遷)이 만석군萬石君[14]의 전傳을 지었는데, 그 전기에
석건石建이 늙어서 머리가 희었으나 만석군은 그때까지도 병이 없었다
고 하였다. 이것만이 거의 선생과 비견할 수 있으나, 석분石奮은 문학
이 없고 다만 공손함과 삼감으로 황로黃老를 좋아하는 시대[15]를 만나
서 태부太傅의 지위에 이른 것이다. 어찌 선생이 순유純儒로서 집안을

---

11 어머니[天只] : 천지(天只)는 어머니를 가리키는 바, 『시경』「용풍(鄘風) 백주(柏舟)」에 "어머
니는 하늘이시다.[母也天只]"라고 한 말에서 유래하였다.

12 구경(具慶) : 양친(兩親)이 모두 생존해 있는 경우를 이른다.

13 자손……되었는데 : 농암이 87세 때인 1553년(명종8)에 아들 이희량(李希樑)·이중량(李仲
樑)·이계량(李季樑)이 근읍(近邑)인 봉화(奉化)·청송(靑松)·연산(連山)의 수령으로 부임하였다.
또 문량(文樑)은 평릉도 찰방(平陵道察訪)을 역임하였고, 숙량(叔樑)은 진사였다.

14 만석군(萬石君) : 한(漢)나라 때의 석분(石奮)을 가리킨다. 그는 아들들인 석건(石建)·석갑(石
甲)·석을(石乙)·석경(石慶)과 더불어 관직이 각각 이천석(二千石)에 올랐으므로 그를 가리켜 만석
군이라 하였다. 『史記 卷103 石奮列傳』

15 황로(黃老)를……시대 : 석분(石奮)은 한(漢)나라 문제(文帝) 때에 벼슬이 대중대부(大中大
夫)·태자태부(太子太傅)에 이르렀으며, 경제(景帝) 때에는 구경(九卿)이 되었다. 또 무제(武帝)
때에는 태황(太皇) 두태후(竇太后)가 "유학자들은 문식이 많고 질박함이 적은데, 지금 만석군의
집안은 말을 하지 않고 몸소 실천한다." 하여, 석건(石建)을 낭중령(郎中令)으로, 석경(石慶)을
내사(內史)로 삼았다. 그러나 후대에 문제는 황로(黃老 도교)의 말을 좋아하여 등통(鄧通)을 총애하
고 조조(鼂錯)의 술수설(術數說)을 좋게 여겨 형명(刑名)을 숭상함으로써 7국(七國)의 변란을 초래
하였다는 비난을 받았다. 『史記 卷103 石奮列傳』·『資治通鑑 漢紀 武帝』·『三峰集 經濟文鑑 別集上
君道 文帝』

일으켜서 세 조정[16]을 차례로 섬겨, 충직한 말씀과 올바른 의논이 다 칭찬할 만하고 자손을 가르친 것이 다 후세의 법이 될 만한 것만 하겠는가? 선생은 이 때문에 하늘의 복록을 받아서 난새와 고니 같은 훌륭한 아들들이 또한 모두 빈빈彬彬한 군자였던 것이다. 하늘이 착한 사람에게 보답함이 그 어떠한가? 애일당愛日堂[17]을 지어 구로회九老會[18]에 비긴 것이 마땅하다 할 것이다.

선생이 이때 옥당玉堂의 장관[19]으로 와서 근친하니, 선생의 돈독한 효성은 이미 성상에게 알려졌으며, 이미 사림으로서 남의 자식이 된 자들을 용동聳動시키는 것이었다. 또한 산해진미를 풍성하게 장만하여 진실로 갖추어지지 않은 음식이 없었다. 마을의 인후仁厚한 부로父老들의 등에는 복어 무늬가 생기고 가느다란 새 이가 나서[20] 정靜하여

---

16 세 조정 : 중종(中宗)·인종(仁宗)·명종(明宗)을 가리킨다. 농암은 본래 연산군 때부터 벼슬을 시작했으나, 연산군은 폐위된 임금이므로 세 조정에 넣지 않은 것으로 보인다.

17 애일당(愛日堂) : 1512년(중종7) 농암이 46세 때 부모에게 효도하고자 분강(汾江)의 기슭 농암(聾巖) 위에 지은 건물이다. 농암은 그 취지를 '효도와 수양'이라 하고, '자손들도 대대로 지켜야 하는 규범으로 삼고자 한다.'고 희망하였다. 농암의 이런 경로사상은 '화산양로연(花山養老宴)'과 더불어 당시 사대부들을 고무시켜 대거 방문하게 하였으며 많은 시가 답지하였다. 지금 마루에는 농암·모재(慕齋)·회재(晦齋)·퇴계(退溪)의 시가 걸려 있으며, 경상북도 지정문화재 34호로 지정되어 있다.

18 구로회(九老會) : 원래는 당(唐)나라 때 백거이(白居易)가 고령의 노인 8명과 낙양(洛陽)에서 모인 것을 두고 이르는 말이다. 농암은 67세 때인 1532년(중종12)에 부친을 편하게 모시기 위해 당시 94살이던 부친을 포함하여 92세의 숙부, 82세의 외숙, 마을의 고령자 6명 등을 모으고 이 모임의 명칭을 백거이의 고사를 본떠 구로회라 명명하였다.

19 옥당(玉堂)의 장관 : 옥당은 홍문관(弘文館)의 별칭이며 장관은 부제학(副提學)이다. 농암은 67세 때인 1532년(중종12)에 홍문관 부제학에 제수되었다.

20 등에……나서 : 태배(鮐背)는 노인의 등에 있는 복어 문양의 반점이며, 예치(齯齒)는 이가 모두 빠지고 다시 가늘게 난 이를 말한다. 모두 장수의 표상이다. 『이아(爾雅)』「석고(釋詁)」에 "황발(黃髮 흰 머리가 오래되어 누렇게 된 머리), 예치(다시 생긴 가는 이), 태배(복어 무늬의 등, 구로(耈老 언 것처럼 색이 변한 얼굴의 반점)는 모두 장수를 뜻하는 말이다.〔黃髮, 齯齒, 鮐背,

장수하는 인자仁者들이²¹ 황관 야복黃冠野服에 비둘기가 새겨진 지팡이²²를 짚고서 금관 조복金冠朝服을 한 분들과 자리를 다투어 술잔을 받들어서 축수하였다. 이날 태공과 대가大家²³의 기쁜 기색은 비록 육대부陸大夫²⁴의 천금을 털어서 마련한 잔치라도 어찌 이와 바꿀 수 있었겠는가?

백거이의 수염이 흰 구로九老들 또한 어버이에게 축수한 일이 있었는지 모르겠다. 수백 리 분천汾川²⁵ 한 고을 안에 이처럼 우리나라에서 수백 년 동안 보기 드문 일이 있었으니, 만일 태사씨太史氏가 천상天象

耆老, 壽也.〕" 하였다.

21 정(靜)하여……인자(仁者)들이 : 『논어』 「옹야(雍也)」에 "지혜로운 사람은 물을 좋아하고 인후한 사람은 산을 좋아하니, 지혜로운 사람은 동적이고 인후한 사람은 정적이며, 지혜로운 사람은 즐거워하고 인후한 사람은 장수한다.〔知者樂水, 仁者樂山, 知者動, 仁者靜, 知者樂, 仁者壽.〕" 하였다.

22 비둘기가……지팡이 : 『태평어람(太平御覽)』에 『풍속통(風俗通)』의 문장을 인용하여 이르기를 "세속에서 말하기를 '고조가 항우와 싸우다가 형양(滎陽)의 남경(南京)과 삭(索) 사이에서 패하고 수풀로 달아나자 항우가 추격하였는데, 마침 비둘기가 그 위에서 울자 추격했던 사람은 새가 있으니 사람이 없을 것이라 여겼다. 그리하여 고조는 마침내 추격에서 벗어나게 되었다. 뒤에 즉위하게 되자 이 새를 기이하게 여겨 구장(鳩杖)을 노인들에게 하사하였다.'고 한다.〔俗說高祖與項羽戰, 敗於京索, 遁藂薄中, 羽追求之. 時鳩正鳴其上, 追者以鳥在, 無人, 遂得脫. 後及卽位, 異此鳥, 故作鳩杖以賜老者.〕" 하였고, 또 『신당서』에 "경사에 잔치를 베풀어 함원전(含元殿) 뜰에서 노인을 모셨는데, 90세 이상인 자에게는 궤(几)와 장(杖)을, 80세 이상인 사람에게는 구장을 하사하였다.〔宴京師, 侍老於含元殿, 賜九十以上几杖, 八十以上鳩杖.〕"는 내용이 보인다. 『太平御覽 卷921 羽族部八 鳩』·『新唐書 玄宗紀』

23 태공(太公)과 대가(大家) : 태공은 이현보의 부친, 대가는 이현보의 모친을 가리킨 것이다.

24 육대부(陸大夫) : 한(漢)나라 초기의 학자인 육가(陸賈)를 지칭한다. 그는 진평(陳平)의 주선으로 주발(周勃)을 위해 잔치를 베풀어서 친교를 맺게 하였다가, 뒤에 여씨(呂氏) 일족을 몰아내고 문제(文帝)를 옹립하는 공을 세웠다.

25 분천(汾川) : 현재 경상북도 안동시(安東市) 도산면(陶山面) 분천리(汾川里)로, 이곳의 낙동강 물이 밝게 흐르므로 부내〔汾川〕라 불렀다고 한다. 이 마을은 1976년 안동댐 건설로 인해 수몰지구가 되어 현재 송티와 넘티 등 2개의 마을만 남아 있다.

을 잘 점쳤다면 덕성德星을 모이게 했던 동한東漢 때의 진식陳寔과 순숙
荀淑은26 반드시 농암의 구로에게 삼사三舍27를 양보했을 것이다.

　아! 선생은 덕행이요 문장은 실로 여사餘事인데도, 그분이 지은 작
품을 읽어보면 큰 질박함이 아직 흩어지지 않고 옛 검劍을 새로 깎아
낸 듯해서 말씀마다 모두 진솔하니, 후세의 아름답게 문장을 꾸미는

---

26 덕성(德星)을……순숙(荀淑)은 : 덕성은 복덕성(福德星)으로 현인(賢人)을 상징한다. 순숙 또
한 동한(東漢) 때의 명사로, 아들들이 순씨 팔룡(荀氏八龍)으로 일컬어졌다. 『세설신어(世說新語)』
의 유효표(劉孝標) 주에 "진식이 자식과 조카들을 거느리고 순숙 부자에게 갔을 때 덕성이 모이는
현상이 발생하자, 태사(太史)가 '5백리 내에 현인들이 모였습니다.'라고 아뢰었다." 하였다.

27 삼사(三舍) : 사(舍)는 30리(里) 또는 하나의 별자리로, 삼사는 90리 또는 세 별자리는 먼
거리를 이른다. 여기에서는 그 유명한 진식과 순숙조차도 농암에는 크게 미치지 못할 것이라는
뜻으로 쓰였다. 『국어(國語)』「진어 4(晉語四)」에 "만일 임금님의 도움으로 진(晉)나라로 돌
아갈 수 있다면 훗날 진나라와 초(楚)나라가 군대를 정비하여 중원에서 만나게 되었을 때 임금
님께 삼사의 거리를 양보하겠습니다.〔若以君之靈, 得復晉國, 晉楚治兵, 會於中原, 其避君三
舍.〕" 하였는데, 위소(韋昭)의 주에 "옛날에 군대는 30리를 행군하고 쉬었으니, 삼사는 90리이
다.〔古者師行三十里而舍, 三舍爲九十里.〕" 하였다.
그리고 『여씨춘추(呂氏春秋)』「계하기(季夏紀) 제악(制樂)」에 "송(宋)나라 경공(景公) 때에 형혹
성(熒惑星)이 심수(心宿) 자리에 있자 공이 두려워하며 자위(子韋)를 불러 물었다.……자위가 말
하였다. '형혹성은 하늘의 별이며, 심수는 송나라의 분야입니다. 화가 임금님께 있게 될 것입니다.
그러나 이 화를 재상에게 옮길 수 있습니다.' 공이 말하였다. '재상은 함께 나라를 다스리는 사람이다.
대신에게 화를 옮겨 죽게 하는 것은 상서로운 일이 아니다.' '백성에게 옮길 수 있습니다.' '백성이
죽으면 내가 누구의 임금이 되겠는가? 차라리 혼자 죽겠다.' '한 해의 농사에 옮길 수 있습니다.'
'농사를 망치면 백성이 굶주리게 된다. 임금이 되어 자기 백성을 죽여서 산다면 누가 나를 임금으로
여기겠는가? 이는 과인의 수명이 이미 다한 것이다. 그대는 더 이상 말하지 말라.' 자위가 있던 자리
에서 피해 북면하여 재배하고 말하였다. '신은 임금님께 경하를 드립니다. 하늘은 높이 위에 있지만
낮은 땅의 소리를 듣습니다. 임금님께서 지극히 덕스러운 말씀을 세 번 하셨으니 하늘이 반드시
임금님께 상을 세 번 내릴 것입니다. 오늘 밤 형혹성은 아마도 세 별자리만큼 이동하고 임금님은
수명이 21년 늘어날 것입니다.'……이날 밤 형혹성이 과연 세 별자리만큼 이동하였다.〔宋景公之時,
熒惑在心. 公懼召子韋而問焉.……子韋曰 熒惑者, 天罰也, 心者, 宋之分野也, 禍當於君. 雖然, 可
移於宰相. 公曰 宰相所與治國家也, 而移死焉, 不祥. 子韋曰 可移於民. 公曰 民死, 寡人將誰爲君
乎? 寧獨死. 子韋曰 可移於歲. 公曰 歲害則民饑, 民饑, 必死. 爲人君而殺其民以自活也, 其誰以我
爲君乎? 是寡人之命固盡已, 子無復言矣. 子韋還走, 北面載拜曰 臣敢賀君, 天之處高而聽卑. 君有
至德之言三, 天必三賞君. 今夕熒惑其徙三舍, 君延年二十一歲.……是夕熒惑果徙三舍.〕"는 내용이
보인다.

자들이 미칠 바가 아니다. 또 서로 더불어 수창酬唱한 여러 군자가 있었는데, 선생은 김모재金慕齋[28], 박눌재朴訥齋[29], 주무릉周茂陵[30], 권송정權松亭[31], 이용재李容齋[32], 어자유魚子游[33]의 시에 차운하고, 소퇴휴蘇退休[34], 신영申瑛[35], 조신曺伸[36]은 선생의 시에 차운하였다. 퇴도 선생退陶先生이 또 크게 바른 유종儒宗으로서 선생의 사적을 천양闡揚하여 털끝만큼도 빠뜨림이 없었으니,[37] 후생으로서 귀동냥한 내가 어찌 감히 그 사이에 한마디 말을 덧붙일 수 있겠는가?

지금 선생의 외손인 김계광金啓光씨는 내가 요행으로 연로하신 어버

----

28 김모재(金慕齋) : 모재(慕齋)는 김안국(金安國 1478, 성종9~1543, 중종38)의 호로, 자는 국경(國卿), 본관은 의성(義城), 김굉필(金宏弼)의 문인이다. 시호는 문경(文敬)이다.

29 박눌재(朴訥齋) : 눌재(訥齋)는 박상(朴祥 1474, 성종5~1530, 중종25)의 호로, 본관은 충주(忠州), 자는 세창(世昌), 시호는 문간(文簡)이다.

30 주무릉(周茂陵) : 무릉(茂陵)은 주세붕(周世鵬 1495, 연산군1~1554, 명종9)의 호인 무릉도인(武陵道人)의 준말로, 본관은 상주(尙州), 자는 경유(景遊), 시호는 문민(文敏)이다.

31 권송정(權松亭) : 송정(松亭)은 권벌(權橃 1478, 성종9~1548, 명종3)의 호로, 본관은 안동, 자는 중허(仲虛), 시호는 충정(忠定)이다. 『충재선생문집(冲齋先生文集)』권9 「부록」에 농암에 대한 만장(輓章)이 있다.

32 이용재(李容齋) : 용재(容齋)는 이행(李荇 1478, 성종9~1534, 중종29)의 호로, 본관은 덕수(德水), 자는 택지(擇之), 시호는 문정(文定)이다.

33 어자유(魚子游) : 자유(子游)는 어득강(魚得江 1470, 성종1~1550, 명종5)의 호로, 자는 자순(子舜), 본관은 함종(咸從)이다.

34 소퇴휴(蘇退休) : 퇴휴(退休)는 소세양(蘇世讓 1486, 성종17~1562, 명종17)의 호인 퇴휴당(退休堂)의 준말로, 본관은 진주(晉州), 자는 언겸(彦謙), 시호는 문정(文靖)이다.

35 신영(申瑛) : 1499년(연산군5)~1559년(명종14). 자는 윤보(潤甫), 본관은 평산(平山), 김식(金湜)의 문인이다. 시호는 이간(夷簡)이다.

36 조신(曺伸) : 생몰년이 자세하지 않다. 자는 숙분(叔奮), 호는 적암(適庵), 본관은 창녕(昌寧)이다.

37 퇴도 선생(退陶先生)이……없었으니 : 『농암집』권4 「부록(附錄)」에 퇴계 이황(李滉)이 지은 행장 및 제문·만장이 실려 있다.

이[38]를 모시고 있으니, 『농암집』을 판각하는 각수刻手들을 도와주는 한마디가 없을 수 없다고 하였다. 돌아보건대 나는 고로孤露의 여생[39]으로 겨우 가모家母가 길쌈하는 가르침[40]을 욕되게 하지 않을 뿐이니, 이와 같이 거룩한 일을 봄에 그저 눈물을 흘릴 뿐, 어찌 감히 입을 놀리겠는가? 그런데도 계광씨가 한사코 고집하고 뜻을 바꾸지 않으므로 감히 문집 가운데 여러 말을 뽑아 종이를 더럽히니, 첩상가옥疊床架屋[41]한다는 나무람을 어떻게 피할 수 있겠는가?

---

38 연로하신 어버이 : 『논어』「이인(里仁)」에 "부모님의 연세는 몰라서는 안 되니, 한편으로는 기쁘고 한편으로는 두렵다.〔父母之年, 不可不知也, 一則以喜, 一則以懼.〕" 하였는데, 주자의 주에 이르기를 "항상 부모의 나이를 기억하여 알고 있으면 이미 그 장수하신 것이 기쁘고 또 그 노쇠하신 것이 두려워서, 섬길 수 있는 날짜를 아끼는 정성에 있어 저절로 그만둘 수 없게 될 것이다.〔常知父母之年, 則旣喜其壽, 又懼其衰, 而於愛日之誠, 自有不能己者.〕" 하였다.

39 고로(孤露)의 여생 : 고로는 부모가 죽으면 몸을 보호하던 옷이 벗겨진 것 같다는 뜻에서 부모가 죽은 것을 말하는데, 조경(趙絅)은 1613년(광해군5) 28세 때 아버지를 일찍 여의었으므로 이와 같이 말한 것이다.

40 가모(家母)가……가르침 : 어머니의 가르침이란 뜻이다. 『국어(國語)』 권5 「노어 하(魯語下) 공보문백지모논노일(公父文伯之母論勞逸)」에 "공보문백이 조정에서 돌아와 어머니 경강(敬姜)을 뵈었는데, 어머니는 마침 길쌈을 하고 있었다. 문백이 '이런 우리 집 같은 데서도 주모(主母)가 길쌈을 한다면 계손씨(季孫氏)의 노여움을 살까 두렵습니다. 그분은 제가 어머니를 잘 모시지 못한다고 생각할 것입니다.'라고 하자, 어머니가 탄식하며 말하였다. '노(魯)나라가 망하겠구나! 사리를 모르는 너와 같은 아이를 관리로 삼았으니! 너는 관리의 도리를 듣지 못하였느냐? 앉아라, 내 말해주겠다. 옛날 성왕이 백성을 정착시킬 때 척박한 토지를 가려 살게 하였다. 백성들을 수고롭게 한 뒤에 썼기 때문에 천하를 장구하게 다스릴 수 있었다. 대저 백성은 수고로우면 생각하게 되고, 생각하면 선한 마음이 일어나게 된다. 편안하면 방탕해지고, 방탕해지면 선한 마음을 잃게 되며, 선한 마음을 잃게 되면 악한 마음이 생겨난다. 비옥한 토지에 사는 백성들이 인재가 되지 못하는 것은 방탕하기 때문이며, 척박한 토지에 사는 백성들이 의리를 향하지 않는 사람이 없는 것은 수고롭기 때문이다.〔公父文伯退朝, 朝其母, 其母方績, 文伯曰 以歜之家而主猶績, 懼忓季孫之怒也. 其以歜爲不能事主乎! 其母歎曰 魯其亡乎! 使僮子備官, 而未之聞耶? 居, 吾語女. 昔聖王之處民也, 擇瘠土而處之, 勞其民而用之, 故長王天下. 夫民勞則思, 思則善生, 逸則淫, 淫則忘善, 忘善則惡心生. 沃土之民不材, 淫也. 瘠土之民, 莫不向義, 勞也.〕"라는 내용이 보이는데, 이 고사는 『소학(小學)』「계고(稽古)」에도 실려 있다.

41 첩상가옥(疊床架屋) : 지붕 위에 지붕을 얹고 상 위에 상을 놓아 중복한다는 뜻으로, 세련되지 못하고 군더더기가 많으며 반복이 심한 작품을 비유한다. 진(晉)나라 유중초(庾仲初)의 작품

전몽대황락旃蒙大荒落[42] 남려南呂[43] 기망旣望(16일)에 후학 80세 노기
老畸 한양漢陽 조경은 쓰다.

「양도부(揚都賦)」를 두고 당시의 명사 사안(謝安)이 옥하가옥(屋下架屋)이라는 평어(評語)를 썼
다는 내용이 『세설신어』「문학(文學)」에 보이는 바, 이 말이 나중에 첩상가옥으로 변했다고 한다.

[42] 전몽대황락(旃蒙大荒落) : 고갑자(古甲子)로 전몽(旃蒙)은 을(乙)을, 대황락(大荒落)은 사
(巳)를 가리킨다. 을사년은 1665년(현종6)으로, 조경의 나이 80세 때이다.

[43] 남려(南呂) : 십이율(十二律)의 하나로 음력 8월에 해당된다.

조광조(趙光祖)

1482년(성종13)~1519년(중종14). 자는 효직(孝直), 호는 정암(靜庵), 본관은 한양(漢陽)이며, 한성에서 출생하였다. 김굉필(金宏弼)의 문인이다. 『소학(小學)』과 『근사록(近思錄)』 등을 토대로 경전을 연구하였으며, 이때부터 성리학 연구에 힘써 김종직(金宗直)의 학통을 이은 사림파의 영수가 되었다.

정암집(靜庵集)

이기주(李箕疇)가 수집한 선생의 유문·사적과 이선(李選)이 수집한 선생의 유문 및 5대손 조위수(趙渭叟)의 가장 초본(家藏草本)을 모아 박세채(朴世采)가 교정·편차하였다. 여기에 부록과 연보를 붙인 정고본(定稿本)을 조위수가 다시 부록을 줄이고 연보를 제외하여 1681년(숙종7)에 남원(南原)에서 목판으로 간행하였는데, 이것이 호본(湖本)이다. 1685년에는 박세채가 정고본대로 대구(大邱)에서 중간하였는데, 이것이 영본(嶺本)이다. 그 후 1892년(고종29) 삼지재본(三芝齋本), 1929년 후쇄본(後刷本), 1935년 용인(龍仁)의 석인본(石印本)이 계속하여 중간되었다. 본 서문은 1929년에 간행된 삼지재본의 추각후쇄본(追刻後刷本)에 있는 것으로, 국립중앙도서관장본이다.

송시열(宋時烈)

1607년(선조40)~1689년(숙종15). 아명은 성뢰(聖賚), 자는 영보(英甫), 호는 우암(尤庵), 본관은 은진(恩津)이며, 김장생(金長生)·김집(金集)의 문인이다. 1635년 봉림대군(鳳林大君 효종)의 사부로 임명되면서 효종과 깊은 유대를 맺게 되었다. 주자(朱子)를 신봉하여 주자에 관한 저술이 많다. 저서로는 『주자대전차의(朱子大全箚疑)』·『주자어류소분(朱子語類小分)』·『이정서분류(二程書分類)』·『논맹문의통고(論孟問義通攷)』·『경례의의(經禮疑義)』·『심경석의(心經釋義)』·『찬정소학언해(纂定小學諺解)』·『주문초선(朱文抄選)』 등이 있다. 문집은 1717년(숙종43) 왕명에 의하여 교서관에서 편집하여 철활자로 간행하고 『우암집(尤菴集)』이라 하였으며, 1787년(정조11)에는 다시 보완하여 평양(平壤) 감영에서 목판으로 출간하고 『송자대전(宋子大全)』이라 명명하였다.

【10. 정암선생문집 서】

靜庵先生文集序

송시열 宋時烈

嗚呼라 天下之生이 久矣니 道術裂而莫之救라 粤自五星聚奎로 宋治
休明이러니 而熙豐以來로 詖淫之說肆行하야 使道常無用於天下하니
則朱夫子爲是懼하야 而倡言極之矣라 夫以九土爲天下正處로 堯,
舜, 湯, 文之所治요 周, 孔, 思, 孟之所敎로되 而猶尙如此어든 況此
東表之偏은 去中國數千里之遠哉아 然而箕子來敎于前하고 孔聖欲
居于後하시니 則其風氣物性이 一變이면 則可以魯요 而又一變이면 則
幾乎道矣라

麗氏之季에 圃隱鄭文忠公이 奮起千載之後하야 聿尋皇極之緒하시니
而其所以爲學은 則實源於朱子之書라 當時朱子之書 始來于東하야
人莫之知也러니 獨公이 溯其源而游其波하고 以至于本朝之寒暄하야는
則專以小學으로 爲修己敎人之方하야 擬之於湖學之得其本者也라 又
一傳而至靜庵先生하야는 則天姿粹美하야 瑩澈無瑕하고 蚤(早)聞聖賢

之淵源하야 常以爲非學이면 無以知道요 非道면 無以爲治라하사 其爲
學이 專主於近思錄이라

蓋朱夫子以爲 二程書는 其出於門人所記者라 或有不純하고 而張子
는 或有過者라하야 乃與呂先生으로 擇其精要者하야 以爲此書하니 則世
以爲四子之階梯者 眞確論也라 先生於此書에 不翅若菊蓼之悅口하
야 眞知實踐하야 旣以修已하고 而將以推以治人하시니 然後에 學以爲
道하고 道以爲治하야 而其體用一源하고 理事相須하야 使道德不爲天
下裂하니 則朱夫子所公誦治出於一者 煥然復明於世矣라 雖其駮機
閱(틈)發於中道하야 不展厥施나 而其明聖道하야 以開後人之功은 反
有加於一時之善治矣라 旣而오 世道復升하야 崇報之典이 至於從祀
聖廡하니 可謂無遺憾矣라 獨其嘉言善行이 殆將埋沒而無傳이라 蓋當
時斬伐之際에 人人諱言姓名하니 則其餘를 可知也라 識者之齋恨이
殆今二百年矣라

頃者에 完山李箕疇汝九 始蒐輯遺文事蹟하고 而達城徐文淑士和 又
得若干條於先生五代孫渭叟하며 先是에 又有宣廟朝所命撰輯儒先
錄하니 而先生居第三焉이라 士和委托編摩之役於潘南朴公世采한대
朴公이 又徵遺跡於江都留守李公選하야 而悉取諸家하야 始克成編하
니 原集四編이요 附錄五編이라 其言其行이 雖不可保其一無滲漏나 而
亦足以見明正學, 壽斯道之大略矣니 諸公之用心이 可謂勤矣라 士
和又屬余以弁卷之文하니 余旣爲先生遺事하야 屢犯不韙之罪矣니 今
不可辭謝矣라 抑有所疑於心者하니 李文純先生이 嘗撰先生行狀할새
其所以稱美者 至矣로되 而至其與門人訓(酬)酢하야는 則頗有不滿底
意思하고 而亦時有不遜語하시니 必有所以로되 而恨不得掃門而仰質
也라

抑嘗思之호니 朱夫子於二程夫子에 直以繼夫堯, 舜, 孔, 孟之統이로

되 而至其論卞(辨)義理處하야는 則亦未嘗一毫有所回互하시니 豈文純
이 亦有所受而然耶아 余恐後人이 不知其然하고 而不有疑於先生이면
則或疑於文純이라 故略著於此하야 以俟夫知言之君子云이라
時崇禎昭陽大淵獻臘月日에 後學恩津宋時烈은 序하노라

아! 천하에 사람이 살아온 지가 오래되었다. 도학道學이 분열되었으
나 구원하지 못하였는데, 오성五星이 규성奎星에 모인 일[1]이 있은 뒤로
부터 송宋나라의 다스림이 아름답고 밝아졌다. 그러나 희녕熙寧·원풍
元豐[2] 이래로 편벽되고 방탕한 말이 멋대로 행해져서 우리의 도가 항
상 천하에 쓰이지 못하게 되니, 주자朱子가 이를 걱정해서 창언倡言하
여 배척하였다.

생각하건대 구주九州는 천하의 중앙으로 요堯·순舜과 탕왕湯王·문
왕文王이 다스린 곳이며 주공周公·공자孔子·자사子思·맹자孟子가 가르
친 곳인데도 오히려 이와 같았는데, 하물며 중국과 수천 리나 멀리
떨어진 동쪽 변방의 구석진 우리나라에 있어서이겠는가? 그러나 앞
시대에는 기자箕子가 와서 가르쳤고 뒷시대에는 공자가 살고자 하였으
니, 그렇다면 풍속과 성질이 한번 변하면 노魯나라와 같이 될 수 있고

---

1 오성(五星)이……일 : 수·화·목·금·토의 다섯 위성(緯星)이 규수(奎宿)에 모이면 천하가 태
평하고 문운(文運)이 열린다고 한다. 송(宋) 태조(太祖) 건덕(乾德) 5년(967)에 다섯 위성이 규수
에 모였다고 한다. 『宋史 卷2 本紀二』

2 희녕(熙寧)·원풍(元豐) : 송(宋)나라 신종(神宗)의 연호로 희녕은 1067년~1077년, 원풍은
1078년~1085년이다. 이 시기는 왕안석(王安石)이 집권하여 균수법(均輸法)·청묘법(青苗法)·모
역법(募役法)·보갑법(保甲法)·방전균세법(方田均稅法)·시역법(市易法)·보마법(保馬法) 등의
신법(新法)을 시행하고 사마광(司馬光) 등의 구법당(舊法黨)을 축출한 때이다.

또 한번 변하면 도에 가까워질 수 있는 것이다.[3]

　　고려 말엽에 포은圃隱 정문충공鄭文忠公[4]이 천 년 뒤에 분발하여 일어나 황극皇極[5]의 실마리를 탐구하셨는데, 그 학문한 것은 실로 주자의 책에 근원하였다. 당시 주자의 책이 처음 우리나라에 들어오니 사람들이 이것을 제대로 알지 못했는데, 오직 공만이 그 근원을 연구하여 그 물결에서 노닐었다. 본조本朝의 한훤당寒暄堂[6]에 이르러서는 오로지 『소학小學』으로 자신을 수양하고 남을 가르치는 방법으로 삼아서 근본을 체득한 호학湖學[7]에 비견되었다.

　　그리고 다시 한번 전하여 정암靜庵 선생에 이르러서는 타고난 자품이 순수하고 아름다우며 깨끗하여 하자가 없었다. 일찍부터 성현의

----

3 풍속과……것이다 : 그 풍기(風氣)와 물성(物性)이 아름다움을 말한 것이다. 공자는 일찍이 "제(齊)나라가 한번 변하면 노(魯)나라에 이를 수 있고, 노나라가 다시 한번 변하면 도에 이를 수 있다.〔齊一變, 至於魯, 魯一變, 至於道.〕" 하였다. 『論語 雍也』

4 포은(圃隱) 정문충공(鄭文忠公) : 포은은 정몽주(鄭夢周 1337, 고려 충숙왕 복위6~1392, 태조1)의 호이며, 문충(文忠)은 그의 시호이다.

5 황극(皇極) : 제왕이 천하를 통치하는 법칙으로 이른바 대중지정(大中至正)의 도를 말한다. 『서경』 「주서(周書) 홍범(洪範)」에 "다섯 번째는 황극으로, 임금이 표준을 세우는 것이다.〔五皇極, 皇建其有極.〕" 하였는데, 송(宋)나라 채침(蔡沈)의 주에 이르기를 "황(皇)은 임금이요, 건(建)은 세움이다. 극(極)은 북극의 극과 같으니, 지극하다는 뜻이며 표준의 이름으로 가운데 서 있으면 사방에서 취하여 바로잡는 것이다.〔皇, 君, 建, 立也. 極, 猶北極之極, 至極之義, 標準之名, 中立而四方之所取正焉者也.〕" 하였다.

6 한훤당(寒暄堂) : 김굉필(金宏弼 1454, 단종2~1504, 연산군10)의 호이다.

7 호학(湖學) : 호주(湖州)의 학당을 이른다. 송(宋)나라 호원(胡瑗)이 일찍이 소주(蘇州)와 호주(湖州)의 교수(教授)가 되어 수(隋)·당(唐) 이래 경학(經學)을 멀리하고 문사(文辭)만 숭상하는 학풍을 바로잡기 위하여 조약(條約)을 엄격히 정하고 솔선수범하여 제생(諸生)을 교도(教導)하되, 경서의 뜻에 따라 학문을 닦고 행실을 힘써 숭상하게 한 데서 온 말이다. 특히 호학에 있을 때 경의재(經義齋)와 치사재(治事齋)를 설치하여 각 개인의 재주에 따라 경의재에서는 인품이 통창(通暢)하고 기국(器局)이 있는 사람을 대상으로 경국제세(經國濟世)의 학문을 가르쳤고, 치사재에서는 1인 1기(技)의 교육방법을 채택하였다. 『宋名臣言行錄』

연원을 듣고는 항상 '학문이 아니면 도를 알 수 없고, 도가 아니면 세상을 다스릴 수 없다.'고 여겨서 그 학문하는 것을 오로지 『근사록近思錄』을 위주로 하였다. 이것은 주부자朱夫子(주희朱熹)께서 "이정二程[8]의 책은 문인들이 기록한 것에서 나와 내용이 간혹 순수하지 못한 부분이 있고 장자張子(장재張載)는 간혹 지나친 부분이 있다." 하여, 마침내 여선생呂先生(여조겸呂祖謙)과 함께 그 정밀하고 요긴한 것을 택하여 이 책을 만드셨기 때문이니, 그렇다면 세상에서 『근사록』을 평하여 '사자四子의 계제階梯'[9]라고 말하는 것은 참으로 정확한 의론이다.

선생은 이 책을 입에 추환芻豢[10]을 먹는 것보다도 좋아했을 뿐만 아니라 참으로 알고 실천하여, 이것으로 자신을 수양한 뒤에 미루어서 남을 다스리는 데에까지 확대하고자 하였다. 그런 뒤에야 학문으로 도를 행하고 이 도로 정치를 해서, 체體와 용用이 한 근원이 되고 이치〔理〕와 사실〔事〕이 서로 의지하여 도덕이 천하에 분열되지 않게 할 수 있었다. 그렇게 되면 바로 주부자께서 공공연히 외셨던 '다스림이 하나〔道〕에서 나온다.'고 한 그 하나〔道〕가 찬란하게 세상에 다시 밝아지게 될 것이었다. 비록 중도에 화가 갑작스레 터져서[11] 그 포부를 다

8　이정(二程) : 정호(程顥)와 정이(程頤)를 이른다.

9　사자(四子)의 계제(階梯) : 사자는 사자서(四子書)의 준말로, 공자·증자·자사·맹자의 『논어』·『대학』·『중용』·『맹자』의 사서를 말하며, 계제는 목표를 달성하기 위해 거쳐야 할 예비단계를 의미한다. 남송(南宋)의 섭채(葉采)가 지은 「근사록집해서(近思錄集解序)」에서는 주자의 말을 인용하여 "주자(朱子)는 '사자는 육경의 계제요, 『근사(近思)록』은 사자의 계제이다.' 하셨다.〔朱子曰 四子六經之階梯, 近思錄四子之階梯.〕" 하였는데, 이는 『주자어류(朱子語類)』와 『면재집(勉齋集)』 등에도 실려 있다.

10　추환(芻豢) : 풀을 먹여 기르는 소·양과 곡식을 먹여 기르는 개·돼지 등의 육류를 가리킨다.

11　화가……터져서 : 화는 기묘사화를 이른다. 1519년(중종14) 남곤(南袞)·홍경주(洪景舟) 등의 훈구파(勳舊派)에 의해 조광조(趙光祖) 등의 신진사류(新進士類)가 축출된 사건이다. 이 사화로

펴지는 못했으나, 성인의 도를 밝혀서 후세 사람을 계도해준 공은 도리어 한 때의 훌륭한 정치보다도 나은 점이 있었다.

이윽고 세도世道가 다시 융성해지자 선생을 존숭하고 보답하는 예전禮典이 성무聖廡에 종사從祀함에 이르렀으니,[12] 유감이 없다고 할 만하다. 다만 그 좋은 말씀과 훌륭한 행실이 거의 매몰되어 전해지지 않게 되었는데, 당시 사화에 연루된 사람들을 처형하던 때에 사람마다 선생의 성명조차 말하는 것을 꺼렸으니 그 나머지를 알 수 있는 것이다. 그리하여 식견 있는 이들이 통한을 품은 지가 이제 거의 2백 년이 되었다.

그런데 근자에 완산完山 이기주 여구李箕疇汝九[13]가 비로소 유문과 사적을 수집하였고, 달성達城 서문숙 사화徐文淑士和[14]가 다시 선생의 5대손 위수渭叟[15]에게서 약간의 글을 얻었다. 이보다 앞서 또 선조 때에 왕명으로 찬집한 『유선록儒先錄』[16]이 있었는데, 선생의 글이 이 책의

조광조는 능주(綾州)로 귀양가서 사사(賜死)되고, 김정(金淨)·기준(奇遵) 등 많은 사람들이 유배·파직·사사되었는데, 이때 희생된 사람들을 기묘명현(己卯名賢)이라 한다.

12 성무(聖廡)에……이르렀으니 : 성무는 문묘(文廟)의 동무(東廡)와 서무(西廡)를 이른다. 조광조에 대한 신원회복은 1570년(선조3)에 이루어졌으며, 문묘 종사(從祀)는 1610년(광해군2) 9월에 이루어졌다. 『光海君日記 2年 9月 5日 7번째 기사』

13 이기주 여구(李箕疇汝九) : 기주(箕疇)는 이기홍(李箕洪 1641, 인조19~1708, 숙종34)의 초명이며, 여구(汝九)는 자이다. 본관은 전주(全州), 이지렴(李之濂)·송시열(宋時烈)의 문인이다.

14 서문숙 사화(徐文淑士和) : 사화(士和)는 서문숙(徐文淑 1644, 인조22~?)의 자로, 본관은 대구이다.

15 위수(渭叟) : 조위수(趙渭叟 1630, 인조8~1699, 숙종25)로, 자는 상보(尙甫), 본관은 한양(漢陽)이다.

16 유선록(儒先錄) : 원명은 『국조유선록(國朝儒先錄)』이다. 1570년(선조3) 12월에 부제학 유희춘(柳希春)이 왕명을 받아 『이락연원록(伊洛淵源錄)』을 모방해서 김굉필(金宏弼), 정여창(鄭汝昌), 조광조(趙光祖), 이언적(李彦迪)의 행적을 수집·편찬하였다. 『宣祖修正實錄 3年 12月 1

세 번째에 있었다.

　사화는 문집을 편수하는 일을 반남潘南 박공 세채朴公世采[17]에게 의탁하였는데, 박공이 다시 강도 유수江都留守 이공 선李公選[18]에게 유문遺文과 사적을 요구하고 여러 공들이 소장하고 있던 것들을 모두 모아서 비로소 책을 완성하니, 원집原集 4편과 부록附錄 5편이다.

　선생의 말씀과 행실이 하나도 누락된 것이 없다고 장담할 수는 없으나 정학正學을 밝히고 사도斯道가 오래 전해지도록 한 대략을 볼 수 있으니, 여러 공들의 마음 씀이 수고로웠다고 할 만하다. 사화가 다시 나에게 서문을 요청하니, 내가 이미 선생의 『유사遺事』를 만들어서 여러 차례 분수에 넘치는 건방진 잘못을 저질렀기에 이제 사양할 수가 없다.

　그런데 마음에 한 가지 의문스런 점이 있다. 이문순李文純[19] 선생께서 예전에 선생의 행장을 지을 적에[20] 선생을 칭찬하고 훌륭하게 여긴 것이 지극하였으나, 문인들과 수작酬酢할 때에 이르러서는 자못 불만스러워하는 생각이 있었고 때로는 불손한 말씀도 있었다.[21] 여기에는

日 3번째 기사』

17 박공 세채(朴公世采) : 박세채(朴世采 1631, 인조9~1695, 숙종21)로, 자는 화숙(和叔), 호는 현석(玄石)·남계(南溪), 본관은 반남(潘南), 김상헌(金尙憲)의 문인이며 시호는 문순(文純)이다.

18 이공 선(李公選) : 이선(李選 1632, 인조10~1692, 숙종18). 자는 택지(擇之), 호는 지호(芝湖), 본관은 전주(全州), 시호는 정간(正簡)이다.

19 이문순(李文純) : 문순(文純)은 이황(李滉 1501, 연산군7~1570, 선조3)의 시호로, 자는 경호(景浩), 호는 퇴계(退溪), 본관은 진보(眞寶)이다.

20 이문순(李文純)……적에 : 행장은 「정암조선생행장(靜庵趙先生行狀)」을 이르는 바, 『퇴계선생문집(退溪先生文集)』 권 48에 실려 있다.

21 문인들과……있었다 : 이와 관련하여 「양선생왕복서(兩先生往復書)」에 수록된 이황(李滉)과

반드시 무슨 곡절이 있을 터인데 내가 문하에서 직접 모시며 여쭐 수 없는 것이 한스럽다.

그러나 생각해보면 주부자朱夫子께서 이정부자二程夫子에 대해 곧바로 요·순·공자·맹자의 도통으로 이으셨으나 의리를 논변한 부분에서는 또한 털끝만큼도 비호한 적이 없으셨으니, 어쩌면 문순공文純公께서도 역시 전수받은 바가 있어서 그리하셨을 것이다. 나는 후세 사람들이 이러한 사정을 알지 못하고 선생에 대해서 의심을 갖지 않는다면 문순공을 의심하게 될까 염려되었다. 그러므로 간략히 여기에 이러한 사실을 써서 말(진리)을 아는 군자를 기다리는 바이다.

때는 숭정崇禎[22] 소양대연헌昭陽大淵獻[23] 섣달 아무 날에 후학 은진恩

기대승(奇大升) 간의 서찰에는 조광조(趙光祖)의 무리한 급진개혁이 훈구세력의 반발을 일으켜 대사를 그르친 일에 대한 비판이 다음과 같이 실려 있다. "조정암(趙靜庵)이 진계초(陳啓抄)를 보내니, 한가할 때 한번 자세히 펴 보시오. 나는 이글을 본 이후로 마음이 술에 취한 듯 반 달이나 열흘이 되어도 여전히 마음이 가라앉지를 못하오. 내 속으로 헤아려 보니, 이 분은 어렵다는 것을 알지 못한 것이 아니요, 어려움을 알았어도 잘못 믿었던 바가 있었기 때문이었고, 또한 다만 잘못 믿은 때문만은 아니다. 진실로 물러가려고 해도 물러갈 길이 없어서 이렇게 되었음을 알 수 있다. 이는 영원히 영웅으로 하여금 눈물을 흘려 수건을 적시는 것이니, 비단 죽은 제갈량(諸葛亮) 한 사람 뿐만이 아니요, 또 당시의 사세를 보건대 비록 정국공신(靖國功臣)의 칭호를 빼앗는 일이 있지 않았다 하더라도 또한 한번 실패함을 면하지 못했을 것이오. 그러나 여러 간신들을 격퇴시켜 놀라운 일을 촉발한 것은 바로 이 한 가지 일 때문이니 이는 제현(諸賢)들이 위험한 곳에 임하여 경계하시지 않고 곧장 앞으로 너무 예리하게 나갔기 때문이니, 이것은 또 알지 않으면 안 되는 것이오.〔趙靜庵陳啓抄送去, 閒中試詳披閱. 滉自見此文字來, 如醉如醒, 半月十日, 猶不能瘳也. 竊料斯人也非不知爲難, 知難而誤有所恃, 亦非獨誤恃之故. 良由求退無路而致之, 可知. 是長使英雄淚滿巾者, 不獨死諸葛一人也. 且觀當時事勢, 雖不有靖國奪功事, 亦不免一敗. 然所以激衆奸而促發駭機, 正由此一事. 是乃諸賢臨危不戒, 直前太銳之故, 此又不可不知者也.〕"『退溪先生文集 卷18 書 與奇明彦』·『靜菴先生文集附錄 卷1 附錄 事實』

22 숭정(崇禎) : 명(明)나라 의종(毅宗) 장열제(莊烈帝)의 연호(1628년~1644년)이다. 여기에서는 명나라의 마지막 연호를 사적으로 계속 쓴 것으로 보인다.

23 소양대연헌(昭陽大淵獻) : 고갑자(古甲子)로 소양(昭陽)은 계(癸), 대연헌(大淵獻)은 해(亥)를 가리킨다. 계해년은 1683년(숙종9)으로, 송시열의 나이 77세 때이다.

津 송시열은 쓰다.

김정(金淨)

1486년(성종17)~1521년(중종16). 자는 원충(元沖), 호는 충암(冲庵), 본관은 경주(慶州)이며, 보은(報恩) 출신이다. 1507년(중종2) 증광문과에 장원으로 급제하여 성균관 전적(典籍)에 보임되었다. 1515년(중종10) 순창군수(淳昌郡守)로 있을 때 왕의 구언(求言)에 응하여 담양부사(潭陽府使) 박상(朴祥)과 함께 폐비(廢妃) 신씨(愼氏)의 복위와 신씨 폐위의 주모자인 박원종(朴元宗) 등을 추죄(追罪)할 것을 상소하였다가 왕의 노여움을 사서 보은(報恩)에 유배되었다. 얼마 뒤 재등용되었으나 그 뒤 기묘사화(己卯士禍)로 인해 다시 금산(錦山)에 유배되었고, 신사무옥(辛巳誣獄)에 연루되어 사림파의 주축인 생존자 6명과 함께 사사(賜死)되었다. 1545년(인종1)에 복관되고, 1646년(인조24)에 영의정에 추증되었다. 제자로는 김봉상(金鳳祥)·김고(金顧)·최여주(崔汝舟) 외에 조카인 천부(天富)·천우(天宇) 등이 있다. 시호는 처음에는 문정(文貞)이었는데, 뒤에 문간(文簡)으로 고쳤다.

충암집(冲庵集)

저자의 시문은 당질인 김천우(金天宇)가 유고를 모아 신광한(申光漢)에게 교정을 부탁하였으나 김천우의 사망으로 인하여 간행에는 이르지 못하였다. 그때 공주목사(公州牧使) 허백기(許伯琦)가 별도로 수습한 유고를 신광한이 소장하고 있던 원고와 합하여 본집(本集)과 외집(外集)으로 나누고 1552년(중종17) 공주에서 목판으로 간행하였다. 그 후 속리산으로 옮겨 보관하고 있던 이 초간본의 판목이 임진왜란으로 일부 완결(刓缺)되자 1600년(선조33)에 완결된 부분을 다시 보충하여 후쇄(後刷)하였다. 그 후 증손 김성발(金聲發)이 금산군수(錦山郡守)로 부임하자 초간본 외집의 편차가 일정하지 못한 점을 바로잡아 본집에 넣어서 목판 5권 5책으로 간행하였는데, 이것이 중간본이다. 이후 연보만 별도로 간행되다가 1947년에 후손 김병희(金秉熙)·김기홍(金基興)이 문집 5권과 연보 2권을 합하여 7책으로 석인(石印)하니, 이것이 삼간본이다. 1972년에는 15세손 김홍만(金洪萬)이 『조선왕조실록(朝鮮王朝實錄)』에서 새로이 채록한 기사를 연보에 보충해 넣고 성구용(成九鏞)의 교감 및 서문과 김홍만의 발문을 받아 문집 5권 1책과 연보 2권 1책을 석인(石印)으로 간행하니, 이것이 사간본이다. 본 서문은 1636년 중간본에 실려 있는 것으로, 서울대학교 규장각장본이다.

신광한(申光漢)

1484년(성종15)~1555년(명종10). 자는 한지(漢之)·시회(時晦), 호는 기재(企齋)·낙봉(駱峰), 본관은 고령(高靈)이다. 1518년(중종13) 신진사류로서 조광조(趙光祖) 등과 함께 대사성에 발탁되었으나 기묘사화에 연좌되어 관직이 삭탈되었다. 1519년에 다시 등용되어 이조판서로 홍문관 제학을 겸임하였다. 1545년(명종 즉위) 을사사화 때 우참찬으로 소윤(小尹)에 가담하여 대윤(大尹)의 제거에 힘써 위사공신(衛社功臣)이 되었으며, 같은 해 우찬성으로 양관(兩館)의 대제학을 겸임하고 영성부원군(靈城府院君)에 봉해졌다. 3년 뒤에 궤장을 하사 받고 기로소에 들어갔다. 저서에 『기재집(企齋集)』·『기재기이(企齋記異)』가 있다. 시호는 문간(文簡)이다.

【11. 충암선생집 서】

冲庵先生集序

신광한 申光漢 ————

冲庵集者는 金侯淨之所著也라 侯는 字元冲이요 官至判書하니 己卯之
禍에 謫死于濟州라 侯旣爲時人所擯하고 又無幹家子弟하야 其遺稿散
落하야 不見收者久矣라 後二十八九年間에 有侯之堂姪金君天宇者
爲玉堂應敎러니 一日에 持侯之遺稿詩若文하야 來示余하고 曰 吾叔父
元冲公이 自在妙年으로 文章甚高하고 又學問所造尤深하야 大爲縉紳
所推服이러니 而身陷於罪辜하야 曾爲膾炙之詩文이 反歸於目動心怵
之具하니 豈不惜哉아 近看朝廷之上에 士氣稍振하고 公論亦行하야 冲
庵之詩文이 庶幾見採于時矣라 願公少加刪定其編次하면 則吾且鋟
梓하야 以圖不朽하리니 公以爲何如오 余曰 甚矣라 子之厚於斯文而樂
於爲善也여 如是哉라 非止愛其族叔父而已也라하고 仍受而留之하야
常置案上하고 歎咤吟賞之間에 歲月荏苒하야 未克編次러니 而金君天
宇 又至奄忽하니 未識天意之薄於善人하고 而不欲成人之美者 乃至

於是耶아 稿之還藏於篋笥中이 且有年矣라

今者에 公州牧許公伯琦 抵書與余曰 吾得冲庵遺稿若干卷하야 鳩材
倩(천)工하야 已臨首事러니 似聞公家有全稿藏焉이라하니 望亟搜付하야
俾得校正其舛訛라하고 且請序于卷端하야 以記其事하되 辭甚懇懇이라
嗟嗟乎라 稿之不幸失金君이러니 又何幸得公于今耶아 天之果不薄於
善人하야 而終能成就之如是夫인저하고 遂封寄其稿하야 以卒金君之志
하고 又美許牧之勇於爲善하야 而不懈於扶樹斯文하야 樂副其請하노라
噫라 寶劍三千이 雖藏于九原이나 精光顯揚하야 上爲白虎어든 況於文
章之精英은 根乎天地하고 發乎性情이리오 其人雖沒이나 金剛玉粹之
氣 終不可泯滅하니 集而成書를 烏可已乎아 後之覽者 將有以知其性
情之所在리니 豈獨詩文云乎哉아

嘉靖壬子端陽前一日에　推誠定難衛社功臣崇政大夫判中樞府事兼
知經筵春秋館成均館事弘文館大提學藝文館大提學靈城君申光漢
時晦는 書于駱峯之企齋하노라

　　충암집沖庵集은 김후 정金侯淨이 지은 것이다. 김후는 자가 원충元冲
으로 벼슬이 판서에 이르렀는데, 기묘사화己卯士禍에 제주濟州로 귀양
가서 별세하였다. 김후는 이미 세상 사람들에게 배척을 받았고, 또 집
안을 주관하는 자제가 없어서 그 유고가 흩어져 수습되지 못한 것이
오래였다.

　　그 후 28, 9년 사이에 김후의 당질인 김천우金天宇[1] 군이 옥당玉堂

(한림원)의 응교應敎가 되었는데, 하루는 공의 유고인 시와 문을 가지고 찾아와서 나에게 보여주며 말하였다.

"우리 숙부이신 원충공은 젊었을 때부터 문장이 매우 높고 또 학문의 조예가 더욱 깊어서 사대부들로부터 크게 추앙하고 굴복하는 바가 되셨는데, 몸이 죄망罪網에 빠져서 일찍이 사람들의 입에 회자膾炙되던 시가 도리어 눈이 놀라고 마음이 두려워하는 도구로 변하였으니 어찌 애석하지 않겠습니까? 근자에 보니 조정에서 선비의 기개가 다소 떨치고 공론公論이 또한 행해져서 충암의 시문이 거의 세상에 채택되게 되었습니다. 원컨대 공께서 다소 편차를 산정刪定해 주시면 제가 판각해서 영원히 전할 것을 도모하려 하오니, 공께서는 어떻게 생각하십니까?"

나는 말하기를, "그대의 사문斯文에 관심이 많고 선한 일을 하기 좋아함이 이처럼 깊단 말인가! 그 족숙부族叔父를 사랑함에 그칠 뿐만이 아니다." 하였다. 인하여 받아서 항상 책상 위에 두고 감탄하며 읊조리고 감상하였는데, 그러는 사이에 세월이 흘러가서 미처 편차를 못 하고 있었다. 그러던 중 김천우 군이 또 갑자기 별세하니, 알지 못하겠다. 하늘의 뜻이 선한 사람을 박하게 대하고 남의 아름다움을 이루고자 하지 않음이 마침내 이에 이른단 말인가? 그리하여 원고를 다시 상자 속에 보관한 것이 또 여러 해였다.

최근에 공주목사公州牧使인 허공 백기許公伯琦[2]가 나에게 편지를 보내

김처용(金處庸), 조부는 김증손(金曾孫), 부는 김벽(金碧)이고, 외조부는 유의강(柳依江), 처부(妻父)는 이재(李栽)이다.

2 허공 백기(許公伯琦) : 허백기(許伯琦 1493, 성종24~?)로, 자는 여진(汝珍), 호는 삼송(三松)·호재(浩齋), 본관은 김해(金海), 조광조(趙光祖)의 문인이다. 시호는 정헌(正憲)이다.

오기를, "제가 충암의 유고 몇 권을 얻어서 재목을 모으고 공인工人(각수刻手)들에게 일을 시켜 이미 일을 시작하였는데, 공의 집안에 전고全稿가 보관되어 있다는 말을 들었습니다. 빨리 찾아 보내주셔서 잘못을 교정할 수 있도록 해 주시기를 바랍니다. 그리고 책머리에 서문을 써서 이 일을 기록해 주시기를 청합니다." 하였는데, 그 내용이 매우 간곡하였다.

아, 원고가 불행히도 김군을 잃어 간행되지 못했는데, 지금 또 어쩌면 이렇게 다행히 허공을 얻었단 말인가? 하늘이 선한 사람에게 박하게 대하지 않아서 끝내 성취하게 함이 이와 같구나! 마침내 그 원고를 봉하여 부쳐서 김군의 소원을 끝마치게 하고, 또 허목사의 선행을 하는 데 용감하고 사문斯文을 붙들어 세움에 게을리 하지 않음을 아름답게 여겨 기꺼이 그 청에 부응한다.

아, 삼천 개의 보검寶劍도 깊은 구원九原에 묻혔으나 정광精光이 드러나 위로 올라와서 백호白虎가 되었으니,[3] 하물며 천지에 뿌리를 두고 성정性情에서 발로되어 나온 문장의 정영精英은 말해 무엇 하겠는가? 그 사람은 비록 별세하였으나 금처럼 강하고 옥처럼 순수한 기운은 끝내 없어질 수 없었으니, 이 글을 모아서 책을 만드는 것을 어찌 그만둘 수 있겠는가? 뒤에 이 책을 보는 자들은 장차 충암의 성정性情이 여기에 있음을 알 수 있을 것이니, 어찌 다만 시문이라고만 말하겠는가?

가정嘉靖[4] 임자년(1552, 명종7) 단양端陽(단오) 전 1일에 추성정난

---

3 삼천……되었으니 : 춘추전국 시대에 오(吳)나라 합려(闔閭)가 죽자 그의 아들인 부차(夫差)가 합려를 호구산(虎丘山)에 보검 삼천 개와 함께 묻었는데, 장사지낸 3일 뒤에 보검의 정기가 올라와 백호(白虎)가 산 위에 보였다고 한다. 『越絶書 外傳記吳地傳』

4 가정(嘉靖) : 명(明)나라 세종(世宗)의 연호(1522년~1566년)이다.

위사공신推誠定難衛社功臣 숭정대부崇政大夫 판중추부사 겸 지경연 춘추
관 성균관사判中樞府事兼知經筵春秋館成均館事 홍문관 대제학 예문관 대제
학弘文館大提學藝文館大提學 영성군靈城君 신광한 시회申光漢時晦는 낙봉駱
峯의 기재企齋에서 쓰다.

허백기(許伯琦)

1493년(성종24)~?. 자는 여진(汝珍), 호는 삼송(三松)·호재(浩齋), 본관은 김해(金海)이며, 조광조(趙光祖)의 문인이다. 1519년(중종14) 별시문과에 을과로 급제한 뒤 사관(史官)과 주서(注書)가 되었다. 1524년 형조와 병조의 좌랑을 지내고 1526년 형조정랑, 1528년 경상도 도사(都事), 그리고 이듬해는 진위사(陳慰使)의 서장관(書狀官)으로 명(明)나라에 다녀왔다. 1541년(중종36) 헌납(獻納)·장령(掌令), 1544년 사간(司諫)·교리(校理)·동부승지(同副承旨)를 역임하고 이듬해 형조참의, 1553년(명종8) 판결사(判決事)를 지낸 다음 첨지중추부사(僉知中樞府事)를 거쳐, 1562년(명종17) 동지중추부사(同知中樞府事)로서 관직에서 물러났다. 시호는 정헌(正憲)이다.

【 12. 충암선생집 발 】

冲庵先生集跋

허백기許伯琦 ——————

夫文章之發은 必根於志하니 志者는 心之所之라 心苟得其正이면 其發
也必粹然一出於正하야 油然性情之蘊이요 藹然天理之妙니 夫豈勉强
哉아 冲庵公은 禀受淸高하야 早以詩家自任이러니 晚乃立志하야 頗得
嚮方於學問하야 着力多年하니 非但大成於文章이요 亦克有悟於聖賢
之遺意하야 知識超卓하고 動遵古昔하야 脫落流俗하고 而其片言隻字
亦逼於漢, 唐之習氣하니 豈非粹然之出하야 而油然藹然之不可掩乎
아 遭遇有施로되 亦不克終하니 命也요 天也라

丙子年間에 公嘗竢罪于報恩之含琳驛하니 卽在俗離山之傍也라 縱
探乎千巖萬壑하야 足跡靡所不至라 余初不識公이러니 聞風追逐할새
若遇淸川白石이면 輒與對討披懷하니 其感發興起를 固已知之乎人所
不知處하야 嗒然無語하고 秪相笑而已하니 不閱月에 已覺非前日之不
肖也라 生死三十餘年에 始得遺稿하고 幸賴專城之力하야 用圖不朽라

公之所可稱者 固已洋溢乎永世하니 文章은 不足憑이나 然有關世敎하
고 又足以知其心志之所存이라 若夫筆力之精神과 出處之終始는 已
盡於駱峯先生之序일새 粗記大槪云하니 後有同志之士하면 亦必有感
於斯文이리라

嘉靖壬子端陽月下澣에 盆城後學三松居士通政大夫行公州牧使許
伯琦汝珍은 敬跋하노라

문장의 발로는 반드시 뜻에 뿌리를 두니, 뜻이란 마음이 가는 것이
다. 마음이 바름을 얻으면 그 발로되는 것도 반드시 순수하게 한결같
이 바름에서 나와, 쌓인 성정性情이 유연油然하게 나타나고 오묘한 천
리天理가 애연藹然하게 발로되는 법이니, 어찌 억지로 할 수 있는 것이
겠는가?

충암공은 받은 기품이 청고淸高하여 일찍이 시가詩家로 자임自任하였
는데, 말년에는 마침내 뜻을 세워 자못 향방을 얻었다. 그리하여 다년
간 학문에 힘을 써서 단지 문장에만 큰 성취를 이룬 것이 아니요, 또
한 성현의 남긴 뜻을 깨달을 수 있었다. 지식은 탁월하였고 행동은
옛 법을 따라 유속流俗을 탈피하였으며 한 말씀과 한 글자도 한漢·당唐
의 문기文氣에 가까우니, 어찌 순수한 데서 나와 유연하게 나타나고
애연하게 발로된 것이어서 가릴 수 없는 것이 아니겠는가? 좋은 때를
만나서 베풂이 있었으나 또한 끝마치지 못했으니, 이는 운명이요 천
운이다.

병자년(1516, 중종11) 간에 공은 일찍이 보은報恩의 함림역含琳驛에
서 죄를 기다리고 있었는데,¹ 함림역은 바로 속리산俗離山 옆에 있었
다. 공은 천 개의 바위와 만 개의 골짝을 마음껏 탐방하여 발이 닿지

않은 곳이 없었다.

　나는 처음에 공을 알지 못했으나 풍문을 듣고 쫓아다녔는데, 깨끗한 물과 흰 돌을 만나면 번번이 마주하고 토론하여 흉금을 폈으니 그 감발感發하고 흥기興起함을 진실로 남들이 알지 못하는 곳에서 알아 아무 말 없이 그저 서로 웃을 뿐이었다. 한 달이 못되어서 예전의 불초不肖가 아님을 깨닫게 되었다.

　그런데 생사가 갈린 지 30여년 만에 비로소 유고를 얻어 다행히 온 고을의 재력을 힘입어서 불후不朽를 도모하게 되었다. 공은 칭송받을 만한 것이 진실로 영원한 세상에 이미 넘치고 있으니 문장에 굳이 기댈 것이 없으나, 이 글은 세교世敎에 관계되고 공의 마음과 뜻이 있는 바를 충분히 알 수 있다. 필력筆力의 정신과 출처出處의 종시로 말하면 이미 낙봉駱峯[2] 선생의 서문에 모두 말하였으므로 대략을 간략히 기록하는 바이니, 뒤에 뜻이 같은 선비가 있으면 또한 반드시 이 글에 감회가 있을 것이다.

　가정嘉靖 임자년(1552, 명종7) 단양월端陽月(5월) 하한下澣에 분성盆城[3] 후학 삼송거사三松居士 통정대부通政大夫 행 공주목사行公州牧使 허백기 여진許伯琦汝珍은 공경히 쓰다. 🍵

---

1 보은(報恩)의⋯⋯ 있었는데 : 김정(金淨)은 1515년(중종10) 8월 순창군수(淳昌郡守)로 있을 때 담양부사(潭陽府使) 박상(朴祥)과 함께 「청복고비신씨소(請復故妃愼氏疏)」를 올려 폐비(廢妃) 신씨(愼氏)의 복위를 요구하다가 보은의 함림역(含琳驛)에 유배되었다. 이듬해 3월에 사면되었다.

2 낙봉(駱峯) : 신광한(申光漢 1484, 성종15～1555, 명종10)의 호이다.

3 분성(盆城) : 김해(金海)의 옛 이름이다.

민제인(閔齊仁)

1493년(성종24)~1549년(명종4). 자는 희중(希中), 호는 입암(立巖), 본관은 여흥(驪興)이다. 1520년(중종15) 별시 문과에 급제하여 1523년에 사가독서(賜暇讀書)하였다. 1538년 승정원 동부승지가 되어 왕명을 받아 「구언전지(求言傳旨)」를 지어 올렸으며, 중종이 죽자 고부청시청승습사(告訃請諡請承襲使)로 명나라에 다녀왔다. 명종이 즉위하자 호조판서로 윤원형(尹元衡)에게 의부하여 을사사화(乙巳士禍)를 일으켜서 윤임(尹任) 등을 제거하는 데 앞장섰다. 이 공으로 추성위사홍제보익공신(推誠衛社弘齊保翼功臣) 2등에 책록되고 여원군(驪原君)에 봉해졌다. 1548년(명종3) 윤원형 등이 을사사화를 은폐시키고자 당시 『시정기(時政記)』의 집필자인 안명세(安名世)를 죽이고 『시정기』를 고치려 하자 그 불가함을 역설하다가 파직되었으며, 이어 대사간 진복창(陳復昌) 등의 탄핵으로 녹훈이 삭제되고 공주(公州)로 귀양 갔다. 적소(謫所)에서 을사사화에 참여하여 많은 선비에게 화를 입힌 것을 후회하며 지내다가 죽었다. 문장과 역사에 능통하였다.

입암집(立巖集)

초간본은 임진왜란 이전에 아들 민사안(閔思安)이 안정현령(安定縣令)으로 있을 때 손자인 민여경(閔汝慶)이 편차하여 간행하였으나 임진왜란에 산일되었다. 손자 민여임(閔汝任)이 1608년(선조41) 강계부사(江界府使)로 재임 중에 순안(順安)의 족인(族人)이 소장하고 있던 완질을 얻어 1610년 홍해군수(興海郡守)로 재임할 때 간행하니, 이것이 중간본이다. 그 뒤 5대손 민시중(閔蓍重)이 1669년(현종10) 경상도 관찰사를 지낼 때 문집에 빠진 부분을 보각(補刻)하면서 부록으로 송시열(宋時烈)이 지은 신도비명(神道碑銘)과 민시중의 발문을 편말에 붙이고, 6대손 민진후(閔鎭厚)가 저자의 시문을 수합하여 「보유(補遺)」로 편집하였는데, 간행에는 이르지 못하다가 1736년(영조12) 7대손 민응수(閔應洙)가 경상도 관찰사로 부임했을 때 계간(繼刊)하였다. 그 뒤에 대구(大邱) 용연사(龍淵寺)에 보관하고 있던 판목이 오래되어 훼손되자, 12대손 민영휘(閔泳徽)가 1926년 족숙 민달호(閔達鎬)와 함께 판목을 부여(扶餘)의 종중으로 옮기고 결락된 것을 보완하여 보각 후쇄(後刷)하였다. 본 서문은 중간본에 실린 것으로, 서울대학교 규장각장본이다.

유근(柳根)

1549(명종4)~1627(인조5). 자는 회부(晦夫), 호는 서경(西坰), 본관은 진주(晉州)로, 황정욱(黃廷彧)의 문인이다. 1591년 좌승지로서 건저문제(建儲問題)로 인해 정철(鄭澈)이 화를 당할 때 그 일파로 몰려 탄핵을 받았으나, 문재(文才)를 아끼는 선조의 두둔으로 화를 면하였다. 1604년(선조37) 호성공신(扈聖功臣) 3등에 녹훈되고 진원부원군(晉原府院君)에 봉해졌으며, 대제학에 이어 좌찬성이 되었다. 1613년(광해군5)에 폐모론(廢母論)이 일어나자 괴산(槐山)으로 물러나고 정청(庭請)에 참여하지 않아 관작이 삭탈되었다가 1619년(광해군11) 복관되었다. 1627년(인조5) 정묘호란(丁卯胡亂) 때 강화(江華)로 왕을 호종하던 중 통진(通津)에서 죽었다. 문집에 『서경집(西坰集)』이 있다. 시호는 문정(文靖)이다.

【13. 입암집 서】

立巖集序

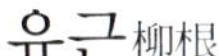

유근柳根 ————

立巖集은 卽左贊成閔公所著也라 公은 諱齊仁이요 字希中이니 立巖은
其號也라 公之仲子之子曰參判汝慶甫니 實編次是集하고 仲子公이
宰安定縣하야 印行이러니 閔斯文汝任이 乃於亂離之餘에 收拾一帙이라
가 出宰興海郡하야 刻之하니 實公長子之子也라

閔斯文이 以書抵余曰 吾先祖獲罪는 蓋在元兇顓(專)國之日이요 吾先
祖復爵은 又在元兇伏辜之後라 被禍之初에 一家蒼黃하야 未能裒聚遺
稿러니 最晚에 有是集이라 吾先人이 嘗獲私於先大人하니 今世秉筆而
知吾先世事者는 惟左右在하니 盍爲一言識(지)顚末하야 使後之讀是
集者로 知吾先祖心事乎아 乙巳獄成之後에 人心危懼하야 莫敢出聲이
어늘 先祖輒對人顯言호되 受罪者多하야 災變不止라하고 又極言于朝曰
安名世史筆을 不可改라하신대 尹元衡이 與領議政尹仁鏡等으로 詣賓
廳하야 乃以好爲仁柔之論으로 爲之罪하야 啓請罷職하야 以定人心이라

于斯時也에 母后垂簾聽政하니 大司諫陳復昌과 持平鄭浚等이 從而和
之하야 合兩司啓之하야 削勳竄于外러니 二年以病卒하시니 己酉七月十
日也라 明廟末年에 放黜奸兇하고 開釋無辜하며 宣宗初政에 克紹先志
하야 大霈鴻恩할새 先祖亦與復官之列하니 此其大略也니이다

余得書而悲之하고 得是集而卒業焉하니 五七言古詩, 五七言律詩,
排律, 五七言絶句, 賦, 辭, 箴, 銘, 文이 摠若干篇이라 竊嘗聞之호니
乙巳之禍에 公長烏臺하야 於密旨之下에 不卽直斥其非하고 發於諫官
彈章하니 人以是疑之러니 公於戊申에 以言獲罪하니 足以暴白平生心
事로되 而事遠罕傳하야 後之人이 鮮有知之者라 今就集中詩觀之하면
公贈人詩에 有云 人事日千緒하니 紛然相是非라 忘身惟母在하니 許
國與心違라 已被當時誤하니 應貽後世譏리라 含懷爲誰語오 默默送君
歸라하니 亦可見公之心事矣라 公樂善愛士하야 常慕己卯諸賢하니 一
時輩流 咸推爲偉人이라 公嘗兼兩館提學하야 事大表若奏 多出公手
라 乙巳天使王行人之來에 申駱峯이 辭遠接使한대 以公代之러니 公以
病辭라 公自少至老히 喜讀書하야 於經史에 無不熟이로되 而以語, 孟
爲本이라 公自布衣時로 擅名詞賦하고 於詩文에 尤用工이요 而以典雅
爲主하니 李容齋少許可로되 深許公이라

公喜遊名山하야 多紀行感興諸作이나 惜乎라 參判公之生也後하야 未
能盡得公平生所著述也하야 今之存者止此하니 卽此而紬繹이면 亦可
見不煩繩削하고 自合於準則이니 非老於文學者면 安能至此哉아 自古
로 名公鉅人文集之行이 罕出於其子孫이어늘 公之二孫이 終始成之하
니 亦可見公之有後也라

萬曆庚戌五月下澣에　忠勤貞亮効節協策扈聖功臣輔國崇祿大夫晉
原府院君兼知經筵事柳根은 序하노라

『입암집』은 바로 좌찬성 민공閔公이 지은 것이다. 공은 휘가 제인齊仁이고 자가 희중希中이니, 입암은 공의 호이다. 공의 중자仲子[1]의 아들인 참판 여경汝慶이 실로 이 문집을 편차하여 중자공이 안정현安定縣을 맡았을 때에 간행하였다. 민사문 여임閔斯文汝任[2]이 마침내 임진왜란 이후에 한 질을 수습해 두었다가 흥해군興海郡을 맡으면서 판각하니, 실로 공의 장자長子[3]의 아들이었다.

민사문이 나에게 다음과 같은 편지를 보내왔다.

"우리 선조께서 죄를 얻은 것은 원흉들이 국정을 좌지우지하던 날에 있었는데, 우리 선조께서 관작을 회복한 것이 또 원흉들이 죄를 받은 뒤에 있었습니다.[4] 화를 당하던 초기에는 온 집안이 경황이 없어서 미처 유고를 모으지 못하고 최근에야 이 문집을 두게 되었습니다. 우리 선친께서는 일찍이 선대인先大人께 사랑을 받으셨습니다. 지금 세상에 붓을 잡으면서 우리 선대의 일을 아는 분으로는 오직 좌우左右(당신)가 계시니, 어찌 한 말씀을 하여 전말顚末을 기록해서 뒤에 이 문집을 읽는 자들로 하여금 우리 선조의 심사心事를 알게 하지 않으시렵니까?

을사옥乙巳獄[5]이 이루어진 뒤에 사람들은 위태롭게 여기고 두려워해

---

1 중자(仲子) : 민사안(閔思安)을 말한다.

2 민사문 여임(閔斯文汝任) : 사문(斯文)은 유학(儒學)으로, 여기에서는 유학자를 가리킨다.

3 장자(長子) : 민사용(閔思容)을 말한다.

4 죄를……있었습니다 : 민제인은 명종 3년(1548)에 안명세(安名世)를 구원하려다 윤원형(尹元衡) 등의 소윤(小尹) 일파에게 미움을 받아 관작을 삭탈당하고 공주에 유배되어 다음 해에 적소(謫所)에서 57세를 일기로 죽었다. 1568년(선조1)에 이이(李珥) 등의 주청으로 복관되었다.

5 을사옥(乙巳獄) : 을사년(1545, 인종1)에 일어난 을사사화를 말한다. 중종의 제1계비 장경왕후(章敬王后)의 동생인 윤임(尹任)은 김안로(金安老) 등과 함께 장경왕후 소생인 인종을 옹호하였고, 제2계비 문정왕후(文定王后)의 동생인 윤원형(尹元衡)은 문정왕후 소생인 명종을 옹호하였다. 1537년(중종32) 김안로가 실각하고 윤원형 등이 등용되자 왕위계승권을 둘러싸고 암투가

서 감히 소리를 내지 못했는데, 이때 선조께서는 번번이 사람들에게 드러내 놓고 말씀하시기를 '죄를 받은 자가 너무 많아서 재변이 그치지 않는다.' 하셨습니다. 또 조정에서 극언하시기를 '안명세安名世의 사필史筆을 바꿀 수 없다.' 하시니,[6] 윤원형尹元衡이 영의정 윤인경尹仁鏡 등과 함께 빈청賓廳(의정부)에 나가서 마침내 '인유仁柔하기를 좋아한다'는 말로 죄를 삼아 파직하여 인심을 안정시킬 것을 계청하였습니다.[7] 이때에 모후母后인 문정왕후文定王后께서 수렴청정垂簾聽政을 하셨는데, 대사간 진복창陳復昌과 지평持平 정준鄭浚 등이 그 의논에 따라 동조하여 양사兩司[8]가 합계해서 녹훈을 삭제하고 외지로 귀양 보냈습니다. 그리하여 귀양간 지 2년 만에 병으로 별세하시니, 기유년(1549, 명종4) 7월 10일입니다.

명종 말년에 간흉姦凶들을 추방하고 죄 없는 사람을 석방하였는데, 선조宣祖 대왕께서 처음 정사를 하시면서 선왕의 뜻을 이어 큰 은혜를 내리셔서 선조 또한 관직을 회복하는 대열에 참여되셨으니, 이것이

더욱 치열해졌는데, 윤임 일파를 대윤(大尹), 윤원형 일파를 소윤(小尹)이라 하였다. 인종이 재위 8개월 만에 죽고 명종이 12세 어린 나이로 즉위하자 어머니인 문정왕후가 수렴청정을 하게 되니, 윤원형이 득세하여 1545년(명종즉위) 윤임 등을 사사(賜死)하며 을사사화를 일으켰다. 윤원형은 1563년 영의정에 올라 영화를 누리다가 1565년(명종20) 문정왕후가 죽자 실각하여 관직을 삭탈당하고 전리(田里)로 방귀(放歸)되었으며, 강음(江陰)에 은거하다가 죽었다.

6 죄를……하시니 : 『입암집』무신년(1548) 6월 26일 장계(狀啓)에 "죄를 받은 자가 많기 때문에 재변이 그치지 않고 흉년이 드는 것입니다. 그리고 안명세(安名世)가 쓴 역사 기록은 고쳐서는 안 되니, 사림에서 추모하는 자들은 모두 이 의론을 옳다고 여기고 있습니다.〔受罪者多, 故災變不止, 年運不登. 且以安名世所書史記不可改, 士林之趨慕者 皆以此論爲是.〕"라는 내용이 보인다. 『立巖集補遺 箚啓 狀啓 戊申六月二十六日』

7 윤원형(尹元衡)이……계청하였습니다 : 『입암집』송시열(宋時烈)의 「신도비명」서(序)에 자세한 내용이 보인다. 『立巖集附錄 有明朝鮮崇政大夫 議政府左贊成兼判義禁府事 知經筵 春秋館事 弘文館提學 藝文館提學 五衛都摠府都摠管閔公神道碑銘』

8 양사(兩司) : 사헌부와 사간원을 아울러 이른다.

그 대략입니다.”

　나는 편지를 보고 슬퍼하고는 이 문집을 얻어 다 읽어보니, 오칠언 고시, 오칠언 율시와 배율, 오칠언 절구, 부賦와 사辭, 잠箴과 명銘과 문文이 총 약간 편이었다.

　내 일찍이 들으니, 을사사화 당시에 공은 오대烏臺[9]의 장관이었는데, 밀지가 내리던 날에 곧바로 그 잘못을 배척하지 않고 간관諫官의 탄핵하는 글에서 나오니, 사람들이 이것을 가지고 공을 의심하였다. 그런데 공이 무신년(1548, 명종3)에 말로 죄를 얻으니, 충분히 평소의 심사를 환히 알 수 있으나 일은 멀고 전함은 드물어서 후세 사람들 중에 아는 자가 적다. 내 지금 문집 가운데 시를 가지고 보건대, 공이 어떤 사람에게 준 시[10]는 다음과 같다.

인간사 날마다 천 갈래 만 갈래여서	人事日千緒
분분히 서로 옳다 그르다 하네	紛然相是非
이내 몸 잊으려 하나 어머니 살아계시니	忘身惟母在
나라에 바치기로 허락한 몸 마음과 어긋나네	許國與心違
이미 당시의 오해를 받았으니	已被當時誤

9　오대(烏臺) : 오대는 오부(烏府)라고도 하며, 사헌부를 말한다. 『한서(漢書)』 「주박전(朱博傳)」에 “이때 어사부(禦史府) 관사 백여 구에 우물물이 모두 말랐다. 또 그 부 안에는 측백나무가 줄지어 있었는데, 항상 들까마귀 수천 마리가 그 위에 서식하며 새벽에 나갔다가 저녁이면 돌아왔기 때문에 조석오(朝夕烏)라 불렀다.〔是時禦史府史舍百餘區, 井水皆竭. 又其府中列柏樹, 常有野烏數千棲宿其上, 晨去暮來, 號曰 朝夕烏.〕”라는 내용이 보인다. 이로 인해 뒤에 어사부(御史府)를 오부라 부르게 되었다.

10　어떤……시 : 『입암집』 권2 「영남 관찰사로 부임하는 인보를 전송하며〔送仁甫觀察嶺南〕」란 제목으로 이 시가 실려 있다. 인보(仁甫)는 정만종(鄭萬鍾)의 자로 보인다. 정만종은 명종 3년(1548)에 경상도 관찰사에 제수되었다. 『明宗實錄 3年 2月 17日 3번째 기사』

응당 후세의 비난을 받으리라   應貽後世譏

가슴속에 품고 이것을 누구에게 말할까   含懷爲誰語

묵묵히 부임하러 가는 그대 전송하노라   嘿嘿送君歸

하였으니, 또한 공의 심사를 알 수 있다.

공이 선善을 좋아하고 선비를 아껴서 항상 기묘년의 제현들을 사모하니, 한때 동류들은 모두 공을 위인偉人이라고 추앙하였다. 공은 일찍이 양관兩館의 제학提學을 겸하여서 사대事大하는 표문表文과 황제에게 아뢰는 글이 공의 손에서 많이 나왔다. 을사년(1545, 명종 즉위)에 명나라 사신인 왕행인王行人이 왔을 때에 신낙봉申駱峯(신광한申光漢)이 원접사遠接使를 사양하자 공으로 대신하게 하였는데, 공은 병으로 사양하였다.[11]

공은 젊었을 때부터 늙을 때까지 독서를 좋아하여 경사經史에 익숙하지 않음이 없었으나 『논어』와 『맹자』를 근본으로 삼았다. 공은 포

---

11 을사년에……사양하였다 : 『명종실록』 즉위년 11월 13일 조에 신광한(申光漢)이 "신은 지난번에도 원접사였는데 1년도 되지 않아 다시 원접사가 된다면, 비단 사체(事體)가 마땅하지 않을 뿐 아니라 중국 사람들이 반드시 『황화집(皇華集)』에서 소신의 이름을 가리키며 우리나라에 인물이 없다고 할 것입니다. 또 신은 60세가 넘어 기력이 쇠퇴하여 지난 여름에는 단의(單衣)로도 행례(行禮)하기가 어려웠습니다.〔小臣前爲遠接使, 未經一年, 今若又爲之, 非徒事體未便, 中朝之人, 必於皇華集中, 指點小臣之名, 將以爲東國無人焉. 且臣年過六十, 氣力衰耗, 往在夏月, 以單衣尙艱於行禮.〕"라고 하며 사양하자 곧 윤허하는 내용이 보이며, 동년 11월 24일 조에 병조판서 민제인(閔濟仁)이 "신은 어려서부터 글을 하지 못하였는데 근래에는 안질로 인하여 문묵(文墨)을 그만둔 지 10여 년이 됩니다. 만일 스스로 헤아리지 않고 간다면 반드시 나라의 체통을 훼손시킬 것입니다.〔小臣自少, 素不能文, 而近因眼膜, 廢捐文墨, 十餘年矣. 如不自諒, 冒往不已, 則將必虧損國體.〕"라고 하며 사양하였으나 윤허하지 않은 내용이 보인다. 여기에서 『황화집』은 중국의 사신이 왔을 때 우리나라의 원접사(접반사)가 그를 안내하며 서로 창수(唱酬)한 시를 모아 엮은 책이다. 왕행인(王行人)은 태감 왕도(王燾)를 말하며, 당시 사신의 자세한 구성 인원은 『인종실록』 1년 조에 보인다. 『明宗實錄 即位年 11月 13日 2번째 기사, 11月 24日 4번째 기사』『仁宗實錄 1年 2月 25日 2번째 기사』

의布衣 때부터 사부詞賦로 이름을 날렸는데, 시문에 더욱 공력을 썼으며 전아典雅함을 위주로 하였다. 이용재李容齋[12]는 남을 인정하는 일이 적었는데 공을 깊이 허여하였다.

공은 명산을 유람하기를 좋아해서 기행문紀行文과 감흥시感興詩 등 작품들이 많은데, 애석하게도 참판공(민여경)이 뒤늦게 태어나 공의 평소 저술을 다 얻지는 못하여 지금 남아 있는 것은 이것뿐이다. 그러나 이것을 가지고 차근차근 살펴보면 또한 승삭繩削[13]을 번거롭게 가하지 않아도 저절로 법칙에 부합되는 것을 볼 수 있으니, 문학에 노련한 자가 아니면 어찌 이에 이를 수 있겠는가?

예로부터 명인名人 거공鉅公의 문집이 그 자손에게서 간행되어 나온 경우가 드문데, 공의 두 손자[14]가 처음부터 끝까지 이것을 이루었으니, 또한 공에게 훌륭한 자손이 있음을 알 수 있다.

만력萬曆 경술년(1610, 광해군2) 5월 하한에 충근정량 효절협책 호성공신忠勤貞亮效節協策扈聖功臣 보국숭록대부輔國崇祿大夫 진원부원군晉原府院君 겸 지경연사兼知經筵事 유근은 쓰다. 🐘

---

¹² 이용재(李容齋) : 용재(容齋)는 이행(李荇 1478, 성종9~1534, 중종29)의 호이다.

¹³ 승삭(繩削) : 목공이 먹줄을 그리고 깎아내는 것으로, 수정하는 것을 이른다.

¹⁴ 두 손자 : 민여경(閔汝慶)과 민여임(閔汝任)을 말한다.

김의정(金義貞)

1495년(연산군1)~1547년(명종2). 자는 공직(公直), 호는 잠암(潛庵), 본관은 풍산(豊山)이다. 8세에 글을 지었으며, 1526년(중종21) 별시문과에 병과로 급제하여 홍문관 정자(正字)·수찬(修撰)·정언(正言)·세자시강원 사서(司書)를 지냈다. 1530년 김안로(金安老) 일파의 무고로 파직되었다가 김안로가 실각하자 1539년 공조좌랑에 임명되었고, 훈련원 부정(訓鍊院副正)·종부시 첨정(宗簿寺僉正)을 역임하다가 인종이 죽자 사직하고 귀향하였다. 뒤에 이조판서로 추증되었다. 어려서부터 학문에 힘썼으며, 특히 『소학(小學)』을 평생 동안 애독하였다. 학문하는 방법은 오직 효제(孝悌)임을 강조하고 『주자가례(朱子家禮)』의 실행에도 힘썼다. 시호는 문정(文靖)이다.

잠암선생일고(潛庵先生逸稿)

저자의 시문은 아들 김농(金農)이 산일된 유고를 모아 상하 2편으로 등사하여 소장하고 있다가, 1833년(순조33)에 10세손 김종규(金宗奎) 때에 와서 간행하고자 하였으나 김종규는 완성을 못하고 죽었다. 그 후 김종규의 동생 김종옥(金宗鈺) 등이 주관하여 1864년(고종1)에 이휘재(李彙載)의 서문을 받아 5권 2책으로 간행하였다. 본 서문은 이 초간본에 실린 것으로, 서울대학교 규장각장본이다.

이휘재(李彙載)

1795년(정조19)~1875년(고종12). 자는 덕여(德輿), 호는 운산(雲山), 본관은 진보(眞寶)이다. 1827년(순조27) 증광생원시에 장원한 후 선릉참봉(宣陵參奉) 등을 역임하였다. 홍주목사(洪州牧使)로 있을 때 선정을 베풀어서 백성들이 비를 세워 그 공덕을 기렸으며, 1853년(철종4)에는 벼슬에서 물러나 학문에 전념하며 후진을 양성하였다. 1866년(고종3) 병인양요(丙寅洋擾) 때 임금의 부름을 받고 나가서 많은 공을 세웠으며, 호조참의·한성부 우윤 등을 역임하였다. 저서로 『운산문집(雲山文集)』이 있다.

【14. 잠암선생일고 서】

潛庵先生逸稿序

이휘재 李彙載

士生斯世하야 讀聖賢書하야 進而有爲하면 則堯, 舜吾君하고 澤及生民
이요 退而自修하면 則諷誦遺經하고 砥礪名行이라 或出或處를 惟義所
適하니 雖時有幸不幸이나 而其爲人誦慕는 一也라

潛庵金先生은 仕中, 仁兩朝하니 仁廟自在春邸로 聰明仁聖하야 令聞
日著하시니 八域延頸이라 公以玉堂勸講으로 累侍冑(주)筵하야 論說經
義가 出入皇王하니 上意之傾嚮在此하고 奸壬之娼嫉亦在此라 公知幾
勇退하고 優遊林泉하야 感慨抑鬱을 多發於歌詩라 及其再進에 而當仁
廟初元하야 上下響合이러니 未一年에 龍御賓天하야 時事大變이라 公驚
號隕絶하고 托病還鄉하야 國制纏閧(결)에 憂憤成疾하야 却藥而終하시
니 是所謂死報者也라

嗚呼라 公氣稟剛毅하고 德性淵宏하며 學本經術하고 文章早成하니 時
稱館閣之秀, 廊廟之器라 河西金文正公이 以講僚最相得하야 同心輔

佐하니 士類屬望하야 以謂勳華至理를 庶幾復見이러니 而君子小人이 迭爲消長하야 卒無有所施한대 自號曰潛庵이라하고 坎壈(감람)以沒世하시니 以其時則乾之初九也요 以其義則樂行憂違也라 遺稿數篇이 零落僅存이로되 而文詞簡嚴하고 古體詩賦는 托意深遠하야 未易窺測也라 實宇賦는 二氣之運行과 萬品之块圠(앙알)과 古今治亂皆在하니 而裁成輔相과 中和位育을 一歸之性情하야 放彌六合하고 卷而藏于密하야 深得中庸之旨하니 踐形賦, 紀綱賦 皆此意也라 擬古詩曰 洪鍾豈無音이리오 常忌煩叩擊이라 時來響震天하면 萬物聲皆寂이라하니 此憤世疾邪하야 有時而發이요 而時不可爲면 則默然而已라
乙巳後處義 如日月皎然하야 與河西同하니 而所與詩篇을 讀之涕出이라 太史氏當取而書之하야 以爲孝陵古事라 嗚呼라 豈易言哉아 公於當時에 未忘國士之報하고 堅執歲寒之操하야 隱忍以待喪畢하니 其視在朝諸賢하면 尤有難焉이요 又泯其迹하야 不與人說하니 所以爲高也라 文章은 鳳凰毛羽耳라 愈希(稀)而愈可貴하니 奚必多乎哉아 今去公之世 三百有餘年에 而贈諡幷擧하야 潛德益顯하고 遺文刊行하니 誦其詩하고 論其世하면 一唱三歎하야 頑廉懦立하리니 吁可敬也夫인저 其可以有所感也夫인저
後學前行通政大夫戶曹參議眞城李彙載는 謹序하노라

　　선비는 이 세상에 태어나 성현의 책을 읽고서 나아가 훌륭한 일을 하게 되면 우리 군주를 요·순과 같은 성군으로 만들어서[1] 은택이 생

민生民에 미치게 하고, 물러나 스스로 닦게 되면 성인께서 남기신 경전을 외우고 명예와 행실을 갈고 닦는다. 때로는 나아가 벼슬하고 때로는 물러나 은둔하는 것을 오직 의에 맞게 할 뿐이니, 비록 때에는 다행스러운 때가 있고 불행한 때가 있으나 사람들에게 칭송받고 사모를 받는 점에서는 똑같다.

잠암 김 선생은 중종과 인종 두 조정에서 벼슬하였다. 인종께서는 춘궁에 계실 적부터 총명하고 인자하고 성스러우셔서 훌륭한 명성이 날로 드러나니 팔도의 백성들이 목을 늘이고 태평성세를 기대하였다. 공은 옥당의 권강관勸講官으로 주연胄筵에서 여러 번 모셔서[2] 경전의 뜻을 논하고 설명할 때에 옛 성왕들을 넘나드니, 상의 뜻이 기울고 향한 것도 이 때문이었고, 간신들이 미워한 것도 이 때문이었다. 공은 기미를 알고 용감히 물러나 임천林泉에서 한가로이 노닐 적에 감개하고 답답한 마음을 시가詩歌에 많이 나타냈다.

다시 나아가 벼슬하게 되어서는 인종의 초년을 당하니, 상·하간 군신君臣의 뜻이 메아리처럼 합했으나 1년이 못 되어 인종께서 승하하시자 세상 일이 크게 변하였다. 공은 놀라고 울부짖어 기절을 하였으며, 병을 칭탁하고 고향으로 돌아왔다. 국상이 겨우 끝나자 공은 근심과 울분으로 병이 들었는데, 약을 물리치고 별세하니 이는 이른바 '죽음으로 보답한다.'[3]는 것이었다.

---

2 공은……모셔서 : 주연(胄筵)은 세자시강원의 서연(書筵)으로, 김의정은 중종 25년(1530)에 사간원 정언으로서 세자시강원 사서(司書) 서연관을 겸하였다.

3 죽음으로 보답한다 : 『국어(國語)』「진어(晉語)」에 "살려준 은혜는 죽음으로 보답하고, 물건을 내려준 은혜는 자기 힘을 다하여 보답하는 것이 사람의 도리이다.〔報生以死, 報賜以力, 人之道也.〕"라는 내용이 보인다.

아! 공은 기품이 굳세고 덕성德性이 깊고 컸으며 학문은 경술經術에 근본하고 문장이 일찍 이루어지니, 당시 사람들은 공을 관각館閣의 빼어난 재주요, 조정의 그릇이라고 칭하였다.

하서河西 김문정공金文正公[4]이 시강관의 동료로 가장 뜻이 맞아서 함께 한마음으로 임금을 보좌하니, 선비들이 요·순의 태평성세를 거의 다시 볼 수 있을 것이라고 기대하였으나 군자와 소인이 번갈아 사라지고 자라나서 끝내 뜻을 펴지 못하였다. 이에 스스로 호를 '잠암潛庵'이라 짓고 불우하게 일생을 마쳤으니, 그 때로 본다면 건괘乾卦의 초구효初九爻[5]이며, 그 의리로 본다면 "즐거운 세상이면 나가서 도를 행하고 걱정스런 세상이면 떠나간다."[6]는 것이었다.

유고 몇 편이 쓸쓸히 겨우 남아 있는데 문장이 간결하고 엄격하며, 고체시古體詩와 부賦는 뜻을 가탁함이 심원하여 쉽게 엿보고 측량할 수가 없다.「환우부寰宇賦」는 음·양 두 기운의 운행과 온갖 사물의 가득함과 고금의 치란治亂이 다 들어 있으며, 재성裁成하고 보상輔相하는 것[7]과 중화中和를 지극히 하여 천지가 제자리를 잡고 만물이 길러지는 것[8]을 한결같이 군주의 성정에 돌려서, 풀어 놓으면 육합六合에 꽉 차

---

4 하서(河西) 김문정공(金文正公) : 하서는 김인후(金麟厚 1510, 중종5~1560, 명종15)의 호이다. 자는 후지(厚之), 본관은 울산(蔚山)이며, 문정공은 시호이다.

5 건괘(乾卦)의 초구효(初九爻) :『주역(周易)』「건괘(乾卦) 초구(初九)」효사(爻辭)에 "초구는 잠겨 있는 용이니 쓰지 말아야 한다.〔初九, 潛龍勿用.〕" 하였다.

6 즐거운……떠나간다 :『주역』「건괘 문언전(文言傳)」에 "즐거운 세상이면 도를 행하고 걱정스런 세상이면 떠나가서, 뜻이 확고하여 뽑을 수 없는 것이 잠겨 있는 용이다.〔樂則行之, 憂則違之, 確乎其不可拔, 潛龍也.〕" 하였다.

7 재성(裁成)하고……것 :『주역』「태괘(泰卦) 상전(象傳)」에 "천지의 도를 헤아려 이루고 천지의 마땅함을 도와서 백성들을 돕는다.〔財成天地之道, 輔相天地之宜, 以左右民.〕" 하였다. 재(裁)는 재(財)와 통용된다.

고 거두면 은밀한 마음속에 감추어져서[9] 중용中庸의 뜻을 깊이 얻었
다. 「천형부踐形賦」와 「기강부紀綱賦」도 모두 이러한 뜻이다. 「의고시擬
古詩」에 이르기를,

큰 종이 어찌 소리가 없으랴	洪鍾豈無音
항상 번거롭게 두드리는 것을 싫어할 뿐	常忌煩叩擊
때가 되어 그 소리 하늘을 진동하면	時來響震天
만물의 소리 모두 조용해지리	萬物聲皆寂

하였으니, 이는 세상에 울분을 품고 간사한 자를 미워함이 때때로 나
온 것으로 시기적으로 할 수 없으면 침묵할 뿐인 것이다.

공이 을사사화 이후에 의義에 대처함이 해와 달처럼 밝아서 하서河
西와 같았으니, 하서에게 준 시편을 읽어보면 눈물이 나온다. 태사씨
太史氏는 마땅히 이것을 취하여 기록해서 효릉孝陵[10]의 고사로 삼아야
할 것이다. 아, 어찌 쉽게 말할 수 있겠는가?

공은 당시에 인종이 국사國士로 대접해 준 데 대한 보답을 잊지 못하
여 세한歲寒의 지조를 굳게 지켜서 은인자중하고 국상이 끝나기를 기
다렸으니 조정에 있는 여러 공들에 비하면 더욱 어려운 점이 있었으
며, 또 자취를 감추어서 사람들과 말씀하지 않았으니 이 점이 선생을

---

8 중화(中和)를……것 : 『중용』 1장에 "중화(中和)를 지극히 하면 천지가 제자리를 잡게 되고 만물
이 길러진다.〔致中和, 天地位焉, 萬物育焉.〕" 하였다.

9 풀어 놓으면……감추어져서 : 『중용장구(中庸章句)』에 "중용의 이치를 풀어 놓으면 육합(六合)
에 가득하고 거두면 은밀한 마음으로 물러나 간직된다.〔放之則彌六合, 卷之則退藏於密.〕" 하였다.
육합은 천지사방을 가리킨다.

10 효릉(孝陵) : 인종의 능호(陵號)이다.

높게 여기는 이유이다. 문장은 봉황의 깃털과 같다. 드물수록 더욱 귀한 법이니, 어찌 반드시 많아야 하겠는가?

지금 공이 별세한 지 3백 여 년 만에 증직과 시호가 함께 내려져[11] 숨은 덕이 더욱 드러나고 유문이 간행되니, 그 시를 외고 그 세대를 논해보면 한번 창(唱)할 때마다 세 번 감탄하여 완악(頑惡)한 자는 청렴해지고 나약한 자는 뜻을 세울 것이니,[12] 아! 공경할 만하며 감회를 일으키는 바가 있다.

후학 전 행 통정대부(前行通政大夫) 호조참의(戶曹參議) 진성(眞城) 이휘재는 삼가 쓰다. 🐚

---

[11] 증직과……내려져 : 1859년(철종10)에 김의정은 이조판서로 증작(贈爵) 되었으며, 1863년(철종14) 정간(靖簡)이라는 시호가 내려졌다가 다음해 1864년(고종1) 문정(文靖)이라는 시호로 바뀌었다.

[12] 완악(頑惡)한……것이다 : 『맹자』「만장 하(萬章下)」에 "백이(伯夷)의 풍모를 들은 자들은 완악했던 자는 청렴해지고 나약했던 자는 뜻을 세우게 되었다.〔聞伯夷之風者, 頑夫廉, 懦夫有立志.〕"는 내용이 보인다.

나세찬(羅世纘)

1498년(연산군4)~1551년(명종6). 자는 비승(丕承), 호는 송재(松齋), 본관은 나주(羅州)이다. 1536년(중종31) 중시(重試)에서 「예양책(禮讓策)」으로 장원하여 봉교(奉敎)로 승진하였으나, 중시의 책문(策文)에서 권신 김안로(金安老)의 전횡과 비리를 통박하며 지록지간(指鹿之奸)이라고 한 것이 문제가 되어 탄핵을 받고 고성(固城)에 유배되었다가, 1538년 김안로가 사사(賜死)되자 다시 서용되었다. 1548년(명종3) 한성부 우윤으로서 문소전(文昭殿)에 인종을 배향하지 않는 부당성을 논하는 소를 올렸는데, 이로 인해 전주부윤(全州府尹)으로 좌천되었고, 1551년 6월 14일 재직 중에 울분으로 병을 얻어 죽었다. 시호는 희민(僖敏)이다.

송재선생유고(松齋先生遺稿)

저자의 시문은 7세손 나치경(羅致黌)이 시(詩)·부(賦)·소(疏)·책(策) 등 약간 편을 모아 편집하고 유최기(兪最基)가 교정한 것을 1777년(정조1)에 8세손 나성오(羅星五)가 목활자로 간행하였는데, 이것이 초간본이다. 뒤에 초간본이 오자가 많다 하여 홍석주(洪奭周)가 다시 교감하고 김장환(金章煥)이 고정(考訂)하여 정본(淨本)을 만든 후 후손 나석오(羅錫五)가 1830년(순조30)에 복주(福州)에서 목판으로 중간하였다. 1864년경에 이 중간본에 연보·추록(追錄)과 기정진(奇正鎭)의 발문을 추각(追刻)하여 후쇄하였는데, 이것이 추각본이다. 그 후 송림(松林) 추원당(追遠堂)에 옮겨 보관하고 있던 간판(刊板)이 1889년에 소실되자 다시 문집의 중간을 도모하여 1912년 후손 나태한(羅泰漢) 등이 원집 4권·부록 2권·추록 1권·유묵 합 7권 3책의 목활자로 간행하였는데, 이것이 삼간본이다. 1935년에는 서병직(徐丙稷)이 서울에서 삼간본을 저본으로 하여 7권 3책의 석인본(石印本)으로 간행하였는데, 이것이 사간본이다. 본 발문은 1864년 간행된 추각본에 실린 것으로, 후손 나금주(羅金柱)씨 소장본이다.

홍석주(洪奭周)

1774년(영조50)~1842년(헌종8). 자는 성백(成伯), 호는 연천(淵泉), 본관은 풍산(豊山)으로 영의정 낙성(樂性)의 손자이며 우부승지 인모(仁謨)의 아들이다. 약관에 모시(毛詩)·경례(經禮)·자사(子史)·육예백가(六藝百家)의 글을 모두 읽어 성가(成家)를 하였을 뿐만 아니라 한번 읽은 글은 평생 기억하는 총명을 갖추어 동료들이 감복하는 바가 되었다. 저서에 『연천집(淵泉集)』·『학해(學海)』·『영가삼이집(永嘉三怡集)』·『동사세가(東史世家)』·『학강산필(鶴岡散筆)』 등이 있고, 편서에 『속사략익전(續史略翼箋)』·『상예회수(象藝薈粹)』·『풍산세고(豊山世稿)』·『대기지의(戴記志疑)』·『마방통휘(麻方統彙)』·『상서보전(尙書補傳)』 등이 있다. 시호는 문간(文簡)이다.

【15. 송재선생유고 발】

松齋先生遺稿跋

홍석주 洪奭周

嗚呼라 余讀故大司憲松齋羅公丙申廷對之策과 及其獄中所上血書
하고 未嘗不廢卷而嘆也로라 當安老執國政하야 弄刀鉅를 如私器하야
元老重臣이 觸其銳者 鮮不糜碎어늘 公以眇然六品官으로 奮不匿其
辭하야 隱然擬之以指鹿之奸하니 其無幸이 豈待問哉아 然奸臣之陷公
也에 不明其攻斥安老하고 而顧揥抉一二漫語하야 以上蔽聖聰하니 蓋
其意不惟欲戕其身而已요 幷不欲餉之以直言之名也라 李夢陽之下
獄也에 不言其抑壽寧하고 而持之以不敬於君母하며 楊繼盛之死也에
不言其斥嚴嵩하고 而誣之以托親王하니 奸壬毒賢之巧가 何其如一轍
也오 然公與楊, 李二公은 其危忠卓操를 終不可得掩이요 而三人者는
至今有遺臭하니 爲善者亦可以勸矣리라

公은 名世纘이니 湖南之羅州人也라 好學能詞賦하야 有古風이요 所與
唱酬 皆一時賢士니 如退溪, 河西諸先生者요 後當李芑, 尹元衡用事

時하야 又以直道擯이라 其言行之大者를 遂庵權公과 屛溪尹公이 已狀
且誌之矣라 嗚呼라 以安老之威로도 終不能致公于死러니 及安老敗에
中廟獎用公甚至한대 而公又侃侃言事하야 不少懲하니 一時君臣之際
何其盛也오 何其盛也오
上之十一年에 湖南人士伏闕하야 請褒贈公이라 公之裔孫大弼이 以遺
稿示余어늘 遂書以歸之하노라
弘文館副提學豐山洪奭周는 謹書하노라

아! 나는 고故 대사헌 송재松齋 나공羅公이 병신년(1536) 정대廷對에
서 올린 책문[1]과 옥중에서 올린 혈서血書[2]를 읽어보고는 일찍이 책을
덮고 탄식하지 않은 적이 없었다. 김안로金安老[3]가 국정을 잡고서 형기

---

1 병신년…… 책문 : 『송재선생유고』 권2 「책(策) 위치지도불가불숭예양선풍속이이(爲治之道不可
不崇禮讓善風俗而已)」에 "전하께서 만일 이러한 때에 조금이라도 공정하지 않은 자의 수중에 떨어진
다면 전하의 조정은 불화에만 그치지 않게 될 것입니다. 어찌 사슴을 가리켜 말이라 했던 간신이
유독 진 이세(秦二世)의 조정에서만 나오겠습니까?〔殿下若於此時, 少墜於不公不正之手, 則殿下之
朝廷, 恐不止於不和也. 豈特指鹿之奸, 獨出於二世之朝廷乎.〕" 하였다. 이것은 병신년(1536, 중종
31) 중시대책(重試對策)에서 김안로(金安老)를 지록지간(指鹿之奸)이라고 배척한 것으로, 이로
인하여 선생은 고문을 받고 하옥되었는데 옥중에서 혈소(血疏)를 올려 죽음을 면하고 고성(固城)에
유배되었다. 지록지간이란 진(秦)의 간신 조고(趙高)가 전횡을 하려 하면서 혹여 신하들이 따르지
않을까 하여 먼저 사슴을 가지고 시험했던 고사에서 나온 말이다. 조고가 이세(二世) 황제에게 사슴
을 바치면서 말이라 하였는데, 이세 황제가 "이것은 말이 아니냐?"고 신하들에게 묻자, 혹은 사슴이라
대답하고, 혹은 조고의 비위를 맞추어 말이라고 대답하였다. 뒤에 조고는 은밀히 사슴이라고 말한
자들을 제거하였다. 뒤에 지록위마(指鹿爲馬)란 말은 흑백을 전도하고 시비를 어지럽히는 것을 비유
하게 되었다. 『史記 秦始皇本紀』

2 옥중에서…… 혈서(血書) : 『송재선생유고』 권3에 「옥중혈소(獄中血疏)」가 실려 있다.

3 김안로(金安老) : 1481년(성종12)~1537년(중종32). 자는 이숙(頤叔), 호는 희락당(希樂堂),
본관은 연안(延安)이다. 1519년(중종14) 기묘사화(己卯士禍)로 조광조(趙光祖) 등 신진사류들이
숙청당한 뒤 이조판서에 올랐다. 그 뒤 아들 희(禧)가 효혜공주(孝惠公主)와 혼인하여 중종의 부마가

구인 칼과 톱을 마치 자신의 물건인 양 농단할 때, 원로 중신 가운데 그의 예봉에 저촉된 자로서 살이 문드러지고 부서지는 화를 당하지 않은 자가 없었는데, 공은 낮은 6품의 관원[4]으로 떨치고 일어나 숨김 없이 말함으로써 은연중에 사슴을 가리켜 말이라고 했던 조고趙高의 간악함에 비견하였으니, 불행하게 될 것은 묻지 않아도 알 수 있는 것이었다.

그러나 간신들은 공을 모함할 적에 김안로를 공격해서였다고 밝히지 않고 그저 한두 마디 중요하지 않은 말을 꼬투리 잡아 이를 가지고 위로 임금의 총명을 가렸으니, 이것은 그 뜻이 비단 공의 몸을 해치고자 했을 뿐만 아니라 아울러 직언直言했다는 명예를 소유하게 하고자 하지 않은 것이다. 이몽양李夢陽을 하옥시킬 때에는 수녕후壽寧侯를 억제해서라고 말하지 않고 군모君母께 불경스럽다는 것을 핑계로 하였으며,[5] 양계성楊繼盛을 죽일 때에는 엄숭嚴嵩을 배척해서라고 말하지 않

되자 권력을 남용하다가 남곤(南袞) 등의 탄핵을 받고 경기도 풍덕(豊德)에 유배되었다. 1527년 남곤이 죽고 1530년 심정(沈貞)이 탄핵되자, 1531년 풀려나와 1534년 우의정을 거쳐 이듬해 좌의정이 되었다. 이후 동궁(東宮 인종) 보호를 구실로 실권을 장악하여 뜻에 맞지 않는 자를 축출하는 옥사를 여러 차례 일으켰다. 1537년(중종32) 중종의 제2계비인 문정왕후(文定王后)의 폐위를 기도하다가 발각되어 사사(賜死)되었다. 허항(許沆)·채무택(蔡無擇)과 함께 정유삼흉(丁酉三凶)으로 불린다.

4 6품의 관원 : 공은 1536년(중종31) 중시(重試)에서 장원하여 봉교(奉敎)로 승진되었는데, 이때 중시대책을 올렸다. 봉교는 예문관에 두었던 정7품 관직으로, 여기에서 6품이라 한 것은 자세하지 않다.

5 이몽양(李夢陽)을……하였으며 : 이몽양(1473~1529)은 호가 공동자(空同子)로 명(明)나라 때 십재자(十才子)·전칠자(前七子) 중 한 사람이다. 명나라 효종(孝宗) 18년(1505)에 조서에 응하여 이병(二病)·삼해(三害)·육점(六漸) 등 득실을 지극히 논하는 소를 올렸는데, 끝에 "수녕후(壽寧侯) 장학령(張鶴齡)은 무뢰배들을 불러들이고 이익을 긁어모아 백성들을 해치고 있는데 그 기세가 범이 날개를 단 듯합니다.〔壽寧侯張鶴齡招納無賴, 罔利賊民, 勢如翼虎.〕"라는 말이 있었다. 이에 장학령은 상소문 가운데 "폐하께서 장씨를 후대하시어〔陛下厚張氏〕"라는 말을 핑계로 모후 장씨를 비방하였다며 죽일 것을 주장하였다. 황후의 모친인 김부인(金夫

고 친왕을 사칭하였다는 것으로 무함하였으니,[6] 간신들이 어진 이를 해치는 수작이 어쩌면 그리도 한 수레바퀴 자국과 같이 똑같은가? 그러나 공은 양공楊公·이공李公과 함께 그 드높은 충성과 지조가 끝내 가려지지 않았고 세 사람은 지금까지도 악명을 남기고 있으니, 선행을 하는 자가 이를 보면 권면될 수 있을 것이다.

공은 이름이 세찬世纘이니, 호남의 나주羅州 사람이다. 학문을 좋아하고 사부詞賦에 뛰어나 고풍古風이 있었으며, 함께 교유한 사람은 모두 당대의 훌륭한 선비들로 퇴계退溪와 하서河西 선생 같은 분들이었다. 뒤에 이기李芑[7]와 윤원형尹元衡[8]이 정권을 잡았을 때에 또다시 정

人)이 읍소하자 효종은 어쩔 수 없이 이몽양을 금의옥(錦衣獄)에 가두었으나 곧 풀어주고, 이몽양을 끝까지 두둔하였다. 뒤에 이몽양이 수녕후를 만났을 때 말채찍으로 쳐서 이 두 개를 부러뜨렸으나 수녕후는 감히 따지지 못하였다고 한다. 『明史 卷286 李夢陽列傳』

6 양계성(楊繼盛)이……무함하였으니 : 양계성(1516~1555)은 명(明)나라 세종(世宗) 때의 사람이다. 1553년에 병부원외랑(兵部員外郞)이 되었는데, 부임한 지 한 달 만에 「청주적신소(請誅賊臣疏)」를 올려 간신 엄숭(嚴嵩)의 십대 죄악과 다섯 가지 간행(奸行)을 낱낱이 들어 주벌할 것을 주장하였다. 세종은 대노하여 양계성을 하옥하였는데, 엄숭은 소 중에 "황상께서는 때로 두 친왕(裕王·景王)에게 면전에서 엄숭의 악을 말하라 하시기도 하였습니다.〔皇上或問二王, 令其面陳嵩惡.〕"라는 구절을 들어 친왕(親王)의 영지(令旨)를 사칭하여 전한 죄로 다스려 교수형에 처할 것을 주장하였다. 엄숭은 황제의 재가가 없어 죽이지 못하다가 옥에 가둔 지 3년 만에 다른 안건에 양계성의 이름을 끼워 넣음으로써 끝내 살해하였다. 12년 뒤 융경(隆慶) 때 충민(忠愍)이란 시호가 내려졌다. 『明史 卷209 楊繼盛列傳』·『楊忠愍集 卷1 奏疏 請誅賊臣疏』

7 이기(李芑) : 1476년(성종7)~1552년(명종7). 자는 문중(文仲), 호는 경재(敬齋), 본관은 덕수(德水)이다. 1533년(중종28) 김안로(金安老)의 탄핵으로 강진(康津)에 유배되었다가 1537년 풀려나와 이듬해 예조참판이 되었다. 을사사화 때 소윤 윤원형(尹元衡)과 손잡고 대윤 윤임(尹任)의 세력을 꺾고는 보익공신(保翼功臣) 1등으로 풍성부원군(豊城府院君)에 봉해지고 좌의정이 되어 기로소(耆老所)에 들어갔다. 1549년(명종4) 영의정에 올랐다. 죽은 뒤 시호 문경(文敬)이 내려졌으나 선조 초에 훈작(勳爵)이 추삭(追削)되고 묘비도 제거되었다.

8 윤원형(尹元衡) : ?~1565년(명종20). 자는 언평(彦平), 본관은 파평(坡平)이며 소윤의 영수(領袖)이다. 중종의 제2계비 문정왕후(文定王后)의 동생으로 1533년 별시문과에 을과로 급제, 사관에 등용된 뒤 여러 벼슬을 거치는 동안 세력을 잡아 세자(뒤의 인종)를 폐위하고 경원대군(慶原大君) 환(峘, 뒤의 명종)을 세자로 책봉하려는 모의로 세자의 외숙인 대윤의 영수 윤임(尹任)과 다투었다. 1544년 인종이 즉위하자 파직당하였으나 다음 해 명종이 즉위하고 문정왕후의 수렴청정이

직한 도로 인해 배척을 받았는바, 대략적인 말씀과 행실은 수암遂庵 권공權公[9]과 병계屏溪 윤공尹公[10]이 이미 행장行狀과 묘지墓誌에 기록하였다.[11]

아! 김안로의 위세로도 끝내 공을 죽게 하지는 못하였는데, 김안로가 실패하자 중종은 공을 매우 장려하여 등용하였고 공 또한 강직하게 일을 말하여 조금도 마음에 두지 않았으니, 한때의 임금과 신하의 사이가 어쩌면 이리도 훌륭한가? 어쩌면 이리도 훌륭한가?

상(영조)이 즉위한 지 11년(1735)에 호남의 선비들이 대궐에 엎드려서 공을 표창하여 추증할 것을 청하였다. 공의 후손인 대필大弼이 유고를 내게 보여주기에 마침내 이 글을 써서 보낸다.

홍문관 부제학弘文館副提學 풍산豐山 홍석주는 삼가 쓰다.

시작되자 대윤의 윤임·유관(柳灌)·유인숙(柳仁淑) 등을 사사(賜死)하게 하였다. 을사사화의 공으로 보익공신(保翼功臣) 3등, 위사공신(衛社功臣) 2등에 책록되고 서원군(瑞原君)에 봉해졌다. 1546년 형 원로(元老)를 유배 보내고, 이듬해 양재역 벽서사건(良才驛壁書事件)을 계기로 대윤의 잔당을 모두 숙청하였다. 1560년 서원부원군(瑞原府院君)에 봉해지고 1563년 영의정에 올랐으나, 1565년 문정왕후가 죽자 삭직되고 강음(江陰)에 귀양 가서 죽었다.

9 수암(遂庵) 권공(權公) : 수암은 권상하(權尙夏 1641, 인조19~1721, 경종1)의 호로, 자는 치도(致道), 본관은 안동(安東), 송시열(宋時烈)의 문인이다. 시호는 문순(文純)이다.

10 병계(屏溪) 윤공(尹公) : 병계는 윤봉구(尹鳳九 1681, 숙종7~1767, 영조43)의 호로, 자는 서응(瑞膺), 본관은 파평(坡平), 권상하(權尙夏)의 문인이다. 시호는 문헌(文獻)이다.

11 수암(遂庵)……기록하였다 : 『송재선생유고』 권4 「부록 하(附錄下) 행장(行狀)」과 「묘표음기(墓表陰記)」에 보인다.

정개청(鄭介淸)

1529년(중종24)~1590년(선조23). 자는 의백(義伯), 호는 곤재(困齋), 본관은 고성(固城)이며, 나주 출신이다. 예학과 성리학에 조예가 깊었으며, 당시 호남의 명유(名儒)로 알려졌다. 기축년(1589, 선조22)에 정여립(鄭汝立)의 모반사건이 일어났을 때 정여립과 동모하였다는 죄목으로 체포되어 1590년 5월 평안도 위원(渭原)으로 유배되었고, 다시 같은 해 6월 함경도 경원(慶源) 아산보(阿山堡)로 이배(移配)되어 27일에 그곳에서 죽었다.

우득록(愚得錄)

제명(題名)은 저자가 자신의 저술에 대한 겸사이자 노력의 결정체라는 의미로서 지은 것이다. 저자는 생전에 직접 『수수기(隨手記)』 9권과 『우득록』 3권을 편찬하였는데, 1589년 정여립의 모반사건이 터지자 모두 적몰되었다. 선조가 열람한 후 돌려주었으나 『수수기』는 도중에 분실되고 『우득록』만 제자들 사이에 전사되어 남겨지게 되었는데, 이를 제자사장본(弟子私藏本) 혹은 제자본(弟子本)이라고 한다. 『우득록』의 간행을 위해 저자의 문집을 제일 처음 정리한 사람은 윤선도(尹善道)이다. 1658(효종9)년 윤선도는 이 제자본을 교정하고 감수는 조경(趙絅)에게, 간행은 정세규(鄭世規)에게 요청하였으나 서인(西人) 집권하의 상황에서 허락되지 않았다. 그 후 1680년(숙종6) 허목(許穆)이 이 해옹(海翁 윤선도)의 교정본을 다시 한번 교정하였으나 역시 간행되지 못하였다. 나만성(羅晩成)의 지문(誌文)에 의하면, 1688년경 저자의 자편수고본(自編手稿本) 두 책이 증손의 집에서 발견되었는데 오래도록 항아리 속에 감추어져 있어서 많은 부분이 훼손되어 있었다고 한다. 나만성은 나두동(羅斗冬)과 함께 이 수초본(手草本)을 해옹교정본과 합하여 정고본(定稿本)을 편찬하고, 증손 나두춘(羅斗春)이 1691년 전라감사 이현기(李玄紀)에게 판재(板材)를 지원받아, 이듬해인 1692년(숙종18) 여름 저자의 외손 윤세태(尹世泰) 등의 주관으로 전라감사 홍만조(洪萬朝)의 도움을 받아 목판으로 간행하였다. 1703년 6월에 진사 홍중삼(洪重三)이 부록을 편찬했다는 기록이 「곤재선생사실(困齋先生事實)」에 보이는 바, 본 서문은 1692년 간행된 초간본에 1703년 추각된 부록이 첨부된 후쇄본에 실린 것으로, 규장각장본이다.

허목(許穆)

1595년(선조28)~1682년(숙종8). 자는 문보(文甫)·화보(和甫), 호는 미수(眉叟), 본관은 양천(陽川), 어머니는 임제(林悌)의 딸이며 부인은 이원익(李元翼)의 손녀이다. 1617년(광해군9) 아버지가 거창현감(居昌縣監)에 제수되자 아버지를 따라가서 문위(文緯)를 사사하였으며 그의 소개로 정구(鄭逑)를 스승으로 섬겼다. 1624년(인조2) 광주(廣州)의 우천(牛川)에 살면서 자봉산(紫峯山)에 들어가 독서와 글씨에 전념하여 독특한 전서(篆書)를 완성하였다. 두 차례의 복제(服制) 예송(禮訟) 논쟁을 거치면서 서인(西人)과 대립하였다. 덕원(德源)에 유배 중이던 송시열에 대한 처벌 문제를 놓고 영의정 허적(許積)에 맞서 가혹한 처벌을 주장함으로써 온건론을 주장하던 탁남(濁南)과 갈라져 청남(淸南)의 영수가 되었다. 경신대출척(庚申大黜陟)으로 남인(南人)이 실각하고 서인이 집권하자, 관작을 삭탈당하고 고향에서 저술과 후진 양성에 전념하였다. 저서로는 『동사(東事)』·『방국왕조례(邦國王朝禮)』·『경설(經說)』·『경례유찬(經禮類纂)』·『미수기언(眉叟記言)』이 있다. 시호는 문정(文正)이다.

【 16. 우득록 서 】

愚得錄序

허목許穆 

愚得錄者는 宣祖世湖南徵士困齋鄭氏所著者也라 其記, 論, 序, 說, 雜著, 警學, 上疏, 書와 又如絶句諸小作은 一行數行이 皆非閑漫散說하야 爲有益於斯學斯文하니 大小總三百三十四니 可謂百代之文이라 其所立者正하고 所論者博하야 得古人之旨하고 至於論易論數하야는 尤加詳密하니 如伏羲仰觀俯察하야는 則河圖畫卦二圖, 陰陽上下左右設卦對配와 陽一陰二, 天圓地方, 日月晝夜, 寒暑往來에 數之體用이 備矣라 天下事物之吉凶悔吝이 皆在此數之範圍云者 可謂盡矣요 又洪範筮法은 祖述蔡氏하야 推演詳說하니 此又何可得也리오 嗟乎라 己丑之獄에 儒林學士之痛을 何可勝道哉아 守愚, 困齋二賢者 皆不免於禍라 白沙李相國이 作己丑錄하야 言寃獄事詳矣러니 彼病之하야 晉州本改刊白沙文集할새 去己丑錄하고 補僞作하야 以沒其跡하니 其心以爲鬼神可誣也요 百代可欺也라 然無此理하니 人心不可誣어든

而況鬼神乎아 匹夫不可欺어든 而況百代乎아 先生旣栲問無實하야 上
意已悟한대 則澈又變更排節義之說하야 令感怒上心하야 流之窮北慶
源하니 慶源은 古沃沮之地로 在肅愼東, 渤海上하니 其外福餘之界로
風土絶殊하야 爲異域이라 先生六月至阿山堡하야 歿한대 先生弟寬齋
叟 其居處服食을 一如持喪者十四年而叟死하니 其寃結至死之悲 足
以使人慨然太息이라 有愚得錄三卷과 隨手記九卷이러니 當禍에 以罪
人書라하야 搜括以至하니 上覽之하시고 曰 此讀古人之書者也라하시고
下縣邸하야 給其家나 而禍中事不可知라 今書皆亡하고 而傳於世者는
唯愚得錄三卷이니 亦出於弟子私藏本하니 而其傳書訛誤를 海翁이 晩
年校正考訂者也라

後에 上知其寃하야 其事解하야 而主獄者澈을 江界安置하니 南方士爲
鄭氏하야 立祠其鄕이러니 至孝宗時하야 澈黨(黨)復用事하니 白上毁其
祠라 時에 海翁이 上政弊累千言하고 又言鄭氏寃死事러니 斯人者 亦
見疾於黨人이 久矣하야 雖沮抑不上이라 然이나 後之人이 皆知澈黨造
言詿訛也라 上之初年에 黨人敗한대 上命復其祠러니 六年에 前日用事
者諸臣이 皆復召用하야 而祠亦復毁하고 南方士以推尊鄭氏로 陷於纍
紲(누설)者五十이요 配去者二十이요 禁錮者四百이라 嗟乎라 鄭氏以一
言指斥小人이라가 其禍至此也여 其禍至此也여 余老矣라 歷敍耳目所
睹記하야 自己丑寃獄古事로 以至重毁祠히 其間近百年을 列書卷首하
야 以爲愚得錄序하노라

上之七年仲夏下旬庚辰에 陽川許穆은 序하노라

『우득록』은 선조宣祖 때 호남의 징사徵士[1]인 곤재困齋 정씨鄭氏가 지은 것이다. 기기記·론論·서序·설說·잡저雜著·경학警學·상소上疏·서書가 있고, 또 절구와 같은 여러 짧은 작품들은 한 줄 또는 몇 줄이지만 모두 쓸데없는 말이 아니어서 유가儒家의 학문에 보탬이 된다. 크고 작은 것이 총 334편으로 백대토록 전해질 문장이라고 할 만하다.

수립한 논의가 바르고 논한 주제의 범위가 넓어 옛 성현의 뜻을 얻었다. 『주역周易』을 논하고 수數를 논함에 이르러서는 더욱 상세하고 치밀하였다. 예를 들면 복희伏羲가 위로 하늘을 관찰하고 아래로 땅을 관찰한 것으로 하도河圖와 획괘畫卦의 두 그림이 있는데, 음양·상하· 좌우로 괘를 설정하고 짝을 이루어 배치하여서, 양은 하나이고 음은 둘이며, 하늘은 둥글고 땅은 네모난 것과, 해와 달의 낮과 밤, 추위와 더위의 순환에 수數의 체體와 용用이 구비되어, "천하 사물의 길吉·흉凶·회悔·린吝이 모두 이 수의 범위에 들어 있다."[2]고 말한 것은 극진하다고 이를만하다. 또 「홍범洪範」의 서법筮法은 채씨蔡氏(채침蔡沈)를 조술祖述하여 미루어 연역하여 자세히 말했으니, 이런 것을 다시 어떻게 얻을 수 있겠는가?

아! 기축년의 옥사[3]에 유림과 학사들의 애통함을 어찌 다 말할 수

---

1 징사(徵士) : 조정의 초빙에 응하지 않은 은사(隱士)를 이른다.

2 천하 사물의⋯⋯들어있다 : 『곤재선생우득록』 권2 「논리(論理) 논수(論數)」에 이 내용이 보인다.

3 기축년의 옥사 : 기축년(1589, 선조22)에 정여립의 모반사건과 관계되어 일어난 옥사를 가리킨다. 선조 때 정여립은 귀향하여 무뢰잡배를 모아 대동계(大同契)라는 조직을 만들어 무술을 단련하고 비기참어(秘記讖語)를 유포하여 모반을 꾀하였다. 1589년 10월 황해도 관찰사 한준(韓準) 등의 밀계(密啓)로 발각되었는데, 옥사를 주관한 정철(鄭澈)은 이를 계기로 동인의 명사였던 이발(李潑)·이길(李洁)·백유양(白惟讓)·유몽정(柳夢井)·최영경(崔永慶) 등을 처형하고, 정언신(鄭彦信)·정언지(鄭彦智)·정개청(鄭介淸) 등을 유배시키고, 노수신(盧守愼)을 파직하는 등 가혹

있겠는가? 수우당守愚堂[4]과 곤재困齋 두 어진 이가 모두 화를 면치 못하니, 백사白沙 이상국李相國[5]이 『기축록』을 지어서 억울한 옥사에 대해 기술한 것이 상세하였는데, 당인黨人[6]들은 이것을 나쁘게 여겨서 『백사문집白沙文集』의 진주본晉州本을 개간할 때 『기축록』을 빼버리고 위작僞作을 보충하여 그 흔적을 없앴다. 그들은 마음속으로 귀신을 속이고 백대를 속일 수 있다고 생각했을 것이나 이러한 이치는 없는 법이다. 사람의 마음도 속일 수가 없는데 하물며 귀신을 속일 수 있겠는가? 필부도 속일 수 없는데 하물며 백대를 속일 수 있겠는가?

선생은 고문을 받았지만 죄상의 실재가 없었다. 상(선조)이 마음으로 깨닫자, 정철鄭澈은 다시 '절의를 배척했다.'[7]고 말을 바꾸어 상의 마음을 격노케 하여 먼 북쪽인 경원慶源 땅으로 유배를 보내도록 하였다. 경원은 옛 옥저沃沮의 땅으로 숙신肅愼의 동쪽 발해渤海 가에 있으니, 그 바깥 지역은 복여위福餘衛[8]의 경계로, 풍토가 전혀 다른 지역이

한 처벌을 주도하여 2년에 걸쳐 천여 명에 달하는 인사가 화를 입었다. 이 일로 동인과 서인의 당쟁이 격화되었다.

4 수우당(守愚堂) : 최영경(崔永慶 1529, 중종24~1590, 선조23)의 호로, 자는 효원(孝元), 본관은 화순(和順)이며, 조식(曺植)의 문인이다.

5 백사(白沙) 이상국(李相國) : 백사는 이항복(1556, 명종11~1618, 광해군10)의 호로, 자는 자상(子常), 본관은 경주(慶州)이다. 고려의 대학자 이제현(李齊賢)의 후손으로 참찬 이몽량(李夢亮)의 아들이며 이이(李珥)의 문인이다. 시호는 문충(文忠)이다.

6 당인(黨人) : 서인(西人)을 가리킨다. 이때 옥사를 주관한 사람은 서인 정철(鄭澈 1536, 중종31~1593, 선조26)이었다.

7 절의를 배척했다 : 이른바 '배절의론(排節義論)'이라는 것이다. 절의란 이러이러한 것인데 후세에는 절의의 이름만 취하고 그 알맹이는 잃어버렸다는 뜻의 내용으로, 후세의 소위 알맹이 없는 허명의 절의를 비방한 글이었다. 원래 제목은 동한절의설(東漢節義說)과 진송청담설(晉宋淸談說)이었는데, 죄를 뒤집어씌우려는 의도로 절의를 배척한 논이라 하여 '배절의론'이라 한 것이다.

8 복여위(福餘衛) : 명(明)나라 태조 22년(1389)에 옛 원(元)나라의 종실인 요왕(遼王) 아례실리(阿禮失里)와 타안(朶顔)이 내부(來附)를 청하자 올량합(兀良哈) 지역에 3위(三衛)를 설치하

다. 선생은 6월에 아산보阿山堡에 도착하여 별세하였는데, 선생의 아우인 관재노인寬齋老人[9]이 그 거처와 의복 그리고 식사를 한결같이 상을 당했을 때와 같이 한 지 14년 만에 죽으니, 그 억울한 마음이 맺혀 죽음에 이른 슬픔이 사람을 서글프게 하여 크게 탄식하도록 한다.

선생의 저서로는 『우득록』 3권과 『수수기隨手記』 9권이 있었는데, 화를 당했을 때 죄인의 책이라는 이유로 모두 수색하여 도성에 보내니, 상(선조)이 이 책을 보시고 "이 사람은 옛 성현의 책을 읽은 자이다." 하셨다. 그리고 현저縣邸에 내려 보내 그 집에 돌려주게 하였으나 화를 당한 경황 중의 일이라서 어떻게 되었는지 알 수 없다. 지금은 그 책이 모두 없어졌고 세상에 전해지는 것은 오직 『우득록』 세 권뿐인데, 이 또한 제자들이 개인적으로 보관하던 판본에서 나온 것으로 그 전해지는 책의 오류를 해옹海翁[10]이 만년에 교정하여 바로잡은 것이다.

뒤에 상께서 그 원통함을 아시고 이 옥사의 억울함이 풀리게 되어서, 옥사를 주관했던 정철은 강계江界로 안치되고 남방의 선비들은 정씨를 위해 그 고을에 사당을 세웠다. 그러나 효종 때에 정철의 당파가 다시 정권을 잡자 상에게 아뢰어 그 사당을 훼철하였다. 이때 해옹은 정사의 병폐에 대한 몇 천 자의 글을 올리고 또 원통하게 죽은 정씨의 일을 말하려 하였는데, 이 분도 그 당인들에게 미움 받은 지가 오래되

었는데, 복여위는 이 3위 중 하나이다. 『독사방여기요(讀史方輿紀要)』권18에 따르면 3위는 태녕위(泰寧衛)·복여위·타안위(朶顏衛)로, 명나라의 동북지역 통치에 있어서 중요한 요충이었다.

9 관재노인(寬齋老人) : 관재(寬齋)는 정개청의 아우 정대청(鄭大淸)의 호이다. 참봉(參奉)을 지냈다.

10 해옹(海翁) : 윤선도(尹善道 1587, 선조20~1671, 현종12)의 호이다. 자는 약이(約而), 호는 고산(孤山)·해옹, 본관은 해남(海南), 시호는 문헌(忠憲)이다.

었기 때문에 저지당하여 글을 올릴 수는 없었으나, 후세 사람들은 정
철의 당파가 말을 지어내어서 비방하였음을 모두 알게 되었다.

상(숙종)의 초년에 정철의 당인들이 실패하자 상은 선생의 사당을
복구하도록 명했는데, 상의 6년(1680)에 지난번 일을 주도했던 여러
신하들이 모두 다시 부름을 받고 들어가 서용되니, 사당도 다시 훼철
되고 남방의 선비들도 정씨를 추존했다는 이유로 투옥된 자가 50명,
유배된 자가 20명, 금고禁錮된 자가 4백 명이나 되었다.

아, 정씨가 소인을 배척한 한마디 말 때문에 당한 화가 이러한 지경
에 이르렀구나! 그 화가 이러한 지경에 이르렀구나! 나는 늙었으므로
눈과 귀로 직접 보고 듣고 기억하는 바를 차례로 서술하여 옛 기축년
의 억울한 옥사로부터 거듭 사당을 훼철한 일에 이르기까지 그동안
거의 백년의 일을 책머리에 나열하여 써서 『우득록』의 서문으로 삼는
바이다.

상(숙종)의 7년(1681) 중하中夏 하순 경진일에 양천陽川 허목은
쓰다. 📜

윤두수 (尹斗壽)

1533년(중종28)~1601년(선조34). 자는 자앙(子仰), 호는 오음(梧陰), 본관은 해평(海平), 이중호(李仲虎)·이황(李滉)의 문인이다. 1555년(명종10) 생원시에 1등으로 합격하고, 1558년 식년문과에 을과로 급제하여 승문원에 들어간 다음, 예문관 검열(檢閱)·홍문관 정자(正字)·저작(著作)을 역임하였다. 1577년(선조10) 사은사(謝恩使)로 명(明)나라에 다녀온 뒤 도승지가 되었으나, 이종 동생 이수(李銖)의 옥사에 연루되어 아우 윤근수(尹根壽)와 함께 파직되었다가 대사간 김계휘(金繼輝)의 주청으로 복직되었다. 1589년 평안감사(平安監司)를 지내고 명나라에 사신으로 가서 종계(宗系)를 변무(辨誣)하였는데, 이 공으로 광국공신(光國功臣) 2등이 되어 해원군(海原君)에 봉해졌다. 1592년 임진왜란이 발발하자 어영대장·우의정을 거쳐 좌의정에 이르렀고, 1595년 해원부원군(海原府院君)에 봉해졌으며, 1597년 정유재란 때에는 영의정 유성룡(柳成龍)과 함께 난국을 수습하였다. 이듬해 좌의정이 되고 영의정에 이르렀으나, 대간의 계속되는 탄핵으로 사직하고 남파(南坡)에 물러났다. 1605년 호성공신(扈聖功臣) 2등에 봉해졌다. 저서로『오음유고』·『기자지(箕子誌)』등이 있다. 시호는 문정(文靖)이다.

오음유고 (梧陰遺稿)

저자의 시문은 임진왜란으로 유실되고 약간 권만이 가장(家藏)되어 왔는데, 이를 바탕으로 아들 윤방(尹昉)이 1635년(인조13)에 3권으로 편차하고 부록을 덧붙여 장유(張維)와 김상헌(金尙憲)의 서문을 받아서 목활자로 간행하였다. 이것이 초간본이다. 그 후 저자의 5대손 윤순(尹淳)이 평안도 관찰사로 있던 형 윤유(尹游)와 함께 중간을 도모하여, 초간본에다 약간의 습유(拾遺)를 첨부하여 원집 3권, 부록 합 2책을 1728년 목판으로 간행하였다. 이 중간본은 초간본과 구성이나 편차의 차이는 없고, 단지 뒤에 수집한 시문을 습유로 묶어서 원집 뒤에 첨부한 것이 다를 뿐이다. 본 서문은 1635년 초간본에 실린 것으로, 규장각장본이다.

김상헌 (金尙憲)

1570년(선조3)~1652년(효종3). 자는 숙도(叔度), 호는 청음(淸陰)·석실산인(石室山人)·서간노인(西磵老人), 본관은 안동(安東)이다. 1623년 인조반정 후 시비와 선악의 엄격한 구별을 주장함으로써 서인 청서파(淸西派)의 영수가 되었다. 1632년 왕(인조)의 생부를 원종(元宗)으로 추존하려는 데 반대하여 벼슬에서 물러났다. 예조판서로 있을 때 병자호란이 일어나자 주화론(主和論)을 배척하고 끝까지 주전론(主戰論)을 펴다가, 인조가 항복하자 안동(安東)으로 은퇴하였다. 1639년 청나라가 명나라를 공격하기 위해 요구한 출병에 반대하는 상소를 올렸다가 청나라에 압송되었는데, 6년 뒤에 풀려나 귀국하였다. 1645년(인조23)에 좌의정에 제수되고 기로소에 들어갔다. 윤근수(尹根壽)의 문하에서 경사(經史)를 수업하고, 성혼(成渾)의 도학에 연원을 두었으며, 이정귀(李廷龜)·김유(金楺)·신익성(申翊聖)·이경여(李敬輿)·이경석(李景奭)·김집(金集) 등과 교유하였다. 시호는 문정(文正)이다.

【 17. 오음선생유고 서 】

梧陰先生遺稿序

김상헌金尙憲 ————

今元輔稚川相公이 一日命尙憲曰 先人文字放軼하야 十不得二三이나
而終不可無傳이라 今將剞劂하노니 子其敍之하라 尙憲이 固辭不獲하야
乃作而曰 不佞이 蚤交於叔季二郎間하야 屢登先相國門下하야 竊覵
於燕私之時호니 朝起拂几하고 正坐佔畢하되 理亂所關을 必湛思之하고
反覆之를 若身際其時而任其事者하시니 然後에 乃知公經濟大業所從
來矣라
間有問於不佞者曰 世稱梧陰相公은 功業이요 月汀先生은 文章이라하
니 二公果有偏素耶아 余曰 唯唯否否라 驥不稱力은 遜於德也요 玉不
尙藻는 遜於器也요 咎繇(皐陶)不言歌는 遜於謨也요 尹吉甫不名頌은
遜於勳勞也라 昔在壬辰에 國步播越하야 宗社之危 若綴旒(류)然하니
于時에 梧陰相公이 獨幹鼎軸하야 左右(佐佑)我宣祖하야 再造我邦家
하야 生民之類 至今賴之라 功績이 紀于旂常하고 銘于彝鼎하니 求之中

世以來컨대 蓋亦鮮有倫焉이라

公起身經生하야 魁司馬하고 擢大科하야 出入石渠, 蘭室하니 所居에 藻思動盪하고 翰墨淋漓하야 雖不事雕鏤繩削之巧나 而駿雄豪逸하야 人自以爲難及하니 可謂彬彬然盛矣라 至於月汀先生하야는 則簡牘專對하야 昭湔國誣하야 功光祖宗하고 名播海內하니 亦未可專以詞翰歸之也라 雖然이나 月汀之文章은 以其長名世로되 而在梧陰公하야는 則乃稱餘事焉하니 非以其有大於是者歟아

大抵天地精英之氣가 鍾而爲人하야 蘊之爲道德하고 措之爲事業하고 著之爲文章하나니 兼而有之者는 千百年에 僅若而人이어늘 而兄弟聯璧하야 二難竝交하야 接武巖廊하고 輝映簡策하시니 如我二公者는 尤卓絶罕覯하니 若偏素之云은 局而不通이라 烏足以儗倫也哉아 問者乃退어늘 相公聞之하고 曰 子之言이 可錄也라하시니 遂書以爲敍하노라.

崇禎五年壬申三月에 資憲大夫知敦寧府事兼同知成均館事世子右副賓客安東金尚憲은 謹敍하노라

　지금 재상으로 있는 치천 상공稚川相公[1]께서 하루는 나에게 명하였다. "선친의 글이 흩어져서 열에 둘 셋도 얻지 못했으나 끝내 전함이 없을 수 없기에 이제 판각하려고 합니다. 당신이 서문을 써 주십시오." 내가 한사코 사양하였으나 허락을 얻지 못하여 마침내 일어나 말하였다.

---

1 치천 상공(稚川相公) : 치천(稚川)은 윤방(尹昉 1563, 명종18~인조18)의 호로, 자는 가회(可晦)이다. 이이(李珥)의 문인이며 윤두수의 아들로, 1627년(인조5)에 영의정이 되었다. 시호는 문익(文翼)이다. 상공(相公)은 정승을 가리킨다.

"제가 일찍이 숙계叔季[2] 두 분과 교유하여 돌아가신 상국相國의 문하에 여러 번 출입하였습니다. 그리하여 상국께서 사사로이 거처하실 때에 가만히 보니, 아침에 일어나 안석을 털고 바르게 앉아서 독서하시되, 치란治亂에 관계되는 일이면 반드시 깊이 생각하고 반복하기를 마치 당신이 그때를 만나 그 일을 맡은 것과 같이 하셨습니다. 나는 그런 뒤에야 공의 경세제민經世濟民의 큰 사업이 유래가 있음을 알게 되었습니다.

근간에 어떤 사람이 저에게 묻기를, '세상에서「오음 상공은 공이 크고 월정月汀[3] 선생은 문장이 뛰어나다.」말하는데, 두 공이 소질이 한쪽으로 치우친 것입니까?' 하였습니다. 제가 대답하기를, '그렇게 말할 수도 있겠지만 그렇지 않다. 천리마를 말할 때에 힘을 말하지 않는 것은 덕에 사양해서이고, 옥을 말할 때에 문채를 숭상하지 않음은 기물에 사양해서이고, 고요皐陶를 말할 때에 노래를 말하지 않음은 계책에 사양해서이고,[4] 윤길보(尹吉甫)를 말할 때에 송頌을 말하지 않음은 공로에 사양해서이다.[5] 옛날 임진년(1592, 선조25)에 국운이 어려워

<hr>

2 숙계(叔季) : 윤두수는 윤방(尹昉), 윤흔(尹昕), 윤휘(尹暉), 윤훤(尹暄), 윤간(尹旰) 등 아들 다섯을 두었는데, 여기에서 말하는 숙계는 정확히 누구를 말하는지 자세하지 않다. 『韓國文集叢刊 解題2』

3 월정(月汀) : 윤두수의 동생 윤근수(尹根壽 1537, 중종32~1616, 광해군8)의 호로, 자는 자고(子固)이며 대제학을 지냈다. 시호는 문정(文貞)이다.

4 고요(皐陶)를……사양해서이고 : 노래는 갱재가(賡載歌)를 말한다. 『서경』「익직(益稷)」에 순(舜)임금이 "팔다리와 같은 신하들이 즐거우면 머리와 같은 임금이 흥기하여 백관이 화락하다.〔股肱喜哉, 元首起哉, 百工熙哉.〕"고 노래하자, 고요가 화답하여 노래하기를 "머리와 같은 임금이 밝으면 팔다리와 같은 신하들이 훌륭하여 모든 일이 태평하다.〔元首明哉, 股肱良哉, 庶事康哉.〕" 하였다. 계책은 『서경』「고요모(皐陶謨)」에 실린 고요의 훌륭한 계책이나 의견을 말한다.

5 윤길보(尹吉甫)를……사양해서이다 : 윤길보는 주(周)나라 선왕(宣王)의 현신(賢臣)으로, 당시 유목민족이었던 험윤(玁狁)이 변경을 침범하자 6월에 명을 받고 출병하여 토벌하였는바, 『시경』

서 종묘사직의 위태로움이 마치 깃발의 술[6]과 같았는데, 이때 오음 상공은 홀로 재상으로 계시면서 우리 선조대왕을 보필하여 우리나라를 재건하여 생민生民의 무리가 지금까지 힘입고 있다. 공적이 기상旂常[7]에 기록되고 이정彝鼎[8]에 새겨져 있으니, 중세 이래에 찾아보면 또한 짝할 만한 분이 드물다.

공은 경학하는 유생으로 출발하여 사마시司馬試(생원진사시)에 장원하고 대과大科(문과)에 뽑혀 석거각石渠閣[9]과 난실蘭室[10]에 출입하였는데, 거처하는 곳마다 문사文思가 넘쳐나고 한묵翰墨이 흠뻑 젖어서, 비록 곱게 조각하거나 깎고 다듬는 공교로움을 일삼지 않았으나 웅혼雄

「소아(小雅) 유월(六月)」에 "문무를 겸비한 길보여! 만방이 법도로 삼는다.〔文武吉甫, 萬邦爲憲.〕"라고 보이며, 송(頌)은 윤길보가 선왕을 찬미한 『시경』「대아(大雅) 숭고(崧高)」의 송시(誦詩)를 말한다.

6 깃발의 술 :『시경』「상송(商頌) 장발(長發)」에 "작은 홀 큰 홀을 받으시어 제후국 깃발의 술이 되었네.〔受小球大球, 爲下國綴旒.〕"라고 하였는데, 정현(鄭玄)의 전(箋)에 이르기를 "철(綴)은 맨다는 뜻이고 류(旒)는 깃발에 드리워진 술이다." 하였다. 임금이 신하에게 잡혀 대권이 떨어진 것 또는 국세가 위태로운 것을 비유한다.

7 기상(旂常) : 기(旂)와 상(常)은 왕후(王侯)의 깃발로, 기에는 교룡을 그리고 상에는 해와 달을 그린다. 『주례(周禮)』「춘관(春官) 사상(司常)」에 "해와 달을 그린 것은 상이 되고, 교룡을 그린 것은 기가 된다.……왕은 태상(太常)을 세우고 제후는 기를 세운다.〔日月爲常, 交龍爲旂……王建大常, 諸侯建旂.〕" 하였다. 명(明)나라 장거정(張居正)의 『답응천순무손소계(答應天巡撫孫小溪)』에 "선왕조에서 훌륭한 신하를 기상에 새기고 죽백(竹帛)에 드리운 것은 공무를 봉행하고 법을 지키며, 자신을 깨끗이 하고 백성을 사랑하였기 때문이다.〔先朝名臣, 所以銘旂常, 垂竹素者, 不過奉公守法, 潔己愛民而已.〕" 하였다.

8 이정(彝鼎) : 이(彝)와 정(鼎)은 모두 제사에 사용했던 예기(禮器)이다. 『예기』「제통(祭統)」에 "공회(孔悝)가 절하고 머리를 조아리며 말하기를, '대양(對揚 보답하고 찬양함)해서 군주의 간곡한 큰 명령을 가지고 증제(烝祭)의 이(彝)와 정(鼎)에 명문(銘文)을 새기겠습니다.〔悝拜稽首曰 對揚以辟之, 勤大命, 施於烝彝鼎.〕'라는 내용이 보인다.

9 석거각(石渠閣) : 서한(西漢) 황실의 책을 보관하던 장소로, 장안(長安) 미앙궁(未央宮) 북쪽에 있었는데 예문관과 같은 문예 담당기관이었다.

10 난실(蘭室) : 석거각과 마찬가지로 한(漢)나라 때 전적을 보관하던 장소이다.

渾하고 호방하였다. 이에 사람들이 스스로 미치기 어렵다 하였으니,

빈빈彬彬하게 성하다고 이를 만하다.

월정 선생으로 말하면 선발되어 전대專對[11]에 응하여 나라의 무함誣

陷을 깨끗이 씻어서[12] 공훈이 조정에 빛나고 명성이 해내에 전파되었

---

11 전대(專對) : 외국에 사신으로 나가 독자적으로 임기응변하는 것을 말한다. 『논어』「자로(子路)」에 "『시경』 삼백 편을 외운다 하더라도 정치를 맡겼을 때에 제대로 해내지 못하고, 사방에 사신으로 나가 혼자서 처결하지 못한다면 비록 많이 외운다 한들 어디에 쓰겠는가?[誦詩三百, 授之以政, 不達, 使於四方, 不能專對, 雖多, 亦奚以爲 ?]" 하였다.

12 나라의……씻어서 : 조선 개국 초부터 선조 때까지 약 2백 년간 잘못 기록된 태조 이성계(李成桂)의 종계(宗系)를 시정해 달라고 명나라에 요구한 일로써, 종계변무(宗系辨誣)를 말한다. 태조 이성계가 고려의 권신(權臣) 이인임(李仁任)의 아들이라고 명(明)나라의 『태조실록(太祖實錄)』과 『대명회전(大明會典)』에 잘못 기록되어 있는 것을 처음 안 것은 1394년(태조3)이었다. 고려 말 1390년(공양왕2)에 윤이(尹彛)와 이초(李初)가 명나라로 도망가서 공양왕이 고려 왕실의 후손이 아니라고 즉위의 부당성을 주장하면서 이성계를 이인임의 후손이라고 언급하였는데, 이것이 그대로 기록되었던 것이다. 결국 이 사건은 두 나라 사이에 심각한 외교 문제로 부각되어 태조 때부터 여러 차례 사신을 보내어 개정을 요구하였지만, 명나라에서는 시정한다는 약속만 하고 수정하지 않아, 종계변무는 2백 년간이나 끌면서 역대 왕들의 가장 큰 문제가 되어 왔다. 1518년(중종13) 명나라에서 돌아온 주청사(奏請使) 이계맹(李繼孟)이 『대명회전』 조선국(朝鮮國) 조에 "이인임과 그의 아들 단(旦, 이성계의 이름)이 네 명의 왕 - 공민왕(恭愍王)·우왕(禑王)·창왕(昌王)·공양왕(恭讓王) - 을 시해하였다."라는 내용이 수정되지 않은 채 그대로 있다고 보고를 하였다. 중종은 바로 남곤(南袞)을 주청사로 보내 시정을 요구하였지만, 명나라의 무종(武宗)은 잘못된 사실을 인정하면서도 명나라 태조의 유훈(遺訓)이 『대명회전』에 기록되어 있기 때문에 수정이 불가능하다고 하여 종계를 바로잡지 못하였다. 그 후 1529년 명나라의 『대명회전』이 중찬(重撰)된다는 이야기를 듣고 예부(禮部)에 개정을 요구하였으며, 1539년에 주청사 권벌(權橃), 1557년(명종12)에 호조판서 조사수(趙士秀), 1563년에 주청사 김주(金澍), 1573년(선조6)에 주청사 이후백(李後白), 1575년에 사은사 홍성민(洪聖民) 등을 잇달아 파견하여 기회 있을 때마다 개정을 요구하였다. 마침내 1584년(선조17) 종계변무 주청사 황정욱(黃廷彧)이 중찬된 『대명회전』 가운데 수정된 조선 관계 기록의 등본을 가지고 돌아옴에 따라 종계변무 문제가 일부분 해결되었고, 이어 1587년에는 주청사 유홍(俞泓)을 보내 고쳐진 『대명회전』의 반사(頒賜)를 요청하였는데, 이때 『대명회전』 가운데 수정된 조선 관계 부분의 한 질이 도착하였다. 선조는 이것을 종묘·사직·문묘에 친고(親告)하였고, 그 뒤 1589년에 성절사 윤근수(尹根壽)가 『대명회전』 전질과 칙서를 받아 가지고 돌아옴으로써 2백년에 걸친 종계변무의 문제가 해결되었다. 「한국학중앙연구원 한국사기초사전」

으니, 또한 사한詞翰만으로 귀결시킬 수는 없다. 그러나 월정의 문장은 그 장점으로 세상에 이름났으나 오음공에 있어서는 마침내 문장을 여사餘事로 칭하니, 이는 그 문장보다 더 훌륭한 것이 있기 때문이 아니겠는가?

대체로 천지의 정영精英한 기운이 모여 사람이 되는데, 그 기운이 쌓이면 도덕이 되고 시행하면 사업이 되고 저술하면 문장이 되니, 겸하여 이 세 가지를 소유한 자는 천백 년에 겨우 몇 사람뿐이다. 그런데 형제가 연벽聯璧[13]처럼 이난二難[14]이 아름다움을 나란히 하여 조정에서 발걸음을 잇고 역사책에 찬란히 빛나니, 우리 두 공과 같은 분은 더더욱 뛰어나서 보기가 드물다. 「소질이 한쪽으로 치우쳤다.」고 말하는 것은 국한되어 잘 모르는 말이니, 어찌 족히 비견될 수 있겠는가?'하였습니다. 그러자 묻는 자가 물러갔습니다."

상공이 듣고 말씀하시기를, "그대의 말을 기록할 만하다." 하시기에 마침내 이것을 써서 서문으로 삼는다.

숭정崇禎 5년(1632, 인조10) 임신 3월에 자헌대부資憲大夫 지돈녕부

---

13 연벽(聯璧) : 연벽(連璧)이라고도 하는데, 나란히 있는 아름다운 옥을 이른다. 『장자(莊子)』「열어구(列禦寇)」에 "나는 천지를 관곽으로 삼고, 일월을 연벽으로 삼는다.〔吾以天地爲棺槨, 以日月爲連璧.〕" 하였으며, 남조(南朝) 때 송(宋)나라의 반악(潘岳)과 하후담(夏侯湛)은 모두 아름다운 용모를 지녔는데 함께 다니기를 좋아하니, 당시 사람들이 그들을 연벽이라 불렀다. 이후로 아름다움을 나란히 하는 형제간이나 사물을 비유하게 되었다. 『世說新語 容止』

14 이난(二難) : 난형난제(難兄難弟)를 이른다. 『세설신어』「덕행(德行)」에 "진원방(陳元方)의 아들 장문(長文)은 뛰어난 재주가 있었는데, 계방(季方)의 아들 효선(孝先)과 각기 자기 아버지의 공덕을 논하면서 다투었으나 결론이 나지 않자 할아버지인 태구(太丘)에게 물었더니, 태구가 말하기를 '원방은 형 되기가 어렵고 계방은 동생 되기가 어렵다.' 하였다."는 내용이 보인다. 뒤에 난형난제는 형제 두 사람의 재주와 덕행이 모두 훌륭하여 우열을 가리기 힘든 것을 의미하게 되었다. 원방은 진기(陳紀)의 자이고 계방은 진심(陳諶)의 자이다. 그리고 장문은 진군(陳群)을, 효선은 진충(陳忠)을, 태구는 태구라는 현의 장을 지낸 진식(陳寔)을 가리킨다.

사 겸동지성균관사 세자우부빈객知敦寧府事兼同知成均館事世子右副賓客 안
동 김상헌은 삼가 쓰다.

고경명(高敬命)

1533년(중종28)~1592년(선조25). 자는 이순(而順), 호는 제봉(霽峯), 본관은 장흥(長興)이다. 1558년 식년문과에 장원으로 급제한 뒤 형조좌랑, 사간원 정언(正言) 등을 거쳐 호당(湖堂)에서 사가독서(賜暇讀書)하였다. 1592년 임진왜란이 일어나자 전(前) 나주부사(羅州府使) 김천일(金千鎰), 전 정언 박광옥(朴光玉)과 함께 의병을 일으킬 것을 약속하고 여러 고을에 격문을 돌려 6천여 명의 의병을 모았다. 전라좌도 의병대장에 추대된 뒤 7월 10일 곽영(郭嶸)과 합세하여 8백여 명의 정예로 선제공격하였는데, 왜적이 약한 관군을 공격하여 관군이 패주하자 사기가 떨어진 의병마저 붕괴되고 말았다. 고경명은 후퇴하여 후일을 기약하자는 주위의 종용을 뿌리치고 "패전장은 죽음이 있을 뿐이다." 하고서 왜적과 싸우다가 아들 고인후(高仁厚)와 함께 순절하였다. 시(詩)·서(書)·화(畵)에 능하였으며, 저서로는 시문집인 『제봉집』, 속집(續集)·유집(遺集), 무등산(無等山) 기행문인 『서석록(瑞石錄)』, 각처에 보낸 격문을 모은 『정기록(正氣錄)』이 있다. 시호는 충렬(忠烈)이다.

제봉집(霽峯集)

원집(原集) 5권, 유집(遺集) 1권, 속집(續集) 1권 합 6책으로 구성되어 있다. 아들 고용후(高用厚)가 정유재란 중에도 부친의 유고를 등에 지고 다니며 잘 간직하였는데, 1616년(광해군8)에 고용후가 남원부사(南原府使)로 부임하게 되자 약간의 시문을 더 수집하여 유집 1권으로 편차한 뒤, 1617년 원집과 유집·속집을 목판으로 간행하였다. 이 초간본에는 이항복(李恒福)의 서문 및 유근(柳根)과 고용후의 발문이 실려 있는데, 이항복의 서문은 『백사집(白沙集)』에는 「태헌집서(苔軒集序)」로 되어 있으며 유근의 『서경집(西坰集)』에는 「정기록발(正氣錄跋)」로 되어 있다. 고용후는 문집의 간행에 앞서 1599년에 저자의 임진년 사적과 함께 전사한 두 형의 유적을 기록한 『정기록』을 간행하였는데, 도내에 보낸 격서와 통문, 의병장들과 오고간 서한, 저자의 연보와 신도비명·묘갈명·연보 등이 실려 있으며, 윤근수(尹根壽)·이덕형(李德馨)·이정귀(李廷龜)·이항복(李恒福)·정경세(鄭經世)·신흠(申欽)·박승종(朴承宗) 등 당대의 명현(名賢)들이 서문과 발문을 지었다. 본 서문은 1617년 남원에서 간행된 초간본에 실린 것으로, 규장각장본이다.

이항복(李恒福)

1556년(명종11)~1618년(광해군10). 자는 자상(子常), 호는 필운(弼雲)·백사(白沙), 본관은 경주(慶州)이다. 고려의 대학자 제현(齊賢)의 후손이며 참찬 몽량(夢亮)의 아들이다. 정여립(鄭汝立)의 모반사건을 처리한 공로로 평난공신(平難功臣) 3등에 녹훈되었다. 1592년 임진왜란이 일어나자 왕비를 개성(開城)까지 무사히 호위하였으며, 또 왕자를 평양(平壤)으로, 선조를 의주(義州)까지 호종하였는데, 이때 오성부원군(鰲城府院君)에 봉해졌다. 1600년(선조33)에 영의정 겸 영경연·홍문관·예문관·춘추관사, 세자사(世子師)에 임명되고 다음 해에 호종 1등공신(扈從一等功臣)에 녹훈되었다. 1617년에 인목대비 김씨(仁穆大妃金氏)가 서궁(西宮)에 유폐되자 왕비에서 폐위하여 평민으로 격하시키는 주장이 일어났는데, 이에 맞서 싸우다가 1618년에 관작이 삭탈되고 함경도 북청(北靑)으로 유배되어 적소(謫所)에서 세상을 떠났다. 죽은 해에 관작이 회복되고 그해 8월에 고향 포천(抱川)에 예장(禮葬)되었다. 저술로는 1622년에 간행된 『사례훈몽(四禮訓蒙)』 1권과 『주소계의(奏疏啓議)』 각 2권, 『노사영언(魯史零言)』 15권과 시문 등이 있다. 시호는 문충(文忠)이다.

【 18. 제봉집 서 】

霽峯集序

이항복 李恒福 ────────

世言南中多詩人하니 高霽峯爲之雄鳴이라하고 及壬辰之亂에 咸言南
中多義兵하니 又霽峯爲之倡焉이라하더니 旣寇退에 朝廷褒死義之士할
새 推霽峯爲稱首한대 而向所稱詩聲이 伏而不揚하니 非工於前而拙於
後也라 蓋有重於詩者 爲之掩焉일새라 月明星稀는 滿除之理也라 張
睢(수)陽이 文章妙天下로되 其見於遺響者는 唯聞篴(笛)一篇而止耳요
不曾以詩聞하니 若使睢陽이 當平世而抱窮屈之患이런들 則其超千祀
而獨立者 必不以今所頌이요 而以昔所妙天下者로 寵也決矣라

若霽峯者는 遇屯而處에 天下誦其詩하고 當事而出에 遠近嘉其績하고
事去而死에 古今高其義하야 因其所遇하야 而名隨以遷하니 方之於物
하면 其猶龍乎인저 見於昇騰者는 曰龍本在天이라하고 見降者는 曰在田
이라하고 見潛은 曰在淵이라하면 是豈知龍者耶아 霽峯歿二十有二年에
其孤用厚 以騎曹郎으로 袖其詩若干篇하야 踵門而屬余剞劂之하고 且

曰 先君子嘗有言曰 詩雖多나 出而行世者는 毋過四五卷이 其可也라
하시니 願從先志하노이다 余不揆僭妄하고 旣刪定爲一家言이러니 明年에
又求一言以弁卷首라 噫라 高君亦何取而勤於余耶아
余以罪廢하야 屛居蘆原할새 覆鼎, 道峯이 屛擁前左하고 流巖, 水落이
林立右背하며 中有盤巖하야 水鳴鏘然이라 每風靜雨霽에 輒角巾踞石
하면 淸泠積翠가 與耳目謀하야 若與造物者로 戲于壙埌(랑)하니 拱竢刊
公詩하야 置我靑石床이면 餘響舂容하야 衆壑皆鳴이라 誦之萬遍하면 昇
三天者 未足爲多也리라
萬曆甲寅七月日에 鰲城府院君李恒福은 謹書하노라

　　세상에서 말하기를 "남중南中에 시인이 많은데 고제봉高霽峯이 크게
울림이 된다." 하였다. 그러다가 임진왜란에 이르자 모두 말하기를
"남중에 의병義兵이 많은데 또 제봉이 선창이 된다." 하였는데, 왜구가
물러간 뒤에 조정에서 의리에 죽은 선비를 표창할 적에 제봉을 추대하
여 으뜸으로 칭하자, 예전에 일컬어지던 시를 잘한다는 명성이 숨겨
져 알려지지 않게 되었으니, 이는 예전에는 시를 잘하고 뒤에는 잘하
지 못했기 때문이 아니요, 시보다 더 중한 것이 있어서 가려졌기 때문
이다. 달이 밝으면 별이 드물어짐은 성쇠의 이치인 것이다.
　　장수양張睢陽[1]은 문장이 천하에 뛰어났으나 남은 것은 오직 「문적聞

---

1 장수양(張睢陽) : 수양성(睢陽城)의 장순(張巡 709~757)을 가리킨다. 등주(鄧州) 남양(南陽)
사람으로 당(唐)나라 현종(玄宗) 때 안사(安史)의 난이 일어나자 진원현령(眞源縣令)으로 옹구(雍丘)
를 지켰고, 757년에 수양태수 허원(許遠)과 함께 10만의 반군과 항전하며 수양성을 수개월 고수하였지
만, 식량과 지원이 끊기면서 결국 성은 함락되고 허원과 함께 순절하였다.

篓」[2] 한 편뿐이요, 일찍이 시로써 알려지지 못하였으니, 만일 장수양이 태평성세를 만나 곤궁한 근심을 지녔더라면 천 년을 뛰어넘어 우뚝 서 있는 것은 필시 지금 칭송하는 충의忠義로써가 아니요, 예전에 천하에 절묘하다고 알려졌던 시문으로써 사랑을 받았을 것임이 분명하다.

제봉과 같은 분은 어려운 때를 만나서 은둔해 있을 때에는 천하 사람들이 그의 시를 칭송하였고, 일을 담당하여 나가서는 원근이 그 공적을 가상히 여겼으며, 일이 그르게 되어 죽게 되어서는 고금이 그 의리를 높게 여겨서 그 만나는 바에 따라 이름이 바뀌었으니, 사물에 비유하면 아마도 용과 같을 것이다. 용이 하늘로 승천하는 것을 본 자는 말하기를 "용은 본래 하늘에 있다." 하고, 내려온 것을 본 자는 "본래 밭에 있다." 하고, 못 속에 잠겨 있는 것을 본 자는 "본래 못에 있다." 할 것이니, 이 어찌 참으로 용을 아는 자이겠는가?[3]

---

2 문적(聞篓) :『전당시(全唐詩)』에 장순(張巡)의 시 두 편이 실려 있는데, 하나는 「문적(聞笛)」이며 다른 하나는 「수수양작(守睢陽作)」이다. 「문적」에서는 "높은 성 위에서 굽어보니 오랑캐 기병들 성 북쪽으로 기어오르네. 풍진의 색깔 구별하지 못하니 어찌 천지의 마음 알까? 영문 열리자 변방의 달 가까이 보이고 괴로운 전쟁에 먹구름이 깊다. 아침저녁으로 누대에 오르는데 멀리서 피리 소리 들려오네.〔岧嶢試一臨, 虜騎附城陰. 不辨風塵色, 安知天地心. 營開邊月近, 戰苦陣雲深. 旦夕更樓上, 遙聞橫笛音.〕" 하였으며, 「수수양작」에서는 "봄철 이후로 힘들게 접전하니 외로운 성은 점점 위태로워지네. 포위망은 달무리인 양 좁혀오는데 방어를 어리진(魚麗陣) 치듯 치밀하게 하네. 종종 전쟁의 누런 먼지 일어나는 것 싫어 때때로 백우선(白雨扇) 흔든다네. 상처 싸매었지만 출전하며 피눈물 삼키면서 다시 성첩에 오른다네. 충심과 신의는 필시 대적하기 어려울 터, 굳은 지조 참으로 변하기 어려워라. 천자에게 알릴 사람 없으니 이 심정 어디에 펼까?〔接戰春來苦, 孤城日漸危. 合圍俤月暈, 分守若魚麗. 屢厭黃塵起, 時將白羽揮. 裹瘡猶出陣, 飮血更登陴. 忠信應難敵, 堅貞諒不移. 無人報天子, 心計欲何施.〕" 하였다.『御定全唐詩 卷158 張巡』적(篓)은 적(笛)과 통한다.

3 용이……자이겠는가 :『주역』「건괘(乾卦)」효사(爻辭)에 "초구는 못에 잠겨 잇는 용이니 쓰지 말아야 한다. 구이는 나타난 용이 밭에 있으니 대인을 만나봄이 이롭다. 구삼은 군자가 종일토록 힘쓰고 힘써 저녁까지도 두려워하면 위태로우나 허물이 없으리라. 구사는 혹 뛰어오르거나 연못에 있으면 허물이 없으리라. 구오는 나는 용이 하늘에 있으니 대인을 만나봄이 이롭다. 상구는 끝까

　　제봉이 별세한 지 22년인데, 그 아들 용후用厚[4] 씨가 기조騎曹의 낭
관[5]으로 있으면서 그의 시 약간 편을 소매에 넣어가지고 내 집에 이르
러 나에게 판각해 줄 것을 부탁하였다. 그리고 말하기를, "선친께서
일찍이 '시가 많다 하더라도 출판하여 세상에 전하는 것은 4, 5권을
넘지 않는 것이 좋다.' 하셨으니, 선친의 뜻을 따르기를 원합니다." 하
였다. 내가 참람함을 헤아리지 않고 산정刪定하여 일가一家의 말(글)을
만들었는데, 다음 해에 또다시 한마디 말을 책머리에 써 줄 것을 청하
였다. 아! 고군高君은 또 무엇을 취할 점이 있기에 나에게 이렇게 간곡
하게 부탁한단 말인가?

　　나는 죄로 버려져서 물러나 노원蘆原에 살고 있는데[6] 복정산覆鼎山[7]
과 도봉산道峯山이 앞과 왼쪽에 병풍처럼 서 있고, 유암산流巖山과 수락
산水落山이 오른쪽과 뒤에 숲처럼 서 있으며, 중간에 널찍한 바위가 있
어 물소리가 쟁쟁하게 울린다. 바람이 조용하고 비가 개일 때마다 각
건角巾을 쓰고 바위에 걸터앉으면 시원한 물소리와 푸른 산이 귀와 눈
과 상의하여 마치 조물주와 더불어 대지 위에서 노는 듯하다.[8] 공의

지 올라간 용이니, 뉘우침이 있으리라.〔初九. 潛龍, 勿用. 九二. 見龍在田, 利見大人. 九三. 君子終日
乾乾, 夕惕若, 厲, 無咎. 九四. 或躍在淵, 无咎. 九五. 飛龍在天, 利見大人. 上九. 亢龍, 有悔.〕"
하였다.

4　용후(用厚) : 고용후(高用厚 1577, 선조10∼1652, 효종3)로, 자가 선행(善行), 호가 청사(晴
沙), 고경명의 여섯 째 아들이다. 문집에 『청사집(晴沙集)』이 있다.

5　기조(騎曹)의 낭관 : 기조는 병조로, 기성(騎省)이라고도 한다. 고용후는 광해군 6년(1614) 2월
15일과 동년 7월 24일에 병조정랑에 제수되었다. 『光海君日記(중초본) 6年 2月 15日 2번째 기사,
7月 24日 8번째 기사』

6　나는……있는데 : 이항복은 광해군 5년(1613) 6월에 역적 정협(鄭浹)을 변방의 수령으로 추천한
일 때문에 좌의정에서 체차되었다. 『光海君日記(정초본) 5年 6月 15日 7번째 기사』

7　복정산(覆鼎山) : 『동악선생집(東岳先生集)』 주(註)에 의하면 복정산은 곧 삼각산(三角山)이라
한다. 『東岳先生集 卷11 月城錄 七月初一日』

시가 간행되기를 기다려 나의 푸른 바위 책상 위에 놓고 읽으면 남은
메아리 소리가 크게 울려 여러 골짜기가 모두 울릴 것이니, 이 시를
만 번을 왼다면 삼천三天[9]에 오르는 자가 부럽지 않으리라.

만력萬曆 갑인년(1614, 광해군6) 7월 아무 날에 오성부원군 이항복
은 삼가 쓰다.

유운룡(柳雲龍)

1539년(중종34)~1601년(선조34). 자는 응견(應見), 호는 겸암(謙菴), 본관은 풍산(豐山), 퇴계(退溪)의 문인이다. 어릴 때부터 총명하여 모든 경사(經史)를 통독함으로써 사문(斯文)의 촉망을 받았다. 길재(吉再)의 묘역을 정화하고 사우(祠宇)와 서원을 지어 유학의 진흥책을 도모하여 그를 칭송하는 송덕비가 세워지기도 하였다. 광흥창 주부(廣興倉主簿), 한성부 판관(漢城府判官), 평시서 령(平市署令), 사복시 첨정(司僕寺僉正) 등을 두루 역임하였다. 1592년 임진왜란이 일어나자 동생인 영의정 유성룡(柳成龍)이 선조에게 그를 해직시켜 어머니를 구출하도록 읍소하니, 이 건의가 받아들여져 어머니를 비롯한 온 가족이 모두 무사하게 되었다. 시호는 문경(文敬)이다.

겸암집(謙菴集)

저자의 시문은 동생 유성룡이 12권으로 편집하여 노경임(盧景任)의 하상(河上) 우소(寓所)에 두었는데, 1605년(선조38) 홍수에 떠내려가 대부분 망실되었다. 이에 증손 유세철(柳世哲)이 시문을 수습하여 4권으로 정고본(定稿本)을 만들고, 저자의 종손 유원지(柳元之)와 증손 유세명(柳世鳴)이 함께 교정을 하였는데, 간행되지는 못하였다. 그 후 6세손 유영(柳泳)이 이 정고본을 이광정(李光庭)의 교정을 거쳐 1742년(영조18)에 4권 2책의 목판으로 간행하니, 이것이 초간본이다. 1803년(순조3)에 종손 유종목(柳宗睦)과 7대손 유상춘(柳象春) 등이 초간본을 증보하여 8권 4책의 목판으로 중간하였으며, 1834년에 문경(文敬)이란 시호가 내려지자 연보에 이 사실을 기록하고 홍석주(洪奭周)가 지은 시장(諡狀)과 순조의 사제문(賜祭文)을 넣어서 추각(追刻)하였다. 1972년에는 후손 유시익(柳時益)과 유병하(柳秉夏) 등에 의해 3권 1책의 석인본(石印本)으로 별집이 간행되었다. 본 서문은 1803년 중간본에 실린 것으로, 규장각장본이다.

이광정(李光庭)

1674년(현종15)~1756년(영조32). 자는 천상(天祥), 호는 눌은(訥隱), 본관은 원주(原州)로, 조선 후기의 은일사(隱逸士)이다. 1696년(숙종22) 진사가 되었으며, 영조 때에 참봉(參奉)·감역(監役)·세마(洗馬)로 제수되었으나 모두 나아가지 않았다. 조현명(趙顯命)이 경상도 관찰사로 있을 때 지방에 학문과 교화를 일으키고자 많은 선비를 뽑았는데, 그를 스승으로 모셔 안동부 훈도장(安東府訓都長)으로 삼았다. 조정에서 효렴(孝廉)을 천거하라 하였을 때 조현명이 그를 문학과 행의(行誼)가 산남(山南 영남)의 제일이라고 천거하였고, 뒤에 김재로(金在魯)가 영백(嶺伯)으로서 조정에 들어가 또 천거하여 후릉참봉(厚陵參奉)을 제수하였는데, 서경덕(徐敬德)과 성수침(成守琛)이 그 자리를 사양하였음을 알고 병을 핑계로 물러났다. 그 뒤 장릉참봉(莊陵參奉)을 제수 받았지만 끝내 사양하였다. 당시 재상이던 조영국(趙榮國)은 그가 문장과 학술에 중망이 있었음에도 여러 차례의 관직 제수를 사양하고 산림에 묻혀 후학을 교수한 점을 높이 평가하여, 6품직 하사를 건의하여 왕의 허락을 얻었다. 영남 문원(文苑)의 모범이며 세교(世敎)를 떨쳤던 인물로 전해온다. 저서에『눌은문집(訥隱文集)』·『칠공자전(七公子傳)』이 있다.

【 19. 겸암선생집 서 】

謙菴先生集序

이광정 李光庭 ——————

謙菴先生之集이 未行於世러니 今年春에 先生六世孫泳氏 手遺卷하야 詣光庭曰 先祖棄斯世가 百四十有一年이라 其遺文이 不爲少로되 荐(천)以兵荒水蟄하야 散佚幾盡하고 今其存者는 曾王考員外公所裒輯而編次者 若干卷耳라 先祖從孫拙齋公과 泳從曾祖寓軒公이 竝加校正이나 未及刊而相繼不幸하야 爲諸祖諸父之遺恨이라 今不肖等이 深懼其寖遠寖訛하야 遂湮沒無傳也하야 將以就刊於先祖之墳菴하노니 願吾子之有所訂正하고 而且惠以弁卷首者하노이다

光庭瞿然曰 余何敢當이리오 余何敢當이리오 先生之言行은 有省克翁之狀과 季先生之誌와 澤堂大(太)學士之銘이요 其遺卷은 又經拙齋, 寓軒二先生之是正이며 而金鶴沙先生이 實跋其後하니 可謂無餘憾矣라 光庭이 眇然一後生으로 何敢畫蛇足焉이리오

泳氏作而言曰 是固然矣나 然自吾先으로 未嘗忘斯役也라 累世之所

未遑者를 今就於不肖等하니 其顚末을 不可無識(지)也요 又遺編이 雖累經讎校나 傳寫之際에 豈得無訛리오 不有以更定之면 恐無以入梓而信諸後也라하니 光庭이 不敢違하야 謹就元藁하야 略加校訂하니 凡詩三十三이요 書四十四요 疏一, 記二요 雜著六이요 祭文三이요 陶山葬時記事一이요 附錄에 年譜, 狀, 誌, 銘, 挽, 祭文共四卷이니 先生之文이 十不一二存也라

先生이 與弟西厓先生으로 早游陶山之門하니 今讀退陶集中所與先生書及詩하면 其所以奬許而期待者甚深이라 想其平日往還文字 非止一二요 而先生이 與季先生으로 同志同業하야 相爲知己하야 金昆玉友가 塤(훈)唱箎(지)和하니 其出處離違之際에 憂時憂道하야 切磋而往復者 何但千百其篇이리오마는 而沒沒無一存하니 後死者 誠不能無恨이라 然이나 就其所存者하면 亦可以審先生立志之高와 爲學之篤과 行己之謙과 好問之誠이요 孝友以施諸家하고 忠信以加諸人하며 仁民以爲心하고 而濟時以爲急하야 不卑小官하고 職思其憂하야 躬疾苦하고 尙節義하야 見思於去後하고 而流聲稱於後世者 亦不待索之外而足이니 又奚多乎貴哉아

其文章이 嫺雅簡潔하고 溫厚惻怛하야 流出乎性情之正하야 而絶無文人菫血氣하야 隻字片言이 皆可爲世訓하니 信乎爲有德者之言이니 而韓子所謂仁義之人은 其言藹如也라 昔黃魯直太史 以光風霽月로 喩周茂叔先生이러니 至今學者 以是一言者로 想象濂溪胸次於千載之下하면 洒(쇄)然如復見其人이라 今讀先生祭先師文하면 眞所謂善觀善言者요 而中間數轉語는 深得有道者氣象하야 直可與黃太史一語로 同爲千古之名言하니 後之學者 欲尋先師於容貌辭氣之間而不可得이어든 忽讀先生數句語하면 怳然醒然하야 如親承謦欬於燕申威儀之際也리니 其興起學者而有功於斯文이 爲如何哉아 先生之學之所至를

亦可以窺見其一端也리라 若夫先生之始終은 則已具於諸先生之所
論著하니 非光庭所敢言이요 亦無待於言之也니라
上之十八年壬戌二月上浣에 後學平原李光庭은 謹書하노라

　겸암 선생의 문집이 세상에 간행되지 못했는데, 금년 봄에 선생의
6세손인 영씨泳氏[1]가 유권遺卷을 손에 들고 나에게 찾아와 다음과 같이
말하였다.

　"선조께서 세상을 버리신 지 141년이 되었습니다. 그 유문이 적지
않으나 병란과 수재가 겹쳐서 산일되어 거의 없어지고 지금 남아 있
는 것은 증조이신 원외공員外公[2]께서 모아 편집한 몇 권뿐입니다. 선
조의 종손從孫이신 졸재공拙齋公[3]과 저의 종증조從曾祖이신 우헌공寓軒
公[4]께서 모두 교정하였으나 미처 간행하지 못하고 서로 뒤이어 불행
하게 별세하시어 제조諸祖와 제부諸父의 한이 되었습니다. 이제 불초
등은 시간이 멀어질수록 점점 더 오류가 생겨서 마침내 매몰되어 전
함이 없게 될까 매우 두려워 장차 선조의 재실에 나아가 간행하고자

---

1 영씨(泳氏) : 유영(柳泳 1687, 숙종13∼1761, 영조37)으로, 자는 덕유(德游)·학가(學可), 호
는 양진당(養眞堂)이다. 『풍산류씨세보(豊山柳氏世譜)』를 창간하였고 초야에서 여생을 마쳤다.

2 원외공(員外公) : 원외(員外)는 6조의 낭관(郞官)을 이르는 말로, 공조좌랑을 역임했던 유세철(柳
世哲 1627, 인조5∼1681, 숙종7)을 이른다. 자는 자우(子愚), 호는 회당(晦堂)으로, 유원지(柳元之)
의 문인이다.

3 졸재공(拙齋公) : 졸재(拙齋)는 유원지(柳元之 1598, 선조31∼1678, 숙종4)의 호로, 초명은
경현(景顯), 자는 장경(長卿), 유성룡(柳成龍)의 손자이다. 효종의 복상문제에 송시열(宋時烈)의
기복제(朞服制)를 부인하고 3년설을 주장하였다.

4 우헌공(寓軒公) : 우헌(寓軒)은 유세명(柳世鳴 1636, 인조14∼1690, 숙종16)의 호로, 자는
이능(爾能)이다. 운룡(雲龍)의 증손이고 원리(元履)의 아들이며, 유원지(柳元之)의 문인이다.

하오니, 공께서는 교정해 주시고 또 책머리에 글을 남겨 주시기를 원합니다."

나는 크게 놀라 말하였다.

"내 어찌 감히 이것을 감당하겠는가? 어찌 감히 감당하겠는가? 선생의 말씀과 행실은 성극옹省克翁[5]의 행장과 계 선생季先生[6]의 묘지문과 택당澤堂 태학사太學士[7]의 명문이 있고, 그 유권遺卷은 또 졸재拙齋와 우헌寓軒 두 선생의 수정을 거쳤으며, 김학사金鶴沙[8] 선생이 실로 그 뒤에 발문을 썼으니, 여한이 없다고 이를 만하다. 나는 보잘것없는 한 후생인데 어찌 감히 뱀의 발을 그린단 말인가?"

이에 영씨泳氏가 일어나 말하였다.

"참으로 옳으신 말씀입니다. 그러나 우리 선조 때부터 이 판각하는 일을 잊은 적이 없었는데, 여러 대 동안 미처 하지 못한 것을 이제 불초 등에게서 이루게 되니, 그 전말을 기록하지 않을 수 없습니다. 또 유편遺編이 여러 차례 교정을 거쳤으나 전사傳寫하는 즈음에 어찌 오류가 없겠습니까? 이것을 개정하지 않으면 상재上梓 했을 때 후세가 신뢰하지 않을까 염려스럽습니다."

나는 감히 그 말을 어기지 못하여 삼가 원고元藁를 가지고 간략히

---

5 성극옹(省克翁) : 성극(省克)은 김홍미(金弘微 1557, 명종12~1604, 선조37)의 호인 성극당(省克堂)을 줄여서 말한 것으로, 자는 창원(昌遠), 본관은 상주(尙州)이며, 조식(曺植)과 유성룡(柳成龍)의 문인이다.

6 계 선생(季先生) : 겸암의 동생 유성룡(1542, 중종37~1607, 선조40)을 이른다.

7 택당(澤堂) 태학사(太學士) : 택당은 이식(李植 1584, 선조17~1647, 인조25)의 호로, 자는 여고(汝固), 본관은 덕수(德水)이며, 이행(李荇)의 현손이다. 태학사는 대제학을 가리키는 바, 이식은 1638년(인조16)에 대제학을 역임하였다.

8 김학사(金鶴沙) : 학사(鶴沙)는 김응조(金應祖 1587, 선조20~1667, 현종8)의 호로, 자는 효징(孝徵), 다른 호는 아헌(啞軒)이다. 유성룡·장현광(張顯光)의 문인이다.

교정하였는데, 무릇 시 33수, 서書 44편, 소疏 1편, 기記 2편, 잡저 6편, 제문 3편, 도산陶山(이황李滉)을 장례할 때의 기사가 1편이며, 부록은 연보·행장·묘지명·만장·제문을 모아서 모두 4권으로, 선생의 글이 열에 한두 가지밖에 보존되지 못한 것이었다.

선생은 아우 서애西厓(유성룡柳成龍) 선생과 일찍부터 도산의 문하에 유학하였으니, 지금 『퇴계집退溪集』 가운데 선생에게 주신 편지와 시를 읽어보면 그 장려하고 기대한 것이 매우 깊다. 생각건대 평소에 왕복한 글이 한두 편에 그치지 않을 것이요, 선생은 계季 선생과 뜻을 같이하고 학업을 함께하여 서로 지기知己가 되어서 금옥과 같은 형제가 질나팔을 불면 피리가 화답하듯〔塤唱箎和〕하였으니, 그 출사出仕하고 은둔하는 즈음에 세상을 걱정하고 도를 걱정하며 절차탁마하여 왕복한 글이 어찌 다만 천 편이요 백 편일 뿐이겠는가? 그런데 모두 없어지고 하나도 남아 있는 것이 없으니, 뒤에 죽는 내가 진실로 여한이 없을 수 없다.

그러나 그 남아 있는 것을 가지고라도 또한 선생의 입지立志의 높음과 학문의 독실함과 행실의 겸손함과 묻기를 좋아하는 정성을 알 수 있다. 효도와 우애로써 가정에 베풀고 충신忠信으로써 남을 대하고 백성을 사랑하는 것을 마음으로 삼고 세상을 구제하는 것을 급한 일로 여겨서, 작은 관직을 하찮게 여기지 않고 직책을 맡으면 그 근심을 다하여 백성들의 고통을 제거하고, 절의를 숭상해서 벼슬하고 떠나간 뒤에도 백성들에게서 사랑을 받고 명성과 칭찬이 후세에까지 전해짐을 또한 밖에서 찾을 필요가 없이 충분히 알 수 있다. 그러니, 또 어찌 많음을 귀하게 여기겠는가?

문장은 고아하고 간결하며 온후하고 측달惻怛해서, 성정의 바름에서 흘러 나와 문인의 속된 기운이 전혀 없다. 그리하여 한 글자와 한

말씀도 모두 세상의 교훈이 될 만하니, 참으로 덕이 있는 자의 말씀이
라 할 것이요, 한자韓子의 이른바 ‘인의仁義의 사람은 그 말에서 정감이
물씬 풍겨 나온다.’는 것이다.[9]

옛날 황노직 태사黃魯直 太史[10]는 광풍제월光風霽月로 주무숙周茂叔
선생을 비유하였는데,[11] 이제 배우는 자가 이 한마디 말로써 염계濂溪
의 가슴속을 천 년 뒤에 상상해 보면 깨끗하여 다시 그 사람을 보는
듯하다.

이제 선생이 퇴계 선생에게 올린 제문을 보면 참으로 이른바 ‘선생
을 잘 관찰하고 덕행을 잘 말했다.’[12]는 것이니, 중간의 몇 번 돌린 말
씀은 도를 가진 사람의 기상을 깊이 얻었다. 그야말로 황태사의 한마

---

9 한자(韓子)의……것이다 : 한자는 한유(韓愈)를 가리킨다. 이 내용은 「답이익서(答李翊書)」 중에
보인다.

10 황노직 태사(黃魯直太史) : 노직(魯直)은 황정견(黃庭堅 1045~1105)의 자이며, 태사(太史)는
사관(史官)을 가리킨다. 호는 산곡(山谷), 홍주(洪州) 분녕(分寧) 출신이다. 시인으로서의 명성이
높았으며 스승인 소식(蘇軾)과 나란히 송대(宋代)를 대표하는 시인으로, 학식에 의한 전고와 수련을
거듭한 조사(措辭)를 특색으로 한 강서파(江西派)의 시조이기도 하다. 글씨 또한 뛰어나 채양(蔡襄)·
소식·미불(米芾)과 함께 북송 4대가의 한 사람으로 일컬어진다.

11 광풍제월(光風霽月)로……비유하였는데 : 무숙(茂叔)은 주돈이(周敦頤 1017~1073)의 자로,
호는 염계(濂溪)이다. 황정견(黃庭堅)은 「염계시서(濂溪詩序)」에서 “주무숙은 인품이 매우 높고
가슴속이 깨끗하여 광풍제월과 같다.” 하였는데, 광풍제월은 시원한 바람과 비 개인 뒤의 깨끗한
달을 가리킨다.

12 선생을……말했다 : 『논어』 「학이(學而)」에 “자금이 자공에게 물었다. ‘부자께서는 이 나라에
이르셔서는 반드시 그 정사를 들으시니, 구해서 되는 것입니까? 아니면 주어서 되는 것입니까?’
자공이 말하였다. ‘부자는 온순하고 어질고 공손하고 검소하고 겸양하여 이것을 얻으시는 것이니,
부자의 구하심은 일반인이 구하는 것과는 다를 것이다.〔子禽問於子貢曰 夫子至於是邦也, 必聞其政,
求之與? 抑與之與? 子貢曰 夫子溫良恭儉讓以得之. 夫子之求之也, 其諸異乎人之求之與.〕” 하였는
데, 사량좌(謝良佐)는 이르기를 “배우는 자들이 성인의 위의의 사이에서 관찰하면 또한 덕에 나아갈
수 있을 것이다. 자공과 같다면 또한 성인을 잘 관찰했다고 이를 것이요, 또한 덕행을 잘 형용했다고
이를 수 있을 것이다.〔學者觀於聖人威儀之間, 亦可以進德矣. 若子貢, 亦可謂善觀聖人矣, 亦可謂善
言德行矣.〕” 하였다.

디와 함께 천고의 명언이라 할 것이다. 뒤에 배우는 자가 용모와 사기辭氣의 사이에서 선사先師(이황)를 찾고자 하나 찾지 못했을 때 문득 선생의 몇 마디 제문을 읽어보면 황연怳然히 깨어난 듯해서 편안히 거처하고 위의를 챙기시는 즈음에 직접 가르침을 받는 듯할 것이니, 배우는 자를 흥기시켜 사문斯文에 공이 있음이 어떠한가? 선생의 학문이 이른 경지의 일단을 또한 엿볼 수 있을 것이다.

선생의 시종始終으로 말하면 이미 여러 선생의 논저에 자세히 나와 있으니, 내가 감히 말할 바가 아니요, 또한 굳이 말할 필요도 없다.

상(영조)의 18년(1742) 임술 2월 상순에 후학 평원平原[13] 이광정은 삼가 쓰다. ✿

---

13 평원(平原) : 강원도 원주(原州)의 옛 이름이다.

이정립(李廷立)

1556년(명종11)~1595년(선조28). 자는 자정(子政), 호는 계은(溪隱), 본관은 광주(廣州), 봉호는 광림군(廣林君)이며, 이이(李珥)·성혼(成渾)의 문인이다. 1582년(선조15) 수찬(修撰)으로 있을 때, 대제학 이이에게 추천되어 이덕형(李德馨)·이항복(李恒福)과 함께 경연에서 『통감강목(通鑑綱目)』을 시강하여 삼학사(三學士)의 한 사람으로 칭송을 받았으며, 이듬해 사가독서(賜暇讀書)하였다. 1595년에 한성부 좌윤, 황해도 관찰사를 역임하였고 광림군(廣林君)에 봉하여졌다. 뒤에 영의정에 추증되었다. 시호는 문희(文僖)이다.

계은유고(溪隱遺稿)

저자의 시문은 두 차례의 왜란을 겪으면서도 비교적 잘 보전되었는데, 이것을 아들 이진담(李眞聃)이 수집하여 이항복(李恒福)의 편차·수사(手寫)까지 받았으나 이항복이 세상을 떠남으로써 간행되지 못하였다. 이 정고본을 이항복의 아들 이성남(李星男)이 보관해 두었는데, 그 뒤 이성남의 증손 이광좌(李光佐)가 이를 수습하였지만 이미 호란(胡亂) 등의 병화를 겪으면서 많은 부분이 유실된 상태였다. 이광좌는 송시열(宋時烈)이 지은 시장(諡狀)을 첨부하여 1708년(숙종34) 전라도 관찰사 겸 전주부윤(兼全州府尹)으로 있을 때 권을 나누지 않은 1책의 목판으로 간행하였다. 본 서문은 이 초간본에 실린 것으로, 국립중앙도서관장본이다.

이항복(李恒福)

1556년(명종11)~1618년(광해군10). 자는 자상(子常), 호는 백사(白沙)·필운(弼雲)·청화진인(淸化眞人)·동강(東岡)·소운(素雲), 본관은 경주(慶州)로, 이몽양(李夢亮)의 아들이며 권율(權慄)의 사위이다. 어렸을 때, 훗날 함께 재상이 된 이덕형과 돈독한 우정을 유지하여 오성(鰲城)과 한음(漢陰)의 일화가 오랫동안 전하게 되었다. 광해군이 즉위한 후에도 정승의 자리에 있었으나 대북파(大北派)들과는 정치적 입장이 달랐으며, 1617년(광해군9)에 이이첨(李爾瞻) 등이 주도한 폐모론(廢母論)에 적극 반대하다가 1618년에 삭탈관직 되었다. 이후 북청(北靑)으로 유배되었다가 그곳에서 죽었다. 사후에 복관되고 청백리(淸白吏)에 녹선 되었다. 저서에 『백사집(白沙集)』·『북천일록(北遷日錄)』·『사례훈몽(四禮訓蒙)』 등이 있다. 시호는 문충(文忠)이다.

【 20. 계은유고 서 】

溪隱遺稿序

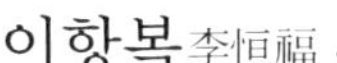

이항복 李恒福 —————

子政歿이 已二十有三年이니 再經兵火로되 其遺文이 稍稍傳於世라 凡
國家秘府典籍이 擧爲灰燼이로되 而獨此書未泯하니 比之秦火之餘에
孔壁啓而虞夏之文出焉하야 人爭覩之爲快라 嘗聞程叔子之言호니 曰
辭欲文이니 文則愛하고 愛故傳이라하니 信哉라

一日에 其胤子眞聃이 來示余曰 與吾父游而久且詳者는 宜莫如丈人
하니 乞爲我剞劂之하고 且以一言弁其首하야 以俟來世하소서 余遂受而
讀之하니 其立言遣辭 無非吾儕觴詠之遺迹이어늘 而其人與事 一無
存者하고 唯余一人이 孑然獨存하니 如滄桑百變이나 而老仙不死하고
笑撫金狄하야 閱萬古而興喟者니 良是異事라

子政이 於物에 無所好하야 其於聲色玩好와 生産作業에 猶稚兒然이로
되 至於書하야는 若嗜欲하야 每日子後에 必整襟誦讀하야 不知日之早
暮하고 平生所著書甚多라 嘗自言曰 古人淫書 未有致多如我라하더니

今其存者는 蓋乃十一於千百이니 特管豹一斑이니 噫라

萬曆丁巳首秋에 東崗老人은 序하노라

　자정子政이 죽은 지 이미 23년이 되었다. 두 번의 병화兵火[1]를 겪었으나 그 유문遺文이 차츰차츰 세상에 전해져서, 국가의 비부祕府에 있는 모든 전적들이 거의 잿더미가 되었지만 유독 이 책은 없어지지 않았으니, 비유하면 진秦나라의 분서갱유焚書坑儒 뒤에 공벽孔壁이 열려 우虞·하夏의 글이 나온 것과 같아서[2] 사람들이 다투어 보고 유쾌하게 여긴다. 내 일찍이 들으니, 정숙자程叔子(정이程頤)께서 "사辭는 문채나고자 하니, 문채나면 사랑스럽고 사랑스럽기 때문에 후세에 전한다." 하였는데, 참으로 옳은 말씀이다.

　하루는 그의 아들 진담眞聃이 와서 나에게 책을 보여주며 말하기를, "아버지와 오랫동안 교유하시고 또 자세하게 아는 분은 장인丈人만한 분이 없으니, 저를 위해 판각해 주시고 또 한마디 말씀을 책머리에 써서 후세에 영광스럽게 해 주시기를 원합니다." 하였다.

　내 마침내 받아서 읽어 보니, 글을 쓰고 말을 구사한 것이 우리가 함께 술 마시며 시를 읊조리던 유적遺迹 아닌 것이 없었다. 그러나 그 사람과 일은 하나도 남아 있는 것이 없고 오직 나 한 사람만이 외로이

1　두……병화(兵火) : 임진왜란(1592)과 정유재란(1597)을 가리킨다.

2　공벽(孔壁)이……같아서 : 공벽은 공씨(孔氏) 집안의 벽을 이르며, 우(虞)·하(夏)의 글은 『고문상서(古文尙書)』를 가리킨다. 『상서(尙書)』는 「우서(虞書)」·「하서(夏書)」·「상서(商書)」·「주서(周書)」로 이루어져 있으며, 과두문자(蝌蚪文字)로 기록되었기 때문에 『고문상서』라 한 것이다. 전한(前漢) 경제(景帝) 때에 노공왕(魯恭王)이 집을 확장하기 위하여 집의 벽을 허물다가 과두문자로 기록된 많은 전적들을 발굴하게 되었는데, 이때 『고문상서』 16편을 얻었다고 한다.

홀로 "남아 있어, 마치 창상滄桑이 백 번 변하였으나 늙은 신선은 죽지 않고 웃으면서 금적金狄을 어루만지고 만고의 세월을 지나면서 탄식을 일으킨 것[3]과 같으니, 참으로 기이한 일이다.

자정은 사물에 좋아하는 바가 없었다. 그리하여 음악과 여색·완호 玩好와 가산·생업에 있어서 어린아이와 같았으나, 책에 있어서는 기 욕嗜欲과 같이 여겨 매일 자시子時가 된 뒤에는 반드시 옷깃을 여미고 책을 꺼내어 읽어서 해가 뜨는지 지는지를 알지 못하였다. 평소에 저술한 것이 매우 많아 일찍이 스스로 말하기를, "옛 사람 중에 쓰는 것을 좋아하여 나처럼 많이 이룬 자가 없다." 하였는데, 지금 남아 있는 것은 겨우 천에 열, 백에 하나일 뿐이니, 다만 대롱으로 표범가죽 무늬의 한 반점만 엿보는 것[4]이다. 아! 슬프다.

만력萬曆 정사년(1617, 광해군9) 수추首秋(음력 7월)에 동강노인東崗 老人은 쓰다.

---

3 늙은……것 : 늙은 신선은 후한 때의 계자훈(薊子訓)을 이른다. 금적(金狄)은 진시황(秦始皇) 26년에 함양(咸陽)에서 주조한 12개의 금인(金人)으로, 각각의 무게가 천 근이었다고 한다. 역도원 (酈道元 466?~527)의 『수경주(水經注)』에 의하면 위 문제(魏文帝) 황초(黃初) 원년(220)에 장안의 금적을 옮기다가 무거워 옮기지 못하고 그대로 패성(霸城) 남쪽에 두었다고 한다. 『후한서』에 "뒤에 어떤 사람이 장안 동쪽 패성에서 계자훈을 만났는데, 한 노인과 함께 동인을 어루만지며 서로 말하기를 '이 동상을 만드는 것을 본 뒤로 벌써 5백 년 가까운 세월이 흘렀다.'라고 하였다.〔後人復於 長安東霸城見之, 與一老公共摩挲銅人, 相謂曰 適見鑄此, 已近五百歲矣.〕"는 내용이 보인다. 『後 漢書 卷112下 方術列傳 薊子訓傳』

4 대롱으로……것 : 관표일반(管豹一斑)은 관중규표(管中窺豹)라고도 한다. 『세설신어』「방정(方 正)」에 "왕자경(王子敬)이 몇 살 안 되었을 때, 한번은 문생들이 저포놀이 하는 것을 구경하다가 이미 승부가 나 있는 것을 보고 말하기를 '남쪽 노래처럼 미약하여 상대가 되지 못하겠네요.' 하였다. 문생들이 그를 어린아이라고 깔보고 말하기를 '이 도령이 또한 대롱으로 표범을 보는 것이어서 때때로 표범 가죽 무늬의 한 반점만 보는구나!' 하였다.〔王子敬數歲時, 嘗看諸門生摴蒱, 見有勝負, 因曰 南風不競. 門生輩輕其小兒, 迺曰 此郎亦管中窺豹, 時見一斑.〕"는 내용이 보인다. 뒤에 이 말은 사물의 일부만을 보는 것을 비유하게 되었다. 왕자경의 자경(子敬)은 왕헌지(王獻之)의 자이다.

이덕형(李德馨)

1561년(명종16)~1613년(광해군5). 자는 명보(明甫), 호는 한음(漢陰), 본관은
광주(廣州)이며 영의정 이산해(李山海)의 사위이다. 1580년(선조13) 별시문과에
을과로 급제하여 승문원의 관원이 되었다. 1583년에 사가독서(賜暇讀書)하였으며,
1591년에 예조참판이 되어 대제학을 겸하였다. 1592년 임진왜란이 일어나자 정주
(定州)까지 왕을 호종하였고, 청원사(請援使)로 명나라에 파견되어 명군의 파병을
성취시켰다. 1597년 정유재란이 일어나자 명나라 어사 양호(楊鎬)를 설복시켜 서울
의 방어를 강화하는 한편 스스로 명군과 울산까지 동행하여 그들을 위무(慰撫)하였다.
1604년 이항복(李恒福)이 호성공신(扈聖功臣)에 녹훈할 것을 건의하였으나 본인의
사양과 시기하는 자의 반대로 책록되지 못하였다. 1613년(광해군5) 이이첨(李爾瞻)
의 사주를 받은 삼사(三司)에서 영창대군(永昌大君)의 처형과 폐모론(廢母論)을
들고 나오자 이항복과 함께 이를 극력 반대하다가 관직을 삭탈당하였다. 그 뒤 용진(龍
津)으로 물러가 국사를 걱정하다가 병으로 죽었다. 시호는 문익(文翼)이다.

한음집(漢陰集)

집안에서 보관하고 있던 초고를 아들인 상주목사(尙州牧使) 이여규(李如圭)가 선
산부사(善山府使) 이여황(李如璜)과 함께 간행을 도모하다가 1633년에 이여황
이 세상을 떠나자 이여규가 단독으로 1634년(인조12) 상주에서 8권의 목판으로
간행하였는데, 이것이 초간본이다. 그 뒤 손자 이상진(李象震)이 기거주(起居注)
가 되어 『승정원일기(承政院日記)』에서 이덕형의 유문(遺文)을 얻은 일을 계기
로, 이여규의 외손 이송령(李松齡)이 상주목사로 있을 때 문집의 간행을 도모하
였으나 세상을 떠나 중단되었다. 이에 손자 이상정(李象鼎)이 다시 간행을 도모,
『승정원일기』에서 얻은 소차(疏箚)와 계사(啓辭) 등을 더 수집하여 1668년(현
종9)에 조경(趙絅)의 서문을 받아 상주에서 12권의 목판으로 중간하였다. 뒤이
어 1869년경에 연보·비지(碑誌)·행장 등을 엮어 만든 부록이 간행되었으며,
1930년에는 12대손 이태순(李台淳)·이대순(李大淳)과 13대손 이근옥(李根鎏)
등이 중간본을 보완하여 부여(扶餘)에서 12권의 목판으로 간행하였다. 본 서문은
1668년에 간행된 중간본에 실린 것으로, 규장각장본이다.

조경(趙絅)

1586년(선조19)~1669년(현종10). 본관은 한양(漢陽), 자는 일장(日章), 호는
용주(龍洲)·주봉(柱峯)이며 윤근수(尹根壽)의 문인이다. 1623년 인조반정 후 유
일(遺逸)로 천거되어 여러 관직을 역임했다. 병자호란 때는 척화(斥和)를 주장했으
며, 이조판서로 있을 때는 관리 등용에 공정을 기해 명망을 얻었다. 1650년(효종1)
에 청나라 사문사(査問使)의 척화신(斥和臣) 처벌 요구로 인해 영의정 이경석(李景
奭)과 함께 의주(義州) 백마산성(白馬山城)에 안치되었다. 이듬해 풀려나와 1653
년 회양부사(淮陽府使)를 지내고 은퇴, 행 부호군(行副護軍)이 되어 1658년 기로
소(耆老所)에 들어갔다. 숙종 때 청백리에 녹선 되었고, 글씨도 잘 썼다. 저술에
『용주유고(龍洲遺稿)』·『동사록(東槎錄)』이 있다. 시호는 문간(文簡)이다.

【21. 한음문고 서】

漢陰文稿序

조경趙絅

不佞絅이 甲辰歲에 猥撰先生墓隧之碑러니 其後五年에 先生賢孫戶部郎象鼎氏가 遣其子允迪하야 以告曰 祖父文集鋟梓旣하니 弁首之文을 執事不可以辭니이다 不佞復曰 前日杜撰樂石也에 狗馬之齒已滿八이어든 況進虖五載하니 則恃粥而生도 亦甚差事니 奚論文字上이리오 今世薦紳先生에 其無壯年健筆當之者乎아

象鼎氏猶執不改하야 數數然請不置하고 且曰 惟我祖父 錯質于國하야 夷險一節하야 帷幄運籌하고 造膝晉謨外에 不遑其他하야 絶無置稿傳後之計라 今不肖等이 縱不能襲訓趾美나 惟念祖父 左右(佐佑)宣廟하야 克成中恢功業하야 載之惇史 足矣니 眇末子孫이 何暇一二譚이리오 至若祖父平生種學績文하야 兀兀窮年하야 發爲著述하되 猶恐有聞者하야는 其可任其湮滅不稱哉아 不肖家嚴昪(昆)弟 用是爲懼하야 迺於囊篋中에 閱舊書호니 黕(암)昧就滅이 居什二三이라 適有天幸하야 先嚴

與季父 相後先守尙善일새 迺附剞劂氏하니 卷凡四나 唯以不全爲歎하야 補苴瑕漏를 不得不待異日이라

其後에 堂弟象震이 爲起居注하야 謄出銀臺日記하야 頗得祖父遺文하고 又幸李松齡이 爲尙牧하니 松齡은 我之自出也라 不待吾家勠屬하고 自秪(抵)力文集事하야 幾乎刊行이러니 不意松齡卽世하니 奈何乎天고 天豈不欲乎使吾先祖咳唾精神으로 復顯於此世耶아 不肖等이 相與悢恨而歸咎無處하야 遂相與彈(殫)心力하야 鳩成此集하니 雖曰泰山毫芒이나 抑可見天不慳(간)秘寶요 而少貰不肖等責矣니이다

於是에 不侫이 薰盥而窺其集하니 有韻之文이 三百有奇요 表, 箚, 啓, 辭, 敎書 百一十有奇요 獻議, 呈文이 如干有奇요 書, 牘이 九十有奇요 與唐將書七이요 答倭奴七이요 碑誌, 祭文, 雜著一卷이니 此非大集而何오 大冶鑪邊에 失一二點金인들 何傷이리오 世之專精爲文하야 歲磨月鍊하야 不失隻字者라도 較其富有하면 不知孰與多也라

漢陰先生文學은 性也라 卓然早成하야 二十에 登上第하야 掉鞅藝苑하니 人無不辟(避)三舍요 迨立之年하야 主盟文鼎하니 天下聞者 不獨豔其詞藻라 願一見其丰(방)儀之盛하니 詎不韙歟아 當龍蛇大難하야 竭忠盡智하야 惟命之從하니 楊鎬經理는 至貴倨也로되 曰 得李尙書하니 吾濟矣라하다 雀立秦庭에 無衣之賦 不竢終日하니 以是觀之하면 先生之嫺於詞 何讓屈, 左徒리오 燕, 許大手는 徒浮誇耳라 甲午八條獻策은 實再造吾東之藥石粱肉也라 宣廟獎以有過人之智하시니 明君知臣이 信이라

古人之言曰 充才曰學이요 趣識曰才라하니 識非知之府耶아 自古로 大人君子功業顯著者 孰不爲文이리오 論利害하고 達事情에 舍智奚適이리오 漢陰先生이 閑閑之智로 際會宣廟하시니 朝暮遇也라 不侫이 嘗耳剽先進談先生之文호니 文出六經이요 而資治, 春秋爲準繩하고 洛, 建

諸老言爲飣餖하며 詩는 自有德人深致하야 自成一家云이라 傳言三不
朽者를 吾於漢陰先生集에 得之로라
上之九年龍集戊申仲冬에 後學漢陽柱峰居士趙絅은 撰하노라

　내가 갑진년(1664, 현종5)에 외람되게 선생의 신도비를 지었는데,
그로부터 5년 뒤에 선생의 손자인 호부랑戶部郎 이상정李象鼎 씨가 아
들 윤적允迪을 보내어 나에게 말하기를 "조부님의 문집이 판각하는 것
이 끝났으니, 그 문집의 서문을 집사께서 사양해서는 안 됩니다." 하
였다.

　내가 대답하기를 "전날 비문을 두찬杜撰[1] 했을 때에도 내 나이가 이
미 80이었는데, 더구나 5년이 더 지났으니 내가 죽을 먹고 사는 것도
괴이한 일이다. 어찌 문자를 논할 수 있겠는가? 지금 세상에 벼슬하는
사대부들 중에 장년의 굳센 필력으로 이것을 담당할 자가 없겠는가?"
하였다.

　그러나 상정씨는 고집하며 뜻을 고치지 않고 여러 번 청하여 마지않
았다. 그리고 또 다음과 같이 말하였다.

　"우리 조부께서는 나라에 몸을 바치시어 좋을 때나 어려울 때나 한
결같은 지조로 유악帷幄[2]에서 계책을 세우고 임금님 앞에 나아가 훌륭
한 말씀을 아뢰는 것 외에 다른 것은 돌아볼 겨를이 없어서, 원고를
남겨 후세에 전할 계획은 전혀 하지 않으셨습니다. 지금 저희가 비록

---

[1] 두찬(杜撰) : 전거(典據)와 출처가 없이 억지로 글을 지었다는 것으로, 자신이 지었다는 것을 겸손
하게 표현한 말이다.
[2] 유악(帷幄) : 군막(軍幕)을 가리킨다.

가르침을 따르고 아름다움을 계승하지는 못하고 있으나, 다만 조부께서 선조대왕을 보좌하여 중흥의 공을 이루어서 그 공이 돈사惇史[3]에 기록되어 있는 것을 생각하면 이것으로 이미 충분하니, 보잘것없는 자손들이 어찌 한두 마디 말을 덧붙일 것이 있겠습니까?

그러나 조부께서 평소에 학문을 쌓아 꼿꼿하게 앉아 일생을 마치시면서 이렇게 쌓인 것이 발로되어 저술로 나타나게 되었지만 오히려 남에게 알려질까 우려하셨던 점은 어찌 그대로 매몰되어 일컬어지지 않게 할 수 있겠습니까? 저의 아버지〔家嚴〕 형제분[4]은 이 때문에 두려워하시어, 마침내 책 상자 속에서 옛 책들을 뒤져보니 시커멓게 그을려 없어져가는 것이 10분의 2,3을 차지하였습니다. 마침 천행으로 선친과 숙부께서 서로 앞서거니 뒤서거니 상주尙州와 선산善山의 목사와 부사가 되시니, 이에 이 책을 각수刻手에게 맡겼는 바 모두 4권이었습니다. 이때는 오직 책이 보전되지 못하는 것을 한스럽게 여겼기에 하자와 누락을 보완하는 것은 훗날을 기다리지 않을 수 없었습니다.

---

3 돈사(惇史) : 덕행이 있는 사람의 언행 기록을 말한다. 『예기』「내칙(內則)」에 "노인을 봉양하는 것은, 오제 때에는 그들의 덕행을 본받는 것에 치중하였고, 삼왕 시대에는 덕행을 본받는 것 외에 또 그들에게 좋은 말씀을 청하였다. 오제는 노인의 덕행을 본받아서 그들의 신체를 길러주기 위하여 훌륭한 말씀을 청하지 않고 그들에게 훌륭한 덕행이 있으면 기록하여 돈사(돈후한 덕행의 기록물)로 만들었다.〔凡養老, 五帝憲, 三王有乞言. 五帝憲, 養氣體而不乞言, 有善則記之爲惇史.〕"는 내용이 보인다.

4 아버지〔家嚴〕 형제분 :『주역』「가인(家人)」괘에 "집안사람 중에는 엄한 군장(君長) 노릇을 하는 사람이 있으니, 부모를 이른다.〔家人有嚴君焉, 父母之謂也.〕"라는 내용이 보이는 바, 엄군(嚴君)은 본래 부모를 가리키는 말이었으나 후대에 엄부자모(嚴父慈母)라는 말이 있게 되자 다른 사람에게 자신의 아버지를 칭하여 가엄(家嚴)이라 하고 어머니는 가자(家慈)라 칭하게 되었다. 형제분은 이상정(李象鼎)의 생부인 상주목사(尙州牧使) 이여규(李如圭)와 숙부인 선산부사(善山府使) 이여황(李如璜)을 가리킨다.

　그 후에 사촌 동생 이상진李象震[5]이 기거주起居注[6]가 되어서 『승정원일기承政院日記』를 등사해 내어 조부의 유문을 상당수 얻었고, 또 다행히 이송령李松齡[7]이 상주목사가 되었습니다. 송령은 우리 집안의 외손으로, 우리 집에서 독려하기를 기다리지 않고 스스로 문집의 일에 힘을 다하여 거의 간행하게 되었는데, 뜻밖에 송령이 세상을 떠나니 하늘의 뜻을 어찌하겠습니까? 하늘은 어찌하여 우리 할아버님의 해타咳唾와 정신을 다시 이 세상에 나타나게 하고자 하지 않으신단 말입니까? 저희는 함께 한스러워하였으나 허물을 돌릴 곳이 없었습니다. 마침내 마음과 힘을 다하여 함께 이 문집을 모아 이루니, 비록 태산의 터럭처럼 적지만 하늘이 진귀한 보물을 인색하게 감추지 않음을 볼 수 있고, 다소나마 저희의 책임을 면할 수 있게 되었습니다."

　이에 내가 향수로 손을 씻고 문집을 보니, 시가 3백여 수이고, 표表·차箚·계啓·사辭·교서敎書가 110여 편, 헌의獻議·정문呈文이 약간 편, 서書·독牘이 90여 편, 명明나라 장수에게 준 편지가 7통, 왜노倭奴에게 답한 편지가 7통, 비지碑誌·제문·잡저가 1권이었다. 이러하니, 이것이 큰 문집이 아니고 무엇이겠는가? 큰 대장장이의 화롯가에 한두 점의 금을 잃은들 어찌 문제될 것이 있겠는가? 세상에서 글을 짓는 데 온 정력을 바쳐서 해마다 연마하고 달마다 단련하여 한 글자도 잃

5　이상진(李象震) : 이여황의 아들이다.

6　기거주(起居注) : 예문관 검열을 말한다. 기거주는 원래 고려시대 문하성(門下省)·첨의부(僉議府)·도첨의사사(都僉議使司)·도첨의부(都僉議府)·문하부(門下府) 등에 딸린 5품 낭사(郎舍) 벼슬로, 태종 원년에 혁파되었다. 사관직(史官職)을 주로 하고 간쟁(諫爭)과 봉박(封駁)의 임무를 지닌 간관(諫官)의 역할도 수행하였는데, 예문관 검열은 9품이지만 사초(史草)를 꾸미는 일을 맡고 있기 때문에 이렇게 말한 것이다.

7　이송령(李松齡) : 이여규의 사위인 이기조(李基祚)의 아들을 이른다.

지 않은 자라도 그 문장의 풍부함을 비교한다면 누가 더 많을지 모르
겠다.

한음 선생의 학문은 천부적으로 타고난 것이었다. 탁월하게 학문을
일찍 이루어 20세에 높은 등수로 급제하여 문단에서 기량을 조용히
드러내니,[8] 삼사三舍[9]를 피하지 않는 사람들이 없었다. 30세가 되어서
는 문단의 맹주가 되었는데,[10] 천하에 듣는 자들이 다만 그 문장을 부
러워할 뿐만이 아니요 그 성대한 위의威儀(모습)를 한번 보기 원하였
으니, 어찌 훌륭하지 않은가?

임진년(1592, 선조25) 큰 난리를 당하여서는 충성을 다하고 지혜를
다해서 오직 왕명을 따랐다. 경리經理 양호楊鎬는 지극히 귀하여 거만
하였으나, 말하기를 "이상서李尙書(이덕형)를 얻었으니 우리 일이 이루
어지겠구나." 하였다.[11] 선생이 명나라 조정에 달려가 꼿꼿이 서서 절

---

8 20세에……드러내니 : 이덕형은 경진년(1580, 선조13) 3월에 20세의 나이로 부묘별시(祔廟別
試)에서 을과 1위로 합격하니, 이정립(李廷立)·이항복(李恒福)과 함께 경진 삼이(庚辰三李)로 불
렸다.

9 삼사(三舍) : 사(舍)는 30리(里) 또는 하나의 별자리로, 삼사는 먼 거리를 이른다. 「농암선생집
서(聾巖先生集序)」 주 참조.

10 30세에……되었는데 : 이덕형은 1590년(선조23)에 직제학에 초배(超拜)되었으며, 이후 동부승
지·대사간·대사성·이조참의를 역임하였다. 또 이듬해 7월에는 양관 대제학·지성균관사가 되
었다.

11 경리(經理)……하였다 : 경리는 경략사(經略使)의 약칭으로, 그 당시 우리나라에 온 명(明)나라
군사의 총지휘관을 말한다. 양호(楊鎬 ?~1629)는 하남(河南) 상구(商丘) 사람으로, 1597년(선조30)
정유재란 때 경략조선군무사(經略朝鮮軍務使)가 되어 총병(摠兵) 마귀(麻貴), 부총병 양원(楊元)
등과 함께 참전하였다. 울산(蔚山)에서 벌어진 도산성(島山城) 전투에서 크게 패했는데, 이를 승리로
보고하였다가 들통 나서 파면되었다. 1618년 청(淸)나라가 명나라를 침략하자 다시 기용되어 요동
등을 경략하였으나 대패하여 사형당하였다.
이덕형은 임진년(1592) 12월에 한성판윤으로 접반사(接伴使)에 차임되어 제독 이여송(李如松)을
만나고, 이듬해 1월에 그와 함께 평양(平壤)을 수복하였다. 또 정유년(1597) 7월에는 좌찬성으로
경리 양호의 접반사가 되어 의주로 달려가 양호를 설복, 서울의 방호에 전력하여 직산(稷山)에서

박하게 구원을 요청하자 황제는 「무의無衣」 시를 읊는 것을 하루도 기다리지 않고 파병해 주었으니,[12] 이것을 가지고 관찰하건대 선생이 문장에 노련한 것이 어찌 굴원屈原과 좌사左思의 무리에 뒤지겠는가? 연燕·허許[13]의 큰 솜씨는 한낱 허명일 뿐이다.

갑오년(1594, 선조27)에 올린 여덟 조항의 계책[14]은 실로 우리 동방을 다시 만드는 약석藥石이요 자육粢肉(곡식과 고기)이었다. 선조대왕은 선생이 남보다 뛰어난 지혜가 있다고 장려하셨으니, '현명한 군주가 신하를 알아본다.'[15]는 것은 참으로 맞는 말이다.

옛 사람의 말에 이르기를 "재주를 채우는 것을 학문이라 하고, 식견에 뜻을 두고 나아가는 것을 재주라고 한다."[16] 하였으니, 식견은 지

왜적을 물리치고, 12월에는 양호를 따라 남정(南征)하는 도중에 이조판서에 제수되었다. 이듬해 4월에 우의정에 제수되었으니, 양호의 이 말은 남쪽으로 내려갔을 때 나온 것으로 보인다.

12 선생이……파병해 주었으니 : 이덕형은 1592년 임진왜란이 일어나자 대가를 호종하여 정주(定州)에 이르렀을 때 청원사(請援使)를 자청하여 명나라에 가서 파병하는 일을 성사시켰다. 명나라에서는 정3품 병부시랑 송응창(宋應昌)을 경략군문제독(經略軍門提督)으로 삼고 종1품 동지(同知) 이여송(李如松)을 제독군무(提督軍務)로 삼아서 남북 관병(官兵) 4만여 명을 보내어 구원하였다. 여기에서는 이 일을 춘추전국 시대의 신포서(申包胥)의 고사에 비유한 것이다. 신포서는 조국 초(楚)나라가 오(吳)나라의 침입을 받자 진(秦)나라로 달려가 진나라 애공(哀公)에게 구원을 요청하였다. 애공은 처음에는 승낙하지 않다가 신포서가 7일 동안 진나라 조정 뜰에 서서 식음을 전폐하고 밤낮으로 통곡을 하자, 그를 위해 『시경(詩經)』의 「무의(無衣)」 시를 읊어주고 초나라에 구원병을 보내주었다. 『春秋左氏傳 定公 4年』

13 연(燕)·허(許) : 당(唐)나라의 연국공(燕國公) 장열(張說 667~731)과 허국공(許國公) 소정(蘇頲 670~727)을 가리킨다. 이들은 문사(文辭)에 뛰어나 조정의 중요 문건이 대부분 이들의 손에서 나왔으므로 당시에 연허대수필(燕許大手筆)로 불렀다.

14 여덟……계책 : 1594년에 올린 「진시무팔조계(陳時務八條啓)」를 가리키는 것으로, 『한음선생문고』권8 「계사(啓辭)」 중에 보인다.

15 현명한……알아본다 : 『사기(史記)』 「이사열전(李斯列傳)」에 "호해가 말하였다. '참으로 그렇다. 내 들으니, 현명한 임금은 신하를 알아보고 현명한 아버지는 아들을 알아본다고 하였다.〔胡亥曰 固也. 吾聞之, 明君知臣, 明父知子.〕"란 말이 보인다.

16 재주를……한다 : 명(明)나라 왕세정(王世貞)의 『감주속고(弇州續稿)』에 "맹달의 식견은 이 경

혜의 창고[17]가 아니겠는가? 예로부터 대인·군자로서 공이 현저하게 드러난 자들 중 그 누가 글을 짓지 않았겠는가? 이해를 논하고 사정을 통달하는 것을 지혜를 버리고 어디 가서 찾겠는가? 한음 선생이 여유로운 지혜를 가지고 선조대왕을 만났으니, 이것은 짧은 시간에 지기를 만난 것이다.

불초가 일찍이 선배들이 선생의 문장에 대해 이야기하는 것을 귀동냥하니, 문장은 육경六經에서 나왔는데 『자치통감강목資治通鑑綱目』과 『춘추春秋』를 표준으로 삼고 정자程子·주자朱子와 같은 여러 노유老儒들의 말을 정두飣餖[18]로 삼았으며, 시는 본래 덕 있는 사람의 깊은 운치가 있어서 스스로 일가를 이루었다고 하였다. 『좌전』에서 말한 삼불후三不朽[19]란 것을 나는 『한음선생문집』에서 알게 되었다.

상(현종)의 9년(1668) 무신 중동仲冬에 후학 한양 주봉거사柱峯居士 조경은 짓다. 🐚

지를 훨씬 뛰어넘었는데도 오히려 기다림이 있었던 것은 재주가 아니었겠는가? 그 재주가 뛰어나 경지에 이르렀는데도 오히려 기다림이 있었던 것은 학문이 아니었겠는가? 무릇 학문은 재주를 채우는 것이요, 재주는 식견에 뜻을 두고 나아가는 것이다.〔孟達之爲識, 逾是境而三舍矣, 毋乃猶有待者才也? 其才俍及境矣, 毋乃猶有待者學也? 夫學者, 充才者也, 才者, 趣識者也.〕라는 내용이 보인다. 『弇州續稿 卷43 文部 序 華孟達集序』

17 지혜의 창고 : 사마천(司馬遷)의 「보임소경서(報任少卿書)」에 "자신을 수양하는 것은 지혜의 보고이다.〔修身者, 智之府也.〕"라는 내용이 보인다.

18 정두(飣餖) : 원래 음식이나 과일 따위를 그릇에 겹겹이 쌓아 올린 것을 가리키는데, 여기서는 인신(引伸)하여 문사(文辭)를 나열하거나 중첩한 것을 가리킨다.

19 삼불후(三不朽) : 「임서하집 중간 서(林西河集重刊序)」 각주 참조.

전식(全湜)

1563년(명종18)~1642년(인조20). 자는 정원(淨遠), 호는 사서(沙西), 본관은 옥천(沃川)이며 유성룡(柳成龍)·장현광(張顯光)의 문인이다. 1592년 임진왜란이 일어나자 의병을 모아 왜적을 토벌하여 많은 전과를 올렸다. 1603년(선조36) 식년문과에 병과로 급제하였다. 1612년 전라도 도사(都事)가 되었으나, 광해군의 실정에 벼슬을 단념하고 정경세(鄭經世)·이준(李埈) 등과 산수를 유람하여 세칭 '상산삼로(商山三老)'라 일컬어졌다. 1623년 인조반정으로 새 왕이 등극하자 수찬(修撰)·교리(校理)가 되어 경연(經筵)에 참석하였다. 1624년 이괄(李适)의 난이 일어나자 태복시 정(太僕寺正)이 되어 왕을 호종하였으며, 1636년 병자호란이 일어났을 때에는 의병을 일으켜 적을 방어하였다. 1642년(인조20)에 자헌(資憲)에 가계(加階)되고 지중추부사 겸 동지경연춘추관사(知中樞府事兼同知經筵春秋館事)에 임명되었다. 뒤에 좌의정에 추증되었으며, 시호는 충간(忠簡)이다.

사서집(沙西集)

1847년(현종13)에 7대손 전종한(全宗漢)이 상주(尙州)의 장로(長老)와 의논하여 도원(道院)에 통문을 띄워 재물을 모으고 사우들의 도움을 받아 문집을 편찬하였는데, 1862년(철종13)에야 비로소 이휘녕의 서문과 자신의 발문을 붙여 9권 4책의 활자본으로 간행하였다. 본 서문은 1862년에 간행된 초간본에 실린 것으로, 국립중앙도서관장본이다.

이휘녕(李彙寧)

1788년(정조12)~1861년(철종12). 자는 군목(君睦), 호는 고계(古溪), 본관은 진성(眞城)이다. 종가의 지순(志淳)에게 입양되어 이황(李滉)의 10세 종손이 되었다. 1816년(순조16) 진사시에 합격하였고, 1821년 동몽교관(童蒙敎官)에 임명되었다. 익위사 세마(翊衛司洗馬), 의금부 도사(義禁府都事), 탁지랑(度支郎), 동복현감(同福縣監), 서산군수(瑞山郡守), 영천군수(榮川郡守), 밀양부사(密陽府使), 청주목사(淸州牧使) 등을 역임하였다. 1851년(철종2) 동래부사(東萊府使)를 거쳐 1853년 동부승지(同副承旨)에 임명되었으나 사양하고 부임하지 않았으며, 1855년 돈녕부 도정(敦寧府都正)을 거쳐 오위도총부 부총관(五衛都摠府副摠管)으로 임명되었으나 역시 부임하지 않았다. 저서로『고계집(古溪集)』8권이 있다.

【 22. 사서선생문집 서 】

沙西先生文集序

이휘녕 李彙寧 ————

天將降大任於人也인댄 必使之受氣剛正하고 而遭時艱危하나니 有是
氣로되 而不能讀書窮理하야 見得義利公私之分이면 則當其時也에 不
能奮發決斷하야 做得光明正大之業이라 是以로 君子必貴乎學하니 學
之博而見理熟然後에 以其所受者로 隨時而應之하야 純剛而不撓하고
眞正而不屈이라야 方了得一代事하야 以致乎可大而可久하나니 觀於沙
西先生하면 益可驗其信然이라

先生이 早遊乎西厓柳先生之門하야 淵源正學이 蓋有所受요 而與鄭
愚伏, 李蒼石先生으로 同門講劘(마)者 道義也요 性理也라 及其遭際
明時하야 群賢彙征하야 霜臺抱簡이면 則振紀綱而辨義理하고 廈氈(하
전)橫經이면 則通古今而達事理하니 眞古之諫官也요 講官也라 不幸于
時에 天下多事하야 倭兵侵凌湖海하고 胡騎充斥遼瀋한대 擧義殺賊은
則張中丞之江淮保障也요 抗疏斥使는 則胡澹菴之尺紙却虜也요 逆

(括)适搶掠圻(畿)甸에 扈駕靖難은 則寇忠愍之平澶(전)淵也요 倻鄭
斁(두)敗彝倫에 奮舌辨誤는 則陳忠肅之抗章敦也요 閉關絕約하야 獎
節義而厲風俗은 則朱夫子之斥和封事也요 三年東都에 德爲政而視
如傷은 則程伯子之晉城題壁也라

是時朝周 惟有航海一路러니 先生이 仗忠信而涉風波하고 冒危難而
竣使事하시니 春秋列國大夫之聘於隣國者 皆名著策書어든 況皇明太
史之特書先生하야 咸稱以有德宰相者乎아 丙子南漢之圍에 先生已
八耋矣로되 尙能奮起雪涕하야 唱(倡)義勤王하고 至送子赴難而死라
歷考先生前後樹立하면 大可以賁(비)飾綱常이요 久可以昭垂史冊하야
不可但以一代了事論하니 則其稟賦之剛正과 問學之純深을 可知요
而時事已變하고 志氣已衰하야는 退歸故山하야 無意當世한대 漫浪은 歎
四壁之徒立하고 疏菴은 詠北牕之高臥하야 脩然若林下布衣하야 日與
愚伏, 蒼石으로 講討不休하야 世稱爲商山三老하니 則其晚莫(暮)怡悅
이 必有所人不及知者矣리라

蓋先生之學이 以四子六經爲本하고 而尤深於胡氏春秋하야 發爲詩文
에 典雅淳古하야 眞有德者之言이라 況前後疏箚累十百言이니 而愛君
憂國之誠과 陳善納誨之意가 勤勤懇懇하야 義理俱足하고 文章有餘하
야 固已登諸國史而傳于後矣니 豈可一任其巾衍斷爛하야 而不思所
以張吾道而裨世敎耶아 孟子曰 誦其詩하고 讀其書호되 不知其人이
可乎아하시니 吾黨之士 慕先生而學先生인대 無是면 將何述焉이리오 商
山士友之欲纂輯而壽其傳者 其意可知也라 彙寧은 於先生에 爲外裔
니 今於弁卷之請에 尤有所樂聞而不敢辭者라 遂不揆僭率하고 謹書
如此하야 以寓托名之幸云이라
眞城李彙寧은 謹序하노라

하늘이 장차 큰 임무를 어떤 사람에게 내리려면 반드시 그로 하여
금 강剛하고 바른〔正〕 기운을 받게 하고 어려운 때를 만나게 한다. 강
하고 바른 기운을 받았더라도 책을 읽고 이치를 연구하여 의義·리利
와 공公·사私의 구분을 알지 못하면 어려운 때를 당해서 분발하고 결
단하여 광명정대한 사업을 이루지 못한다. 이 때문에 군자는 반드시
학문을 귀하게 여기는 것이다. 널리 배우고 이치를 익숙하게 안 뒤에
야 부여받은 강하고 바른 기운으로 때에 따라 조처해서, 심술心術(마
음)이 순수하게 강하여 동요하지 않고 참으로 바르게 되어 굴복하지
않으니, 그래야만 한 시대의 일을 끝마쳐서 크게 하고 오래할 수 있게
된다.

사서 선생의 경우를 보면 이 말이 참으로 옳다는 것을 더욱 징험할
수 있다. 선생은 일찍 서애西厓 유 선생柳先生(유성룡柳成龍)의 문하에서
유학하였으니 연원의 올바른 학문이 전수받은 바가 있고, 정우복鄭愚
伏[1]·이창석李蒼石[2] 선생과는 동문이 되어 도의와 성리를 강론하고 연
마하였다.

훌륭한 임금이 다스리는 좋은 세상을 만나게 되자 여러 어진 이들이
함께 나가 도를 행하여,[3] 상대霜臺에서 간책簡冊을 잡았을 때에는[4] 기

---

1 정우복(鄭愚伏) : 우복(愚伏)은 정경세(鄭經世 1563, 명종18~1633, 인조11)의 호로, 자는 경
임(景任), 본관은 진주(晉州), 시호는 문장(文莊)이며 유성룡(柳成龍)의 문인이다.

2 이창석(李蒼石) : 창석(蒼石)은 이준(李埈 1560, 명종15~1635, 인조13)의 호로, 자는 숙평(叔
平), 본관은 흥양(興陽), 시호는 문간(文簡)이며 유성룡의 문인이다.

3 여러……행하여 : 『주역』「태괘(泰卦) 초구(初九)」효사에 "띠풀의 엉켜 있는 뿌리를 뽑는 것과
같아 동류들과 함께 감이니, 길하다.〔拔茅茹, 以其彙征, 吉.〕" 하였는데, 이는 군자가 나아갈 때에
반드시 그 동류들과 서로 끌어당겨 함께 가는 것을 의미한다.

4 상대(霜臺)에서……때에는 : 상대는 사헌부의 별칭이다. 전식(全湜)은 인조 1년(1623)에 사
헌부 장령(掌令), 인조 2년에 집의(執義)를 지냈으며, 인조 16년에 대사헌을 지낸 바 있다. 『춘추

강을 떨치고 의리를 분별하였으며, 하전厦氈에서 경적을 옆에 끼고 강론할 때에는[5] 고금의 사적과 사물의 이치에 통달하였으니, 참으로 옛날의 훌륭한 간관諫官이며 강관講官이었다.

불행한 때를 만나 천하가 다사다난하니, 왜병은 전라도와 황해도 지방을 침략하였고, 오랑캐의 기병은 요동遼東과 심양瀋陽 땅에 가득 찼다.[6] 그러자 의병을 일으켜 적을 죽였는데, 그 일은 장중승張中丞이 강회江淮 지역의 보루를 지킨 일[7]과 같았고, 항거하는 상소를 올려 청

좌씨전(春秋左氏傳)』 양공(襄公) 25년 조에 "태사(太史)가 '최저(崔杼)가 그 임금을 시해하였다.'라고 쓰자 최자(崔子)는 그를 죽였다. 그 아우가 이어 그렇게 써서 죽으니, 죽은 사람이 두 명이 되었다. 그 아우가 또 그렇게 쓰자 최자는 마침내 내버려두었다. 남사씨(南史氏)는 태사가 모두 죽었다는 말을 듣고 간책을 가지고 떠났다가, 이미 그대로 기록되었다는 말을 듣고 마침내 돌아왔다.〔大史書曰 崔杼弒其君, 崔子殺之. 其弟嗣書, 而死者二人. 其弟又書, 乃舍之. 南史氏聞大史盡死, 執簡以往, 聞旣書矣, 乃還.〕"는 내용이 보인다. 간책을 잡았다는 것은 뒤에 사관(史官)이나 어사(御史)의 직책을 맡은 것을 가리키게 되었다.

[5] 하전(厦氈)에서……때에는 : 하전은 광하세전(廣厦細氈)의 약칭으로, 원래 임금이 거처하는 곳을 이르는데, 여기에서는 경연(經筵)의 별칭으로 쓰였다. 전식은 인조 1년(1623)에 홍문관 수찬(修撰)·교리(校理)에 제수되고, 인조 14년(1636)에 부제학에 제수되었으나 부임하지 않았다가 인조 15년(1637)에 비로소 부제학이 되었다. 인조 20년(1642)에는 지중추부사 겸 동지경연춘추관사(知中樞府事兼同知經筵春秋館事)에 제수되었다.

[6] 오랑캐의……가득 찼다 : 누르하치는 1599년에 해서여진(海西女眞)의 합달(哈達)을, 1607년에 휘발(輝發)을, 1613년에 오랍(烏拉) 등을 병합하여 여진의 대부분을 통일하고, 1616년 칸〔汗〕에 즉위하여 후금(後金)을 건국하였다. 이후 칠대한(七大恨)을 명분으로 명나라에 대한 공세를 감행하여, 1618년 요동(遼東)의 무순(撫順)·동주(東州)·무안(撫安) 등 11개 성을 함락하고 명군과 공방을 벌이다가 1621년 3월 13일 심양(瀋陽)을 함락하고 군민 7만여 명을 참살했으며, 21일에는 요양(遼陽)을 함락하였다.

[7] 장중승(張中丞)이……일 : 장중승은 당(唐)나라 때 어사중승을 지낸 장순(張巡 709~757)을 가리킨다. 천보(天寶) 4년(755)에 안록산(安祿山)이 반란을 일으키자 처음에는 진원현령(眞源縣令)으로 기병하여 반군을 막았다. 반군의 안경서(安慶緒)가 윤자기(尹子奇)를 보내 10만 대군으로 강회(江淮)지역의 요충지인 수양성(睢陽城)을 포위하자, 태수 허원(許遠)과 함께 불과 3천 명의 병력으로 수양성을 수 개월간 지켰다. 사세가 위급하자 부하 남제운(南霽雲)을 보내 하남절도사(河南節度使) 임회태수(臨淮太守) 하란진명(賀蘭進明)에게 구원을 청했으나, 하란진명이 장순의 명성을 시기하여 구원하지 않았다. 결국 구원이 이르지 않고 양식이 떨어지자 자신의 애첩을 죽여 군사들에게 먹이고 참새와 쥐를 잡아먹으며 고군분투하였으나 성이 함락되어 사절(死節)하였다. 『新唐書

나라 사신을 배척하였는데, 그 일[8]은 호담암胡澹菴이 한 장의 종이로 오랑캐를 물리친 것[9]과 같았다. 역적 이괄李适이 경기 지방을 침략하자 대가大駕를 호종하여 난을 평정한 일[10]은 구충민寇忠愍이 전연澶淵에서 거란契丹을 평정한 일[11]과 같았고, 가야산의 정인홍鄭仁弘이 윤리를 무너뜨리자[12] 격한 논설로 잘못을 판별한 일은 진충숙陳忠肅이

卷192 張巡傳』

8 항거하는……일 : 『사서집(沙西集)』 권3에 정묘호란 때 강도(江都)에서 화의(和議)를 배척하는 내용의 「강화봉사(江華封事)」가 실려 있다.

9 호담암(胡澹菴)이……것 : 담암(澹菴)은 남송(南宋) 호전(胡銓 1102~1180)의 호이다. 고종(高宗) 때 추밀원 편수관(樞密院編修官)이 되었는데, 재신인 진회(秦檜)·왕륜(王倫)·손근(孫近) 등이 금(金)과 강화하자는 유화책(柔和策)을 주장하자, 삼간(三奸)을 참수하여 효수할 것을 주장하는 상소를 올렸다가 도리어 소주(昭州)로 유배되었다. 『宋史 卷374 胡銓列傳』

10 역적……일 : 1624년 인조반정에 따른 논공행상에 불만을 품은 부원수 겸 평안병사(副元帥兼平安兵使) 이괄(李适)이 모반을 획책한 사실이 전 교수(前敎授) 문회(文晦)의 밀고로 조정에 알려지자, 이괄은 그의 부하 이수백(李守白)·기익헌(奇益獻), 구성부사(龜城府使) 한명련(韓明璉)과 함께 휘하의 군사로 반란을 일으켰다. 반군은 순천(順川)·자산(慈山)·중화(中和)·수안(遂安)·황주(黃州) 등을 차례로 점령하고 평산(平山)으로 진격하였다. 이에 조정에서는 영의정 이원익(李元翼)을 도체찰사(都體察使)로 삼아 반란군을 토벌하게 하였으나, 토벌군과 장만(張晚)이 이끄는 추격군은 저탄(猪灘)에서 반군에게 패하였다. 반군은 승승장구하여 경기도 개성(開城)·벽제(碧蹄)까지 진격했고 인조는 공주(公州)로 피난하였다. 이때 전식은 인조를 호종하여 천안(天安)에 이르렀다. 이괄은 한성(漢城)을 점령하고 2월 11일 흥안군(興安君) 제(瑅)를 왕으로 추대하였으나, 그날 밤 장만의 반격을 받아 한성 근교 안령(鞍嶺)에서 대패하였다. 이괄은 패잔병을 이끌고 광희문(光熙門)을 빠져나와 경기도 이천(利川)으로 달아났으나 전 부대장(前部大將) 정충신(鄭忠信)의 추격을 받자 부하들에 의해 살해되었다.

11 구충민(寇忠愍)이……일 : 충민(忠愍)은 북송(北宋) 진종(眞宗) 때의 재상인 구준(寇準 962~1023)의 시호이다. 그는 북송 경덕(景德) 원년(1004)에 거란이 전연(澶淵)까지 침입해 오자 조정의 화의론(和議論)에 반대하고 거란(契丹)을 칠 것을 주장하였다. 임금에게 친정(親征)할 것을 청하여 거란을 격퇴시키고 불가침 동맹을 맺게 하는 데 주도적인 역할을 하였다. 『宋史 卷281 寇準傳』

12 가야산(伽倻山)의……무너뜨지자 : 정인홍(鄭仁弘 1535, 중종30~1623, 인조1)이 광해군 5년(1613)에 우의정으로서 계축옥사(癸丑獄事)를 일으켜 영창대군(永昌大君)을 폐하고 인목대비(仁穆大妃)를 유폐시킨 일을 가리킨다. 가야산은 합천(陜川)에 있는데, 정인홍이 합천 출신이기 때문에 가야산의 정인홍이라고 한 것이다.

장돈章敦(1035~1105)을 책망한 일[13]과 같았다. 관문을 닫고 맹약을
거절하여 절의와 풍속을 장려한 일은 주자朱子가 척화봉사斥和封事[14]
를 올린 일과 같았고, 3년 동안 동도東都를 다스릴 적에[15] 덕으로 정
사를 하여 백성 보기를 행여 다칠 듯이 여겼던 것[16]은 정백자程伯子가
진성晉城의 벽에 '백성 보기를 행여 다칠 듯이 한다.'라고 써 붙인 일[17]
과 같았다.

이때 명나라로 조회 가는 방법은 오직 바다를 항해하는 한 길밖에
없었는데, 선생은 충신忠信을 의지하여 풍파를 건너 어려움을 무릅쓰
고 사신의 일을 끝마쳤다.[18] 춘추시대 이웃나라에 빙문聘問을 간 열국
列國의 대부들도 모두 간책簡冊에 그 이름이 기록되어 있는데, 하물며

---

13 진충숙(陳忠肅)이……일 : 충숙(忠肅)은 송(宋)나라 진관(陳瓘 1057 또는 1060~1124)의 시
호이다. 당시의 권신인 채경(蔡京)과 장돈(章敦) 등의 죄를 탄핵하다가 누차 유배를 당하였다.『宋史
卷345 陳瓘傳』

14 척화봉사(斥和封事) : 금(金)나라와의 화의(和議)를 배척한 봉사소(封事疏)를 이른다.

15 3년……적에 : 동도(東都)는 경주(慶州)를 말한다. 전식은 인조 9년(1631)에 외직을 청하여
경주부윤(慶州府尹)이 되었고, 인조 12년(1634)에 임기를 마치고 대사간이 되었다.

16 백성……것 :『맹자』「이루 하(離婁下)」에 "문왕은 백성 보기를 행여 다칠 듯이 여기셨다.〔文王視
民如傷〕"는 내용이 보인다.

17 정백자(程伯子)가……일 : 정백자는 명도 선생(明道先生) 정호(程顥)를 이른다. 정호는 송(宋)나
라 영종(英宗) 치평(治平) 원년(1064) 33세 때 택주(澤州)의 진성령(晉城令)이 되었는데, 효제충신
(孝悌忠信)의 도리를 가르치고 향촌의 원근에 따라 오보(伍保)를 만들어 부역에 서로 돕고 환난에
서로 구휼하게 하였다. 또 시골에 향교를 설치하여 문풍(文風)을 일으킨 결과, 부임한 지 10여 년
만에 교화가 크게 행해져 유복(儒服)을 입은 자가 수백 명에 달하였다고 한다. 또한 주자의『이정외서(二
程外書)』에 따르면 선생은 현을 맡아 다스릴 때 앉은 곳에는 모두 '시민여상(視民如傷)'이란 네 글자를
써 붙이고 늘 말씀하기를 "나는 이 네 글자에 부끄럽다.〔顥常愧此四字〕" 하였다 한다.『二程文集
卷12 伊川文集 行狀 明道先生行狀』『二程外書 卷12 傳聞雜記』

18 선생은……끝마쳤다 : 선생은 1625년(인조3) 63세 때 형조참의로 조경사(朝京使)에 차출되었다.
당시 요양(遼陽)을 후금(後金)이 점령하고 있어 바닷길로 연경(燕京)에 갔는데, 도중에 풍랑을 만난
일이「황성대양우풍(皇城大洋遇風)」시에 보이며 자세한 전말은「사행록(槎行錄)」에 보인다.『沙西集
卷1 皇城大洋遇風, 卷5 槎行錄』

황명皇明의 태사가 특별히 선생을 기록하여 모두들 덕이 있는 재상이라 칭한다고 함에 있어서겠는가?

병자년(1636, 인조14)에 남한산성이 포위되었을 때, 선생은 춘추春秋(연세)가 이미 팔순이었는데도 오히려 분발하여 설욕의 눈물을 흘리며 의병을 일으켜서 왕사王事에 달려갔고, 아들을 보내어 국난에 달려가서 죽게까지 하였다.[19] 선생이 전후에 세운 공을 차례차례 살펴보면, 크게는 강상綱常을 아름답게 꾸밀 수 있고 장구하게는 역사책에 찬란하게 이름을 남길 수 있어서, 단지 한 시대에 일을 끝마친 것으로 논할 수 없으니, 그렇다면 그 부여받은 강하고 바른 기운과 순수하고 심오한 학문을 알 수 있는 것이다.

세상 일이 변하고 지기志氣가 쇠하자 물러나 고향으로 돌아가서 당세에 뜻이 없었으니, 만랑漫浪은 '사방 벽만 덩그렇게 서 있음'을 탄식하였고,[20] 소암疎菴은 '북창北牕에 높이 누워 있음'을 시로 읊어[21] 깨끗

---

19 선생은……하였다 : 1636년 병자호란이 일어나 시세가 위급해지자 인조는 남한산성(南漢山城)으로 피신하였다. 이에 전식은 의병 천여 명과 곡식을 모아 충주(忠州) 노동(橹洞)에 주둔하였고, 이듬해에는 문경(聞慶)에 진을 치고 요로를 지켰다. 이때 장자(長子) 전극항(全克恒 1590~1636)은 예조정랑으로서 인조를 남한산성에 호종하였는데, 인조의 명에 따라 다시 한양(漢陽)으로 되돌아가 성을 지키다가 순절하였다.

20 만랑(漫浪)은……탄식하였고 : 만랑은 황호(黃㦿 1604, 선조37~1656, 효종7)의 호이다. 『만랑집(漫浪集)』권9 「행장(行狀) 지사전공행장(知事全公行狀)」에 "가사벽립(家四壁立)"이란 구절이 보인다. 한(漢)나라의 사마상여(司馬相如)는 대부호 탁왕손(卓王孫)의 딸 탁문군(卓文君)을 유혹하여 밤중에 도망쳐서 함께 고향 성도(成都)로 갔는데, 집에 도착해 보니 "집에는 덩그렇게 사방의 벽만 서 있었다〔家居徒四壁立〕"고 한다. 이는 가난하여 아무것도 있지 않은 것을 말한다. 『史記 司馬相如列傳』

21 소암(疎菴)은……읊어 : 소암은 임숙영(任叔英 1576, 선조9~1623, 인조1)의 호로, 자는 무숙(茂叔)이다. 원시는 다음과 같다. "먼 지방에서 교주(交州)로 좌천된 우번처럼 늙어가니, 위험한 벼슬길 완적이 수레 타고 가다가 길 막히면 통곡하고 돌아선 듯하네. 천 리 멀리 그리워하여 해질녘 맑은 바람 마주한다. 전도사와 같은 이 누가 있을까? 사는 것은 곤궁하나 뜻은 곤궁하지 않다네. 멀리서 독서 끝내고 바람 부는 북창에 높이 누워 있음 알겠노라.〔地遠虞翻老, 途危阮籍窮. 相

하기가 산림의 포의布衣와 같았다. 날마다 우복愚伏·창석蒼石과 강론하기를 그치지 않아 세상에서 '상산 삼로商山三老'[22]라고 일컬었으니, 말년에 기뻐한 것에는 필시 사람들이 미처 알지 못하는 것이 있었을 것이다.

선생의 학문은 사서四書와 육경六經을 근본으로 삼았고 『호씨춘추胡氏春秋』에 더욱 심오해서, 발로되어 시문이 됨에 전아하고 순고하니, 참으로 덕 있는 이의 훌륭한 글이다.[23] 더구나 앞뒤로 올린 소차疏箚가 수천 자인데, 군주를 사랑하고 나라를 걱정한 마음과 좋은 말씀을 개진하고 가르침을 바친 뜻이 간절하다. 의리가 충족하고 문장이 훌륭하여 진실로 이미 국사國史에 등재되어 있고 후세에 전하니, 어찌 상자 속에 넣어 두어 책장이 끊기고 찢겨지도록 내버려 두어서 우리 도

思一千里. 日夕遡淸風. 誰似全都事. 居窮志不窮. 遙知讀書罷. 高臥北牕風.]"『沙西集 卷1 詩 次任茂叔』・『湖洲先生集 卷6 碑銘 贈左議政行知中樞府事全公墓碣銘』 '북창에 높이 누워있다'는 것은 전원에서 한가로이 즐기는 은일의 정취를 의미하는 말로, 진(晉)나라 도잠(陶潛)이 "여름철 한가로이 북창 가에 누웠을 때 소소히 맑은 바람 불어오면 문득 태곳적의 사람인 것처럼 느껴지곤 한다.〔夏月虛閑. 高臥北窓之下. 淸風颯至. 自謂羲皇上人〕"고 말한 데서 유래하였다. 『晉書 陶潛傳』

22 상산 삼로(商山三老) : 진말(秦末)의 상산 사호(商山四皓)를 본떠 부른 것이다. 상산 사호는 동원공(東園公)·기리계(綺里季)·하황공(夏黃公)·녹리 선생(甪里先生) 등으로, 진(秦)나라의 혼란을 피하여 상산(商山)에 은거하였는데, 모두 80여 세였으며 수염과 눈썹이 모두 희었기 때문에 당시에 상산 사호라고 불렀다. 한 고조(漢高祖)가 불러도 응하지 않았는데, 뒤에 고조가 태자를 폐위하려고 할 때 여후(呂后)가 유후(留侯 장량(張良))의 계책을 써서 사호를 맞이하여 태자를 보필하게 하니, 고조도 마침내 태자를 폐위하려는 의론을 중지하였다고 한다. 『史記 留侯世家』 상산 사공(商山四公)·상산 사옹(商山四翁)이라고도 한다. 상산은 원래 섬서성(陝西省) 상현(商縣) 동쪽에 있는 산 이름인데, 상주(商州)를 상산(商山)이라고도 칭하기 때문에 '상주에 은거하는 세 노인'이란 뜻으로 이렇게 부른 것이다.

23 참으로……글이다 : 『논어』「헌문(憲問)」에 "공자께서 말씀하셨다. '덕이 있는 자는 반드시 훌륭한 말을 하지만, 훌륭한 말을 하는 자가 반드시 덕이 있는 것은 아니다.〔子曰 有德者. 必有言. 有言者. 不必有德.〕"라는 내용이 보인다.

를 펼치고 세교世敎를 도울 것을 생각하지 않을 수 있겠는가?

맹자께서 "그의 시를 외우고 그의 글을 읽으면서 그 사람에 대해 알지 못하는 것이 합당하겠는가?"[24] 하셨으니, 우리 무리의 선비로서 선생을 사모하고 선생을 배울 적에 이 책이 없다면 장차 무엇을 가지고 전술하겠는가? 상산商山의 사우士友들이 선생의 글을 찬집하여 오래도록 전하려는 뜻을 알 수 있다. 나는 선생에게 외손이 되니, 지금 서문을 써 달라는 요청에 대해 더욱 기꺼이 듣고 감히 사양할 수 없다. 그리하여 마침내 참람하고 경솔함을 생각지 않고 삼가 이처럼 써서 이름을 가탁하는 영광을 부치는 바이다.

진성眞城 이휘녕은 삼가 쓰다.

---

[24] 그의……합당하겠는가 : 『맹자』「만장 하(萬章下)」에 이 내용이 보인다.

이민환(李民寏)

1573년(선조6)~1649년(인조27). 자는 이장(而壯), 호는 자암(紫巖), 본관은 영천(永川)이며 장현광(張顯光)의 문인이다. 1600년(선조33) 별시문과에 병과로 급제하였다. 1618년(광해군10) 명나라에서 원군을 요청하자 원수 강홍립(姜弘立)의 막하로 출전하였는데, 부차(富車) 싸움에서 패하여 청군의 포로가 되었다. 17개월 동안 청나라의 항복 권유를 물리치고 1620년에 석방되어 의주에 이르렀을 때, 사원(私怨)을 가진 박엽(朴燁)의 무고를 받아 4년간 평안도에서 은거 생활을 하다가 1623년(인조1) 인조가 반정하자 서울로 올라왔다. 이괄(李适)의 난과 정묘호란 때 왕을 호종하였고, 1636년 병자호란이 일어나자 영남 호소사(嶺南號召使) 장현광의 종사관이 되어 출전하였다. 저서로는『건주견문록(建州見聞錄)』·『자암집』이 있다. 이조판서에 추증되었으며, 시호는 충간(忠簡)이다.

자암집(紫巖集)

증손 이수태(李秀泰)에 의해 수집·정리되고, 그의 아들인 이덕룡(李德龍)의 부탁으로 이광정(李光庭)의 교정을 거쳐 1741년(영조17)에 의성(義城)의 다정재사(茶井齋舍)에서 목판으로 간행되었다. 이 초간본 이전에「조문록(朝聞錄」이나「박약집설(博約集說)」등의 편찬이 있었는데, 이것은 심하(深河)의 전투에서 의절을 저버렸다는 비난에 대해 보다 적극적인 변론이 필요했기 때문으로 보인다. 1740년에 쓰여진 유승현(柳升鉉)의 후지(後識)에는 그 후에도 계속되던 저자에 대한 모함을 없애고 사실을 증명하기 위해「책중일록(柵中日錄)」등을 포함한 문집을 발간하게 되었다고 하였으며, 이익(李瀷)과 이광정의 서문에서도 저자가 억울하게 무고를 받아왔음을 반복해서 설명하고 있다. 그런데 이 초간본에 실린 이익의 서문에는 을축년(1745)으로 되어 있으나 중간본 발문에는 초간본이 순조 신유년(1801)에 간행되었다고 적혀 있어, 간행 연대에 의심스러운 점이 없지 않다. 즉 초간본 말미의 '辛酉年 四月 茶井齋舍 開刊'이란 간기(刊記)는 분명하지만 그 연도가 1741년인지 1801년인지가 애매하다. 그러나 본 문집이 정조 연간에 편찬이 완료된『누판고(鏤板考)』와『증보문헌비고(增補文獻備考)』에 실려 있고 문집의 편찬 주체가 저자의 증손이라는 것을 고려할 때, 1741년이 더 설득력이 있다. 따라서 이익의 서문은 후에 추각하여 덧붙인 것이고, 중간본의 발문 내용은 후대의 착오였던 것으로 추정된다. 그 뒤 목판이 화재로 소실되자 1886년 후손 이경재(李絅在)가 초간본에서 누락된 유문 약간 편과 연보를 증보하여 목판으로 중간하였다. 본 서문은 1741년에 간행한 초간본에 실린 것으로, 규장각장본이다.

이익(李瀷)

1681년(숙종7)~1763년(영조39). 자는 자신(自新), 호는 성호(星湖), 본관은 여주(驪州)이다. 10세가 되어서도 글을 배울 수 없으리만큼 병약하였으나 뒤에 둘째형 잠(潛)에게서 글을 배웠다. 26세 되던 1706년(숙종32) 9월에 잠이 장희빈(張禧嬪)을 두둔하는 소를 올렸다 하여 역적으로 몰려 17,18차의 형신(刑訊) 끝에 옥사하자 과거에 응할 뜻을 버리고 평생을 선영이 있는 안산의 첨성리(瞻星里)에 칩거하였다. 83세 되던 1763년(영조39)에 조정에서는 우로예전(優老例典)에 따라 그에게 첨지중추부사로서 승자(陞資)의 은전을 베풀어 주었으나, 그해 12월 17일 오랜 병고 끝에 죽었다. 문인 중에 윤동규(尹東奎)·신후담(愼後聃)·안정복(安鼎福)·권철신(權哲身) 등은 당대의 학해(學海)를 이루었고, 그 흐름은 정약용(丁若鏞)에게까지 미쳤다. 저서로는『성호사설(星湖僿說)』·『곽우록(藿憂錄)』·『성호선생문집(星湖先生文集)』·『이선생예설(李先生禮說)』·『사칠신편(四七新編)』·『상위전후록(喪威前後錄)』과『사서삼경(四書三經)』·『근사록(近思錄)』·『심경(心經)』등의 질서(疾書)가 있다

【 23. 자암집 서 】

紫巖集敍

이익李瀷 ——————

死生亦大矣니 苟辨於此하면 衆情歸焉이라 故로 當禍難之際하야 一能
而一否하면 否者媿(愧)焉하고 人亦惜之하야 不復劑量於理義分數하나
니 其實時或有未必然者는 何也오 豈不曰可以死요 可以無死에 死면
傷勇乎아 如可不死而生이면 何苦舍此爲哉아 昔者聖人之於管仲에
不獨大其功이요 畢竟不較諸溝瀆之經하시니 使仲果與召忽騈(변)命이
런들 不免爲夫婦之諒而已리니 此聖人與其不死也明矣라 是以로 南冠
之囚와 北海之遷이 誓心靡渝하고 艱難返國에 君子無譏也라
若近古深河之役은 天子徵兵하야 遠赴師期하니 紫巖李公이 以元帥從
事로 在中甄이러니 前軍覆沒하야 士卒無人色이라 時에 主將已奉光海
密旨하야 爲進退計나 軍中不覺也라 至是에 爲和事所啗(담)하니 公爭
不能得하고 偏裨無施하야 遂被執北行하야 頻阽危死로되 猶抗節不屈이
라가 三年乃歸하니 事在柵中日記하야 可按而覆也라 其在拘也에 則以

涸(학)轍微命으로 朝暮待刃이로되 猶誠求殘簡亂帙하야 錄以誦習하고
目之謂朝聞하고 其還也에 懷袖印牌하야 顚沛不失하니 此古之義也라
始以萬三千餘兵出境이러니 孑(혈)然者身으로 復渡鴨綠하니 國人之見
之也에 疑若起死於九原이어늘 奈之何行而絶餉하고 返又執我仇仇오
噫甚矣라 獨不聞遼瀋之間에 聞風欽歎하야 稱爺不稱名也耶아
及夫癸亥改玉에 宵小蕩掃하야 天開日昇한대 卽收召公하야 位至卿月
하니 則明主之所知也라 但主將이 主和於前하고 用師於後하야 爲世戮
人賤行하니 是不過薰之與猶同器異臭하야 別便殊性이니 於公何干이리
오 馴至今에 求過無過者 往往採拾塗說하야 不能釋然於涇渭之分하니
則過矣라 然此特一時事니 久則群言熄이요 熄則定이요 定則明이요 明
無不達이리니 公又何憾焉이리오
公抱負許大하고 經歷備悉하야 蘊以爲明智하고 發之爲籌策이라 揣量
爛熟하야 勘合無痕하야 列爲六條하야 私作問答이 莫非奠民安邊之圖
니 倘所謂憂戚玉成者非耶아 後必有識務者取焉이리니 今且敬以竢하
노라
歲乙丑仲春上澣에 驪州李瀷은 識하노라

삶과 죽음은 또한 중대한 일이니, 생사의 갈림길에서 의로운 죽음
을 맞이하게 되면 뭇사람의 마음은 그에게 돌아간다. 그러므로 화란禍
難의 때를 당해서 한 사람은 죽고 한 사람은 죽지 못했을 경우, 죽지
못한 자는 부끄러워하고 사람들도 안타깝게 여기며 더 이상 의리의
분수分數에 대해서는 헤아려보지 않는다. 그러나 그 실제가 때로는 반
드시 그렇지 않은 경우도 있으니, 이는 어째서인가?
  "얼핏 보기에 죽을 만하더라도 자세히 살펴보면, 죽지 말아야 할 경

우에 죽으면 용기를 손상시킨다.”고 말하지 않았던가?[1] 만일 죽지 않고 살아도 될 수 있다면, 어찌 굳이 살 수 있는 방법을 버려두고 죽겠는가? 옛날에 성인은 관중管仲에 대해 비단 그의 공적을 훌륭하게 여겼을 뿐 아니라, 마침내는 목매어 죽어서 시체가 도랑에 전전하는 것과는 비교되지 않는다고 하셨으니, 만일 관중이 끝내 소홀召忽과 함께 목숨을 버렸다면 필부필부匹夫匹婦의 작은 신의가 됨을 면치 못했을 것이다.[2] 이는 성인이 그가 죽지 않은 것을 허여하심이 분명한 것이다. 이 때문에 남쪽 초楚나라의 관을 쓴 죄수[3]와 북해北海로 옮겨진 소무蘇

---

1 얼핏……않았던가 : 『맹자』 「이루 하(離婁下)」에 이 내용이 보인다.

2 성인은……것이다 : 성인은 공자(孔子)를 가리킨다. 『논어』 「헌문(憲問)」에 “자로가 말하였다. '환공이 공자 규를 죽이자 소홀은 죽었고 관중은 죽지 않았으니, 관중은 인자(仁者)가 아닐 것입니다.' 공자께서 말씀하셨다. '환공이 제후들을 규합하면서 병거를 쓰지 않은 것은 관중의 힘이었으니, 누가 그의 인(仁)만 하겠는가? 누가 그의 인(仁)만 하겠는가?' 자공이 말하였다. '관중은 인자(仁者)가 아닐 것입니다. 환공이 공자 규를 죽였는데 죽지 못하고 또 환공을 도와주기까지 하였습니다.' 공자께서 말씀하셨다. '관중이 환공을 도와 제후의 패자가 되어 천하를 한번 바로잡음에 백성들이 지금까지 그 혜택을 받고 있으니, 관중이 아니었다면 나는 머리를 풀어헤치고 옷깃을 왼편으로 여미는 오랑캐가 되었을 것이다. 어찌 필부필부들이 소소한 신의를 위하여 스스로 목매어 죽어 도랑에 버려져 아무도 알아주는 이가 없는 것과 같이 하겠는가?'〔子路曰 桓公殺公子糾, 召忽死之, 管仲不死, 曰未仁乎! 子曰 桓公九合諸侯, 不以兵車, 管仲之力也, 如其仁, 如其仁? 子貢曰 管仲非仁者與! 桓公殺公子糾, 不能死, 又相之. 子曰 管仲相桓公霸諸侯, 一匡天下, 民到于今, 受其賜, 微管仲, 吾其被髮左袵矣. 豈若匹夫匹婦之爲諒也, 自經於溝瀆而莫之知也?〕”라는 내용이 보인다.

3 남쪽……죄수 : 춘추 때 초(楚)나라의 대부였던 종의(鍾儀)를 가리킨다. 초 공왕(共王) 7년에 초나라가 정(鄭)나라를 치자 진(晉)나라를 필두로 제후들이 구원하였다. 정나라에서 종의를 잡아 진나라에 바치자 진나라는 종의를 진나라의 군부(軍府)에 가두었다. 2년 뒤에 진 경공(晉景公)이 군부를 시찰할 때 남쪽 지역의 관을 쓰고 갇혀 있는 죄수를 보게 되었는데, 물어보니 종의였다. 그 아비가 영인(伶人)이라 하기에 금(琴)을 타게 하니 남방의 곡을 연주하였고, 초나라의 임금에 대해 물어보니 공경히 태자 때의 총명함을 대답하였다. 범문자(范文子)는 종의가 선친의 직업을 말한 것은 근본을 버리지 않은 것이며, 남방 음악을 연주한 것은 고국을 잊지 않은 것이며, 임금을 높이면서도 사사로움이 없으니 진정한 군자라고 칭찬하고는 경공에게 종의를 돌려보내 진나라와 초나라 사이에 강화를 맺게 하였다. 『春秋左傳 成公 7年, 9年』

武[4]가 맹세하는 마음을 변치 않고 어렵게 본국으로 돌아왔을 때 군자의 비난이 없었던 것이다.

근고近古에 있었던 심하深河의 전역戰役[5]의 경우, 천자의 군대 파병 요구에 조선은 집결기한에 맞추어 멀리 출동하게 되었다. 자암 이공은 이때 원수의 종사관으로서 중군中軍에 있었는데, 전군前軍이 전복되어 사졸들이 사람의 기색이 없었다.

이때 주장인 강홍립姜弘立[6]은 이미 광해군의 밀지를 받들어 상황에

---

4 소무(蘇武) : 서한(西漢) 무제(武帝) 때 사람이다. 천한(天漢) 원년(B.C.100)에 중랑장(中郎將)으로 흉노(匈奴)에 사신을 갔다가 억류되었다. 흉노의 선우(單于)가 투항을 권유하며 굴에 집어넣고 음식을 주지 않자 소무는 눈을 씹고 전모(旃毛)를 삼키며 절개를 지켰다. 북해(北海)로 추방하자 한(漢)나라의 절(節)을 잡고 19년간 양을 쳤다. 소제(昭帝) 시원(始元) 6년(B.C.81)에 흉노와 화친하게 되자 소무는 한나라에 돌아오게 되었는데, 한나라 조정에서는 그에게 전속국(典屬國)을 제수하였으며, 선제(宣帝) 때에는 관내후(關內侯)의 작위를 하사하였다. 80여 세의 나이로 병사(病死)하였다. 『前漢書 卷54 蘇武傳』

5 심하(深河)의 전역(戰役) : 1619년 3월에 심하에서 있었던 연합군과 후금의 싸움을 이른다. 후금(後金)의 팽창이 가속화되자 명(明)나라는 후금의 진출을 저지하기 위해 본격적인 압박을 가하였다. 명나라가 이이제이(以夷制夷)의 방책에 따라 1618년 무순(撫順)이 함락된 이후 지속적으로 대(對)후금 전쟁에 대한 조선의 참전을 요구하자, 조선은 1618년(광해군10) 7월에 이 요구를 수락하여 강홍립(姜弘立)을 오도 도원수(五道都元帥)로 삼아 조선군 1만 3천 명을 동원하였다. 당시 연합군의 전력은 명군 7만, 여진연합군 2만, 조선군 1만 3천으로 대략 10만~11만으로 추정되는 반면, 후금군은 6만 가량이었다. 압록강을 건너 2월에 명나라 군대와 합류한 조선군은 명나라의 전략에 따라 진군하였으나, 살리호 부근에서 명군은 후금에게 괴멸되었고, 조선군도 보급의 난항 속에 심하 부근의 전투에서 후금에게 대패하였다. 도원수 강홍립은 후금에 항복하였다. 『燃藜室記述 卷21 廢主光海君故事本末 深河之役』

6 강홍립(姜弘立) : 1560년(명종15)~1627년(인조5). 자는 군신(君臣), 호는 내촌(耐村), 본관은 진주(晋州)이다. 1618년(광해군10), 후금(後金)이 명나라 변경을 침입하는 등 세력을 확장하자 명나라는 후금을 치기 위해 조선에 원병을 청하여 왔다. 조선은 이때 새로 일어나는 후금을 의식하면서도 임진왜란 때 명나라가 원병을 보냈으므로 어쩔 수 없이 출병을 결정하여 강홍립을 오도원수(五道元帥)로 삼고 부원수를 김경서(金景瑞)로 삼아 1만 3천여 군사를 출동시켰다. 조선군은 1619년 명나라 제독 유정(劉綎)의 군과 관전(寬甸) 방면에서 합류하여 후금군을 일제히 공격하였으나 부차(富車)에서 대패하자, 원수 강홍립은 적진에 통고하여 "조선군의 출병이 부득이하게 이루어졌다."고 밝히고 남은 군사를 이끌어 후금군에 투항하였다. 이는 출정 전에 '형세를 보아 향배를 정하라.'고 한 광해군의 밀명에 의한 것이었다. 투항한 이듬해 조선 포로들은 석방되어 돌아왔으나, 그는 김경서

따라 진퇴할 계책을 하고 있었으나 군중에서는 이것을 알지 못하였는데, 상황이 이에 이르게 되자 화친하는 일에 유혹당하게 되었다. 공은 쟁론하였지만 막을 수가 없었으니, 일개 부장으로서 할 수 있는 일이 없었다. 마침내 사로잡혀 북쪽으로 가서 여러 차례 위태로운 지경에 빠졌으나 오히려 절개를 드높여 굴복하지 않다가 3년 만에야 귀환하였는데, 이 사실이 「책중일기柵中日記」[7]에 나와 있으니 살펴보면 알 수 있다.

공은 억류되어 있을 때에는 곤궁한 처지의 실낱같은 목숨이 아침 저녁으로 적의 칼날을 기다리는 처지였는데도 오히려 찢어진 간책과 어지러운 책자를 정성으로 구해서 글을 기록하여 외고 익히고는 「조문록朝聞錄」이라 불렀고, 돌아올 때에는 소매에 인부印符와 패패牌를 품어 엎어지고 넘어지는 순간에도 잃지 않았으니, 이것은 옛날의 의리이다.

당초에 만 3천여 명의 병력을 거느리고 국경을 나갔다가 혈혈단신으로 다시 압록강을 건너왔으니, 사람들이 그를 볼 적에 구원九原에서 죽은 사람이 다시 살아온 듯이 여겼다. 그런데 어찌하여 오는 길에는 양식이 끊어지고 돌아와서는 다시 원수처럼 그를 잡아 가둔단 말인가? 아! 너무 심하다. 공이 요동과 심양 사이에 있을 때에 청나라 사람들이 공의 유풍을 듣고 흠모하고 감탄하여, 아무개 어른이라고 부르고 이름을 직접 부르지 않았다는 말을 유독 듣지 못했단 말

등 10여 명과 계속 억류되었다가 정묘호란 때에 후금군의 선도(先導)로서 입국하여 강화(江華)에서의 화의를 주선한 뒤 국내에 머물게 되었다. 그러나 역신으로 몰려 관직을 삭탈당하였다가 죽은 뒤에 복관되었다.

7　책중일기(柵中日記) :『자암집』 권5에 「책중일록(柵中日錄)」이란 제목으로 실려 있다.

인가?

계해년(1623) 인조반정에 소인들이 소탕되어 하늘이 개이고 태양이 떠오르게 되자, 즉시 공을 거두어 불러서 지위가 경卿에 이르렀으니, 이는 현명한 군주께서 알아주신 것이다. 주장(강홍립)이 앞에서는 화친을 주장하고 뒤에서는 군대를 운용하여 세상에 죽일 사람의 천한 행실을 하였으니, 이는 향기 나는 풀과 악취 나는 풀이 한 그릇에 담겨져 있더라도 냄새가 다르고 편이 달라 성질이 다른 것과 같다. 공과 무슨 상관이 있겠는가?

그러나 지금까지도 허물이 없는 데에서 허물을 찾는 자들이 이따금 길에서 전해들은 낭설을 주워 모아서 경수涇水와 위수渭水처럼 분명히 구분되는 일8에 시원하게 의혹을 풀지 못하니, 이는 지나친 것이다. 그러나 이는 한때의 일일 뿐이요 오랜 시간이 지나면 여러 시기하는 말이 잠잠해질 것이고, 잠잠해지면 정定해질 것이고, 정해지면 분명해질 것이고, 분명해지면 시원스레 깨닫게 될 것이다. 공이 또 무엇을 한하겠는가?

공은 포부가 크고 어려운 일을 두루 경험하고서 이 경험을 안으로 쌓아 밝은 지혜를 삼고 밖으로 드러내어 계책을 삼았다. 충분히 헤아리고 흔적 없이 완전하게 합쳐서 나열하여 여섯 조항9을 만들고 사사로이 문답을 지으니,10 이는 모두 백성을 편안하게 하고 변방을 안정

---

8 경수(涇水)와……일 : 경수는 흐리고 위수(渭水)는 맑아 뚜렷이 구별된다. 여기에서는 사물의 진위와 시비 및 인품의 우열과 청탁이 뒤섞일 수 없음을 의미한다.

9 여섯 조항 : 『자암집』「건주견문록(建州見聞錄)」에 따르면, 첫째 산성(山城)을 수축(修築)할 것, 둘째 마정(馬政)을 다시 분명하게 할 것, 셋째 병사를 세심하게 가릴 것, 넷째 변방의 군대를 우대할 것, 다섯째 군기(軍器)를 정밀하게 만들 것, 여섯째 무예를 훈련시킬 것 등이다.

10 사사로이……지으니 : 『자암집』권4 「잡저(雜著) 대혹문(對或問)」에서 계해년 인조반정 이후

시키는 계책이었다. 이것이 이른바 "옥을 갈아 기물을 만들듯 근심 걱
정을 주어서 사람을 만들어준다."[11]는 것이 아니겠는가? 후세에 반드
시 국가의 일을 아는 자가 있어서 취할 것이니, 지금은 우선 공경히
기다리노라.

　을축년(1745, 영조21) 중춘 상한上澣에 여주驪州 이익은 쓰다.

조정에서는 광해군 때의 가혹한 정치를 징계하여 사목(事目)을 줄였으나 거행의 실질은 없고 또
폐단의 근원을 제거하는 일을 급히 여기지 않았기 때문에 공이 이것을 말하여 논변한 것이다.

11 근심……만들어준다 : 장재(張載)의 「서명(西銘)」에 "부귀와 복록·이익은 너를 후히 길러 네가
선행을 쉽게 할 수 있도록 하는 것이요, 빈천과 근심·슬픔은 너를 옥처럼 갈아서 사람이 되도록
해주는 것이다.〔富貴福澤, 將厚吾之生也, 貧賤憂戚, 庸玉女於成也.〕"라는 내용이 보인다. 『性理大
全書 卷4 西銘』

김응조(金應祖)

1587년(선조20)~1667년(현종8). 자는 효징(孝徵), 호는 학사(鶴沙), 본관은 풍산(豐山)이며 유성룡(柳成龍)·장현광(張顯光)·정경세(鄭經世)의 문인이다. 17세 때 유성룡을 사사하였으며, 1613년(광해군5)에 생원시에 합격하였으나 광해군의 어지러운 정치를 보고, 문과 응시를 포기하고 장현광의 문하에서 학문 연마에 힘쓰다가 1623년에 인조가 즉위하자 알성문과에 병과로 급제하였는데, 형제 9명 중 5명이 문과에 급제하였다. 1664년(현종5)에는 금성산성(金城山城)의 군량미 문제로 예조판서 홍중보(洪重普)와 병조판서 김좌명(金佐明)의 탄핵을 받았다. 그러나 현종은, 삼조(三朝)를 시종한 신하이고 나이 80세이며 집이 멀리 영남에 있는 점을 고려하여 사면하였다. 저서로는 『학사집』·『사례문답(四禮問答)』·『산중록(山中錄)』·『변무록(辨誣錄)』 등이 있다.

학사집(鶴沙集)

저자의 시문은 1734년(영조10)경 증손 목사공(牧使公) 김정(金侹)이 가장(家藏) 초고를 바탕으로 수집한 뒤 김정의 중형 김개(金价)가 연보와 부록을 추가하고, 눌은(訥隱) 이광정(李光庭)이 편차하였으나 간행되지는 못하였다. 이후 1774년(영조50)에 김정의 차자 김서필(金瑞必)이 위의 고본(稿本)을 간행하기 위하여 의산서원(義山書院)의 유림들과 의논하여 재원을 마련하였으나 원고의 분권 체제가 가지런하지 않는 등 문제점이 대두되었다. 그리하여 퇴계(退溪)의 8대손 이세택(李世澤)이 교정을 끝내고 1774년 8월에 발문까지 썼는데, 이때 만들어진 정고본은 곧 원집 9권에 외집 1권, 세계도, 연보, 부록의 형태였을 것으로 추측된다. 그러나 이때에도 간행은 이루어지지 않았다. 이상정(李象靖)의 서문에 의하면 1776년(영조52)경에 현손 김서필(金瑞必)이 주도하여 원유(院儒)와 이상정의 도움을 받아 위 정고본을 목판으로 간행하였음을 알 수 있다. 이후의 중간 기록은 보이지 않는다. 본 발문은 초간본에 실린 것으로, 고려대학교 중앙도서관장본이다.

이세택(李世澤)

1716년(숙종42)~1777년(정조1). 자는 맹윤(孟潤), 호는 조은(釣隱), 본관은 진성(眞城)이다. 예안(禮安) 출신으로, 황(滉)의 8대손이자 수항(守恒)의 아들이다. 1753년(영조29) 정시문과에 2등으로 급제하였다. 1762년에 우부승지에 오르고 그 이듬해 대사간이 되었는데, 대사간을 제수 받았을 때, 신임사화의 죄인인 이광사(李匡師)를 정계(停啓)하지 않았다 하여 삼사(三司)의 관원이 모두 유배당하였다. 1768년 인동부사(仁同府使)로 있을 적에 살옥(殺獄)을 미연에 방지하지 못하였다는 탄핵을 받고 단양(丹陽)에 유배되었는데, 이때부터 시파(時派)로서 벽파(僻派)의 탄압을 받았다. 그 뒤 정조가 즉위하자 대사헌이 되어 벽파 정후겸(鄭厚謙) 등을 규탄하여 죄상을 밝혔고, 이어 『명의록(明義錄)』을 편찬할 때에 찬집당상관이 되었다. 시문집으로 『조은유고(釣隱遺稿)』가 전한다.

【 24. 학사선생문집 발 】

鶴沙先生文集跋

이세택李世澤 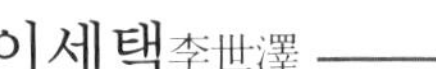

鶴沙先生이 棄後學百有餘年이로되 文稿尙未刊行於世하니 此斯文之
大欠典也라 往在甲寅年間에 先生曾孫牧使公皷이 與當時諸名勝으로
裒稡遺編하니 蓋將圖所以壽其傳者러니 未及厎役에 牧使公이 尋不幸
於耽乇(羅)仕館하고 仲氏同樞公价가 繼修年譜及附錄하니 訥隱李公
光庭이 實爲之編次라

甲午春에 牧使公之仲胤瑞必이 與義山書院章甫로 議出院儲若干하야
料畫刊事로되 而元稿分卷이 第次不齊하야 合有變改하고 字畫亦多訛
舛(천)하며 年譜間或脫漏하니 皆不可不讐校釐正이라 謬來屬余하고 且
請其跋文하다

余固辭以非其人이나 不能得이라 謹受而卒業하고 乃作而言曰 於(오)
惟先生이여 以英特明睿之姿로 撝染西厓, 愚伏, 旅軒諸先正之門하야
其爲學이 蓋自有淵源이요 而釋褐立朝에 又夙負公輔之望이라 經幄論

思之際와 臺閣陳啓之間에 言論明正하고 辭意剴切하야 無非聖道精義
上做來하니 儻使晉躋崇顯之地하야 卒能展布其蘊抱런들 則致澤君民
하고 扶回世道가 匪先生이면 伊誰也리오

惜乎라 其時事乃有不如意者한대 而先生恬退之志로 勇決急流之中하
야 初服故山하야 謝跡名塗하야 召旨聯翩이나 貞操采(미)固라 棲遲考槃
之下하야 不復幡起於昌明之時者 豈先生之本意哉아 雖然이나 先生
旣不得登進猷爲於時한대 卽乃能退修誠正之學하야 日長山林에 道付
滄洲라 崇德廣業하야 以續前脩傳承之緒하고 立言設敎하야 以振衰季
頹懦之風하니 則其有裨於斯世斯道 又何如也오 此余所以不恨先生
之不見用於當朝하고 而惟懼先生遺文之不傳於後者也라

先生平日著述이 雖不多나 亶出性情之正과 義理之奧하야 精白簡當하
야 質而不華하야 不比文章家衒幻繪采而無實於受用하니 卽其隻字片
句 俱爲聖敎之所寓하야 而非虛設也라 若夫四禮問答之編은 尤有功
於考證疑文變節이니 當與晦庵家禮로 竝行而不可廢者라 至於西厓
和議辨誣一錄하야는 則援據事實하고 評訂明的하야 不特破一時流聞
之誤라 闡明先師當日心事하야 以釋千古疑晦之案하니 付入編中하야
鋟印傳布를 亦不可已也라 元稿凡九卷이요 年譜, 附錄一卷이니 合成
全帙하야 以爲鶴沙先生文稿云이라

崇禎後三甲午秋八月下澣에　後學嘉義大夫前行司憲府大司憲眞城
李世澤은 謹跋하노라

　　학사 선생이 후학을 버린 지 백여 년인데 문고가 아직 세상에 간행
되지 못했으니, 이는 사문斯文의 큰 흠이다. 지난 갑인년(1734, 영조
10)에 선생의 증손인 목사공牧使公 정儆이 당세의 여러 명사들과 함께

유고를 모았으니, 이는 장차 오래도록 전할 방도를 도모하기 위한 것
이었는데, 미처 판각하기 전에 목사공이 얼마 후 탐라耽羅의 관사에서
별세하였다. 정의 중씨仲氏인 동추공同樞公 개价가 뒤이어 연보와 부록
을 편수하니, 눌은訥隱 이공 광정李公光庭이 실로 차례를 편집하였다.

갑오년(1774, 영조50) 봄에 목사공의 둘째 아들인 서필瑞必이 의산서
원義山書院[1]의 유림들과 서원에 저축되어 있는 약간의 곡식을 내어 간행
하는 일을 계획하였는데, 원고에 권을 나눈 차례가 고르지 않아서 마땅
히 변경해야 할 부분이 있었고, 글자의 획도 오류가 많았으며, 연보에
는 간혹 누락된 내용이 있어 모두 교정하여 바로잡지 않을 수가 없었다.
이에 과분하게도 나에게 찾아와서 부탁하고 또 그 발문을 청하였다.
나는 한사코 적임자가 아니라고 사양하였으나 허락을 받지 못하였다.
이에 삼가 받아서 다 읽어보고는 마침내 일어나 다음과 같이 말하였다.

아! 선생은 영특하고 명민한 자품으로 서애西厓[2]·우복愚伏[3]·여헌旅
軒[4] 등 여러 선생의 문하에서 수학하여 그 학문이 본래 연원이 있었고,
석갈釋褐[5]하여 조정에 서서는 또 일찍부터 공보公輔[6]의 기대를 받았다.

---

[1] 의산서원(義山書院) : 경상북도 영풍군(榮豐郡) 장수면(長壽面) 성곡리(星谷里)에 있었다. 광해
군 2년(1610)에 창건하고 이개립(李介立)을 봉향하였으며, 정조 23년(1799)에 김응조(金應祖)를
추가 배향하였다. 고종 5년(1868)에 훼철되었다.

[2] 서애(西厓) : 유성룡(柳成龍 1542, 중종37~1607, 선조40)의 호로, 자는 이견(而見), 본관은
풍산(豊山)이다.

[3] 우복(愚伏) : 정경세(鄭經世 1563, 명종18~1633, 인조11)의 호로, 자는 경임(景任), 본관은
진주(晉州)이다.

[4] 여헌(旅軒) : 장현광(張顯光 1554, 명종9~1637, 인조15)의 호로, 자는 덕회(德晦), 본관은 인동
(仁同)이다.

[5] 석갈(釋褐) : 평민의 옷을 벗는 것으로, 처음으로 관직에 나아감을 이른다. 후대에는 과거에 급제
하는 것을 지칭하게 되었다.

경연經筵에서 논사論思하고 대각臺閣에서 진계陳啓할 때 논리가 정연하고 바르며 말뜻이 간절하여 성인의 도와 정밀한 의리에서 나오지 않은 것이 없었으니, 만일 높고 현달한 지위에 나아가서 끝내 그 쌓은 포부를 다 펼쳤더라면 훌륭한 군주를 만들고 백성들에게 은택을 내리며 세도世道를 만회하는 것이 선생이 아니고 그 누구였겠는가?

애석하게도 세상일이 여의치 않자, 선생은 편안히 물러나려는 뜻으로 급류의 가운데에서 용감히 결단하여[7] 고향 산천으로 돌아와 명예의 길에서 자취를 사절하였다. 임금의 부르시는 전지가 이어졌으나 곧은 지조가 더욱 견고하여 고반考槃[8]의 아래에서 한가로이 노닐며 나라가 번창하고 밝은 때에 마음을 돌려 다시 일어나지 않았으니, 이것

---

6 공보(公輔) : 삼공(三公)과 사보(四輔)로, 모두 제왕을 보좌하는 재상과 같은 대신들을 가리킨다.

7 급류의……결단하여 : 급류 속에서 용감히 물러날 수 있는 사람이라는 뜻으로, 관로(官路)가 한창 트인 때에 은퇴하여 명철보신하는 것을 말한다. 송(宋)나라 소백온(邵伯溫)의 『문견전록(聞見前錄)』에 다음과 같은 이야기가 나온다. "송나라의 진단은 전약수와 만나기로 약속하였다. 전약수는 도착했을 때 진단이 한 노승과 화로를 끼고 앉아 있는 것을 보았다. 노승은 전약수를 한동안 바라보더니 부젓가락으로 '할 수 없다'는 글자를 재로 쓰고서 천천히 말하기를 '급류 가운데서 용감히 물러날 사람이다.' 하였다. 이는 전약수가 신선은 될 수 없지만 관로에 오래 미련을 둘 사람은 아니라는 것을 의미한 것이었다. 뒤에 전약수는 관직이 추밀부사에 이르렀는데 나이 40에 벼슬을 그만두고 물러났다.〔宋陳搏約錢若水相晤. 錢至, 見陳與一老僧擁爐而坐. 僧視若水良久, 以火箸畫灰作做不得三字, 徐曰 是急流中勇退人也. 意思說錢若水做不了神仙, 但也不是久戀官場的人. 後錢官至樞密副使, 年四十卽退休.〕"

8 고반(考槃) : 고반(考盤) 또는 고반(考磐)으로도 쓰는바, 은거할 집을 말한다. 『시경』「위풍(衛風) 고반(考槃)」에 "고반이 시냇가에 있으니 석인의 마음이 넉넉하도다.〔考槃在澗, 碩人之寬〕" 하였는데, 주자의 주에 "고(考)는 이룬다는 뜻이며, 반(槃)은 배회한다는 뜻이다. 즉 은거할 집을 완성하였다는 말이다. 진씨(陳氏)는 '고(考)는 두드린다는 뜻이며, 반(槃)은 기물의 이름이다. 이 기물을 두드려서 박자를 맞추어 노래한 것으로, 동이를 두드리고 질장구를 쳐서 즐거워하는 것과 같은 것이다.' 하였는데, 두 설 중에 어느 것이 옳은지 모르겠다.〔考, 成也. 槃, 盤桓之意, 言成其隱處之室也. 陳氏曰 考, 扣也. 槃, 器名, 蓋扣之以節歌, 如鼓盆拊缶之爲樂也. 二說未知孰是.〕" 하였다. 『詩經集傳 上』

이 어찌 선생의 본의였겠는가?

그러나 선생은 올라가서 당세에 계책을 올릴 수 없게 되자, 마침내 물러나 성의정심誠意正心9의 학문을 닦았다. 그리하여 해가 긴 산림에서 도를 창주滄洲10에 붙이고는 덕을 높이고 업을 넓혀 선현들이 전한 실마리를 잇고, 글을 쓰고 가르침을 베풀어서 쇠한 말세의 무너지고 나약한 풍습을 진작시켰으니, 그렇다면 이 세상과 이 도에 보탬이 있음이 또 어떠한가? 이는 내가, 선생이 당시 조정에서 등용되지 못한 것을 한하지 않고 오직 선생의 유문이 후세에 전해지지 못할까 두려워하는 이유이다.

선생은 평소 저술한 것이 많지는 않으나, 실로 성정의 바름과 의리의 깊은 데서 나와 정밀하고 명백하고 간략하고 합당하여 질박하고 화려하지 않아서, 문장가들의 화려하고 문채나지만 정작 쓸 때에는 실제가 없는 것과 견줄 수가 없으니, 그 한 글자, 한 글귀도 모두 성인의 가르침이 붙여있는 바여서 헛되이 쓴 것이 아니다.

『사례문답四禮問答』11의 편으로 말하면 의심스런 글과 변하는 예절을 고증하는 데 더더욱 공이 있으니, 마땅히 회암晦庵의 『가례家禮』12

---

9 성의정심(誠意正心) : 『예기』 「대학(大學)」에 "그 마음을 바르게 하려는 자는 먼저 그 뜻을 진실하게 한다.〔欲正其心者, 先誠其意.〕" 하였고, 당(唐)나라 한유(韓愈)는 「원도(原道)」에서 "그러니, 이른바 마음을 바르게 하고 뜻을 진실하게 한다는 것은 장차 훌륭한 일을 하기 위한 것이다.〔然則所謂正心而誠意者, 將以有爲也.〕" 하였다.

10 창주(滄洲) : 물가로, 은사(隱士)가 거처하는 하는 곳을 말한다.

11 사례문답(四禮問答) : 김응조가 인조 23년(1645)에 엮은 예학서로, 예학의 질문에 대한 이황(李滉)·정구(鄭逑)·장현광(張顯光) 등의 답변서를 수록한 것이다.

12 회암(晦庵)의 가례(家禮) : 회암은 송(宋)나라 주희(朱熹 1130~1200)의 호이다. 『가례』는 『문공가례(文公家禮)』라고도 하나 이것은 후인의 의작(擬作)이라는 설도 있는바, 고려 말 주자학과 함께 우리나라에 전래되었다. 그 뒤 명(明)나라 성화(成化) 연간에 구준(丘濬)이 위의

와 함께 행해져서 폐할 수 없는 것이요, 서애의 「화의변무록和議辨誣錄」[13]에 이르러서는 사실을 근거하여 평정評訂한 것이 분명하고 정확하여 다만 한때 풍문의 오류를 깨뜨렸을 뿐만 아니라 선사先師의 당일의 심사를 천명하여 천고의 의심스러운 문제를 풀어주었으니, 이것을 편 안에 넣어서 판각하여 전하는 것을 또한 그만둘 수 없는 것이다. 원고는 모두 9권이고 연보와 부록이 1권인데, 이것을 모아 전질을 만들어서 학사 선생의 문고로 삼는다.

숭정崇禎 후 세 번째 갑오년(1774, 영조50) 가을 8월 하한下澣에 후학 가의대부嘉義大夫 전 행 사헌부 대사헌前行司憲府大司憲 진성 이세택은 삼가 쓰다.

『주자가례』를 기초로 하고 의절고증(儀節考證)·잡록(雜錄)을 추가하여 『문공가례의절(文公家禮儀節)』 8권을 만들었다. 관(冠)·혼(婚)·상(喪)·제(祭) 사례(四禮)에 관한 예제로, 조선시대에 주자학이 국가 정교(政敎)의 기본강령으로 확립되면서 그 준행이 강요되어, 처음에는 왕가와 조정 중신에서부터 사대부의 집안으로, 다시 일반서민에까지 보편화되기에 이르렀다. 송대(宋代)에 이루어진 이 가례가 한국의 현실과 맞지 않아 많은 예송(禮訟)을 야기하기도 하였지만, 예학과 예학파의 대두는 예와 효를 숭상하는 한국의 가족제도를 발달시키는 데 크게 이바지하였다.

13 서애의 「화의변무록(和議辨誣錄)」:『학사집』 권5 잡저(雜著)에 「서애유선생변무록(西厓柳先生辨誣錄)」이란 글이 보인다.

장유(張維)

1587년(선조20)~1638년(인조16). 자는 지국(持國), 호는 계곡(谿谷), 본관은 덕수(德水)이다. 우의정 김상용(金尙容)의 사위이자 효종 비 인선왕후(仁宣王后)의 아버지이며, 김장생(金長生)의 문인이다. 1623년 인조반정에 가담하여 정사공신(靖社功臣) 2등에 녹훈되고, 대사간·대사성·대사헌 등을 역임하였다. 1624년 이괄(李适)의 난 때 공주(公州)로 왕을 호종한 공으로 이듬해 신풍군(新豊君)에 수봉, 이조참판·부제학·대사헌 등을 지내고 1627년 정묘호란이 일어나자 강화(江華)로 왕을 호종하였다. 1631년 원종추숭론(元宗追崇論)이 대두되자 불가함을 주장하고 전례문답(典禮問答) 8조를 지어 왕에게 바쳤다. 1636년 병자호란 때 공조판서로 최명길(崔鳴吉)과 더불어 강화론을 주장하였다. 이듬해 우의정에 임명되었으나 어머니의 부음으로 18차례나 사직소를 올려 끝내 사퇴하였고, 장례 후 과로로 병사하였다. 천문·지리·의술·병서 등 각종 학문에 능통하였고, 서화와 특히 문장에 뛰어나 이정귀(李廷龜)·신흠(申欽)·이식(李植) 등과 더불어 조선 중기 문장 사대가로 불린다. 신풍부원군(新豊府院君)에 진봉(進封)되었으며 영의정에 추증되었다. 시호는 문충(文忠)이다.

계곡집(谿谷集)

저자는 졸하기 하루 전에야 절필(絶筆)할 정도로 많은 저술을 하였고, 또 스스로 정리해 놓는 일에도 힘을 기울였다. 1643년(인조21)에 아들 장선징(張善澂)은 저자가 32세 되던 1618년 8월에 직접 사부(詞賦)·운어(韻語)·고문(古文) 등의 저술을 모아 4권으로 정리해서『묵소고갑(默所稿甲)』이라 이름 붙인 것에 1635년 6월에 그간의 저술을 다시 26권으로 분류·편차하여『계곡초고(谿谷草稿)』라고 이름 붙인 정고본(定稿本) 및 1635년 1월에 편차해 둔『계곡만필(谿谷漫筆)』을 덧붙여서, 박미·이명한(李明漢)·김상헌(金尙憲)·이식의 서문을 받아 광주(光州)에서 목사 이각(李恪)의 도움으로 저자의 문집을 간행하였다. 이후의 중간 기록은 보이지 않는다. 본 서문은 1643년에 간행된 초간본에 실린 것으로, 규장각장본이다.

박미(朴瀰)

1592년(선조25)~1645년(인조23). 자는 중연(仲淵), 호는 분서(汾西), 본관은 반남(潘南)이다. 1603년(선조36) 선조의 딸 정안옹주(貞安翁主)와 결혼하여 금양위(錦陽尉)에 봉해졌다. 어릴 때부터 문예에 능했고 이항복(李恒福)에게 배웠으며, 장유(張維)·정홍명(鄭弘溟) 등과 사귀었다. 1638년(인조16) 동지 겸 성절사(冬至兼聖節使)로 청나라에 다녀온 뒤 금양군(錦陽君)으로 개봉(改封)되었다. 글씨에도 뛰어나 많은 유묵(遺墨)이 있는데, 서체는 특히 조맹부(趙孟頫)의 서체를 따랐다. 저술로는『분서집(汾西集)』이 있고, 글씨는『참판박이저비(參判朴彝著碑)』·『영흥부사이수준갈(永興府使李壽俊碣)』등이 있다. 시호는 문정(文貞)이다.

【 25. 계곡집 서 】

谿谷集序

박미 朴瀰 ————

故谿谷張相君持國은 起孤하야 生甫成童에 已以詞賦名大噪一世하니
諸長德先執의 招要嘉賞이 不翅阿戎이요 而衣縫掖者 靡不踵門하야
求一見儀若鸞鳳하야 願畢一日之驩하고 得備縉帶之末하야 惟恐以鹵
莽(노무)退棄로되 乃公穆然自將하야 口吶(눌)若不能出者라 及赴試闈
에 跬武不離座어늘 質叩者趾相躡이로되 而辨應不少閟(비)하니 退而咸
一口詫호되 公器量이 不足爲文字搰이라 公二十에 成進士하고 二十三
에 決大科로되 猶然談者 嗟其晩且屈하니 則人士之望을 可知已라
不佞이 少受室城西하니 爲公舊第라 大夫人所居 與舊第夾一墻而近
이러니 旣而요 大夫人이 買屋城南하야는 則與不佞親舍鱗次라 公不以
不佞僇人하야 而辱收以伍擧, 聲子之好하고 又辱以觚翰行誼로 相砥
礪하야 一篇一句를 未始不相訂相難也라 嗟呼라 轉頭之頃에 倏過半
百하야 而公則已矣라 頫昂(俯仰)人世에 忽忽無生趣러니 而公之子善

澂이 以公集序로 見屬하니 嗟呼라 斯皆平素所相訂相難者니 得公之
全에 何待卒業이리오

不佞이 猥云 童習이나 白紛棘澁決裂하야 老不成章하니 何敢遠附玄晏
이완대 而强以不潔로 抛之佛頭也리오 雖然이나 當公疾革(극)하야 已不
可爲로되 而猶索不佞近所爲文數通하야 申申砭射(폄석)不休하니 則不
佞亦何敢卒辭리오 遂拉涕而言曰 文之爲道 果可以易言之乎哉아 夫
文之與道는 交相爲用하니 可離면 非文也라 三代以上은 斯道大行하야
文則言이니 言은 法也요 法則言이니 言은 文也니 典, 誥, 謨, 訓이 皆是
物也라 三代旣衰에 道不在上하니 吾夫子以天縱將聖으로 身任述作하
사되 其言이 若修辭立其誠과 辭達而已矣와 文明而止者 不一書하니
是知達者爲經世요 止者爲垂世라

世道交喪에 文爲虛車로되 而孔明이 尙以三代氣象으로 出師兩表가 髣
髴訓命하니 庶幾乎文不離道라 後世韓, 歐, 蘇, 曾數君子 謂爲因文
悟道하니 固非卮(치)言이요 自餘歷代諸子 林立雲委하니 其組織邊幅하
고 揣搉文綺者 雖繪繢(회회)溢目하고 酸醎適口나 猶之乎羊質虎皮하
니 惡在乎辭達明止也哉아 顧工者는 直欲以人巧而奪天造하야 自託
於不朽하니 若曹子桓之倫이 是已라 子桓이 負扆(의)九五하고 三分有
二하야 威無所不殫이로되 而必以大業盛事로 歸之蟲篆하야 以爲非榮
樂年壽所可喩者라하니 亦合夫言而不文이면 行之不遠之義라 矧(신)乎
文不離道하야 交相爲用을 若谿谷相君者는 則大業盛事를 將焉所避리
오 而謂之經世垂世라도 夫誰曰不然이리오

蓋公未冠에 已盡讀四書, 二經, 騷, 選, 莊, 韓等書하니 是惟無讀이언
정 讀必窮極其究하고 挑抉其微하야 涵演咀嚼하야 體之身心이라 詞賦
之外에 文已爾雅腴暢하야 闞(란)入昌黎之室이러니 已喟然於文道之辨
하야 輒屈首而沿閩, 關, 洛, 濂하야 上泝乎泗洙하야 縷析理氣性情之

分이라 雅不欲以講學見跡하고 不拘拘矜持하야 諧謔不廢하야 弛張互用하며 道釋二端도 亦在傍通하야 凡天地萬象의 鉅細幽顯이 擧了然心目이라 旣載筆西廂이러니 旋遘黨禍하야 居閒處困에 益盡讀先秦兩漢皇明諸大家言하야 發爲文章하니 惟所謂澤之仁義道德而炳然者 可以當之라

其於有韻之文에 少不屑爲로되 第於五言에 間出一二하면 往往超晉乘而上之하니 要爲染指러니 暨坐廢以還으로 始耽李唐家言하야 毋論春容大篇하고 卽寂寥數語도 亦必伏讀繹誦하야 如博士弟子라 公嘗曰 吾不敏故로 欲絕則必讀絕하고 欲律則必讀律이라하시니 斯其立誠之篤이니 寧詎非耳目所創聆創覩者哉아 又嘗許謂不佞하되 吾詩不能韻而有致하니 韻出天得이요 致可力致라하시니 不佞이 未嘗不心折誠服하야 奉若功令이라 嗟呼라 譬之器하면 則淸廟明堂의 四瑚八璉이요 譬之馬하면 則聲中鑾和하고 步中繩引이니 雖有喙三尺이나 其口自扦리니 必有能辨之者리라

相君이 主盟葵丘하야 手執牛耳한대 鉛槧之士 率在下風이어늘 而不佞이 不免時有軒輊者는 亦有說焉이라 不佞早廢하야 毋與於喜起綸綍之道일새 自惟百世之業은 逝將爲匠心하야 意古取材取法者左袒이러니 而公諷其不然하야 文者는 言也니 言從心出이 爲文이라 文而不從心出이면 爲不文이라하시니 不佞이 竊有味乎其言之也로되 亦不能離而去之者는 實懼爲壽陵人之學步也라

嗟呼라 根於實心하고 典於實學하야 文與道交相爲用하야 而人巧天造를 賅收而駢得하야 不宣因文而悟하면 則韓, 歐, 蘇, 曾이 殆瞠乎後矣리라 孟子有言 五百歲에 必有名世者라하시니 吾不敢知로되 從玆以往으로 五百歲에 有能兩持國者哉아 昔王元馭(어) 敍元美曰 吾知吾元美而已라하니 不佞亦曰 吾知吾持國而已라하노라

時癸未首夏旣望에 友人羅州朴瀰는 敍하노라

　고故 장상군 지국張相君持國은 고아로 일어났다. 태어나 겨우 성동成
童이 되었을 때 이미 사부詞賦를 잘한다는 명성으로 크게 한 세상에
알려지니, 덕망 있는 어른들과 선배들이 초청하여 아름답게 칭찬하기
를 아융阿戎보다도 더하였으며,[1] 봉액縫掖을 입은 선비들이 문에 달려
가서 난새 같고 봉황 같은[2] 모습을 한번 보기를 구하지 않은 이가 없었
다. 그리하여 하루의 즐거움을 마치고 관대縉帶의 말석에라도 낄 수
있기를 원하여 행여 자신들의 학문이 거칠다 하여 멀리하고 버려질까
두려워하였는데, 공은 몸가짐이 공경하고 입이 어눌하여 말을 잘하지
못하는 자와 같이 하였다.
　그러다가 과장科場에 달려가게 되자 한 걸음도 자리에서 떠나지 않
았는데, 질문하는 자들의 발걸음이 서로 이어졌으나 공이 변론하고
대응함에 조금도 숨기지 않으니, 사람들은 물러 나와서 모두 한입으

---

1 아름답게……더하였으며 : 아융(阿戎)은 진(晉)나라 죽림칠현(竹林七賢)의 한 사람인 왕융(王
戎)을 이른다. 『진서(晉書)』「왕융열전(王戎列傳)」에 "완적은 왕혼과 친구였다. 왕융은 15세의 나이
로 왕혼을 따라와 낭사(郞舍)에 있었는데, 왕융은 완적보다 20세나 어렸지만 완적은 그와 친구가
되었다. 완적은 매번 왕혼을 찾아가면 잠깐 있다 떠나곤 했으나 왕융을 찾아가 만나볼 적엔 한참
뒤에야 나왔다. 완적은 왕혼에게 말하기를 '맑게 트이고 청아하여 경의 무리가 아니네. 경과 이야기하
는 것이 아융과 이야기하는 것만 못하다네.' 하였다.〔阮籍與渾爲友. 戎年十五, 隨渾在郞舍, 戎少籍二
十歲, 而籍與之交. 籍每適渾, 俄頃輒去, 過視戎, 良久然後出. 謂渾曰, 濬沖淸賞, 非卿倫也. 共卿言
不如共阿戎談.〕"라는 내용이 보인다.

2 난새……같은 : 난새와 봉황은 현준(賢俊)한 선비를 비유한다. 『초사』에 "보지 못하였는가? 저
난새와 봉황이 높이 나는 것을, 대 황야에서 모여 난다네.〔獨不見夫鸞鳳之高翔兮, 乃集大皇之壄.〕"
하였는데, 왕일(王逸)의 주에 이르기를 "현자 또한 산림에 살면서 두루 관망하다가 고명한 임금을
만난 뒤에야 비로소 출사해야 함을 말한 것이다.〔以言賢者亦宜處山澤之中, 周流觀望, 見高明之
君, 乃當仕也.〕" 하였다. 『楚辭·惜誓』

로 공의 기국器局과 도량이 문장에 가려질 수 없다고 칭찬하였다. 공은 20세에 진사가 되고 23세에 대과大科에 올랐으나 오히려 말하는 자들은 늦고 또 운이 없었다고 탄식하였으니,³ 그렇다면 선비들의 바람을 알 수 있을 것이다.

불초는 젊어서 성 서쪽에서 장가들었는데, 공의 옛집이었다. 대부인大夫人께서 거처하는 곳이 이 옛집과 담 하나를 끼고 있어 가까웠는데, 얼마 뒤 대부인이 성 남쪽에 집을 사게 되어서는 불초의 어버이 집과 나란히 있게 되었다. 공은 불초를 버려진 사람⁴이라고 여기지 않고 오거伍擧와 성자聲子의 교분으로 거두어 주었으며,⁵ 또 문장과 도의로 절차탁마하여 한 편 한 구의 시문도 일찍이 서로 수정하고 논란하지 않은 적이 없었다.

아, 머리를 돌리는 잠깐 사이에 어느덧 반백년이 지나 공은 이미 별세하였다. 인간세상을 굽어보고 우러러봄에 쓸쓸하여 살맛이 없었

---

3 운이……탄식하였으니 : 1609년(광해군1) 23세 때 별시문과(別試文科)에 을과(乙科)로 합격하자, 사람들은 장유가 장원이 되지 못했다 하여 오히려 운이 없었다고 탄식한 것이다.

4 버려진 사람 : 육인(僇人)은 죽여야 할 죄인이란 뜻이나, 여기에서는 부마의 의미로 쓰였다.

5 오거(伍擧)와……주었으며 : 오래 사귄 벗처럼 반갑게 대하며 허물없이 지냈다는 말이다. 『춘추좌씨전』 양공(襄公) 26년 조에 "초나라의 오참(伍參)은 채태사 자조(子朝)와 벗이었는데 그 아들 오거도 성자(聲子)와 사이가 좋았다. 오거는 왕자모(王子牟)의 딸을 아내로 맞이하였는데, 왕자모가 신공(申公 신읍의 읍재)이 된 뒤 죄를 얻고 외국으로 달아나자, 초나라 사람들은 '오거가 실로 왕자모를 보내준 것이다.' 하였다. 오거는 연루될까 두려워서 정(鄭)나라로 달아나 장차 진(晉)나라로 가려 하였는데, 성자도 사신으로 진나라에 가다가 정나라의 교외에서 만나게 되었다. 두 사람은 주위의 가시나무를 깔고 바닥에 앉아 옛날이야기를 하며 정담을 나누었다. 성자는 말하기를 '자네는 떠나게, 내 반드시 자네를 돌아올 수 있도록 하겠네.' 하였다.〔楚伍參與蔡太師子朝友, 其子伍擧與聲子相善也. 伍擧娶於王子牟, 王子牟爲申公而亡, 楚人曰 伍擧實送之. 伍擧奔鄭, 將遂奔晉, 聲子將如晉, 遇之於鄭郊, 班荊相與食, 而言復故. 聲子曰 子行也, 吾必復子.〕"는 내용이 보인다. 뒤에 성자는 초나라의 영윤 자목(令尹子木)을 설득하여 오거가 다시 초나라에 돌아와서 벼슬할 수 있도록 하였다.

는데, 공의 아들 선징善澂이 공의 문집 서문을 나에게 부탁하였다. 아, 이것은 모두 평소 서로 수정하고 서로 논란하던 것들이니, 공의 글을 완전히 아는 데 어찌 다 볼 필요가 있겠는가?

불초는 외람되이 생각하기를, "어려서부터 문장을 익혔으나 백발이 성성하도록 난삽하고 결렬하여 늙어서도 문장을 이루지 못하였으니, 어찌 감히 멀리 현안玄晏[6]에 붙여서 억지로 불결한 똥을 부처님 머리에 버릴 수 있겠는가?"[7] 하였다. 그러나 공은 병이 위급해서 이미 치료할 수 없는 지경에 이르렀는데도 오히려 불초가 최근에 지은 글 몇 통을 달라고 하여 거듭 수정하기를 그치지 않았으니, 그렇다면 불초가 또한 어찌 감히 끝내 사양하겠는가? 마침내 눈물을 흘리며 다음과 같이 말한다.

문장의 도를 과연 쉽게 말할 수 있겠는가? 문장은 도와 서로 쓰임이 되니, 도를 떠날 수 있으면 문장이 아니다. 삼대三代[8] 이전에는 이 도가 크게 행해져서 문장은 바로 말이었다. 말은 법이었고 법은 말이었으며 말은 문장이었으니, 『서경書經』의 전典·고誥·모謨·훈訓[9]이 모두 이것이다.

그런데 삼대가 쇠한 뒤에는 도가 위에 있지 않게 되었으니, 우리 부자夫子께서는 하늘이 내신 성인으로서 술작述作[10]을 자임自任하셨으

---

[6] 현안(玄晏) : 「임서하집 중간 서(林西河集重刊序)」 각주 참조.

[7] 불결한……있겠는가 : 좋은 글의 앞에 나쁜 서문을 쓰는 것을 가리킨다. 「이준록 서(彝尊錄序)」 각주 참조.

[8] 삼대(三代) : 하(夏)·은(殷)·주(周) 세 왕조를 말한다.

[9] 전(典)·고(誥)·모(謨)·훈(訓) :『서경』의 「요전(堯典)」·「순전(舜典)」, 「중훼지고(仲虺之誥)」·「탕고(湯誥)」·「대고(大誥)」·「강고(康誥)」·「주고(酒誥)」·「소고(召誥)」·「낙고(洛誥)」·「강왕지고(康王之誥)」, 「대우모(大禹謨)」·「고요모(皐陶謨)」, 「이훈(伊訓)」 등을 말한다.

나, "말을 닦아 그 성실함을 확립한다.〔修辭立其誠〕",[11] "말은 뜻을 통하게 할 뿐이다.〔辭達而止〕",[12] "문명에 그친다.〔文明而止〕"[13]라고 말씀하신 것이 한두 번이 아니다. 여기에서 '달達'은 세상을 경륜하는 것이요, '지止'는 세상에 영원히 남기는 것이라는 것을 알 수 있다.

세도世道가 망하여 문장은 빈 수레가 되었으나, 제갈공명諸葛孔明이 삼대三代의 기상으로 지은 전·후「출사표出師表」는『서경』의 훈訓·명命[14]과 비슷하여 "글은 도를 떠나지 않는다.〔文不離道〕"는 것에 거의 가까웠다. 그리고 후세의 한유韓愈·구양수歐陽脩·소식蘇軾·증공曾鞏 등 여러 군자들은 "문장을 통하여 도를 깨달았다.〔因文悟道〕"고 이르는데, 진실로 지나친 말이 아니다.

----

10 술작(述作) :『예기』「악기(樂記)」에 "창작하는 것을 성(聖)이라 이르고 전승하는 것을 명(明)이라 이른다. 명성(明聖)이란 전승하고 창작하는 것을 이른다.〔作者之謂聖, 述者之謂明. 明聖者, 述作之謂也.〕" 하였는데, 뒤에 저술하는 것을 가리키게 되었다. 또『논어』「술이(述而)」에 "공자께서 말씀하셨다. '전승만 하고 창작하지 않으며, 옛것을 믿고 좋아하는 것을 내 가만히 우리 노팽에게 견주노라.'〔子曰 述而不作, 信而好古, 竊比於我老彭.〕" 하였는데, 여기에서는 전승만 하고 창작은 하지 않는다는, 겸손의 의미로 보아야 할 듯하다.

11 말을……확립한다 :『주역』「건괘(乾卦) 문언(文言)」에 "공자께서 말씀하셨다. '군자는 덕을 진전시키고 업을 닦나니, 충신(忠信)은 덕을 진전시키는 것이요 말을 닦아 그 성실함을 확립하는 것은 업을 보유하는 것이다.'〔子曰 君子進德修業. 忠信, 所以進德也, 修辭立其誠, 所以居業也.〕"라는 내용이 보인다.

12 말은……뿐이다 :『논어』「위령공(衛靈公)」에 이 내용이 보인다.

13 문명에 그친다 :『주역』「비괘(賁卦) 단전(彖傳)」에 "비(賁)가 형통하는 것은 유(柔)가 와서 강(剛)을 꾸미기 때문에 형통하는 것이요, 강을 나누어 올라가서 유(柔)를 꾸미기 때문에 가는 바를 두는 것이 조금 이로운 것이니, 이는 천문(天文)이다. 문명(文明)에 그치니, 이것은 인문(人文)이다. 천문을 관찰하여 사시의 변화를 살피며, 인문을 관찰하여 천하를 교화하여 이룬다.〔賁亨, 柔來而文剛, 故亨, 分剛, 上而文柔, 故小利有攸往, 天文也. 文明以止, 人文也. 觀乎天文, 以察時變, 觀乎人文, 以化成天下.〕"는 내용이 보인다.

14 훈(訓)·명(命) :『서경』의「이훈(伊訓)」·「열명(說命)」·「미자지명(微子之命)」·「채중지명(蔡仲之命)」·「경명(冏命)」 등을 말한다.

　그 나머지 역대의 여러 학자들은 빽빽한 숲과 쌓인 구름처럼 많은데, 문장의 구성을 잘 짜 맞추고 찬란하게 문채 나도록 엮은 것이 비록 아름다운 비단이 눈에 넘치고 신맛 짠맛이 어우러져 입에 맞기는 하지만 마치 양고기에 호랑이 가죽[15]과도 같으니, "말은 뜻을 통하게 할 뿐이고, 문명에 그친다."는 것이 어디에 있겠는가?

　돌아보건대 문장을 공교롭게 하는 자는 다만 인교人巧로 천조天造를 빼앗아 스스로 불후不朽에 의탁하고자 하는 것이니, 조자환曹子桓[16] 같은 무리가 이런 경우이다. 조자환은 황제의 자리에 오르고 천하의 3분의 2를 소유하여 위엄이 다하지 않는 바가 없었으나, 반드시 나라를 경륜하는 큰 사업과 영원히 없어지지 않을 성대한 일을 아름다운 문장으로 귀결시켜서 "영화와 즐거움과 수명으로 비유할 수 있는 것이 아니다." 하였으니,[17] 이는 또한 "말이 문채 나지 않으면 전해져도 멀리 가지 못한다."[18]는 뜻에 부합한다. 더구나 문장이 도를 떠나지 않아서

15　양고기에……가죽 : 본바탕은 양인데 가죽은 호랑이[羊質虎皮]라는 뜻으로, 외강내약(外强內弱)의 허울만 좋은 것을 비유한다.

16　조자환(曹子桓) : 자환(子桓)은 삼국시대 위(魏)나라의 문제(文帝) 조비(曹丕 187~226)의 자이다. 조조(曹操)의 셋째 아들로 태어났지만, 유씨(劉氏)가 낳은 조앙(曹昂)과 조삭(曹鑠)이 모두 일찍 죽어 조조의 적장자(嫡長子)가 되었다. 동생 조식(曹植)과 함께 문인으로 명성이 높았다. 『전론(典論)』·『시부(詩賦)』 등 1백여 편을 저술하였다.

17　나라를……하였으니 : 조비의 『전론(典論)』에 "문장이야말로 나라를 경륜하는 큰 사업이요, 영원히 썩어 없어지지 않을 성대한 일이다. 수명도 때가 되면 다하고 영화와 즐거움도 자기 몸에 그치니, 반드시 일정한 기한이 있게 마련인 이 두 가지보다는 무궁히 전할 수 있는 문장이 훨씬 낫다고 할 수 있다.〔蓋文章經國之大業, 不朽之盛事, 年壽有時而盡, 榮樂止乎其身, 二者必至之常期, 未若文章之無窮.〕" 하였다. 『文選 卷52 典論 論文』

18　말이……못한다 : 『춘추좌씨전』 양공(襄公) 25년 조에 "중니가 말하였다. '옛 기록에 이르기를 「말로 뜻을 채우고 글로 말을 채운다.」 하였다. 말을 하지 않는다면 누가 그 뜻을 알아줄 것이며, 말을 해도 문채 나지 않는다면 전해져도 멀리까지 전해지지는 않는다.〔仲尼曰 志有之, 言以足志, 文以足言, 不言, 誰知其志? 言之無文, 行而不遠.〕"라는 내용이 보인다.

서로 쓰임이 되기를 계곡 상군과 같이 한다면 나라를 경륜하는 큰 사업과 영원히 없어지지 않을 성대한 일이 장차 어디로 가겠으며, 나라를 경륜하고 세상에 영원히 남긴다고 말하더라도 그 누가 옳지 않다 하겠는가?

공은 약관 시절에 이미 사서四書‧이경二經(『시경詩經』과 『서경書經』)과 『이소경離騷經』‧『문선文選』‧『장자莊子』‧『한비자韓非子』 등의 책을 읽었으니, 읽지 않을망정 읽으면 반드시 그 깊은 이치를 다 연구하고 그 은미한 이치를 도출해 내서 거기에 푹 빠지고 그 맛을 되씹어 몸과 마음에 체행하였다. 그리하여 사부詞賦 외에는 문장이 이미 고상하고 유창하여 한창려韓昌黎(한유韓愈)의 경지에 깊이 들어갔다. 이윽고 문장이 도道와 나뉘게 된 것을 탄식하고는 곧 머리를 굽혀서 민閩‧관關‧낙洛‧염濂[19]을 거슬러 위로 수사洙泗[20]에까지 올라가서 이‧기理氣와 성‧정性情의 나뉨을 분석하였다. 평소 강학하는 것으로 자취를 드러내고자 하지 않았으며 소소하게 자부심을 갖지 않아 해학을 버리지 않고 엄함과 느슨함[21]을 함께 사용하였다. 도교와 불교 두 가지도 또

---

19 민(閩)‧관(關)‧낙(洛)‧염(濂) : 민은 민중(閩中)의 주희(朱熹), 관은 관중(關中)의 장재(張載), 낙은 낙양(洛陽)의 정호(程顥)‧정이(程頤) 형제, 염은 염계(濂溪)의 주돈이(周敦頤)를 가리킨다. 송대(宋代)의 정주학(程朱學)을 의미한다.

20 수사(洙泗) : 수수(洙水)와 사수(泗水)로, 두 강은 지금의 산동성(山東省) 사수현(泗水縣) 북쪽에서 합류하여 흐르다가 곡부(曲阜) 북쪽에 이르러 다시 두 개로 갈라지는데, 수수는 북쪽에 있고 사수는 남쪽에 있다. 춘추 때 노(魯)나라 땅에 속하였는데, 공자가 수수와 사수 사이에서 제자들을 모아 강학하였기 때문에 뒤에는 공자와 유가(儒家)를 가리키게 되었다.

21 엄함과 느슨함 : 『예기』「잡기 하(雜記下)」에 "팽팽히 잡아당기기만 하고 풀어주지 않는 것은 문왕(文王)‧무왕(武王)도 하지 못하는 것이요, 느슨히 풀어주기만 하고 팽팽히 잡아당기지 않는 것은 문왕‧무왕도 하지 않는 것이다. 한번은 당겼다 한번은 풀어주는 것이 바로 문왕‧무왕의 도이다.〔張而不弛, 文武弗能也. 弛而不張, 文武弗爲也. 一張一弛, 文武之道也.〕" 하였다. 이것은 활을 백성에 비유한 것으로, 장이불이(張而不弛)는 백성을 쉬게 하지 않고 수고롭게만

한 널리 통달하는 대상에 두어 천지만물의 크고 작고 그윽하고 드러난 이치를 모두 마음으로 분명하게 알았다. 서상西廂에서 사관으로 붓을 잡은 지 얼마 되지 않아서 당화黨禍를 만나 한가롭게 거처하고 곤궁함에 처하게 되자,[22] 선진先秦·양한兩漢과 명나라 등 여러 대가의 글을 읽는 데 더욱 전력을 기울여 이것이 문장으로 발로되니, 이른바 "도덕과 인의에 흠뻑 젖어서 찬란하게 되었다."[23]는 것에 해당될 것이다.

운율이 있는 시문에 있어서는 젊어서부터 짓는 것을 좋아하지 않았으나 오언시에 있어서만은 간혹 한두 수를 지었는데 왕왕 진승晉乘을 뛰어 넘었으니,[24] 이는 말하자면 맛보기였던 것이다. 그런데 옥사에

하면 지친다는 것을, 이이부장(弛而不張)은 오랫동안 쉬게 하고 수고롭게 하지 않으면 안일해진다는 것을 비유한 것이다. 여기에서는 유학을 깊이 연구하면서 해학도 버리지 않았음을 의미한다.

22 서상(西廂)에서……되자 : 서상은 궁궐의 서쪽 행랑으로, 백거이(白居易)의 「장한가(長恨歌)」에 "금 대궐 서상의 옥문을 두드리고 다시 소옥(小玉)으로 하여금 쌍성(雙成)에게 전달하게 했네.〔金闕西廂叩玉扃, 轉教小玉報雙成.〕"라는 내용이 보이는바, 소옥과 쌍성은 서왕모(西王母)의 두 시녀 이름이다. 장계곡은 26세 되던 1612년(광해군4) 4월 홍문관 대교(待敎)로 재직할 때 김직재(金直哉)의 무옥(誣獄)에 연루되어 파직당하였는데, 대북파(大北派)가 소북파(小北派)를 제거하기 위하여 김직재 부자가 모반을 모의한 것으로 꾸민 이 옥사에 제부(弟夫) 황상(黃裳)이 모진 신문을 받고 죽었기 때문이었다. 친척이라는 이유로 파직당한 후 장계곡은 안산(安山) 고향집에 은둔하여 독서에 전념하였다. 대교는 예문관의 정8품 벼슬로, 검열·대교와 함께 춘추관의 기사관을 겸하는 사관이었다.

23 도덕과……되었다 : 한유(韓愈)의 문인이자 사위인 이한(李漢)의 「창려문집서(昌黎文集序)」에 "경서에 통달하여 밝게 알았고, 불교를 극력 배척하였으며, 각종 사서(史書)와 제자백가를 남김없이 모두 궁구하였다.……마침내 도덕과 인의에 흠뻑 젖어서 찬란하게 되었다.〔經書通念曉析, 酷排釋氏, 諸史百子, 皆搜抉無隱.……卒澤於道德仁義, 炳如也.〕"라는 내용이 보인다.

24 진승(晉乘)을……넘었으니 : 승(乘)은 춘추 때 진(晉)나라의 역사서이다. 『맹자』「이루 하(離婁下)」에 "진(晉)나라의 『승』, 초(楚)나라의 『도올(檮杌)』, 노(魯)나라의 『춘추(春秋)』는 같은 것이다.〔晉之乘, 楚之檮杌, 魯之春秋, 一也.〕"라는 내용이 보인다. 뒤에 일반 역사서를 지칭하는 말이 되었는데, 여기에서는 선진(先秦) 시대의 문장을 가리키는 것으로 보인다. 일설에는 진승을 진나라의 수레로 보아 '진나라 수레에 뛰어 올라'로 해석하기도 한다. 『춘추좌씨전(春秋左氏傳)』 희공(僖公) 33년 조에 "진(秦)나라 군대가 주(周)나라 북문을 지날 때 좌우의 병사들이 예를 차린다 하여 투구만 벗고 수레에서 내렸다가 바로 다시 뛰어올라 탄 자가 3백 승이었다.〔秦師過

212 | 서발문(序跋文)

연루되어 파직당한 이후로는 처음으로 당唐나라 시인들의 글을 탐독
해서, 여운이 긴 장편은 말할 것도 없고 쓸쓸한 몇 마디 시구일지라도
반드시 공손히 읽고 생각하고 외우기를 박사의 제자들[25]처럼 하였다.
  공은 일찍이 말씀하기를 "나는 명민하지 못하다. 그래서 절구를 지
으려면 반드시 절구를 읽고, 율시를 지으려면 반드시 율시를 읽는다."
하였다. 이는 그 성실함을 앞세우는 돈독함이니, 내 어찌 처음 듣고
처음 보는 바가 아니겠는가? 또 일찍이 불초의 시를 허여하여 말씀하
기를 "자네의 시는 운율은 뛰어나지 못하나 운치가 있으니, 운율은 천
부적으로 타고 나지만 운치는 힘써서 이룰 수 있네."라고 하였다. 불
초는 깊이 공감하고 탄복하여 이 말씀을 법령과 같이 받들지 않은 적
이 없었다. 아, 이것을 그릇에 비유하면 청묘淸廟와 명당明堂의 사호四
瑚와 팔련八璉[26]이요, 말에 비유하면 방울 소리가 난화鸞和에 맞고 걸음
이 먹줄에 맞는 것[27]이니, 입이 석 자라도 말문이 절로 막힐 것인바,[28]

北門, 左右免胄而下, 超乘者三百乘.〕" 하였는데, 필원(畢沅)의 주에 이르기를 "수레에 뛰어올라
탄 것은 용맹을 과시한 것이다." 하였다. 진승(晉乘)은 '진승(秦乘)'의 오기(誤記)인지 자세하지
않다.

25 박사의 제자들 : 한 무제(漢武帝) 때 군국(郡國)의 추천을 받아 박사의 관직 밑에 두고서 수업을
받게 했던 학생들을 말한다. 이들은 박사의 지시에 따라 경전을 전공하였다.

26 청묘(淸廟)와……팔련(八璉) : 청묘는 종묘이다. 『논어』 「공야장(公冶長)」에 "자공이 물었다.
'저는 어떻습니까?' 공자께서 말씀하셨다. '너는 그릇이다.' '무슨 그릇입니까?' '호련이다.'〔子貢問曰
賜也何如? 子曰 女器也. 曰 何器也? 曰 瑚璉也.〕" 하였으며, 또 『예기』 「명당위(明堂位)」에 "유우
씨〔舜〕 때에는 양대를 사용하였으며, 하후씨〔禹〕 때에는 사련을, 은나라는 육호를, 주나라는 팔궤를
사용하였다.〔有虞氏之兩敦, 夏后氏之四連, 殷之六瑚, 周之八簋.〕" 라는 내용이 보이는데, 여기
에서 말하는 대(敦)·연(璉)·호(瑚)·궤(簋)는 모두 서직(黍稷)을 담는 제기(祭器)이며, 특히 호
(瑚)와 연(璉)은 옥그릇이다.

27 방울……맞는 것 : 화(和)와 난(鸞)은 모두 수레에 다는 방울이다. 화는 식(軾)에 있고 난은
재갈〔鑣〕에 있어 말이 움직이면 난이 울리고 화가 이에 호응한다.

28 입이……것인바 : 『장자(莊子)』 「서무귀(徐無鬼)」에 "중니가 말하였다. '저는 말 없는 말이

반드시 이것을 분변하는 자가 있을 것이다.

　　상군相君이 규구葵丘의 맹약에 맹주가 되어 손수 소의 귀를 잡으니,[29] 문학하는 선비들이 모두 그 영향을 받았으나 불초가 때로 공의 문장을 비평하지 않을 수 없었던 것은 또한 이유가 있다. 불초는 일찍 버려진 사람이 되어 임금을 도와 훌륭한 정치를 하는 도[30]에 참여할 수 없었기에, 스스로 백세의 사업을 생각해서 장차 문학적인 구상을 잘하여 옛날에 뜻을 두어 소재를 취하고 법을 취하는 자들의 좌단左袒[31]이 되겠다고 결심하였는데, 공은 그 옳지 않음을 넌지시 깨우쳐서 말씀하기를 "문장

라는 것을 들었습니다. 그러나 아직 이야기해 본 일이 없으므로 이 기회에 한번 말해 보겠습니다. 「초(楚)나라의 백공 승(白公勝)이 반란을 일으키려고 웅의료(熊宜僚)를 꾀었을 때」 웅의료는 공을 가지고 놀며 응하지 않았으므로 두 집안의 재난은 일어나지 않았으며, 손숙오(孫叔敖)는 잠만 자거나 꿩 깃털을 들고 춤만 추었기 때문에 영(郢) 사람은 무기를 버리고 싸움이 일어나지 않았습니다. 「이런 일들은 말로는 충분히 표현할 수가 없습니다.」 제 입이 석 자만 되었어도 조금 더 잘 말할 수 있었을 것입니다.'〔丘也聞不言之言矣，未之嘗言，於此乎言之. 市南宜僚弄丸而兩家之難解，孫叔敖甘寢秉羽而郢人投兵. 丘願有喙三尺.〕"라는 내용이 보인다. 여기에서 '입이 석 자〔三尺喙〕'라는 것은 언변이 뛰어난 사람을 비유한다.

29 상군(相君)이……잡으니 : 규구(葵丘)는 제 환공(齊桓公)이 제후들의 맹주가 되어 동맹을 한 곳이며, 소의 귀를 잡는다는 것은 동맹할 적의 맹주를 이르는 바, 여기에서는 문단의 맹주인 대제학이 된 것을 의미한다. 장계곡은 1628년(인조6) 42세 때, 이조판서로서 홍문관과 예문관의 대제학에 제수되었다.

30 임금을……도 : 『서경』「익직(益稷)」에 "순(舜)임금이 노래하기를 '수족 같은 신하들이 기뻐하여 일하면 머리 같은 임금의 다스림이 흥기되어 백관이 모두 기뻐할 것이다.' 하였다.〔乃歌曰 股肱喜哉，元首起哉，百工熙哉.〕"라는 내용이 보이는 바, 희기(喜起)는 임금과 신하가 화합하여 훌륭한 정치를 하는 것을 말한다. 또『예기』「치의(緇衣)」에 "왕의 말은 실〔絲〕처럼 가늘어도 그 말이 나가면 줄〔綸〕처럼 굵게 된다.〔王言如絲 其出如綸.〕" 하였는데, 공영달(孔穎達)의 소(疏)에 이르기를 "발(綍)은 또 윤(綸)보다도 굵다.〔綍又大於綸.〕" 하였는바, 윤발(綸綍)은 왕의 조령을 가리킨다.

31 좌단(左袒) : 한 고조(漢高祖)가 죽고 여후(呂后)가 조정의 정사를 전횡하면서 여씨 일족의 세력이 커지자 태위(太尉)였던 주발(周勃)은 여후가 죽기를 기다려 여씨 일족을 없애고자 하였다. 그리하여 붉은 기를 들고 군중(軍中)에 들어가서 호령하기를 "여씨를 도울 사람은 오른쪽 어깨를 드러내고 유씨를 도울 사람은 왼쪽 어깨를 드러내라." 하니, 모두 왼쪽 어깨를 드러냈다고 한다. 뒤에 좌단은 올바른 쪽을 두둔하는 것을 가리키게 되었다. 『史記 呂太後本紀』・『史記 孝文本紀』

이란 말이다. 말이 마음에서 나오면 문장이 되고 문장이 마음에서 나오지 않으면 문장이 아니게 된다." 하였다. 불초가 진실로 그 말씀에 흥미를 가졌으나 또한 자신이 해 오던 것을 버리지 못했던 것은 실로 수릉壽陵 사람이 걸음걸이를 배우는 격[32]이 되지 않을까 두려워서였다.

아, 진실한 마음에 뿌리를 두고 진실한 학문을 주장해서 문장과 도가 서로 쓰임이 되며, 인교人巧와 천조天造를 함께 거두고 얻어서 단지 문장을 통해서만 깨닫는 것이 아니라면, 한유韓愈·구양수歐陽脩·소식蘇軾·증공曾鞏이 뒤에서 자못 눈이 휘둥그레질 것이다.

맹자께서 말씀하기를 "오백 년이면 반드시 세상에 이름을 날리는 자가 나온다."[33] 하셨으니, 내 감히 알 수 없으나 지금부터 5백 년 뒤에 두 장지국張持國이 있을 수 있겠는가? 왕원어王元馭[34]가 원미元美[35]의 문집에 서문을 쓰기를 "나는 우리 원미를 알 뿐이다." 하였으니, 불초 또한 "나는 우리 지국持國을 알 뿐이다." 하노라.

계미년(1643, 인조21) 수하首夏 기망旣望에 친구인 나주羅州 박미는 쓰다. 🐚

---

32 수릉(壽陵)……격 : 『장자(莊子)』「추수(秋水)」에 "또 자네는 저 연(燕)나라의 수릉 젊은이가 조(趙)나라의 한단(邯鄲)에 가서 그곳의 걸음걸이를 배웠다는 이야기를 들어보지 못했는가? 그는 그 나라의 걸음걸이를 채 배우기도 전에 옛 걸음걸이마저 잊어버렸으므로 기어서 돌아올 수밖에 없었다고 하네.〔且子獨不聞壽陵餘子之學行於邯鄲與? 未得國能, 又失其故行矣, 直匍匐而歸耳.〕" 라는 내용이 보이는바, 배우려던 것은 제대로 배우지도 못하고 오히려 자신이 갖고 있는 것마저 잃어버리는 것을 의미한다. 한단은 전국시대 조나라의 수도로, 이곳 사람들은 걸음걸이가 훌륭한 것으로 알려져 있다.

33 오백……나온다 : 이 내용이 『맹자』「공손추 하(公孫丑下)」에 보인다.

34 왕원어(王元馭) : 원어(元馭)는 왕석작(王錫爵 1534~1610)의 자로, 명(明)나라 태창(太倉) 사람이다.

35 원미(元美) : 왕세정(王世貞 1526~1590)의 자로, 명나라의 문학가이자 사학가이다. 호는 봉주(鳳洲)·감주산인(弇州山人)이며, 강소(江蘇) 태창(太倉) 사람이다.

오숙(吳翻)

1592년(선조25)~1634년(인조12). 자는 숙우(肅羽), 호는 천파(天坡), 본관은 해주(海州)이다. 1610년(광해군2) 진사시에 합격하고 1612년 증광 문과에 병과로 급제하여 약관에 과거로 이름을 떨쳤다. 이후 벼슬을 버리고 장유(張維)·이명한(李明漢) 등과 교유하며 삼각산(三角山)에서 독서하였다. 1621년 종사관으로 원수 한준겸(韓浚謙)을 따라 관서(關西)의 군무를 돌아보고 돌아왔다. 이후 문학에 조예가 깊은 신하로 뽑혀 호당(湖堂)에 들어갔다. 1624년 이괄(李适)의 난 때 왕을 공주(公州)로 호종하였고, 이듬해 명(明)나라에 다녀왔다. 정묘호란이 일어나자 왕을 강도(江都)에 호송하였다. 1633년 황해도 관찰사가 되었는데, 마침 명나라 장군 모문룡(毛文龍)의 가도(椵島) 유진(留鎭)으로 인해 빚어진 대청(對淸) 관계를 원만히 해결하여 민심을 수습하였다. 이듬해 명나라 사신 황손무(黃孫武)의 접반사로 가도에 갔다가 돌아오는 도중 송도(松都)에서 죽었다. 특히 기유시(紀遊詩)에 뛰어났다. 이조참판 겸 양관 제학에 추증되었다.

천파집(天坡集)

저자의 시문은 저자 사후에 동생 오빈(吳翻)이 정리하여 간행하였다. 1638년(인조16)에 오빈은 동지 성절사(冬至聖節使)로 같이 가게 된 박미(朴瀰)에게 발문을 부탁하였으나 간행은 이루어지지 않았다. 그 뒤 1646년에 오빈이 진수복사(晉州牧使)가 되었을 때 이경석(李景奭)과 정두경(鄭斗卿)에게 서문을 받아 진주에서 목판으로 간행하였다. 이후 중간한 사실은 기록으로 남아 있지 않다. 본 서문은 이 초간본에 실린 것으로, 규장각장본이다.

이경석(李景奭)

1595년(선조28)~1671년(현종12). 자는 상보(尙輔), 호는 백헌(白軒), 본관은 전주(全州)이며 김장생(金長生)의 문인이다. 1617년(광해군9) 문과에 급제하였으나 폐비론(廢妃論)에 반대하다 취소되었다. 1623년 인조반정 후 알성문과에 급제한 후 관직이 영의정에 올랐으며, 기로소(耆老所)에 들어가 궤장(几杖)을 하사받았다. 청(淸)나라의 침략으로 인한 위기에서 국가를 구하는 데 큰 공을 세웠으나 송시열(宋時烈) 등 명분을 앞세우는 인물들에 의해 삼전도(三田渡) 비문 작성과 같은 현실적인 자세가 비판의 대상이 되기도 하였다. 시호는 문충(文忠)이다.

【 26. 천파집 서 】

天坡集序

이경석 李景奭 ──────

天坡吳䎘歿而十三年에 其文集이 始將行于世하니 其弟䎘氏 宰晉州하야 千里飛書하야 屬余引之라 余唱而曰 䎘詩文이 自足以不朽니 余惡(오)敢重輕哉리오마는 其於知䎘之深은 則莫我若也니 亦惡敢辭리오 余聞詩而無韻致하고 文而無氣格이면 則猶水母之無蝦니 固無以傳諸後요 就使傳之라도 其傳也不遠이라 世之所謂操觚之家 靡不獵聲耦하고 飾采澤하야 鬪巧誇靡하야 以鼓其價로되 而求諸韻致與氣格하면 則得之者 蓋鮮矣라

如吾䎘는 自總卯時로 杜門伊(咿)唔하야 探經傳之奧하고 田百氏之藪하야 而嚌其胾(자)하고 且相與浸灌切瑳於一代之文苑하야 如竹之括하고 如玉之礱하니 如川河之有源委하야 弸中彪(표)外하야 發而爲辭에 名章逈句가 迭作間起하야 曄然其彩요 鏗然其音이니 大抵皆可諷也라 文亦紆餘遒麗하야 彬彬然有古作者之風하니 其於不朽之業에 一何盛

也오 雖然이나 此特肅羽之殘膏耳라 肅羽平生에 內行篤至하고 性復通
敏하야 於世務에 無鉅細히 悉能曉暢이라 又老於吏하야 入則論思獻納
하고 視草演綸하야 閱木天之籍하고 讀湖堂之奏하며 出則剖竹鳴琴하고
橫槊(삭)草檄하야 按澄淸之轡하고 擁油幢之節하며 或周旋乎華使之賓
筵하고 或奔走乎中國之水陸하야 左右俱宜하야 赴機中窾(관)하야 恢恢
乎地有餘矣라

不幸天衢萬里에 中途而仆하니 此所以同朝結埋玉之慟이요 聖主興亡
鑑之歎이니 吁可惜也라 如使天與之年하야 究其遠業이런들 則執牛耳하
고 主齊盟이 宜無讓於前人이요 而其所以揄揚鴻藻하고 黼黻潤色하야
大鳴於世者 直與往昔名雋으로 竝駕齊駕하리니 豈特使烟霞奪色하고
草木增光而已哉아

噫라 余嘗與肅羽로 往賞中興水石할새 政値九月하야 楓菊交映이라 相
與吟嘯徜徉하야 竟日忘歸하야 悠然有羊, 何之興하니 思之如昨日事로
되 而已二十有五年所라 今余尙寄世間하야 爲肅羽作此文이 適當暮
秋하니 又何悲也오 抑回望碧霞白雲之界하니 三峯秀出하야 來人軒窓
하야 逸氣高標가 髣髴在目하니 一讀遺稿하면 淸風滿襟하리니 肅羽眞不
朽矣라 肅羽는 名翻이요 天坡는 其號也라
歲舍丙戌九月下澣에 白軒李景奭은 序하노라

　　천파天坡 오숙우吳肅羽가 별세한 지 13년 만에 그 문집이 비로소 세
상에 전해지게 되니, 그 아우인 오빈吳翻[1]씨가 진주晉州의 읍재邑宰(목

---

[1] 오빈(吳翻) : 1602년(선조35)~1685년(숙종11). 자는 빈우(賓羽), 호는 농재(聾齋), 본관은 해
주(海州), 시호는 숙헌(肅憲)이다.

사牧使)가 되어서 천 리 멀리 있는 나에게 편지를 보내어 서문을 부탁하였다. 나는 탄식하고 말하기를 "숙우의 시문은 절로 세상에 영원히 남을 것이니, 내 어찌 감히 서문을 써서 이 문집의 가치를 높일 수 있겠는가? 그러나 숙우를 깊이 아는 것에 있어서는 나만한 이가 없으니 또한 어찌 감히 사양하겠는가?" 하였다.

내 들으니 "시에 운치韻致가 없고 문장에 기격氣格이 없으면 해파리에 새우가 없는 것과 같아서[2] 진실로 후세에 전할 수 없고, 가령 전해진다 하더라도 그 전하는 것이 멀리 가지 못한다."고 하였다. 세상에서 말하는 문장가들 중에 성률(음률)의 대구對句를 추구하고 문채를 꾸며서 공교로움을 다투고 화려함을 자랑하여 그 성가를 높이려 하지 않는 이가 없지만, 운치와 기격을 찾아보면 얻은 자가 드물다.

우리 숙우는 총각 시절부터 문을 닫고 책을 읽어서 경전의 심오한 뜻을 탐색하고 제자백가의 숲에서 사냥하여 그 고기를 맛보았으며, 또 한 시대의 문단에서 서로 영향을 주고 절차탁마切磋琢磨하여 마치 대나무를 깎아 오늬〔括〕를 만들고 옥을 갈아 기물을 만들듯 하였으니, 강하江河에 근원과 지류가 있는 것과 같다.

그리하여 안이 꽉 차면 문채가 절로 밖으로 표출되듯,[3] 발로하여 문

---

2 해파리에……같아서 : 『문선(文選)』「강부(江賦)」 중 "수모목하(水母目蝦)"에 대한 이선(李善)의 주에 "해파리는 눈과 귀가 없기 때문에 사람을 피할 줄 모른다. 언제나 새우에게 의지해 따라다니는데, 새우가 사람을 보고 놀라면 이 해파리도 따라서 숨는다.〔(水母)無耳目, 故不知避人. 常有蝦依隨之, 蝦見人則驚, 此物亦隨之而沒.〕"라는 내용이 보인다. 시에는 반드시 운치가, 문장에는 반드시 기격이 있어야 후세에 전해질 수 있음을 말한 것이다.

3 안이……표출되듯 : 한(漢)나라 양웅(揚雄)의 『법언(法言)』「군자(君子)」에 "어떤 사람이 묻기를 '군자는 말을 하면 문장이 되고 움직이면 덕이 되는 것은 무엇 때문입니까?'라고 하자, 대답하기를 '안이 꽉 차서 밖으로 드러난 것이기 때문이다.' 하였다.〔或問 君子言則成文, 動則成德, 何以也? 曰 以其弸中而彪外也.〕"라는 내용이 보인다.

장을 짓자 이름난 글과 뛰어난 시구가 번갈아 나와서 그 문채가 찬란
히 빛나고 그 소리가 아름답게 울리니, 대체로 모두 읊을 만하다. 문
장 또한 여유 있고 힘차고 아름다워서 빈빈彬彬하게 옛날 작가의 유풍
이 있으니, 불후不朽의 사업에 있어 어찌 그리도 훌륭한가?

　　그러나 이것은 단지 숙우의 남은 고택膏澤일 뿐이다. 숙우는 평소
안의 행실이 독실하였으며 재주가 또 통달하고 명민해서 세상의 일에
크고 작은 것 할 것 없이 모두 밝게 알았다. 또 관리의 직책에 노련하
여, 내직으로 들어와서는 경연에서 좋은 계책을 바치고 조칙詔勅의 초
안을 잡으며 한림원의 서적을 열람하고 호당湖堂의 주장奏章을 읽었으
며, 외직으로 나가서는 죽부竹符를 나누어 갖고[4] 금琴을 연주하여 백성
들을 편안히 하며,[5] 창을 비껴들고 격문檄文을 초하였다.[6] 그리고 고삐
를 잡고는 세상을 깨끗하게 만들겠다는 각오를 다지고[7] 유당油幢[8]의

4　죽부(竹符)를……갖고 : 죽부는 죽사부(竹使符)의 줄임말이다. 원래는 한(漢)나라 때 대나무로
만든 신표로, 오른쪽 것은 서울의 궁중에 두고 왼쪽 것은 군국(郡國)에 주었다. 군(郡)의 수(守)에게
동호부(銅虎符)와 죽사부를 주었는데, 군대를 출동할 때 동호부를 사용하는 외에는 모두 죽사부를
사용하였다. 여기에서는 지방 관리의 인부(印符)를 가리킨다.

5　금(琴)을……하며 : 『여씨춘추(呂氏春秋)』「찰현(察賢)」에 "복자천(宓子賤)이 단보(單父)를 다
스릴 때 금(琴)을 연주하고 그 자신은 당에서 내려오지 않았으나 단보가 잘 다스려졌다.〔宓子賤治單
父, 彈鳴琴, 身不下堂而單父治.〕"라는 내용이 보인다. 여기에서는 지방관으로서 정사를 간소하게
하고 형정(刑政)을 분명하게 하여 고을이 함이 없이 다스려진 것〔無爲而治〕을 칭송하여 이른 말이다.

6　창을……초하였다 : 『남제서(南齊書)』「원영조전(垣榮祖傳)」에 "만일 조조·조비가 말에 올라
서는 창을 비껴들고 말에서 내려와서는 담론한 것과 같이 한다면 천하에 마시고 먹는 것을 저버리지
않을 수 있다.〔若曹操曹丕上馬橫槊, 下馬談論, 此於天下可不負飮食矣.〕"라는 내용이 보인다.

7　고삐를……다지고 : 『후한서(後漢書)』「당고전(黨錮傳) 범방(範滂)」에 "이때 기주(冀州)에 흉년
이 들어 도적이 떼 지어 일어나자 범방을 청조사(淸詔使)로 삼아 가서 시찰하게 하였다. 범방은
수레에 올라 고삐를 잡고 호기롭게 천하를 맑게 하겠다는 뜻을 가졌다.〔時冀州飢荒, 盜賊群起, 乃以
滂爲淸詔使, 案察之. 滂登車攬轡, 慨然有澄淸天下之志.〕"라는 내용이 보이는바, 어지러운 세상에
서 정치를 혁신하여 천하를 안정시키겠다는 포부를 지니는 것을 의미한다. 『세설신어』「덕행(德行)」
에는 진번(陳蕃)의 일화로 기록되어 있다.

절월節鉞을 잡았다. 때로는 중국 사신을 접대하는 자리에서 주선하기도 하고 때로는 중국의 수로와 육로에 분주하기도 하여, 어느 곳에 있든 모두 마땅하게 하고 기회에 따라 일에 맞추어서 넓고 넓어 여유가 있었다.

그런데 불행히 붕정만리鵬程萬里에서 중도에 쓰러지니, 이 때문에 조정에 함께 있던 신하들은 옥을 묻었다는 한이 맺히고[9] 성상께서는 거울을 잃었다는 탄식을 일으키신 것이다.[10] 아! 애석하다. 만일 하늘이 수명을 연장해 주어서 그 원대한 사업을 끝마치게 했더라면 소의 귀를 잡고 맹약을 주관함[11]이 마땅히 옛사람에게 뒤지지 않았을 것이요, 훌륭한 문장을 드날려 아름답게 꾸미고 윤색해서 크게 세상에 울린 것이 그야말로 옛날의 유명한 분들과 나란히 달려서 명성을 견주었을 것이다. 어찌 다만 연하煙霞로 하여금 색을 바래게 하고 초목으로 하여금 광채를 더하게 할 뿐이었겠는가?

아, 내가 일찍이 숙우와 중원에 가서 수석水石을 구경하였는데, 마

---

8 유당(油幢) : 장수의 군막(軍幕)을 가리킨다.

9 조정에……맺히고 : 옥을 묻었다는 것은 재능이 있는 사람을 묻은 것을 말한다. 『세설신어』「상서(傷逝)」에 "유문강(庾文康 유량(庾亮))이 죽었을 때 하양주(何揚州 하충(何充))가 장례식에 참석하여 이르기를 '옥수(玉樹)를 땅에 묻고 보니 사람의 마음이 어떻게 견딜 수 있겠는가?' 하였다.〔庾文康亡, 何揚州臨葬云, 埋玉樹箸土中, 使人情何能已已?〕"라는 내용이 보인다. 옥수는 옥과 같은 나무란 뜻으로, 훌륭한 인재를 비유한다.

10 성상께서는……것이다 : 『신당서(新唐書)』「위징전(魏徵傳)」에 "태종은 뒤에 조회에서 탄식하며 말하였다. '동(銅)으로 거울을 삼으면 의관을 바로잡을 수 있고, 옛것으로 거울을 삼으면 흥망을 알 수 있으며, 사람으로 거울을 삼으면 잘잘못을 알 수 있다. 짐은 일찍이 이 세 거울을 가지고서 안으로 나의 허물을 예방하였는데, 이제 위징이 떠났으니 거울 하나를 잃어버린 것이다.'〔帝後臨朝歎曰 以銅爲鑑, 可正衣冠, 以古爲鑑, 可知興替, 以人爲鑑, 可明得失. 朕嘗保此三鑑, 內防己過. 今魏徵逝, 一鑑亡矣.〕"라는 내용이 보인다.

11 소의……주관함 : 문단의 맹주로 일컬어지는 대제학이 되는 것을 말한다.

침 9월이라 단풍과 국화가 서로 어울려 비추이고 있었다. 서로 시를 읊고 노닐며 하루 종일 돌아올 것을 잊어서 유연히 양선지羊璿之와 하장유何長瑜의 흥취[12]가 있었다. 생각해보면 마치 어제 일과 같은데 벌써 25년쯤 지났다. 지금 나는 아직도 세상에 살아남아 있어서 숙우를 위해 이 글을 짓고 마침 늦가을을 당하니, 또 어쩌면 이리도 슬프단 말인가!

푸른 노을과 흰 구름의 경계를 돌아보니 빼어난 세 봉우리의 모습이 창문에 들어와서 뛰어난 기운과 높은 의표가 눈에 선하다. 한번 유고를 읽음에 깨끗한 바람이 옷깃에 가득할 것이니, 숙우는 참으로 영원히 남을 것이다. 숙우는 이름이 숙翻이고, 천파天坡는 그의 호이다.

병술년(1646, 인조24) 9월 하순에 백헌白軒 이경석은 쓰다.

---

12 양선지(羊璿之)와 하장유(何長瑜)의 흥취 : 이들은 모두 남조(南朝) 송(宋)나라 때의 인물로, 둘이 서로 친하여 함께 유람하고 글을 지으며 뜻을 같이하였다.

정두경(鄭斗卿)

1597년(선조30)~1673년(현종14). 자는 군평(君平), 호는 동명(東溟). 본관은 온양(溫陽)이며, 이항복(李恒福)의 문인이다. 14세 때 별시 초선(初選)에 합격하여 문명을 떨쳤다. 1626년(인조4) 문학으로 이름 있는 중국의 사신이 왔을 때 그는 벼슬 없는 선비로서 부름을 받아 김류(金瑬) 등과 함께 중국 사신을 접대하였다. 1629년 별시문과에 장원, 부수찬·정언(正言) 등을 역임하였다. 병자호란 때 척화·강화의 양론이 분분하자, 10조의 소를 올려 대책을 강조하고, 또 「어적십난(禦敵十難)」이라는 글을 지어 올렸으나 조정에서 채택하지 않았다. 효종이 즉위하자 임금이 갖추어야 할 절실한 도리를 27편의 풍시(諷詩)로 지어 올려 효종으로부터 호피(虎皮)를 하사 받았다. 이조판서·대제학에 추증되었다. 저서로는 『동명집(東溟集)』이 있다.

【 27. 천파집 서 】

天坡集序

정두경 鄭斗卿 ————

蕭羽在世時에 謂余曰 余甚有悔하노니 余弱冠登第하야 以爲丈夫事業이 不但文이니 於天下事에 當無不通이라하야 天文地理와 醫藥卜筮와 音律漢語에 無不用功이라 數十年來에 頗窮諸術之奧妙러니 更思之호니 皆不若文章之不朽하니 枉分精力於無盆이라 不然이면 吾詩文이 奚止此哉리오 余甚有悔라하다

余觀其詩하니 詩之難者는 莫若七言律이어늘 其律이 嚴緊遒勁하야 格力俱至하야 精華外發하고 法度內整하며 至其得意處하야는 不愧古名家라 假令世人이 寢忘寢하고 食忘食하야 廢百務하고 窮日夜하야 惟文翰是事者라도 其所造豈能過此리오 然後에 知君之才出衆人遠矣라

嗟呼라 蕭羽는 經濟才니 奚但以文論哉아 主上이 將欲大用이러니 會奉命西路라가 復于公館하니 主上震悼하야 特贈嘉善하시고 愛惜之旨 溢於綸綍이라 古人有其才而無其時者多矣어니와 今君은 有其才하고 有

其時로되 又不得其年하니 豈非命哉아 豈非命哉아 其可惜也已라
余與肅羽及張丞相谿谷先生으로 三人爲莫逆交하야 每鼎坐論文에 不
知朝暮러니 二子返眞하고 惟我人猗하니 追念往事에 未嘗不慘然이라
今者에 肅羽弟賓羽 出牧晉州하야 將刻其伯氏詩稿할새 徵序于余하니
余不敢以不文辭하야 略陳鄙見하노라 且有感焉하니 曩時賦詩에 雖一
句一字라도 必經肅羽法眼이러니 今雖有所作이나 誰可與共論者리오 昔
莊叟過惠子之墓에 有郢匠之歎하니 吾於此亦云하노니 悲夫라
丙戌夏에 鄭斗卿君平은 序하노라

숙우肅羽가 세상에 살아 있을 때 나에게 다음과 같이 말하였다.

"내 몹시 후회하는 일이 있습니다. 나는 약관 시절에 과거에 급제하고는 '대장부의 사업은 비단 문장뿐이 아니니, 천하의 일에 마땅히 통달하지 않은 것이 없어야 한다.'고 생각하였습니다. 그리하여 천문·지리·의약·복서卜筮·음률·한어漢語에 대해서도 공력을 쓰지 않은 것이 없어서 수십 년 동안 여러 학술의 오묘한 경지를 연구하였으나, 다시 생각해보니 모두 문장의 불후不朽함만 못하였습니다. 무익한 일에 정력을 헛되이 분산하였으니, 그러지 않았다면 내 시문이 어찌 다만 이뿐이겠습니까? 내 몹시 후회합니다."

내가 그의 시를 보니, 시 중에 어려운 것은 칠언율시보다 더한 것이 없는데, 그 율시가 매우 엄격하고 힘차며 격조와 힘이 모두 지극해서 정화精華가 밖으로 나타나고 법도가 안에 정돈되어, 득의得意한 부분에 이르러서는 옛날 명가名家에도 뒤지지 않으니, 세상 사람들 중에 잠을 잘 때 잠자는 것을 잊고 밥을 먹을 때 밥 먹는 것을 잊고서 온갖 사무를 버리고 밤낮을 다하여 오직 문한文翰에 종사한 자라 하더라도

그 성취한 경지가 어찌 이보다 더할 수 있겠는가? 그런 뒤에야 군君의
재주가 보통사람보다 훨씬 뛰어나다는 것을 알게 되었다.

아, 숙우는 경세제민經世濟民할 재주이니 어찌 문장으로만 논할 수
있겠는가? 주상께서 장차 크게 등용하려고 하셨는데, 마침 서로西路에
봉명奉命하러 갔다가 공관公館에서 복復을 부르니,[1] 주상께서는 놀라고
서글퍼하여 특별히 가선대부嘉善大夫의 품계를 추증하셨는 바, 애석히
여기는 말씀이 윤음綸音에 넘친다.[2]

옛 사람 중에는 훌륭한 재주가 있었으나 때를 만나지 못한 자가 많
았는데, 지금 숙우는 그러한 재주를 소유하고 때도 만났으나 또 그
수명을 얻지 못했으니, 어찌 천명이 아니랴? 어찌 천명이 아니랴? 참
으로 애석하다.

나는 숙우 및 장승상 계곡張丞相谿谷[3] 선생과 세 사람이 막역한 친구
가 되어서 매번 셋이 앉아 문장을 논함에 아침이 되는지 저녁이 되는
지를 몰랐다. 그런데, 두 분은 별세하여 진계眞界로 돌아가고 오직 나
만 인간으로 남았으니, 지나간 일을 추념하면 일찍이 서글퍼지지 않
은 적이 없었다.

---

1 서로(西路)에……부르니 : 서로는 서도(西道)로, 황해도와 평안도를 두루 이르는 말이다. 가도(椵島)
는 평안북도 철산군(鐵山郡) 운산면 서해안에 있는 섬이다. 1634년(인조12) 9월, 중국에서 어사
황손무(黃孫武)가 가도로 나오자 오숙은 접반사로 임명되었는데, 돌아오는 길에 송도(松都)에서
중풍에 걸려 43세로 사망하였다.

2 주상께서는……넘친다 : 접반사 오숙(吳翽)이 병으로 죽자, 상은 개성부에서 관재(棺材)를 공급
하고 경기도에서는 호상(護喪)하도록 하였다. 또 전교를 내리기를 "이 사람은 매우 총명하였는데
국사로 노상에서 죽었으니, 내가 매우 애석하게 여긴다. 특별히 증직하여 나의 뜻을 표하도록 하라.
〔此人穎悟, 以國事死於道路, 予其矜惜. 特令贈職, 以表予意.〕" 하였다. 『인조실록 12년 11월 2일
1번째 기사』

3 장승상 계곡(張丞相谿谷) : 계곡(谿谷)은 장유(張維 1587, 선조20~1638, 인조16)의 호로, 자
는 지국(持國), 본관은 덕수(德水), 시호는 문충(文忠)이다.

이제 숙우의 아우인 빈우賓羽[4]가 진주목사晉州牧使로 나가서 장차 가
형家兄의 시고詩稿를 판각하려 할 적에 나에게 서문을 요구하니, 내 감
히 문장을 잘하지 못한다 하여 사양할 수가 없어서 비루한 소견을 간
략히 말한다.

또 느끼는 감회가 있으니, 예전에는 시를 지을 때 비록 한 구와 한
글자라도 반드시 숙우의 법안法眼을 거쳤는데, 지금은 비록 글을 지은
것이 있으나 누가 있어 함께 논할까? 옛날 장자莊子가 혜시惠施의 무덤
을 지날 때 영郢땅 장인匠人의 탄식을 하였는데,[5] 내 여기서 또한 그러
하노라. 아! 슬프다.

병술년(1646년, 인조24) 여름에 정두경 군평鄭斗卿 君平은 쓰다.

---

4 빈우(賓羽) : 오빈(吳䎙 1602, 선조35∼1685, 숙종11)의 자로, 호는 농재(聾齋), 본관은 해주
(海州), 시호는 숙헌(肅憲)이다.

5 장자(莊子)가⋯⋯하였는데 : 『장자(莊子)』「서무귀(徐無鬼)」에 장자가 평생 토론을 벌였던 혜시
(惠施)의 묘소를 지나가다가 종자에게 운근성풍(運斤成風)의 이야기를 들려주면서 비감에 젖었다는
내용이 나오는데, 그 이야기는 다음과 같다. 영인(郢人)이 자기 코끝에 백토(白土)를 파리 날개만큼
얇게 바르고 장석(匠石)에게 이것을 깎아내게 하자, 장석은 도끼를 바람소리가 나게 휘둘렀으나
코는 조금도 다치지 않았고 영인도 자세를 바꾸지 않았다고 한다. 송(宋)나라의 원군(元君)이 자신에
게도 한번 해보라고 하자, 장석은 이 기술의 원천인 영인이 죽었다고 대답하였다. 장석은 장인(匠人),
곧 목수로 석(石)은 그의 이름이다.

채유후(蔡裕後)

1599년(선조32)~1660년(현종1). 자는 백창(伯昌), 호는 호주(湖洲), 본관은 평강(平康)이다. 1623년(인조1) 개시문과(改試文科)에 장원으로 급제하여 홍문관에 보임되고 사가독서(賜暇讀書)하였다. 1636년 병자호란 때 집의로서 인조를 호종하였다. 김류(金瑬) 등의 강화(江華) 천도(遷都) 주장을 반대하고 주화론(主和論)에 동조하여 구금되었다가 1638년 석방되었다. 중년 이후 술을 좋아하여 때때로 주실(酒失)을 저질러 인조의 눈 밖에 났으나, 1646년 이조참의로서 지제교가 되어 누구도 싫어하는 강빈폐출사사교문(姜嬪廢黜賜死敎文)을 지어 다시 현용(顯用)되었다. 그러나 그 자신도 강빈 사건에 반대 견해를 취하였던 터이므로 집에 돌아와 소장하고 있던, 교문을 짓는 데 필요한 『사륙전서(四六全書)』를 모두 불태워버릴 만큼 후회하였다고 한다. 1652년(효종3) 이조참판에 오르고, 이듬해에는 또다시 대제학으로서 『인조실록』 편찬에 참여하여 가자(加資)되었으며, 1657년 대제학으로서 『선조수정실록』 편찬의 책임을 졌다. 현종이 즉위하자 찬집청 당상(撰集廳堂上)으로 『효종실록』 편찬에 참여하고, 1659년(현종 즉위년) 성절사(聖節使)로 청나라에 다녀왔다. 대사헌이 되었으나 나아가지 않고 병으로 죽었다. 죽고 난 뒤 실록편찬의 공으로 숭정대부(崇政大夫) 좌찬성에 추증되었다. 술 때문에 여러 차례 탄핵을 받았으나 문재에 뛰어나 중용되었다. 시호는 문혜(文惠)이다.

호주집(湖洲集)

저자의 시문은 가장(家藏) 초고(草稿)를 바탕으로 1677년(숙종3)경에 아들 채시귀(蔡時龜)가 장성부사(長城府使)로 있을 때 저자의 수필(手筆) 시고(詩稿) 1책을 간행하였는데, 이 초간본은 현재 전하지 않는다. 그 뒤 저자의 종손 채명윤(蔡明胤)과 채팽윤(蔡彭胤) 등이 채시귀의 뜻을 이어 시문을 증보하고 저자의 내질(內姪) 윤지완(尹趾完)에게 서문을 받았다. 이때가 1701년(숙종27)경으로, 홍만조(洪萬朝)가 전라도 관찰사로 있을 때 간행을 부탁하였으나 마침 홍만조가 파직되어 간행하지 못하고, 4년이 지난 1705년(숙종31)에 홍만조가 함경도 관찰사가 되었을 때 다시 채팽윤의 정정(訂定)을 거쳐 목판으로 중간하였다. 본 발문은 1705년에 간행된 중간본에 실린 것으로, 연세대학교 중앙도서관장본이다.

채팽윤(蔡彭胤)

1669년(현종10)~1731년(영조7). 자는 중기(仲耆), 호는 희암(希菴), 현감 채시상(蔡時祥)의 아들이다. 1689년 증광문과에 갑과로 급제하여 검열(檢閱)을 지낸 뒤 그해 사가독서하였다. 그때 숙종의 명에 의하여 오칠언(五七言)·십운 율시(十韻律詩)를 지어 후일 나라를 빛낼 인재라는 찬사와 함께 사온(賜醞)의 영예를 입었다. 그 뒤에도 호당(湖堂)에 선임된 자들과 은대(銀臺)에 나아가 시부를 지어 포상을 받았으며, 그가 금중(禁中)에 노닐 때면 언제나 숙종이 보낸 내시가 뒤따라 다니며 그가 읊은 시를 몰래 베껴 바로 숙종에게 올렸을 정도로 시명(詩名)을 날렸다. 1691년 세자시강원의 벼슬을 거쳐 1694년 정언으로 있으면서 홍문록(弘文錄)에 올랐으나, 이이(李珥)·성혼(成渾)의 문묘출향(文廟黜享)을 주장한 이현령(李玄齡)의 상소에 참여하였다 하여 삭제되었다. 그 뒤 벼슬에서 물러나 제자들에게 학문을 강론하며 지내다가 1724년 영조의 즉위로 승지에 제수되고, 이듬해 도승지·대사간을 거쳐 예문관 제학에 임명되어 감시 장시관(柑試掌試官)이 되었으나 성균관 유생들이 전날 양현(兩賢)의 모독과 관계되었다 하여 응거(應擧)를 거부, 교체되는 파란을 겪었다. 어려서부터 신동이라 불렸고, 특히 시문과 글씨에 뛰어났다. 해남(海南)의 두륜산(頭輪山) 대둔사 중창비(大芚寺重創碑)와 대흥사 사적비(大興寺事蹟碑)의 비문을 찬하고 썼다. 저서로는 『희암집(希菴集)』 29권이 있다.

【 28. 호주집 발 】

湖洲集跋

채팽윤 蔡彭胤

自西河序詩以來로 凡文之布於天下者 必求諸能言者하야 爲之先이라
古人謂玄晏之言이 遂重三都라하나 乃今觀之하면 三都自千古요 序實
附驥耳라 雖然이나 世日以運하야 其人與迹이 逾遠而莫之徵이면 則又
惡可無假途乎哉아 詩家之類而目之는 斯凡例之遺意也라 於少陵에
先紀行하고 供奉에 首樂府는 非擇而取之요 各從其有也라 卽亡(無)
論目之有異同과 序之有先後하고 皆所以羅絡苞幷하야 而無乎去取之
也라

惟我從伯祖湖洲先生은 再握文柄하시니 當其時하야 舒翹蜚英하야 接
踵而登藝林者 無不靡然推先이요 至今無異辭라 其言之藏于家者 擧
得之於四方之傳誦하니 如昆侖(崑崙)之丘에 球琳琅玕이 爛然觸手하
야 無所料揀하야 不待西賈之第其價而後에 知其爲萬乘器者也라

伯父爲長城時에 先錄公手筆詩藁一冊하고 且爲後圖러시니 未幾에 伯

父下世하고 伯兄結城公이 追伯父之志하야 搜紅(糾)增補하야 出入自
隨라가 與今領敦寧事尹相公으로 往復商訂이라 已念後生小子 不獲及
事하고 及事而得朝夕于側하야 呼公之夫人爲叔姑也者는 惟尹公在爾
오 徵公之緖言風裁와 及夫一時談藝家揚扢(흘)之論은 莫尹公詳也라
하야 遂屬之序하고 授小弟彭胤하야 指使編次焉이라

於是에 詩用李, 杜集目하야 增減而盡之호되 猶慮夫未盡하야 置拾遺
文이나 亦亡敢擇焉이라 唯疏箚는 取五之二三하니 則裨君德하고 切時
病後하야 可以爲國家文獻者也요 館閣祈雨文은 取三之一하니 則刪其
複也요 騈偶之語는 最公之絶藝也라 自詞命雜體外에 其中於功令者
可一大卷이로되 而特取其泮宮爲魁一首하니 則將以別行也라

頃年에 前左侍郎洪公이 觀察湖南할새 彭胤이 以公集謁한대 洪公義然
曰 諾다하야늘 謀於伯兄以合하야 役且擧러니 洪公罷라 越四年에 洪公
有北臬(얼)之命할새 亟取以行하고 曰 吾不可以不卒吾事라 蓋後公卒
四十餘年에 而斯文始顯하니 嗚呼라 豈故有待耶아 其自時로 好古慕
義者勸이요 而吾諸孫之責도 亦可以少塞矣夫인저

彭胤淺劣하야 亡能爲役이나 竊有所受之也호니 曰 公嘗醉矣에 曰 我
國有三文章하니 其一은 四佳요 其一은 澤堂이요 其一은 我是也라하시
라 夫人得一言之幾乎作者면 輒沾沾然曰漢曰唐하고 宋以下는 不道
也어든 況於近世之人哉아 今公은 集衆長而有之하야 各臻其極하니 方
且方羊(彷徉)縱觀於數千百載之間하야 與若班若柳若王, 盧, 岑, 劉
者로 左提而右挈之也로되 而必曰居一於三者는 誠見其大而非誇也라
公之集이 行矣면 世必有崔州平矣리니 小子何敢贊焉이리오 小子何敢
贊焉이리오

公은 字伯昌이니 以萬曆己亥降하야 十七登司馬하고 二十五擢魁科하야
三都冢宰하고 春秋六十二라 嘗遊於復泉姜先生之門하고 講易於德愼

宗正云이라 始公年十五에 時猶髫(초)러니 以曾王父命으로 從鄭公澤雷
하야 擧幡爲李完平抗疏하고 詣公車讀之에 辭氣忼(강)慨하니 中外聞者
人人吐舌하니라
乙酉端陽에 從孫彭胤은 敬書하노라

　서하西河가 『시경詩經』에 서문을 쓴 이래로[1] 무릇 글을 천하에 펴는
자들은 반드시 글을 잘하는 자에게 요구하여 서문을 쓰게 하였다. 옛
사람이 이르기를 "현안玄晏의 글이 마침내 「삼도부三都賦」를 소중하게
만들었다." 하였지만, 지금 살펴보면 「삼도부」는 본래 천고에 전해질
글이니, 현안의 서문이야말로 실로 천리마의 꼬리에 붙었을 뿐이다.
그러나 세대가 나날이 흘러가서 그 사람이 자취와 함께 멀어질수록
더욱 징험할 수가 없게 될 것이니, 그렇게 되면 어찌 다시 서문을 통
하여 길을 빌리지 않을 수 있겠는가?
　시인들의 문집을 분류하여 목록을 정하는 것은 『춘추좌전春秋左傳』
의 범례에서 남은 뜻을 이어받은 것이다. 소릉少陵의 문집에 기행시紀
行詩를 앞에 두고 공봉供奉의 문집에 악부시樂府詩를 첫머리에 둔 것[2]은
선택하여 취한 것이 아니요, 각각 그 있는 것을 따른 것이니, 설령 목
록에 차이가 있고 서문에 전후가 있긴 하나 모두 전체를 포괄하고 아

---

1 서하(西河)가……이래로 : 서하는 공자(孔子)의 제자 복상(卜商)을 가리킨다. 춘추 말기 위(衛)나
라 사람으로, 일설에는 진(晉)나라 사람이라고도 한다. 자는 자하(子夏)이다. 공자 사후 서하에서
강학하였는데, 이극(李克)·오기(吳起)·전자방(田子方)·단간목(段干木)이 모두 그에게 배웠고,
위 문후(魏文侯)는 그를 스승으로 섬겼으며, 『시서(詩序)』를 지었다고 전한다.
2 소릉(少陵)의……것 : 소릉은 두보(杜甫 712~770)의 호이며, 공봉(供奉)은 한림공봉(翰林供
奉)을 지냈던 이백(李白)을 가리킨다.

울러서 시문을 취사선택함이 없는 것이다.

나의 종백조從伯祖이신 호주 선생湖洲先生은 두 차례 문병文柄을 잡아 대제학이 되셨는데, 당시에 나래를 펼치고 아름다운 재주를 드날려서 뒤를 이어 문단에 오른 자들이 모두 선생을 앞자리로 추대하지 않는 이가 없었고 지금까지도 다른 말이 없다.

집안에 보관된 글은 대부분 사방에서 전해지고 외워지는 것에서 얻었는데, 마치 곤륜산崑崙山 언덕의 아름다운 옥이 찬란하게 빛나서 헤아리고 선택하지 않고 손에 잡히는 대로 취하더라도 굳이 서방 상인들이 값을 매기기를 기다릴 것도 없이 만승萬乘의 가치[3]를 지닌 보물임을 알 수 있는 것과 같다.

백부[4]께서 장성부사長城府使가 되셨을 때 먼저 공의 수필시고手筆詩稿 한 책을 간행하고 후일을 도모하고자 하셨는데, 얼마 안 되어 백부께서 별세하시니, 백형인 결성공結城公[5]께서 백부의 뜻을 따라 수집하고 증보하여, 나가고 들어올 때 이 문집을 항상 몸에 지니고 다니시다가 지금의 영돈녕사領敦寧事 윤상공尹相公[6]과 왕복하며 상의하였다.

백형은 생각하시기를 '후생 소자들은 뒤늦게 태어나 공을 모시지 못

---

3 만승(萬乘)의 가치 : 주(周)나라 제도에 의하면 천자는 사방 천리의 영토에 만 대의 병거(兵車), 즉 만승을 낼 수 있기 때문에 '만승'은 천자를 가리킨다. 『맹자』「양혜왕 상(梁惠王上)」에 "만승의 나라에서 그 임금을 시해하는 사람은 반드시 천승의 집입니다.〔萬乘之國, 弑其君者, 必千乘之家.〕" 하였는데, 조기(趙岐)의 주에 "만승은 병거 만승으로, 천자를 이른다.〔萬乘, 兵車萬乘, 謂天子也.〕" 하였다. 여기에서는 지극히 귀한 보물이란 뜻으로 쓰였다.

4 백부 : 채유후의 양자 채시귀(蔡時龜 1629, 인조7~1681, 숙종7)를 가리킨다. 채시귀는 원래 채유후의 동생 채진후(蔡振後)의 장남이다.

5 결성공(結城公) : 결성현감을 지낸 채명윤(蔡明胤)을 가리킨다.

6 윤상공(尹相公) : 채유후의 내질(內姪)인 윤지완(尹趾完 1635, 인조13~1718, 숙종44)을 가리킨다.

하였고, 그때 섬기고 아침저녁으로 곁에서 모시면서 공의 부인을 숙고叔姑라고 불렀던 분은 오직 윤공만이 있을 뿐이다. 게다가 공의 서언緒言과 풍재風裁를 증거하고 또 한때 문예를 이야기했던 분들의 찬양한 의논을 윤공보다 더 자세히 아는 이가 없다.'고 여겼다. 그리하여 마침내 이분에게 서문을 부탁하고 소제小弟인 나에게 책을 주어 편차하도록 지시하였다.

이에 시는 이백과 두보의 시집의 목록을 따르되 더 보태고 빼어서 완전히 하였지만, 오히려 미진할까 염려하여 습유拾遺를 두었으며 글도 감히 가려서 뽑지 않았다. 소차疏箚만은 5분의 2 내지 3을 취했는데, 이는 군주의 덕을 돕고 당시의 병폐에 절실한 내용이 된 뒤에야 국가의 문헌이 될 수 있기 때문이다. 관각館閣의 기우문祈雨文은 3분의 1을 취했으니, 이는 그 중복된 것을 삭제한 것이다. 변려문은 공의 가장 뛰어난 기예이다. 외교문서와 잡체雜體 이외에 과문科文에 적당한 것이 하나의 큰 책이 될 만한데, 단지 성균관에서 장원한 한 수만을 취하였으니, 이는 장차 별도로 간행하려고 해서이다.

지난해에 전 좌시랑左侍郎[7]인 홍공洪公이 호남의 관찰사가 되었을 적에 내가 공의 문집을 가지고 가서 뵈니, 홍공이 의롭게 여겨 "좋다." 하였다. 나는 백형과 상의하여 의견이 부합해서 간행하는 일이 이루어지게 되었는데 홍공이 파직되고 말았다. 4년이 지나 홍공이 함경도 관찰사의 명을 받게 되자 급히 문집을 취하여 가면서 말씀하기를 "나는 나의 일을 끝마치지 않을 수 없다." 하였다.

---

7 좌시랑(左侍郎) : 육조의 차관인 참판을 의미하는데, 홍만조는 효종 4년(1653)에 형조참판을 지낸 바 있다.

그리하여 공이 별세하신 지 40여 년 만에 이 글이 비로소 세상에 나오게 되었으니, 아, 어쩌면 일부러 기다림이 있던 것이 아니겠는가? 이로부터 옛것을 좋아하고 의를 사모하는 자들이 권면될 것이고, 우리 후손들의 책임도 또한 다소 이룰 수 있게 되었다.

나는 학문이 얕고 용렬하여 도움이 될 수 없으나 내심 전수받은 바가 있다. 공은 일찍이 술에 취했을 때 말씀하시기를 "우리나라에 가장 뛰어난 문장가가 세 사람이 있으니, 그 하나는 사가四佳[8]이고, 그 하나는 택당澤堂[9]이고, 그 하나는 바로 나다." 하셨다 한다. 사람들이 한마디 말이라도 옛날의 작자에 가까운 좋은 글을 얻으면 번번이 자랑하여 "한漢나라 때의 것이다." "당唐나라 때의 것이다."라고 말하면서 송宋나라 이하로는 말하지도 않는데, 하물며 근세 사람에 있어서이겠는가?

그런데 지금 공은 여러 장점을 모아 소유해서 각각 그 지극함을 다하였다. 장차 수백, 수천 년의 사이를 노닐면서 실컷 구경하여 반고班固와 유종원柳宗元, 왕발王勃과 노조린盧照隣, 잠삼岑參과 유우석劉禹錫과 같은 사람과 더불어 왼손을 잡고 오른손을 끌면서도 반드시 "세 분 장가 중에 하나를 차지한다."고 말씀하신 것은 진실로 큰소리이기는 하지만 과장이 아님을 볼 수 있다. 공의 문집이 세상에 전해지면 세상에 반드시 최주평崔州平처럼 알아주는 자가 있을 것이니,[10] 소자小子가

---

8 사가(四佳) : 서거정(徐居正 1429, 세종11~1488, 성종19)의 호로, 자는 강중(剛中), 본관은 달성(達城), 시호는 문충(文忠)이다.

9 택당(澤堂) : 이식(李植 1584, 선조17~1647, 인조25)의 호로, 자는 여고(汝固), 본관은 덕수(德水), 시호는 문정(文靖)이다.

10 세상에……것이니 : 최주평(崔州平)은 후한 때의 명사(名士)로, 일찍이 제갈량(諸葛亮)과 함께 유학(遊學)하였다. 제갈량은 항상 스스로를 관중(管仲)·악의(樂毅)에 비견하였는데, 오직 박릉(博陵)의 최주평과 영천(潁川)의 서원직(徐元直 서서(徐庶))만이 그 말을 믿고 인정해 주었

어찌 감히 덧붙일 말이 있겠는가? 소자가 어찌 감히 덧붙일 말이 있
겠는가?

　공은 자가 백창伯昌이니, 만력萬曆 기해년(1599, 선조32)에 출생하
였다. 17세에 사마시에 오르고 25세에 장원급제하여 세 번 도총재都
家宰를 역임하였고, 춘추는 62세였다. 일찍이 복천復泉 강 선생姜先生[11]
의 문하에서 공부하였고, 덕신 종정德愼宗正에게서 『주역周易』을 강하
였다. 처음 공이 총각 시절인 15세 때 증조부의 명으로 정택뢰鄭澤雷
를 따라 깃발을 들고 이완평李完平을 위하여 상소문을 올렸으며,[12] 공
거公車[13]에 나아가 이 상소문을 읽을 적에 그 목소리가 강개慷慨하니
중외中外에 듣는 자들이 혀를 차고 칭찬하였다.

　을유년(1705, 숙종31) 단오端午에 종손 팽윤은 삼가 쓰다.

다고 한다. 『蜀書 卷5 諸葛亮列傳』

[11] 복천(復泉) 강 선생(姜先生) : 복천은 강학년(姜鶴年 1585, 선조18~1647, 인조25)의 호로,
자는 자구(子久), 본관은 진주(晉州)이다.

[12] 정택뢰(鄭澤雷)를……올렸으며 : 1615년에 광해군이 영창대군(永昌大君)을 죽이고 이이첨(李
爾瞻)이 정조(鄭造)·윤인(尹訒)·이위경(李偉卿)을 사주하여 인목대비(仁穆大妃)에 대한 폐모론
(廢母論)을 제기하자, 은거하던 완평부원군(完平府院君) 이원익(李元翼)은 부당함을 논박하다가
유배되었는데, 정택뢰는 홍무적(洪茂績)·김효성(金孝誠) 등과 더불어 '정조와 윤인을 논하여 배척하
는 상소[論斥造訒]'를 올려 이원익을 변호하고 이이첨 일당을 치죄할 것을 극력 주장하였다. 이로
인하여 정택뢰는 모친 강씨(姜氏)와 함께 남해(南海)의 절도(絶島)로 유배되었다가 모친이 1616년
죽자 애통해한 끝에 실명하고 배소(配所)에서 죽었다. 인조반정 이후에 지평(持平)에 추증되었다.
『광해군일기(중초본) 7년 3월 25일 세 번째 기사』

[13] 공거(公車) : 공거는 한(漢)나라 때 상소 및 징소(徵召)에 대한 일을 관장했던 관서의 이름으로,
공가(公家)의 수레가 있는 곳이어서 이렇게 불렀다고 한다. 곧 여기서는 상소의 접수를 맡은 관서를
가리킨다.

이유장 (李惟樟)

1625년(인조3)~1701년(숙종27). 자는 하경(夏卿), 호는 고산(孤山), 본관은 전의(全義)이다. 1660년(현종1) 경자식년 사마시(庚子式年司馬試)에 진사 3등으로 합격하였다. 1667년(현종8)에 대도솔촌(大兜率村)에 우거하였는데, 1689년(숙종15)에 대신이 행고학우 천리독실(行高學優踐履篤實)로 천거하였다. 6품계에 올라 와서별제(瓦署別提)와 공조좌랑으로 제수되었으나 모두 나가지 않았으며, 1669년(현종10)에 모친상을 당한 후 두문불출하였다. 이후 강학에 전념하면서 『주역(周易)』·『춘추전(春秋傳)』 등에 깊은 관심을 가졌고, 특히 주자와 퇴계선생의 예설을 절충하여 독자적인 이론 체계를 구축하고 「이선생예설(二先生禮說)」을 만들었다. 또한 우리나라 역사책을 산절(刪節)하고 요약한 뒤에 자기의 의견을 곁들여 『동사절요(東史節要)』를 만들었다. 1691년(숙종17)에 안음현감(安陰縣監)으로 제수되었으나 연한이 지났다는 이유로 사양하였다. 그해 겨울 익위사 익찬으로 제수되었지만 입직한 지 7일 만에 하향(下鄕)하였다.

고산집 (孤山集)

증손 이상신(李象辰)과 이홍신(李弘辰) 및 족손 이민정(李敏政) 등의 손을 거쳐 간행되었다. 정범조(丁範祖)에게서 묘지명과 서문을, 이상정(李象靖)에게서 서문을 받아 1775년(영조51)에 원집 8권, 부록 2권 합 5책의 목판으로 간행하였다. 이후 중간은 이루어지지 않았다. 본 서문은 이 초간본에 실린 것으로, 고려대학교 중앙도서관장본이나.

정범조 (丁範祖)

1723년(경종3)~1801년(순조1). 자는 법세(法世), 호는 해좌(海左), 본관은 나주(羅州)이다. 1763년(영조39) 증광문과에 갑과로 급제하여 사직서 직장(社稷署直長)이 되었다가 성균관 전적(典籍)·병조좌랑을 거쳐 지평이 되었으나, 왕명을 받드는 데 지체하였다고 하여 잠시 갑산(甲山)으로 유배되었다. 이듬해 이조좌랑에 서용되었다. 1794년 지돈령부사가 되어 기로사(耆老社)에 들어가면서 형조판서로 승진, 지춘추관사를 겸임하였다. 1800년 정조가 죽자 정종행장찬술당상(正宗行狀撰述堂上)으로 차정(差定)되고 만장 7율 10수를 지었으며, 이듬해 실록청 찬집당상으로서 『정종실록』 편찬에 참여하였다. 시율과 문장에 뛰어나 사림의 모범으로 명성을 얻었고, 또 이로 인하여 영조와 정조의 총애를 받았다. 특히 문체반정(文體反正)에 주력하던 정조에 의하여 당대 문학의 제1인자로 평가되어 70이 넘은 고령에도 불구하고 오랫동안 문사의 임무를 맡았다. 문집으로 『해좌집(海左集)』 39권이 있다. 시호는 문헌(文憲)이다.

【29. 고산집 서】

孤山集序

정범조 丁範祖 ——————

孤山李先生遺集詩文이 凡七卷이니 將入梓할새 先生四世孫弘辰氏와
暨族孫敏政氏 來屬範祖爲序라 旣辭不獲하니 則乃作而曰 先生道德
學問之廣大精深은 非是集所得而盡이나 抑有以見其識量範圍가 特
異乎近世所稱學者也라 夫天人性命之原은 固衆善之苗脈이요 萬化
之根柢라 故로 自上古聖人으로 已略言之矣러니 而至後世諸儒하야 而
始詳하고 至宋之朱夫子와 我國之退溪李先生하야 而其言益詳하야 蓋
無以加矣라

夫上古聖人所略言者어늘 而至後世則詳은 何也오 世愈下而道愈晦하
고 道愈晦而言愈詳은 勢使然也라 竊怪夫朱夫子, 李先生之言이 旣無
以加矣어늘 而又何紛然而言之也오 高者는 橫軼旁騖(무)하야 入於莽
蕩하고 卑者는 附麗(리)沿襲하야 歸於膚淺하야 均之無補於道요 而祗益
爲累하니 此近世學者之大患也라

迺先生은 則嘗曰 先我而言者詳하니 其有足發耶아 當循成訓하야 進修而已라하시니 以故로 其爲敍述에 未嘗譚性命, 說理氣하고 而祇倫常日用人所共知之則爾라 雖然이나 道之在人心은 若元氣之在人身하야 耳目之所以視聽과 手足支(肢)體之所以運用이 皆是元氣之流通灌注者也라 先生之敍述은 於其敦倫愛物也에 而爲仁之發하고 於其好善惡惡也에 而爲義之發하고 於其辨節文, 崇敬讓也에 而爲禮之發하고 於其周事物, 達識慮也에 而爲智之發하니 是四德之發이 何莫非道體之流行하야 而性理之妙 寓於日用者耶아 其見諸行事之實하야 而爲出處大節者 尤不可掩焉이라

昔孔門弟子 自由賜以下로 不免有慕於祿仕聞達하야 而用行舍藏은 獨顔子一人而已라 先生이 屢被弓旌之招로되 而彌堅考槃之志하야 超然鵠擧於豊山, 洛水之間하야 視富貴利達을 若浮雲然하니 苟非信道篤而見理明이면 弗能也라 蓋先生之學이 默而修之하고 深造而自得之하야 充實而有光輝之美로되 而顧弗肯張皇於言語文字하야 以蘄(기)知於人하니 其識量範圍之大 視世之咫聞管見으로 竊竊然自以爲奇하야 而別立門戶하야 創爲論說하야 以夸世而取名者하면 何啻天淵哉아

嗟夫라 世敎衰而道術岐하야 天下日趨於功利進取口耳記(聞)〔問〕之學하야 而不識內外輕重之辨이러니 於是時也에 先生生而稟之以醇慤(각)之質하고 畀之以忠信之道하야 以先立其大本焉者는 殆天將以救世之衰而反之古也歟인져 鄕之人士 今將鋟先生遺集而廣布焉하니 其爲斯文之幸이 大矣라 抑天又將以傳先生之道於無窮하야 而使學者로 得以表準也歟인져

歲乙未仲夏에 後學錦城丁範祖는 謹序하노라

고산 이 선생의 유집 시문은 모두 7권[1]이다. 장차 이것을 상재上梓하려 할 적에 선생의 4세손인 홍신弘辰씨가 족손인 민정敏政씨와 함께 찾아와서 나에게 서문을 지어줄 것을 부탁하였다. 나는 사양하였으나 허락을 얻지 못하여 이에 일어나 말하였다.

선생의 도덕과 학문이 광대廣大하고 정심精深한 것은 이 문집으로 모두 알 수 있는 바가 아니나, 그 도량과 지식과 범위가 근세에 칭하는 학자들보다 특별히 다른 것을 볼 수 있다. 천인 성명天人性命의 근원은 진실로 여러 선善의 묘맥苗脈이요, 만 가지 조화의 근저根底이다. 그러므로 상고上古 성인으로부터 이미 간략히 말씀하였으나 후세의 여러 학자에 이르러 비로소 자세하였고, 송宋나라의 주부자朱夫子와 우리나라의 퇴계退溪 선생에 이르러 그 말씀이 더욱 상세해져서 더 이상 상세할 수 없게 되었다.

상고 성인이 간략하게 말씀하였는데 후세에 이르러 자세하게 된 것은 어째서인가? 세상이 낮아질수록 도는 더욱 어두워지고, 도가 어두워질수록 말은 더욱 상세해지는 법이니, 이는 형세가 그렇게 만든 것이다.

나는 속으로 괴이하게 여긴다. 주부자와 이 선생의 말씀이 이미 더할 수 없이 상세한데, 또 어찌하여 분분하게 이것을 말한단 말인가? 그리하여 높은 자는 멋대로 달리고 사방으로 치달려서 귀결되는 곳이 없이 아득한 속에 들어가고, 낮은 자는 남의 말에 붙이고 인습해서 얕은 데로 돌아가서, 똑같이 도에 보탬은 없고 다만 더욱 누가 될 뿐

---

1 7권 : 현존하는 『고산집』은 원집 8권, 부록 2권으로 되어 있다. 7권이라 한 것은 근거가 자세하지 않다.

이니, 이는 근세 학자들의 큰 병통이다.

그런데 선생은 일찍이 말씀하기를, "나보다 먼저 말씀하신 분이 자세하게 말씀하셨으니, 어찌 내가 다시 발명할 것이 있겠는가? 마땅히 이미 있는 가르침을 따라서 나아가고 닦을 뿐이다." 하였다. 이 때문에 그 저술한 것에 성명性命과 이기理氣를 말씀하신 것이 없고, 다만 날로 쓰는 윤리강상倫理綱常으로써 사람들이 모두 아는 법칙일 뿐이었다.

그러나 도가 사람의 마음에 있는 것은 원기가 사람 몸에 있는 것과 같으니, 귀와 눈이 보고 듣는 것과 손과 발과 지체가 운용됨은 모두 원기가 유통하고 관주灌注하는 것이다. 선생의 저술은, 윤리를 돈독히 하고 사람을 사랑함에 있어서는 인仁이 발현된 것이고, 선을 좋아하고 악을 미워함에 있어서는 의義가 발현된 것이고, 절문節文을 분별하고 공경과 겸양을 높임에 있어서는 예禮가 발현된 것이고, 사물을 두루 알고 지식과 생각을 통달함에 있어서는 지智가 발현된 것이니, 이 사덕四德이 발현된 것 가운데 어느 것인들 도체道體가 유행하여 성리性理의 묘함이 일상생활에 붙어 있는 것이 아닌 것이 있겠는가? 행실과 일의 실제에 나타나서 출처의 대절大節이 된 것으로 말하면 더더욱 가릴 수 없는 것이 있다.

옛날 공문孔門의 제자 중에 유由와 사賜[2] 이하로 녹사祿仕와 문달聞達을 사모하는 마음이 있음을 면치 못하여, 써주면 행하고 버리면 감추는 것은 오직 안자顏子 한 분뿐이었다.[3] 그런데 선생은 여러 번 활과

---

2 공문(孔門)의……사(賜) : 공문은 공자의 문하이다. 유(由)는 자로(子路)의 이름이고 사(賜)는 자공(子貢)의 이름으로, 모두 공자의 제자이다.

3 써주면……분뿐이었다. : 안자(顏子)는 안회(顏回)를 높여 칭한 것으로, 자는 자연(子淵)인데 안연(顏淵)으로 약칭하였다. 『논어(論語)』 「술이(述而)」에 "공자께서 안연에게 말씀하시기를 '써주

깃발로 부름[4]을 입었으나 고반考槃[5]의 뜻을 더욱 견고히 하여, 초연히 풍산豐山[6]과 낙동강 사이에서 고니처럼 날아 부귀와 이익과 영달을 뜬 구름처럼 보았으니, 만일 도에 대한 믿음이 돈독하고 이치를 밝게 본 분이 아니라면 할 수 없는 것이다.

선생의 학문은 묵묵히 닦아 깊이 나아가서 스스로 터득하고[7] 충실하여 광휘光輝의 아름다움이 있었으나,[8] 다만 언어와 문자에 장황하게 늘어놓아서 남에게 알아줌을 구하려고 하지 않으셨으니, 그 식견과 도량, 범위의 큼은, 세상의 작은 들음과 작은 소견을 가지고 남몰래 스스로 기이하다고 여겨서 별도로 문호門戶를 세우고 이론과 말을 만들어내어 세상에 과시하고 이름을 취하는 자에 비하면, 어찌 높은 하늘과 깊은 못 차이일 뿐이겠는가?

아, 세교世敎가 쇠함에 도술道術(도학道學)이 분열되니, 천하가 날로 공리功利를 진취하는 구이口耳와 기문記聞의 학문[9]에 달려가서 내외內外

면 도를 행하고 버리면 은둔하는 것을 오직 나와 너만이 이것을 지니고 있을 뿐이다.' 하였다.〔子謂顔淵曰 用之則行, 舍之則藏, 唯我與爾有是夫.〕'라는 내용이 보인다.

4 활과……부름 : 옛날 초빙하는 예에 활로 사(士)를 부르고, 깃발로 대부(大夫)를 불렀다. 『좌전(左傳)』 소공(昭公) 20년 조에 "옛날 선군께서 사냥을 하실 때 깃발로 대부를 부르고, 활로 사를 부르셨다.〔昔我先君之田也, 旃以招大夫, 弓以招士.〕" 하였다.

5 고반(考槃) : 은거하는 집, 또는 은거하는 것을 이른다. 「학사선생문집 발(鶴沙先生文集跋)」 각주 참조.

6 풍산(豐山) : 경상북도 안동군 풍산면을 이른다. 본래는 신라 하지현(下枝縣)이었는데 고려 때 풍산으로 고쳤다가 조선시대에 들어와 안동에 예속되었다.

7 깊이……터득하고 : 『맹자』「이루 하(離婁下)」에 "군자가 깊이 나아가기를 도로써 함은 그 자득하고자 해서이다.〔君子深造之以道, 欲其自得之也.〕" 하였는데, 주자의 주에 이르기를 "깊이 나아간다는 것은 나아가고 그치지 않는다는 뜻이다.〔深造之者, 進而不已之意.〕" 하였다. 자득은 스스로 도를 터득하는 것을 이른다.

8 충실하여……있었으나 : 『맹자』「진심 하(盡心下)」에 "충실함을 미인(美人)이라 이르고, 충실하여 광휘가 있음을 대인(大人)이라 이른다.〔充實之謂美, 充實而有光輝之謂大.〕" 하였다.

와 경중輕重의 구분10을 알지 못한다. 이러한 때 선생이 태어나셨는데, 하늘이 순수하고 질박한 자질을 부여해 주고 충실한 도를 주어서 먼저 그 큰 근본을 세우게 하였으니, 이는 어쩌면 하늘이 장차 세상의 쇠함을 구원하여 옛날로 돌아가게 하려는 뜻인가 보다.

고향의 인사들이 이제 선생의 유집을 판각하여 널리 반포하려 하니, 사문斯文에 있어 매우 다행이다. 이는 하늘이 또 장차 선생의 도를 무궁한 후세에 전하여 배우는 자들로 하여금 표준으로 삼게 하려는 것인가 보다.

을미년(1775, 영조51) 중하仲夏에 후학 금성錦城[11] 정범조는 삼가 쓰다.

---

9 구이(口耳)와……학문 : 구이의 학문은 귀로 듣고 입으로 말하여 마음속 깊이 터득함이 없음을 이르는바, 『순자(荀子)』「권학(勸學)」에 "소인의 학문은 귀로 들어가 입으로 나온다.〔小人之學也, 入乎耳, 出乎口.〕" 하였다. 기문(記聞)의 학문은 들은 것을 기억하는 학문으로, 이 역시 심신을 닦는 데 힘쓰지 않고 경전을 외워 과거에 급제하고 지식을 남에게 자랑하는 것을 이른다.

10 내외(內外)와……구분 : 심신을 닦는 공부는 내면 공부로 중(重)에 속하고, 남에게 인정받기 위한 공부는 외면 공부로 경(輕)에 속한다.

11 금성(錦城) : 전라남도 나주(羅州)의 다른 이름으로, 정범조의 본관이다.

임영(林泳)

1649년(인조27)~1696년(숙종22). 자는 덕함(德涵), 호는 창계(滄溪), 본관은 나주(羅州)이며 이단상(李端相)·박세채(朴世采)의 문인이다. 1665년(현종6) 사마시에 장원하였고, 1671년 정시문과에 을과로 급제, 호당(湖堂)에 뽑혀 사가독서(賜暇讀書)하였다. 그 뒤 이조정랑·검상(檢詳)·부제학·대사헌·전라도 관찰사 등을 역임하였다. 1694년(숙종20)에 대사간·개성부 유수 등을 역임하였으며, 이듬해 부제학으로 있을 때 병이 들어 약물을 하사 받기도 하였다. 뒤에 송시열(宋時烈)·송준길(宋浚吉)에게도 수학하였다.

창계집(滄溪集)

저자 사후에 아우 임정(林淨)이 유문을 수습하여 최석정(崔錫鼎)과 김창협(金昌協)의 교정을 받아 원집 26권, 부록 1권 합 27권의 정고본을 완성하고, 1706년 가을에 청도군수(淸道郡守)로 있을 때 목판으로 간행하였다. 그런데 간행을 마친 것은 1707년이었고, 인쇄하여 배포한 뒤 청도 남쪽 적천(磧川) 승사(僧舍) 곁에 장판각(藏板閣)을 짓고 판목의 보관까지 마친 것은 1708년 8월이었다. 간행의 완성에서 배포까지 이렇게 1년 정도의 시간적 차이가 나는 까닭은, 당시 첨예화되어 가던 노론과 소론간의 갈등으로 인해 1707년 9월에 김창협이 지은 서문을 문집에 실을 것인가의 여부가 문제가 되었던 듯하다. 이것은 저자가 당초 노론의 이단상과 소론의 박세채를 스승으로 삼아 이들의 문인들과도 교유하면서 노론의 김창협(金昌協)이나 이희조(李喜朝)도 유고의 산정과 교정에 참여하게 되었지만, 저자가 끝내는 소론 쪽으로 기울었고 문집 간행을 주도한 임정도 소론 쪽이었던 사실에 연유하는 것이었다. 결국 김창협의 서문을 실으면서 소론계의 남구만(南九萬)이 지은 서문을 함께 싣는 것으로 결론이 났던 것으로 보인다. 본 서문은 1708년에 간행된 초간본에 실린 것으로, 규장각장본이다.

김창협(金昌協)

1651년(효종2)~1708년(숙종34). 자는 중화(仲和), 호는 농암(農巖), 본관은 안동으로, 영의정 김수항(金壽恒)의 아들이다. 기사환국(己巳換局)에 아버지 수항이 진도(珍島)에 유배된 뒤 사사(賜死)되자 이때부터 은거하였다. 저서에 『농암집』이 있다. 시호는 문간(文簡)이다.

【 30. 창계집 서 】

滄溪集序

최석정 崔錫鼎

滄溪林公卒十二年에 文集成하니 其季淸道郡守淨이 以余忝有道義
契하고 又嘗與聞次輯始末이라하야 宿戒爲序라 余惟昔者明道先生之
於邵堯夫에 其從游旣久하야 而知之深矣나 然其爲墓銘也에 須得安
且成一語然後에 乃泚筆焉하시니 蓋立言이 若斯之難也라 今使余序公
之文에 將何以名其學而信於來世리오 以是重之하야 久而未有作也러
니 旣而요 得一語하야 以爲所見者大하고 所存者實이라하면 其庶可以名
公之學이니라

遂爲之序曰 世之學者多矣나 其不能至於道也는 類有二失하니 解析
章句하고 鑽硏訓義하며 致謹於節文度數之間하야 以是爲窮理力行之
至하고 而不復求進於聖人之大全者는 蔽於小也요 好行難能하야 高自
標置하고 言論著述을 率皆摹擬古人이나 而反之於已하면 未有深體自
得之實者는 徇乎外也니 二者之失은 雖若不同이나 要無關於性命本

原하야 而去道也遠은 則一而已矣라 此在前世儒者에도 已或不免이어든 況其下焉者乎아

公自少爲學에 卽已深懲此弊하야 務求聖學之眞하야 其於有宋諸儒之籍에 取之博而講之精矣라 然其發端會極은 專在於考亭하니 蓋年十歲에 見其論大學格物說하고 便有窮盡萬理之意러니 及得其全書讀之에 益感憤喜悅하야 日夜潛心하야 逾年而盡通其旨하야 凡書中所有三才萬物之理의 巨細隱顯과 始終散聚가 皆有以見其實然하야 而無一不具於吾心하니 然後에 知聖人之必可學이요 而學之인댄 非至於盡性至命이면 吾事爲不終이라 於是에 年甫弱冠矣라

然公平居恂恂하야 不事矜持하야 視其外하면 若無甚異於人이나 而內實闇然自修라 日籍記言行事爲하야 考觀其善惡得失하야 而驗其進退之機하야 以自鞭策隄栝者 殆靡有夙宵之間이요 而要於心意隱微處에 加省焉이나 人顧不得以知也라 及其晚年에 深有慕乎延平之學하야 而數(삭)爲朋友言之하니 則其斂藏涵養이 益深以約하야 而庶幾漸進乎灑落者를 亦可想矣라

本公爲人이 重厚而通明하고 寬宏而淵深하야 有可以受道之器, 致道之材요 而又早得師於考亭이라 故其於道에 能究觀大體하야 而必欲實有諸己也如此라 雖其風力標望은 若少聳(용)動人者나 而所見所存은 固自默契乎古聖賢之遺旨矣니 豈世之學者 所能及哉리오 而公則方欿(감)然若無所有하고 退然若無所能하야 每自以持守不固와 克治不勇으로 爲大患하야 悔咎剋責之語 累累見於書問記錄之間하니 蓋其自期也遠故로 不安於小成하고 自省也切故로 不容於苟恕하니 嗚呼라 斯固漆雕氏之所以爲已見大意하야 而志之篤也歟인저 向使天假其年하야 而卒究其所學이런들 則造詣之崇深이 又豈止此而已리오 噫라 其可惜也已라

公은 文藝絶人이나 而雅不喜述作이라 故로 集中詩文이 不過數卷이니 唯書牘爲最富요 而講學論事에 輒皆究極本末하야 所發明旣多矣라 然皆肆筆以成하야 不暇修飾이로되 而周匝(잡)詳懇하야 眞意洋溢하고 其曲折往復之際에 尤使人亹(미)亹不厭하니 公之文章을 於此可見이요 而其辭致兼篤은 退陶書後所罕有也라 箚錄은 槩多得於斷簡하야 間或有未定之論이나 而存之하야 以見其讀書不苟로라 日錄은 本有誦習程課나 今竝刊削하야 以從簡約하고 其存者는 皆警省切要之語니 後有欲知公者는 宜多得於此焉이라

抑公平生言議 壹稟考亭이로되 而唯於朝論同異에는 常以調停爲主하니 豈亦以時勢有不得已者하야 而不害其爲善學考亭也歟인저 恨余不及公在日하야 反覆商論하니 九原不可作이라 悲夫라

崇禎紀元後八十年丁亥九月丙寅에 安東金昌協은 序하노라

창계滄溪 임공林公이 별세한 지 12년 만에 문집이 이루어지니, 그의 아우인 청도군수淸道郡守 임정林淨[1]이 내가 외람되게 도의道義의 사귐이 있고 또 일찍이 문집을 편차하는 시말始末을 들었다 하여 먼저 서문을 짓게 하였다.

내 생각건대 옛날 명도 선생明道先生은 소요부邵堯夫[2]와 종유從游한 지 이미 오래여서 깊이 알고 있었으나, 그의 묘지명을 지을 때 모름지기 '안차성安且成'이란 한 말씀을 얻은 뒤에야 비로소 붓을 들었으

---

[1] 임정(林淨) : 1654년(효종5)~1710년(숙종36). 자는 도충(道沖)이다.

[2] 소요부(邵堯夫) : 요부(堯夫)는 소옹(邵雍 1011~1077)의 자로, 호는 안락 선생(安樂先生), 시호는 강절(康節)이다.

니,³ 글을 쓰기가 이와 같이 어려운 것이다. 지금 나에게 공의 문집에 서문을 쓰게 하니, 장차 무엇으로 그 학문을 이름하여 후세에게 믿게 하겠는가? 나는 이 때문에 중난重難하게 여겨서 오래도록 글을 짓지 못하였다. 그러다가 이윽고 한마디 말을 얻었으니, "본 것이 크고 보존한 것이 진실하다."고 하면 거의 공의 학문을 형용할 수 있다고 여겼다.

그래서 마침내 다음과 같이 서문을 짓는다.

세상에 학자들이 많으나 도에 이르지 못하는 것은 대체로 두 가지 잘못이 있어서이다. 장구章句를 해석하고 훈의訓義를 연구하며 절문節文과 도수度數의 사이에 정성을 다하고는, 이것을 가지고 궁리窮理와 역행力行의 지극함이라고 여겨서 더 이상 성인聖人의 대전大全에 나아가기를 구하지 않는 자는 작음에 가려진 것이요, 남들이 능하기 어려운 것을 행하기 좋아하여 스스로 높이 표방하고 언행과 저술을 모두 옛사람에 비견하나, 자신에게 돌이켜 보면 깊이 체득하고 스스로 얻은 실재가 없는 자는 밖을 따른 것이다. 이 두 가지 잘못은 똑같지 않은 듯하나, 요컨대 성명性命의 본원本原에 관여됨이 없어서 도와 멀리 떨어져 있다는 점에 있어서는 마찬가지이다. 이는 전대의 학자에

---

3 명도 선생(明道先生)은……들었으니 : 『이정외서(二程外書)』 권11에 "소요부(邵堯夫)의 집에서 묘지문을 부탁하자 명도(明道)는 허락하였으나 태중(太中)과 이천(伊川)은 원치 않았다. 인하여 뜰에서 달빛 아래 거닐다가 명도가 말하였다. '내 이미 요부의 묘지문을 얻었노라. 요부의 학문은 편안하고 이루어졌다 할 만하다.' 하자, 태중이 마침내 허락하였다.〔邵堯夫家以墓誌屬, 明道許之, 太中伊川不欲. 因步月於庭, 明道曰 顥已得堯夫墓誌矣. 堯夫之學, 可謂安且成. 太中乃許.〕"는 내용이 보인다. 안차성(安且成)은 바로 소옹(邵雍)의 도가 순일하고 잡되지 않으며 그 지극한 데 나아갔음을 칭찬한 말로, 『이정문집(二程文集) 권4 명도문집(明道文集)』「소요부선생묘지명(邵堯夫先生墓誌銘)」에 보인다. 태중은 명도의 부친인 정향(程珦)의 자이며, 이천(伊川)은 명도의 아우인 정이(程頤)의 호이다.

있어서도 혹 면하지 못하였는데 하물며 후대에 있는 자에 있어서이겠는가?

공은 젊었을 때부터 학문할 적에 이미 이 병폐를 깊이 징계하여 성학聖學의 참됨을 힘써 구하였다. 그리하여 송나라 여러 학자의 문적에 대하여 널리 취하고 정밀하게 강구하였다. 그러나 그 단서를 열고 극極을 모음은 오로지 고정考亭[4]에게 있었다. 나이 10세에 주자朱子가 『대학大學』의 격물설格物說을 논한 것을 보고는 곧바로 만 가지 이치를 모두 연구하려는 뜻이 있었으며, 『주자대전朱子大全』을 얻어서 읽고는 더욱 분발하고 기뻐하여 밤낮으로 침잠하여 1년이 넘자 그 뜻을 모두 통달하였다.

그리하여 무릇 주자의 책에 있는 삼재三才와 만물의 이치의 크고 작음, 숨고 들어남, 시始와 종終, 흩어짐과 모음이 모두 진실하여 한 가지도 내 마음에 갖추어지지 않음이 없음을 봄이 있었으니, 그런 뒤에야 성인을 반드시 배울 수 있음을 알았고, 이것을 배울진댄 '성性을 다하여 명命에 이르는 데'[5]에까지 이르지 않으면 내 일이 끝나지 않을 것으로 여겼다. 그런데 이때 나이가 겨우 약관이었다.

그러나 공은 평소 성실할 뿐 자부하지 않았다. 그리하여 그 외면을 보면 보통사람과 크게 다르지 않은 것 같았으나 내면은 실로 남모르게 스스로 수행하였다. 날마다 일지日誌에 언행과 사위事爲를 기록하여 선악과 득실을 살펴보아서 학문이 진전되는가 후퇴하는가의 기미를

---

4 고정(考亭) : 주자가 만년에 살았던 곳의 지명인데, 고정서원(考亭書院)의 사액(賜額)을 받으면서 주자를 일컫는 말이 되었다. 현재 복건성(福建省) 건양현(建陽縣) 서남쪽에 있다.

5 성(性)을……데 : 『주역』「설괘전(說卦傳)」에 "이치를 궁구하고 성을 다하여 명에 이른다.〔窮理盡性, 以至於命.〕"는 내용이 보인다.

증험하였다. 이렇게 스스로 채찍질하고 바로잡기를 거의 밤낮의 간격을 두지 않아서 요컨대 마음과 뜻의 은미한 곳에 성찰省察하는 공부를 하였으나 사람들이 다만 이것을 알지 못하였을 뿐이었다.

만년에 이르러서는 연평延平[6]의 학문을 깊이 사모하여 자주 붕우들에게 말씀하였으니, 그렇다면 그 거두어 마음속에 감추고 함양涵養하는 공부가 더욱 깊고 간략하여 거의 깨끗하여 속태俗態가 없는 경지에 점차 나아갔음을 또한 상상해 알 수 있다.

본래 공은 사람됨이 중후하면서도 통명通明하고 관대하면서도 깊어서 도를 담을 수 있는 기국器局과 도를 이룰 수 있는 재질이 있었으며, 또 일찍 고정考亭을 스승 삼았으므로 도에 있어서 대체大體를 연구하여 살펴보고 반드시 실재로 자기 몸에 소유하고자 함이 이와 같았던 것이다.

비록 권세와 명성은 남을 용동聳動시킴에 다소 부족한 듯 하였으나 본 바가 크고 보존한 바가 진실하여 저절로 옛 성현의 유지遺旨에 묵묵히 부합하였으니, 어찌 세상의 학자들이 미칠 수 있는 비이겠는가? 그러나 공은 부족하게 생각하여 소유한 바가 없는 듯이 여기고 겸손하여 능한 바가 없는 듯이 여겨서, 매번 스스로 '마음을 잡아 지킴이 견고하지 못하고 사욕을 이겨 다스림이 용감하지 못한 것'을 큰 병통으로 여겼다. 그리하여 후회하고 자책하는 말씀이 여러 번 편지와 기록하는 사이에 나타났으니, 이는 그 스스로 기대함이 원대하였기 때문에 작은 이룸을 편안히 여기지 않고, 스스로 성찰함이 간절하였기 때

---

6 연평(延平) : 주자의 스승인 이통(李侗 1093~1163)의 호로, 자는 원중(愿中)이다. 평생 관직에 나아가지 않고 초야에 묻혀 40여 년간 면학에 전념하였다. 연평은 나종언(羅從彦 1075~1135)에게서 배우고 정좌(靜坐) 공부의 중요성을 전수받았다. 뒤에 주자에게 정자학(程子學)을 가르쳤다.

문에 구차히 용서함을 용납하지 않은 것이다.

아, 이는 진실로 칠조개漆雕開가 이미 '대의를 보아서 뜻이 돈독했던'[7] 이유일 것이다. 만일 하늘이 그 수명을 빌려주어서 끝내 그 배운 바를 다하게 했다면 조예의 높고 깊음이 또 어찌 여기에 그칠 뿐이겠는가? 아! 애석하다.

공은 문예가 보통사람보다 뛰어났으나 평소 저술을 좋아하지 않았으므로 문집 가운데 시문이 몇 권에 지나지 않는다. 오직 서찰이 가장 많은데, 학문을 강하고 일을 논함에 모두 본말을 끝까지 연구하여 발명한 바가 매우 많다. 그러나 모두 붓 가는 대로 이루어서 수식을 빌리지 않았는데도 상세하고 간곡하여 참된 뜻이 넘쳐나며, 그 굽히고 꺾어 왕복하는 즈음에 더욱 사람으로 하여금 재미가 있어 싫증나지 않게 하니, 공의 문장을 여기에서 볼 수 있는 바, 그 문장과 이치가 모두 돈독함은 퇴계退溪의 서찰 이후에 드물게 있는 바이다.

차록箚錄은 대부분 끊긴 쪽〔斷簡〕에서 얻어 간혹 미정未定한 의론이 있으나 이것을 보존하여 구차히 독서하지 않았음을 보였다. 일록日錄은 본래 외고 익힌 과정이 있는데 지금 모두 삭제하여 간략함을 따랐으며, 그 남겨 둔 것은 모두 경계하고 살핌에 간절하고 요긴한 말씀이니, 후세에 공을 알고자 하는 자가 있으면 마땅히 여기에서 많이 얻을 것이다.

그리고 공은 평생 의론을 한결같이 고정考亭을 본받았으나 오직 조

---

7 대의를……돈독했던 : 『논어』「공야장(公冶長)」에 "공자께서 칠조개에게 벼슬을 권하시자 대답하기를 '저는 벼슬하는 것에 아직 자신할 수 없습니다.' 하니, 공자께서 기뻐하셨다.〔子使漆雕開仕, 對曰 吾斯之未能信, 子說.〕"는 내용이 보인다. 이에 대해 주자(朱子)는 "부자께서는 그 뜻이 돈독한 것을 기뻐하신 것이다.〔夫子說其篤志〕" 하였고, 정자(程子)는 "칠조개가 이미 대의를 보았기 때문에 부자께서 기뻐하신 것이다.〔漆雕開已見大意, 故夫子說之.〕" 하였다.

정 의론의 동이同異에 있어서는 항상 조정調停을 위주하였으니[8], 어찌 또한 시세에 부득이함이 있어서 고정을 잘 배우는 데에는 해가 되지 않아서가 아니겠는가? 내가 공이 살아 계신 날에 반복하여 상론商論하지 못함이 한스러우니, 구원九原에 계신 분을 다시 살아나오게 할 수 없어 슬프다.

숭정崇禎 기원후 80년(1707, 숙종33) 정해 9월 병인일에 안동 김창협은 쓰다.

---

8 오직……위주하였으니 : 임영(林泳)은 당초 노론의 이단상(李端相)과 소론의 박세채(朴世采)를 스승으로 삼아 이들의 문인들과 교유하였다. 노론의 김창협(金昌協)이나 이희조(李喜朝)도 유고의 산정과 교정에 참여하였지만, 임영이 끝내 소론 쪽으로 기울었고 문집 간행을 주도한 임정(林淨) 역시 소론 쪽이었으므로 이렇게 말한 것이다.

남구만(南九萬)

1629년(인조7)~1711년(숙종37). 자는 운로(雲路), 호는 약천(藥泉), 본관은 의령(宜寧)이며 송준길의 문인이다. 1656년 별시문과에 을과로 급제하였다. 숙종 초에 대사성·형조판서를 거쳐 1679년(숙종5) 한성부 좌윤이 되었으며, 같은 해 윤휴(尹鑴)·허견(許堅) 등의 방자함을 탄핵하다가 남해(南海)로 유배되었다. 이듬해 경신대출척(庚申大黜陟)으로 남인이 실각하자 도승지·부제학·대사간 등을 역임하였으며, 1680년과 1683년 두 차례 대제학에 올랐다. 1684년에 우의정, 이듬해 좌의정, 1687년 영의정에 올랐다. 이즈음 송시열의 훈척비호를 공격하는 소장파를 주도하여 소론(少論)의 영수로 지목되었다. 1689년 기사환국으로 남인이 득세하자 강릉에 유배되었다가 이듬해 풀려났다. 1694년 갑술옥사(甲戌獄事)로 다시 영의정에 기용되고, 1696년 영중추부사가 되었다. 1701년 희빈 장씨(禧嬪張氏)의 처벌에 대하여 중형(重刑)을 주장하는 노론의 주장에 맞서 경형(輕刑)을 주장하였는데, 희빈 장씨가 인현왕후(仁顯王后) 민씨(閔氏)를 저주한 사실이 발각되어 사사(賜死)되기에 이르자 사직하고 낙향하였다. 그 뒤 부처(付處)·파직(罷職) 등 파란을 겪다가 다시 서용되었으나, 1707년 관직에서 물러나 봉조하(奉朝賀)가 되었다가 기로소에 들어갔다. 저서로 『약천집(藥泉集)』·『주역참동계주(周易參同契註)』가 전한다. 시호는 문충(文忠)이다.

【31. 창계집 서】

滄溪集序

남구만南九萬 ————

蓋聞古之制文은 所以記言也니 發諸口則爲言하고 書諸冊則爲文이라
之二者는 同出而異名하니 文之爲用於古者 然也라 降而後也하야 乃
有所謂詞章之文하야 竊竊焉摸擬假飾하야 自以爲工하니 不特文人之
文爲然이요 雖從事儒學者라도 亦有不免於此하니 其離古亦遠矣라
滄溪林公德涵은 自在志學之年으로 文藝之高 已大噪於世러니 及其求
道問學하야는 不屑於詞藻之末하고 專心於性理之原하야 其於當世諸君
子에 雖有難疑答問之相資나 然其感憤警發하야 唯日孶孶하야 寧服聖
訓而不至언정 不忍苟安於少成하니 實其自勵於中而無待於外者也라
顧余遇德涵最早하니 雖學殖荒落하야 無以扣擊其所存이나 每見其論
事疏章하면 未嘗不心開而目明이요 且得士友間游談하면 咸推德涵之
才學하야 以爲朝中第一人하니 心竊計後來君德之成과 斯文之托이 唯
德涵是期러니 中間世道之嬗(禪)變旣多하고 而德涵亦謙謙以難進自

將이라 故로 名位非不顯이나 不得盡行其所學이라 及至朝望益重하고 主眷益隆하야 年未及艾에 遽棄斯世하니 嗚呼라 其可惜也已요 其可痛 也已로다

淸道守淨道沖은 卽德涵之卯君也라 將刊行其遺文할새 請余爲弁卷 之文이라 余於德涵에 年雖加長이나 學則多遜하니 顧何能引重於斯役 也리오 雖然이나 今觀集中之文하면 率多論講學工程이니 而往復百折하 고 毫分縷析하야 明白懇惻하야 眞情爛熳하야 非但備見其於學用力之 勤篤이요 雖以文之美言之라도 世之操觚者 孰有加於此哉리오 嗚呼라 此眞儒者之文이요 此眞古人之以文爲言者也니라

戊子五月吉日에 宜寧南九萬은 序하노라

내 들으니 옛날에 글을 짓는 것은 말을 기록한 것이었으니, 입에서 나오면 말이 되고 책에 쓰면 글이 되었다. 이 두 가지는 나온 것은 같으나 이름은 다르니,[1] 글이 쓰여짐이 옛날에는 그러하였다. 후대로 내려오자 마침내 사장詞章이라는 글이 있게 되어 남몰래 모의模擬하고 거짓으로 꾸미고서 스스로 잘한다고 여기는 바, 이는 비단 문인의 글 만 그런 것이 아니요, 유학에 종사하는 사람 또한 이러한 것을 면치 못하니, 옛날과 거리가 또한 멀다.

창계滄溪 임공 덕함林公德涵은 지학志學[2]의 나이부터 문예의 높음이 이미 크게 세상에 알려졌다. 도를 구하여 묻고 배움에 있어서는 사장

---

1 나온……다르니 : 『노자(老子)』에 "이 두 가지는 나온 것은 같으나 이름이 다르다.〔此兩者同出而 異名〕"라는 내용이 보인다.

2 지학(志學) : 15세를 말한다. 『논어』 「위정(爲政)」에 "나는 15세에 학문에 뜻을 두었다.〔吾十有五 而志於學.〕"라는 내용이 보인다.

의 지엽에 급급해하지 않고 성리性理의 근원에 전념하였다. 그리하여 당시의 여러 군자들에게 의심나는 것을 논란하고 문답하여 자뢰資賴함이 있었으나, 분발하고 경계하여 오직 날마다 부지런히 힘써서 차라리 성인의 가르침을 행하다가 이르지 못할지언정 차마 구차하게 조그만 이룸에 편안히 여기지 않았으니, 이는 실로 스스로 마음속에 힘써서 밖에 기다림이 없는 것이었다.

돌아보면 내가 덕함을 만난 것이 가장 빠르다. 비록 나의 학식學殖이 황폐해서 그 보존한 바를 물어보지는 못했으나, 매번 그가 정사를 논한 소장疏章을 보면 일찍이 마음이 열리고 눈이 밝아지지 않은 적이 없었다. 또 사우士友 간에 하는 말들을 들어보니 모두 덕함의 재주와 학문을 추앙하여 조정에서 제일가는 사람이라 하였는 바, 마음속으로 '후대에 임금의 덕이 성취되는 것과 사문斯文의 의탁이 오직 덕함에게 기대된다.'고 생각하였다.

그런데 중간에 세도世道의 변천이 많았고[3] 덕함 또한 겸손하여 벼슬길에 나가기 어렵게 여기는 것을 가지고 처신하였다. 이 때문에 명성과 지위가 현달하지 않은 것은 아니나 그 배운 바를 모두 행하지는 못하였다. 그러다가 조정의 명망이 더욱 높아지고 군주의 돌아봄이 더욱 융숭함에 이르렀는데, 나이가 50세가 되기 전에 갑자기 이 세상을 떠났으니, 아! 애석하고 애통하다.

청도군수淸道郡守 임정 도충林淨道沖은 바로 임공의 묘군畊君[4]으로,

---

3 세도(世道)의……많았고 : 숙종 때 서인과 남인들 사이에 환국이 자주 일어난 것을 두고 한 말이다.

4 묘군(畊君) : 소식(蘇軾)의 동생 소철(蘇轍)이 토끼띠인 데에서 유래하여, 동생을 지칭하는 말이 되었다.

장차 그 유문을 간행하려 할 적에 나에게 서문을 청하였다. 나는 덕함
보다 나이는 비록 더 많으나 학문은 많이 뒤지니, 돌아보건대 어찌
책을 만드는 이 일에 보탬이 되어 중함을 끌어올 수 있겠는가?

그러나 지금 보면 문집 가운데 글이 대체로 강학한 공정工程을 논한
것이 많은데, 오고 간 것이 곡절이 많으며 미세한 것도 분석해서 명백
하고 간절하여 진정眞情이 무르익으니, 다만 그 학문에 있어 힘을 씀
이 부지런하고 돈독함을 자세히 볼 수 있을 뿐만이 아니요, 비록 문장
의 아름다움을 가지고 말하더라도 세상의 문장가들이 누가 이보다 더
한 사람이 있겠는가? 아! 이는 참으로 유자儒者의 글이요, 참으로 옛
사람들이 글을 말로 삼았다는 것이다.

무자년(1708, 숙종34) 5월 초하루 의령 남구만은 쓰다.

홍세태(洪世泰)

1653년(효종4)~1725년(영조1). 자는 도장(道長), 호는 유하(柳下), 본관은
남양(南陽)이다. 5세에 책을 읽을 줄 알았고 7, 8세에는 글을 지을 만큼 뛰어난
재주를 타고났으나 신분이 중인층이라 제약이 많았다. 시로 이름이 나서 김창협
(金昌協)·김창흡(金昌翕)·이규명(李奎明) 등 사대부들과 절친하게 지냈으며,
임준원(林俊元)·최승태(崔承太)·유찬홍(庾纘弘)·김충렬(金忠烈)·김부현(金富
賢)·최대립(崔大立) 등 중인들과 시회를 함께 하며 교유하였다. 1675년(숙종1)
을묘 식년시에 잡과인 역과(譯科)에 응시, 한학관(漢學官)으로 뽑혀 이문학관(吏
文學官)에 제수되었다. 30세에 통신사 윤지완(尹趾完)을 따라 일본에 다녀왔으
며, 46세에 이르러 역과 합격 때 제수된 이문학관에 실제로 부임하게 되었다. 어
머니의 상으로 사직하였다가 50세에 복직하였다. 53세에 둔전장(屯田長), 58세
에 통례원 인의(通禮院引儀), 61세에 서부주부 겸찬수랑(西部主簿兼纂修郞), 63
세에 제술관, 64세에 의영고 주부(義盈庫主簿)가 되었으나 곧 파직되었다. 뒤에
이광좌(李光佐)의 도움으로 67세에 울산 감목관(蔚山監牧官)이 되고, 70세에 제
술관이 되었으며, 71세에는 남양(南陽) 감목관이 되었다. 문장의 재능을 인정받
았기 때문에 제술관을 특히 많이 역임하였다.

유하집(柳下集)

저자 자신이 시문을 남기고자 하는 바램으로 생전에 직접 원고를 자편(自編)해두
었을 뿐만 아니라 스스로 간행에 필요한 경비까지 마련해두고 문생들에게 문집의
간행을 누차 부탁하여 이루어졌다. 저자는 별세하기 몇 달 전인 1724년(경종4)
11월에 손수 시문을 편정하여, 내자(內子) 이씨(李氏)에게 주어 잘 보관하도록
부탁하고 자서(自序)를 지어 이러한 시말을 기록하였는데, 이 원고를 저자 몰후
6년이 되는 해인 1730년(영조6)에 저자의 사위 조창회(趙昌會)와 문인 김정우
(金鼎禹)가 시 4권을 보유로 덧붙여 14권으로 증보하고, 부록으로 정내교(鄭來
僑)가 지은 묘지명을 추가하여 활자로 간행하였다. 본 서문은 1730년에 활자로
인행된 초간본에 실린 것으로 규장각장본이다.

【32. 유하집 서】

柳下集序

홍세태 洪世泰 ————

余生五歲에 則知讀書하야 從塾師하야 受數卷書하야 已能通大義하고 旣長하야 讀經史外에 諸子百家를 無不遍覽이라 顧於詩에 嗜甚하야 取詩, 騷, 漢, 魏, 六朝, 李, 杜, 初, 盛唐諸家하야 沈潛玩味하야 積久融貫이라 其求之를 不以詩而以心하니 似覺有古人神氣 潛流暗透于肺腑間者라 竊謂詩者는 出於性情하고 達乎聲音하야 諷之면 自然有神動天隨之妙者 斯爲至矣라 若夫務奇巧하야 爲險澁語하야 以人所難解 爲工은 非知詩者也라 故로 其所以自勉이 格取高하고 調取逸하고 意取遠하고 辭取潔하야 以尋古作者門路之正이라 斟酌古今하고 激揚淸濁하야 渾融變化하야 合爲一格호되 不出於唐杜之間하니 此非敢曰能之요 其意則然矣라 平生에 志亢慨하야 不欲作庸下人하야 凡一切俗事를 皆不接於心이라 家素貧하고 中歲厄窮하야 流離困極하야 仡仡塵埃間하야 無以自拔이나 而顧其志氣不少挫하야 往往觸境感發이면 輒有激昂悲

壯之語하니 槩其所受於天者라 故自不小로되 而以其窮하야 不能肆力
以大拓之라 故로 所得不滿意라 性明悟하야 若可以聞道로되 顧坐於詩
하야 沒沒虛過하야 以至老且死하니 此亦命也歟인저 或曰 昔太冲三都
得玄晏一序하야 遂名千古하니 吾子之詩에 而可無序乎아 曰 息庵公이
見余少作하고 稱之曰 高岑者流라하시고 中歲에 蒼岩公曰 矢口成章하
야 有一唱三歎之音이라하시니 至於晚後所作하야는 兩公俱未及見하니
若使見之면 未知其所論이 又如何也라 兩公文氣器識이 不啻(시)爲後
世之子雲하니 則顧安用序爲哉리오 今年病甚에 意忽忽하야 發篋中所
藏草藁하야 刪繁就約하야 得賦三首, 詩一千六百二十七首, 文四十
二首하야 釐爲十卷하고 遂自爲敍하야 俾後之覽者로 知余於詩用力之
本末如此云이라
崇禎紀元後再甲辰仲冬에 南陽洪世泰는 識하노라

나는 태어나 5세가 되었을 때부터 글을 읽을 줄 알아서 글방 스승에
게 몇 권의 책을 배워 이미 대의大義를 통달하였고, 장성하여서는 경
사經史를 읽는 외에도 제자백가를 두루 보지 않음이 없었다. 돌아보건
대 나는 시를 몹시 좋아하여 《시경詩經》과 《이소離騷》, 한漢·위魏와
육조六朝, 이백李白과 두보杜甫, 초당初唐과 성당盛唐의 여러 시인들의
시를 취하여 잠심潛心하고 완미玩味하여 오랫동안 쌓아 융회 관통融會
貫通하였으니, 시로써 구하지 않고 마음으로써 구하니, 옛 사람의 신
기神氣가 나의 폐부 사이에 은근히 흐르고 통함이 있음을 느끼는 듯하
였다.

　나는 생각하기를 '시라는 것은 성정性情에서 나오고 성음聲音에 나타
나서, 시를 외우면 자연히 정신이 발동함에 천기天機가 따르는[1] 묘함

이 있어야 하니, 이것이 지극함이 된다. 만약 기교에 힘써 난삽한 말을 지어내어 남이 알기 어려운 것을 가지고 잘한다고 여긴다면 이것은 시를 제대로 아는 자가 아니다.'라고 여겼다.

그러므로 내 스스로 힘쓴 것은 격格은 높음을 취하고 조調는 표일飄逸함을 취하며 뜻은 심원深遠함을 취하고 말은 고결高潔함을 취하여 옛날 작가들의 올바른 문로門路를 찾는 것이었다. 그리하여 고금을 참작하고 청탁淸濁을 격양激揚하여 융합하고 변화해서 합하여 하나의 격을 만들었으나 당唐나라 두보杜甫의 시를 벗어나지 않았으니, 이는 감히 내가 이것을 잘한다고 말하는 것이 아니요 그 뜻이 그러하다는 것이다.

나는 평소에 뜻이 높고 강개해서 용렬하고 낮은 사람은 되고 싶지 않아 모든 속세의 일을 모두 마음에 접하지 않았다. 집안이 평소 가난하고 중년에 곤궁하여 이리저리 떠돌아다녀 곤궁함이 심해서 진세塵世 사이에 빠져 스스로 벗어날 길이 없었으나, 다만 그 뜻과 기개는 조금도 꺾이지 않고 왕왕 처지에 따라 감발되어서 번번이 격앙하고 비장해하는 말이 있었으니, 이는 대체로 하늘에서 받은 재주가 본래 작지 않았으나 곤궁함 때문에 힘을 써서 크게 개척하지 못해서였다. 그러므로 얻은 바가 뜻에 차지 않는다. 재주가 명오明悟하여 도를 들을 수 있을 듯했으나 다만 시에 매몰되어서 헛되이 세월을 보내어 늙어서 장차 죽음에 이르렀으니, 이 또한 운명일 것이다.

어떤 사람이 "옛날 좌사左思의 〈삼도부三都賦〉가 황보밀皇甫謐의 서문

---

1 시라는……따르는 : 《장자(莊子)》〈재유(在宥)〉에 "정신이 발동함에 천기가 뒤따른다.〔神動而天隨〕"라는 내용이 보인다.

하나를 얻어서 마침내 천고에 이름났으니, 자네의 시와 같은 훌륭한 시에 서문이 없을 수 있겠는가?"라고 하기에 내가 다음과 같이 대답하였다.

"식암공息庵公[2]이 내가 어렸을 때 지은 작품을 보고 칭찬하여 말씀하기를 '고적高適과 잠삼岑參의 부류이다.' 하였고, 중년에 창암공蒼嵒公[3]이 말씀하기를 '입에서 나오면 문장을 이루어서 한 번 창함에 세 번 감탄하게 하는 음이 있다.' 하였으니, 만년에 지은 작품에 대해서는 두 분이 모두 미처 보지 못하였는바, 만약 두 분이 이 작품을 보신다면 그 논한 바가 또 어떨지 모르겠다. 두 분의 문기文氣와 기국器局과 식견은 후세의 자운子雲[4]이 될 뿐만이 아니니, 그렇다면 딴 사람의 서문을 어디에 쓰겠는가?"

금년에 병이 심해지자 마음이 급해져서 상자 안에 보관한 초고를 꺼내어 번거로운 부분을 삭제해서 간략하게 만드니, 부賦가 3수, 시가 1627수, 문이 42수였다. 이것을 정리하여 10권으로 만들고 마침내 스스로 서문을 지어 후대의 이글을 보는 자들로 하여금 내가 시에 대해 힘을 쓴 본말이 이와 같음을 알게 하노라.

숭정崇禎 기원후 두 번째 되는 갑진년(1724년, 경종4) 중동仲冬에 남양 홍세태는 쓰다.

---

2 식암공(息庵公) : 식암(息庵)은 김석주(金錫胄 1634, 인조12~1684, 숙종10)의 호로, 자는 사백(斯百), 본관은 청풍(淸風), 시호는 문충(文忠)이다.

3 창암공(蒼嵒公) : 창암은 김상채(金尙彩 ?~?)라는 사람의 호로 보인다. 김상채는 영조 때의 시인으로, 자는 경숙(敬叔), 본관은 안산(安山), 중인 출신이다.

4 후세의 자운(子雲) : 자운은 전한(前漢) 말기의 학자인 양웅(揚雄)의 자(字)이다. 양웅은 《주역》을 모방하여 지은 《태현경(太玄經)》을 남이 알아주지 않자 "나는 후세의 자운을 기다린다." 하였다.《漢書 卷87 揚雄傳》 여기에서는 후세의 훌륭한 학자나 문인을 이른다.

Ⅱ. 서간문 書簡文

33. 송익필(宋翼弼)[1]이 성혼(成渾)[2]에게 보낸 편지

謝浩原書

今冬寒暖은 闠闠無常하니 病人은 將息極艱이니이다 伏未審信後에 靜養如何오 弼은 未死一事 尙同前日이나 杜戶呻痛하니 他又何言이리오 日者抽一使하야 襄事恩迫之餘에 遠誨慇懃하야 起懦滌煩하시니 爲賜不淺이니이다 弼은 形體之疾이 與心性之病으로 爲朋相煽하야 昏昏終日하야 未見淸明止定之界라 拱手默坐하야 有時收聚나 一物來觸이면 便覺散渙하야 動上之靜을 竟不可得이니이다 其所謂收斂은 反同禪學하야

---

1 송익필(宋翼弼) : 1534년(중종29)～1599년(선조32). 자는 운장(雲章), 호는 구봉(龜峯)·현승(玄繩), 본관은 여산(礪山)이며, 저서로 『구봉집(龜峯集)』이 있다.

2 성혼(成渾) : 1535년(중종30)～1598년(선조31). 자는 호원(浩原), 호는 우계(牛溪)·묵암(默庵), 본관은 창녕(昌寧)이다.

理不勝氣하고 衰老又迫하니 多愧尊兄山中住久하야 定性愈光하고 弱
質還健也니이다

호원浩原에게 답한 편지

올 겨울의 날씨는 변화가 무상하니, 병든 몸이라 조섭하기도 매우
어렵습니다. 서신을 보내신 뒤로 정양靜養하시는 체후가 어떠하신지
요. 저는 아직 죽지도 않고 여전히 살고 있으나 두문불출 신음하며
지내고 있으니, 다른 일이야 또 말할 것이 있겠습니까. 근래 심부름꾼
하나를 보내어, 장례葬禮를 치르느라 경황이 없으실 터인데 멀리 간곡
한 가르침을 내리시어 나약함을 일깨우고 번민을 씻어주시니, 은혜가
적지 않습니다.

저는 육신의 병과 심성心性의 병이 짝이 되어 부채질하는 바람에 종
일토록 혼몽하게 지내면서 맑고 고요한 경지를 보지 못하고 있습니다.
손을 모으고 묵묵히 앉아 이따금 정신을 모아 보지만, 한 물건이 와서
접촉하면 금세 흩어져버려 동動 속의 정靜함을 끝내 체득하지 못합니
다. 이른바 수렴收斂(마음을 단속함)이란 것이 도리어 선학禪學과 같게
되어 이理가 기氣를 이기지 못하고 노쇠함이 또 닥쳐오니, 산중에 오
래 머무시어 정성定性[3]이 더욱 빛나고 약한 체질이 다시 강건해진 존
형께 몹시 부끄럽기만 합니다. ✿

---

3 정성(定性) : 절대적 본체라 할 천리(天理), 즉 성(性)에 입각하여 외물에 끌리지 않는 경지를
말한다. 송(宋)나라 정호(程顥)가 장횡거(張橫渠)에게 대답한 「정성서(定性書)」가 유명하다.

【 34. 윤근수(尹根壽)[1]의 편지 】

大慶之餘에 蘗亦隨之하야 天意人事 有不可測者如是하니 寧不爲之
短氣리오 吾兩家俱罹此禍하니 亦極怪底事也라 此時에 大令監已到鳳
凰城하야 而能了對卞(辨)耶잇가 其結末如何오 令人欲狂欲狂이니이다
大夫人今在何地며 而氣候如何오 以吾家往歲之焦煎으로 想今歲賢
家之憂컨대 已斷之餘魂이 於今日無復有矣리이다 所送至薄하니 不可
謂物이요 只表情而已니 幸進于堂下如何오 萬萬不可盡이요 姑此拜問
하노이다

壬至月十八에 汀老

---

1 윤근수(尹根壽) : 1537년(중종32)~1616년(광해군8). 자는 자고(子固), 호는 월정(月汀)·외
암(畏菴), 본관은 해평(海平)이다. 저서로는 『월정집(月汀集)』이 있으며 글씨에 뛰어났다. 형은
영의정을 지낸 두수(斗壽)이다.

大乾文魚 一尾

六布 二匹

白紬 一匹

　큰 경사를 치룬 뒤 재앙 역시 따라와 천의天意와 인사人事를 헤아릴 수 없음이 이와 같으니, 어찌 실망스럽지 않겠는가. 우리 두 집안이 모두 이러한 화禍에 걸리니, 이 역시 매우 괴이한 일이네. 이러한 때에 대영감大令監[2]께서는 이미 봉황성鳳凰城[3]에 당도해서 직접 대질하여 시비是非를 논단하셨는가? 그 결말은 어떠한가? 사람으로 하여금 미치게 만드네. 대부인大夫人[4]께서는 지금 어디에 계시며 건강은 어떠하신가? 지난해에 애태웠던 우리 집안의 일을 가지고 올해 그대 집안의 우환을 상상해 보면, 이미 끊어져버린 혼이 이제 더 이상 남아 있지 않을 것이네.

　보내는 물건은 너무 약소해 물건이라고 할 수도 없네. 다만 정을 표시할 뿐이니, 당하堂下에 올리는 것이 어떻겠는가. 여러 가지는 다 쓰지 못하고 우선 이 정도로만 문안드리네.

　임□년 지월至月(동짓달) 18일.

　월정月汀 노인老人.

---

[2] 대영감(大令監) : 남의 아버지에 대한 존칭으로 수신인의 아버지를 이른다.

[3] 봉황성(鳳凰城) : 옛날 우리나라에서 중국을 가기 위해서는 반드시 거쳐야 하던 성으로 요동(遼東)에 있다.

[4] 대부인(大夫人) : 남의 어머니에 대한 존칭으로 수신인의 어머니를 이른다.

말린 큰 문어 한 마리

육포六布[5] 두 필

흰 명주 한 필 🦋

<hr>

5 육포(六布) : 육승포(六升布), 즉 여섯 새 베를 이른다. 새는 피륙의 날을 세는 단위인데 날실 여든 올을 한 새로 친다.

【 35. 유성룡(柳成龍)의 편지 】

承審令候猶未平하시니 爲慮라 千萬善調하소서 今日之氣頗爽하니 人意
似蘇니이다 但秋風颯然하니 益起東歸之興이나 而此身如粘網之鳥하야
騰振無計하니 可嘆이니이다 移家事如此하니 奈何오 朝報中見鐵山事하
니 未知曲折하야 極爲致念하니 時未下邊司耳니이다 示事는 吏亞分不
熟하야 雖發言不易나 然此是機會니 若失此而令叔入銓席이면 則尤無
得期라 當勉作一書以請하리니 第未知政在何日爾니이다 數日來眼生
黑花하야 往往不辨筆端하야 艱草不宣이니이다 謹復狀하노이다 成龍

보내주신 편지를 받고 영공의 체후가 아직도 평안하지 못함을 알았
으니, 염려스럽네. 부디 몸조리 잘 하시길 바라네. 오늘 날씨가 자못
상쾌하니, 사람의 마음이 되살아나는 듯하네. 다만 가을바람이 소슬
하게 불어와 동귀東歸[1]하고 싶은 흥취를 더욱 불러일으키네만, 이내

몸은 그물에 걸린 새처럼 날아오를 방도가 없으니 한탄스럽네. 집을 옮기는 일도 이와 같으니, 어이하겠는가.

조보朝報[2]에서 철산鐵山의 일[3]을 보았는데 곡절을 알지 못하여 몹시 염려가 되네. 현재 이 사건을 아직 비변사備邊司에 회부하지는 않았네. 부탁하신 일은 이아吏亞(이조참판)와 교분이 깊지 못해 말을 꺼내더라도 쉽지 않을 것이네. 그러나 이번이 적기인데 이 기회를 놓치고 영공의 숙부께서 전석銓席(이조의 자리)에 들어가신다면 더욱 기회를 얻지 못할 것이네. 응당 힘써 한 통의 편지를 써서 청해 보겠네만, 어느 날이 될는지는 모르겠네.

며칠 전부터 눈에 흑화黑花[4]가 생겨 이따금 붓끝조차 분간하지 못할 지경이네. 어렵사리 대강 쓰고 이만 줄이네. 삼가 답장을 올리네.

성룡成龍.

---

1 동귀(東歸) : 고향(故鄕)으로 돌아감을 뜻한다. 옛날 진(晉)나라 장한(張翰)이 세상이 혼란한 데다가 가을바람이 일자, 고향의 별미인 농어회와 순채(蓴菜) 생각이 나서 벼슬을 버리고 고향으로 돌아간 고사를 인용한 것이다.

2 조보(朝報) : 조정에서 알리는 소식지를 이른다.

3 철산(鐵山)의 일 : 평안북도 철산군(鐵山郡)에서 일어난 사건을 말한 듯하다. 『조선왕조실록』 중 유성룡(1542~1607)의 생애에 철산에 관한 글은 보이지 않는다. 다만 이보다 앞선 기록으로 중종 28년(1533) 10월 19일 「철산 가도의 중국배 정박에 관해 논의하다」가 보이고, 신흠(1566~1628)의 『상촌선생집』 부록 1에 「대광보국숭록대부 의정부 영의정 겸 영경연 홍문관 예문관 춘추관 관상감사 세자사(大匡輔國崇祿大夫議政府領議政兼領經筵弘文館藝文館春秋館觀象監事世子師) 신공(申公) 시장(諡狀)」에서 "도독(都督) 모문룡(毛文龍)이 철산(鐵山)의 가도(椵島)에 진을 설치한 뒤 위로 명나라 조정을 속여 강제로 군량을 조달시키고 스스로 봉작을 부여하면서 본국에 폐해를 끼쳤으므로 일대 근심거리가 되었다." 하였는데, 철산의 일이란 명나라로 인한 일인 듯하다.

4 흑화(黑花) : 흑화는 나이 들어 눈이 침침해 짐을 뜻하는데, 나이 들어 늙고 노쇠했다는 뜻이다. 소식(蘇軾)의 시(詩)에 "前年黑花生 今歲白髮出"이란 구절이 있다.

36. 한호(韓濩)[1]가 김생원(金生員)에게 보낸 편지

常川仰慕之極에 忽得下書하야 憑審尊候康勝하오니 十分欣拜之至니이다 濩深荷腆賜하야 喘喘居洴耳니이다 所示之期는 今以榜會로 欲趁三淸洞矣니 餘竢明日奉破切切하고 不宣하노이다 伏惟尊照하고 謹拜謝狀하노이다

閏中春念二에 濩頓首

尊侍 上謝狀

金生員 旅次

謹封

---

[1] 한호(韓濩) : 1543년(중종38) ~ 1605년(선조38). 자는 경홍(景洪), 호는 석봉(石峯)이며, 서예가로 유명하다.

끊임없이 간절하게 그리워하던 차에 홀연히 보내주신 서찰을 받고 어르신의 체후가 건승하심을 알았으니, 대단히 기쁘기 그지없습니다. 저는 어르신의 두터운 은혜를 받아 실낱 같은 목숨을 이어가며 반궁泮宮[2]에 머물고 있습니다.

말씀하신 기일에 대해서는 지금 방회榜會[3] 때문에 삼청동三淸洞으로 가려고 하니, 나머지는 내일 직접 뵙고 간절히 말씀드리기로 하고 이만 줄입니다. 삼가 어르신께서는 살펴 주시길 바랍니다. 삼가 사장謝狀을 올립니다.

윤閏 중춘中春 22일.

호濩 돈수頓首.

---

2 반궁(泮宮) : 조선시대 최고의 교육 기관인 성균관을 가리킨다. 『시경(詩經)』 노송(魯頌) 반수(泮水)의 "思樂泮水 薄采其芹"이라는 구절에서 유래한 것이다.

3 방회(榜會) : 과거 합격 동기생의 모임으로 보인다.

【 37. 홍이상(洪履祥)[1]의 편지 】

謹伏承台하야 就審霜寒에 台履起居神相萬福하시니 仰慰不任이니이다
履祥은 頃送僚喪於郊路라가 歸便病臥하야 熱劇喘苦하야 迄未蘇快하니
憫仰憫仰이니이다 下敎藥物等은 謹依劑呈이니이다 邸報近不來到하니
到則專馳伏計니이다 餘祝寒序에 台體起居增重하오니 伏惟鑑量하소서
謹拜上狀하노이다
萬曆癸卯九月晦에 示敎生洪履祥

삼가 대감의 편지를 받고 서리 내리는 추위에 대감의 기거가 신이
도와 만복하심을 알았으니, 몹시 위안이 됩니다. 저는 지난번 교외에

---

1 홍이상(洪履祥) : 1549년(명종4)~1615년(광해군7). 자는 원례(元禮), 호는 모당(慕堂), 본관
은 풍산(豐山)이다. 저서로 『모당유고(慕堂遺稿)』가 있다.

서 동료의 상喪을 치른 뒤 돌아오자마자 병으로 누웠는데, 열이 심하고 숨이 차 아직까지 완쾌되지 못하고 있으니 민망한 일입니다.

하교하신 약물藥物 등은 삼가 말씀하신 대로 조제해 보냅니다. 저보邸報[2]는 근래에 도착하지 않았습니다. 도착하는 대로 즉시 심부름꾼을 통해 보내드릴 계획입니다.

나머지는 추운 계절에 대감의 기거가 더욱 좋으시기를 바랍니다. 삼가 살펴주시기 바라오며 글을 올립니다.

만력萬曆 계묘년(1603) 9월 그믐.

시교생侍敎生 홍이상洪履祥.

---

2 저보(邸報) : 조보(朝報), 관보(官報), 또는 저장(邸狀)이라고도 한다. 관청에서 알리는 소식지로 주로 승정원에서 만들어 전국에 배포하였는데, 주로 경저리(京邸吏)와 영저리(營邸吏)가 맡아서 배포하였다. 경저리는 지방의 행정사무를 신속히 해결하기 위해 서울과 지방을 오고 가는 아전이고, 영저리는 지방의 감영에 있으면서 감영과 각 고을 사이의 연락을 취하는 아전이다.

38. 정경세(鄭經世)[1]가 송진사(宋進士)에게 보낸 편지

頃因風便得書하야 知胃證尙未瘳하니 奉慮無已니이다 卽此向暄에 想惟孝履支勝하시고 兒輩亦皆無恙否잇가 不能忘不能忘이니이다 此處는 幸粗遣免이니이다 閭閻間에 以西邊狀啓에 有壬形異前之語하야 洶駭頗甚하야 或有負抱出城者러니 數日來稍定이니이다 人心如此不固하니 甚可慮也니이다 想外方亦不無驚動否잇가 湖南逆獄은 曾已疏釋이나 而光裕尙不伏反坐之律하야 人心以此憤鬱이니이다 兩司論執이나 時未允耳니이다 香砂平胃散十貼劑去하오니 可試服兩三貼호되 觀食下與否爲佳라 此藥이 雖不甚峻이나 亦非補劑니 連用則恐損元氣라 間間休息하야 服之爲佳니이다 不宣하노이다

二月旣望에 經世

---

1 정경세(鄭經世) : 1563년(명종18)~1633년(인조11). 자는 경임(景任), 호는 우복(愚伏), 본관은 진주(晉州)이다. 저서로 『우복집(愚伏集)』이 있다.

宋進士　　　　　　　　　　　　　　　　　　　大孝服次

　일전에 풍편風便[2]을 통해 보내주신 서찰을 받고 위장병이 아직까지 낫지 않음을 알았으니, 몹시 염려되네. 따뜻해지는 날씨에 상중〔孝履〕[3]에 잘 지내시며 아이들도 모두 탈이 없으리라 생각되네. 잊을 수 없네. 이곳의 나는 다행히 벼슬에서 물러나 그럭저럭 지내고 있네.

　민간에서는 서쪽 변방에서 보낸 장계狀啓 가운데 ‘모문룡毛文龍[4]이 하는 짓이 예전과 다르다.’는 말 때문에 흉흉하고 놀람이 자못 심하여 짐을 지고 아이를 안고 성城을 나간 사람도 있었는데, 며칠 전부터는 조금 안정되었네. 인심人心이 이처럼 견고하지 못하니, 몹시 염려스럽네. 다른 지방 역시 소동이 없지는 않으리라 생각되네. 호남湖南의 역옥逆獄은 일찍이 이미 소석疏釋[5]되었는데, 광유光裕[6]가 아직까지 반좌지율反坐之律[7]을 받지 않아 인심이 이 때문에 분통해하고 있네. 양사兩

---

[2] 풍편(風便) : 불확실한 인편을 이른다. 예를 들어 직접 사람을 상대방으로 보내는 것이 아니라 상대방 지역으로 가는 사람이 있으면 부탁을 해서 간접적으로 보내는 것이다.

[3] 상중〔孝履〕 : 수신인이 상중에 있으므로 효(孝)를 쓴 것이다.

[4] 모문룡(毛文龍) : 명(明)나라 장수(1576~1629)로 광해군(光海君) 14년(1622)에 철산(鐵山) 가도(椵島)에 진을 치고 우리 조정에다 후금(後金)을 치도록 강청하여 외교상 막대한 지장을 초래하였다.

[5] 소석(疏釋) : 무고 등으로 억울하게 옥사에 관련된 자들을 석방함을 이른다.

[6] 광유(光裕) : 이광유(李光裕)를 가리킨 것으로 보인다. 『인조실록(仁祖實錄)』1623년(仁祖 원년) 7월 27일의 기사에는 이광유가 한창국(韓昌國)·이광호(李光灝)와 모반(謀叛)을 하였다는 기사가 있으며, 8월 7일에는 이광유가 곤장을 맞고 죽었다는 기사가 있다.

司(사헌부와 사간원)에서 논집論執하고 있으나, 아직 윤허允許가 나지 않았네.

향사평위산香砂平胃散[8] 열 첩을 조제해 보내네. 두세 첩을 시험 삼아 복용한 다음, 먹은 것(음식물)이 내려가는 여부를 살펴보는 것이 좋겠네. 이 약이 비록 심히 독하지는 않지만 역시 보약제는 아니니, 연거푸 복용하면 원기元氣를 손상시킬 듯하네. 간간이 쉬어가며 복용하는 것이 좋겠네. 이만 줄이네.

2월 기망旣望(16일).

경세經世.

---

7 반좌지율(反坐之律) : 무고(誣告), 또는 위증(僞證)을 하여 남을 죄에 빠뜨리게 한 자에 대하여 그 무고 또는 위증한 내용의 죄와 동일한 형벌을 과하는 일을 이른다.

8 향사평위산(香砂平胃散) : 약명(藥名)으로, 위장병을 치료하는 약이다.

39. 정홍명(鄭弘溟)[1]의 편지

溪亭聚散이 已成陳跡이나 別來依然이러니 卽承書問하야 慰此愁寂이니이다 生은 沈綿如昨하야 苦惱度(渡)日耳니이다 后潛은 復戒上洛하니 不久錦還有期를 爲望爲望이니이다 餘曉坐灯(燈)暗하야 草復不究하노이다 陽月晦에 弘溟拜

계정溪亭[2]에서 모였다 흩어진 것이 이미 묵은 자취가 되었습니다만

---

1 정홍명(鄭弘溟) : 1592년(선조25)~1650년(효종1). 자는 자용(子容), 호는 기암(畸庵)·삼치(三癡), 본관은 연일(延日)이다. 아버지는 송강(松江) 철(澈)이며, 저서로 『기암집(畸庵集)』·『기옹만필(畸翁漫筆)』이 있다.

2 계정(溪亭) : 기암이 활동했던 당시에 환벽당(環碧堂)을 계정이라고 부르기도 하였고, 기암이 거처하던 집을 계당(溪堂)이라고도 하였는바, 이 편지에서는 환벽당을 가리킨 것으로 보인다. 환벽당은 광주(光州)의 충효리(忠孝里)에 있는 정자로 기암이 거주한 지실(芝室)과 가까운 거리에 있다. 『기암집』 권4에 「與光山城主 約會環碧溪亭 簡務安李使君士謙同赴」라는 제목이 보인다.

헤어진 뒤로도 그때의 일이 생생합니다. 오늘 보내주신 서찰을 받으니, 이렇듯 시름 속에 쓸쓸히 지내는 생활에 위안이 됩니다. 저는 여전히 고질에 시달리며 괴로이 나날을 지내고 있습니다.

후잠后潛은 다시 행장을 꾸려 서울로 올라갔는데, 오래지 않아 금의환향할 날이 있기를 바라마지 않습니다.

나머지는 새벽에 일어나 앉아 등불이 어두워 대충 써 답장하며 이만 줄입니다.

양월陽月(음력 10월) 그믐.

홍명弘溟 배拜.

伏問凉冷에 令候何如오 數日前에 修上短札이러니 未知入覽이닛고 聞
壺山所送雜物을 失於中路云하니 極可驚歎이니이다 汗果四斗를 倉卒
造上하니 品固不佳요 而又恐未及於期內하니 伏歎伏歎이니이다 餘對燈
不盡하고 唯祝令體平吉하오며 謹拜狀上하노이다
九月七日夜에 服人涑頓

　쌀쌀한 날씨에 영감의 체후가 어떠하신지요? 며칠 전에 서찰을 보
냈는데 받아보셨는지요? 호산壺山에서 보낸 잡다한 물건이 중간에 분

---

1 조속(趙涑) : 1595년(선조28)~1668년(현종9). 자는 희온(希溫), 호는 창강(滄江)·창추(滄
醜), 본관은 풍양(豊壤)이다. 조선후기의 문인화가로 「노수서작도(老樹棲鵲圖)」·「매작도(梅鵲圖)」
등이 있다.

실되었다고 하니, 매우 놀랍고 안타깝습니다. 한과汗果[2] 네 말을 황급히 만들어 보냅니다. 품질이 좋지 못한데다 기일 내에 당도하지 못할 듯하니, 몹시 안타깝습니다.

나머지는 등불 앞이라 침침하여 이만 줄입니다. 오직 영감의 체후가 평안하시기를 바라며 삼가 글을 올립니다.

9월 7일 밤.

복인服人 속涑 돈頓.

---

2 한과(汗果) : 한과(漢菓)를 이른다. 한과는 밀가루를 꿀이나 설탕에 반죽하여 납작하고 네모지게 만들어 기름에 튀긴 과자이다.

積阻餘一書는 甚可喜라 奴輩散去가 如鳥獸之聚散하니 亦閑中佳趣라
欲聚則聚하고 欲散則散하니 萬物大小盛衰皆然이라 老人閱世故多矣
니 其理如此라 何時相見耶아 不宣하노라
十四日에 眉老

오래도록 소식이 막혔던 차에 한 통의 서찰은 몹시 기쁘네. 하인들
이 뿔뿔이 떠나는 모습이 마치 짐승들이 모였다 흩어지는 것과 같으
니, 이 역시 한가한 생활 속의 재미있는 정취情趣네. 모이고 싶으면
모이고 흩어지고 싶으면 흩어지니, 만물의 대소성쇠大小盛衰가 모두
그렇네. 이 늙은이가 세상사를 겪은 것이 많은바, 그 이치가 이와 같
다네. 어느 때나 만날 수 있겠는가? 이만 줄이네.

14일.

미수眉叟 노인老人.

【 42. 홍명구(洪命耈)[1]의 편지 】

伏承下書하야 仍審起居萬安하오니 仰慰仰感이니이다 弟는 徘徊嶺底하
야 已經兩箇月이로되 詔使正奇 尚已杳然이라 等候之間에 滯鬱難堪이
니이다 且白尤은 曾無下示라 故로 未及上送이러니 今送十兩이니이다 忙
擾暫此하오니 伏惟下照하소서 謹拜上謝狀하노이다
五月十九日에 弟命耈

삼가 보내주신 서찰을 받고 기거가 평안하심을 알았으니, 위안이
되고 감사합니다. 저는 영남嶺南을 돌아다닌 지도 어느덧 두어 달이
지났는데 중국에서 사신이 왔다는 기별이 아직도 묘연하니, 기다리는

---

1 홍명구(洪命耈) : 1596년(선조29)~1637년(인조15). 자는 원로(元老), 호는 나재(懶齋). 본관
은 남양(南陽)이다.

사이에 답답함을 견디기 어렵습니다.

그리고 백출白朮[2]은 일찍이 말씀이 없으셨으므로 미처 보내지 못했는데 지금 열 냥을 보냅니다. 바쁜 와중에 잠시 쓰니, 삼가 굽어살펴 주시길 바랍니다. 삼가 사장謝狀을 올립니다.

5월 19일.

제弟 명구命耉.

---

2 백출(白朮) : 약초(藥草) 이름으로 삽주를 이른다. 뿌리가 약재(藥材)로 쓰이는데 이뇨(利尿)·건위(健胃)에 효능이 있다.

【 43. 정두경(鄭斗卿)¹의 편지 】

向蒙伻(팽)問하니 多謝라 久阻에 不堪戀懷니이다 弟長以病患度日하고
又無人馬하야 未得一進하니 只自悵歎이니이다 貴曹有米하니 何不令病
弟로 一遊醉鄕中耶아 呵呵라 空石은 幸優惠如何오 餘在進拜요 不具
하노라 弟斗卿

　　지난번 심부름꾼을 보내어 안부를 물어주시니, 매우 감사합니다.
오랫동안 소식이 막혀 그리움을 견딜 수 없었습니다. 저는 오랫동안
병으로 나날을 보내고 있는데다 인마(人馬)마저 없어 한번 찾아가지 못
하니, 서글프고 한탄스러울 뿐입니다. 형께서 근무하시는 부서에 쌀

이 있다고 하던데, 어찌 병든 아우로 하여금 한번 취하게 하지 않습니까? 하하. 빈 섬(가마니)은 넉넉히 보내주심이 어떻겠습니까? 나머지는 찾아가 인사드리겠으며, 이만 줄입니다.

　제弟 두경斗卿.

【 44. 홍주원(洪柱元)[1]의 편지 】

前冬行蓋之啓程也에 追往門外하니 則駕纔發矣라 不得拚別之歎이
尙今不能已니이다 卽承令問札하야 憑審春和에 令政履萬相하오니 仰慰
倍品이니이다 弟粗保添齒나 而入春來에 病患連仍하야 無一日安過之
時하니 莫非衰老所致라 自憐奈何오 下惠兩種□魚는 深感記存盛意하
니 無容稱謝라 餘適對客하야 倩草不宣하니 統希令亮하노이다 謹拜謝狀
上이라

三月日에 柱元

---

1 홍주원(洪柱元) : 1606년(선조39)~1672년(현종13). 자는 건중(建中), 호는 무하당(無何堂),
본관은 풍산(豊山)이다. 홍이상(洪履祥)의 손자로 문신이다. 선조의 딸인 정명공주(貞明公主)와
결혼하여 영안위(永安尉)에 봉해졌다.

　지난겨울 영공께서 행개行蓋로 계정啓程[2]하실 적에 뒤늦게 문 밖까지 갔으나 영공의 수레가 막 출발하였습니다. 이별의 정을 나누지 못한 아쉬움이 지금까지도 그치질 않습니다. 오늘 영공의 서찰을 받고 화창한 봄에 영공의 정사政事를 돌보는 체후가 좋으심을 알았으니, 갑절이나 위안이 됩니다. 저는 그럭저럭 지내며 나이만 먹었는데, 봄에 들어 병환이 연이어지는 바람에 하루도 편하게 지낼 때가 없으니, 이 모두 몸이 늙은 탓이겠지요. 스스로 가엾게 여기지만 어이하겠습니까.

　두 종류의 물고기를 보내주시니, 기억해 주시는 후의에 깊이 감사드립니다. 무어라 사례할 말이 없습니다.

　나머지는 마침 손님 접대로 천초倩草[3]하며 이만 줄입니다. 영공께서는 두루 살펴 주시기를 바라며 삼가 사장을 올립니다.

　3월　　일.

　주원柱元.

2　행개(行蓋)로 계정(啓程) : 행개는 상대방이 타고 가는 수레를 이르며, 계정은 발정(發程)이라고도 하는바, 길을 떠남을 이른다.

3　천초(倩草) : 남의 손을 빌려 대강 쓴다는 뜻으로, 대필(代筆)시킬 경우에 '천(倩)'이라고 쓴다.

【 45. 송시열(宋時烈)의 편지 】

兄主前上

日間調況如何오 當時竊見食飮甚適하오니 似無所慮矣라 雖百疾可及
矣니이다 沘陰祖妣誌文을 因李應敎選하야 得於嶺外하야 而刊於長城
而來하니 須命授飛僧하야 藏置原板之末이 如何如何오 只此하노이다 卽
弟時烈

형님께 올립니다

　요즈음 조섭調攝하시는 형편은 어떠하신지요? 당시에 음식이 매우
입에 맞으심을 보아 염려할 바가 없을 듯하니, 어떤 병이라 하더라도
이겨낼 수 있을 것입니다.

비음淝陰[1]의 할머니 묘지문墓誌文은 응교應敎 이선李選[2]을 통해 영외嶺外에서 가져와 장성長城에서 판각해 왔으니, 모쪼록 걸음 빠른 승려에게 주어 원판의 말미에 이 지문을 넣도록 하는 것이 어떻겠습니까? 이만 줄입니다.

즉일卽日.

제弟 시열時烈.

---

[1] 비음(淝陰) : 충남(忠南) 회덕(懷德)에 있는 지명이다.

[2] 이선(李選) : 1632년(인조10)~1692년(숙종18). 자는 택지(擇之), 호는 지호(芝湖), 본관은 전주(全州)이다. 우의정 후원(厚源)의 아들이며 송시열(宋時烈)의 문인이다.

46. 오두인(吳斗寅)[1]이
의성(義城) 수령(守令)에게 보낸 편지

戀頭에 承審侍餘政履神相하니 仰慰且感이라 此每擬進敍로되 而病故
多端하야 末由遂意하니 尋常恨歎이라 刻匠忠密者 以諸處銘石事로 奔
走云하니 未知方在何處也나 當卽發牌招來하야 仍送貴邑計計라 姑此
不宣하니 伏惟下照라 謹謝上狀하노라
辛卯午月初二日에 斗寅頓

<table>
<tr><td>聞韶^{*)} 東閣 回納</td><td></td></tr>
<tr><td></td><td>手決 謹封</td></tr>
<tr><td>東羅 謝狀</td><td></td></tr>
</table>

---

1 오두인(吳斗寅) : 1624년(인조2)~1689년(숙종15). 자는 원징(元徵), 호는 양곡(陽谷), 본관은
해주(海州)이다. 저서로 『양곡집(陽谷集)』이 있다.

* 聞韶(문소) : 경상북도 의성(義城)의 옛 이름이다.

그리워하던 차에 보내주신 서찰을 받고 시봉侍奉하며 정사를 돌보는 체후가 좋으시다는 것을 알았으니, 위안이 되고 감사하네. 이곳의 나는 번번이 찾아가 회포를 풀고 싶지만 병과 일이 많아 뜻을 이룰 길이 없으니, 매우 한탄스럽네.

각장刻匠[2] 충밀忠密은 여러 곳에서 돌을 새기는 일로 분주하다고 하네. 지금 어디에 있는지 모르겠으나, 즉시 공문公文을 발송하여 불러온 다음 공公이 있는 고을로 보낼 생각이네.

우선 이 정도로만 쓰고 이만 줄이네. 삼가 살펴 주시길 바라며 사장謝狀을 올리네.

신묘년(1651) 5월 2일.

두인斗寅 돈頓. 🐚

---

2 각장(刻匠) : 비석을 새기는 것을 전문으로 하는 기술자를 이른다.

【 47. 송규렴(宋奎濂)[1]의 편지 】

前呈覆帖이러니 已登覽否아 至寒轉酷에 想惟政履萬福이닛고 瞻傃不
能舍라 僕은 病狀彌苦하야 日益澌惙하니 自憐奈何오 雖無藥效나 撤盃
無幸하리니 不得不拮据(길거)連服이로되 而材料隨竭無繼之일새 茲敢
更瀆於聽下하오니 非不知再干之爲瀆이나 而亦不能不爾라 殊切歎悚
이니이다 餘萬謹不宣하오니 伏惟令下照하소서 謹上候狀하노이다
甲戌十一月卄二日에 奎濂頓

일전에 답장을 보냈는데 받아보셨는지요? 동지冬至 추위가 점점 심
해지는데 정사를 돌보는 체후가 만복하시겠지요. 그리움을 멈출 수가

---

[1] 송규렴(宋奎濂) : 1630년(인조8)~1709년(숙종35). 자는 도원(道源), 호는 제월당(霽月堂), 본
관은 은진(恩津)이다. 저서에 『제월당집(霽月堂集)』이 있다.

없습니다.

저는 병세가 더욱 심해져 날이 갈수록 기력이 쇠진하니, 스스로 가엾게 여기지만 어이하겠습니까? 비록 약효는 없지만 복용하기를 중단하면 더욱 좋지 않을 듯해 부득불 이리저리 주선하여 연이어 복용하고 있습니다만, 약재가 떨어져 계속할 수가 없습니다. 이에 감히 사정을 환히 아시는 영공께 번거롭게 다시 아룁니다. 거듭 요구하는 것이 번거로운 부탁임을 모르는 바 아니나, 역시 이렇게 하지 않을 수 없으니 매우 한탄스럽고 죄송합니다.

나머지는 이만 줄입니다. 삼가 영공께서는 굽어 살펴 주시기 바랍니다. 삼가 후장候狀을 올립니다.

갑술년(1694) 11월 22일.

규렴奎濂 돈頓.

48. 박세채(朴世采)가
감사(監司) 윤모(尹某)에게 보낸 편지

自令北謫으로 旋復西移하니 非不欲一書相慰나 而所處旣僻하고 又困
於海鄕求山之役하야 訖未遂意하니 只切嚮風馳想而已니이다 卽惟陽
和에 令候起居萬福이닛고 弟는 昨以來省舍姊히야 到洪州杜里村하야
略住數日이로되 而適且有奔走喪威之事하야 莫由躬造寓下하야 小攄
此懷阻菀하오니 則令人愈增媿恨하야 不知所喩也니이다 蓋欲歸過寒食
於安塋하야 今方啓程하야 撥忙略告하오니 更冀隨時自重하야 勿替平日
朋友之望이라 草謝不宣하니 伏惟令下諒하소서 謹狀上하노이다
丙辰二月十五日에 弟世采

令兄 拜候狀上

尹監司 謫所

手決 謹封

영감께서 북쪽으로 유배流配갔다가 다시 서쪽으로 이배移配된 이후로 편지 한 통을 올려 위로하려고 하지 않은 것은 아닙니다만, 거처하는 곳이 외지고 또 해향海鄉에서 산소자리를 구하는 일에 시달려 여태 뜻을 이루지 못하니, 그리운 마음만 간절할 뿐입니다. 따뜻한 봄날에 영감께서는 기거가 만복하신지요?

저는 일전에 근친覲親온 누님을 모시고 홍주洪州(충남 홍성) 두리촌杜里村에 도착하여 며칠 간 머물고 있는데, 마침 또 초상에 달려갈 일이 생기는 바람에 영감이 계신 곳으로 직접 찾아가 조금이나마 쌓인 회포를 풀 길이 없으니, 사람을 더욱 부끄럽고 한스럽게 만들어 무어라 말할 바를 모르겠습니다. 돌아가 안영安塋[1]에서 한식寒食이나 지내고자 하여 지금 막 길을 나섰습니다. 바쁜 가운데 간략히 아룁니다. 더욱 때에 따라 자중自重하시어 평소 친구들의 바람을 저버리지 마십시오. 대충 쓰고 이만 줄입니다. 삼가 영감께서는 굽어살펴 주시길 바랍니다. 삼가 글을 올립니다.

병진년(1676) 2월 15일.

제弟 세채世采.

---

[1] 안영(安塋) : 안(安) 자가 들어간 지역의 선영으로 보이나 확실하지 않다.

【 49. 김이양(金履陽)[1]의 편지 】

愁霖連月에 不審靜履此時萬重고 弟悲苦度日하야 殆不省人間何世
니이다 貞淑翁主誌文與碑記를 竊有可考하오니 幸望搜示하면 當卽奉
還也리이다 鄕信久阻나 而無事則無疑矣니이다 不宣하노이다 卽弟履陽
頓首

　　시름겨운 장마가 여러 달 계속되는데, 정리靜履[2]가 이러한 때에 만
중萬重하신지요? 저는 슬픔과 고통 속에 나날을 지내느라 어떤 인간
세상에 사는지도 전연 모를 지경입니다.

---

1 김이양(金履陽) : 1755년(영조31)~1845년(헌종11). 자는 명여(命汝), 본관은 안동(安東)으로
김상용(金尙容)의 후손이다.

2 정리(靜履) : 상대방이 관직에 있지 않고 조용히 학문에 정진할 경우 '정(靜)'이라는 말을 쓴다.

정숙옹주貞淑翁主[3] 묘지문墓誌文과 비기碑記는 적이 고찰할 것이 있으
니, 바라건대 찾아 보여주시면 즉시 돌려 드리겠습니다.

고향 소식은 오랫동안 끊겼지만 별일이 없음은 확실합니다. 이만
줄입니다.

즉일卽日.

제弟 이양履陽 돈수頓首.

3 정숙옹주(貞淑翁主) : 선조(宣祖)의 딸로 어머니는 인빈 김씨(仁嬪金氏)이며, 신익성(申翊聖,
1588~1644)과 혼인하였다. 신익성의 자는 군석(君奭), 호는 낙전당(樂全堂), 본관은 평산(平山)이
다. 선조의 부마로 아버지는 영의정을 지낸 흠(欽)이다. 문장과 글씨에 모두 뛰어났으며 저서로
『낙전당집(樂全堂集)』이 있다.

Ⅲ. 한시 漢詩

契 會

秋雨菊花動이요

霜天鴻雁來라

情看中表黨이요

樂在淺深杯라

向晚笙歌咽이요

乘酣賦詠催라

不緣修此契면

爭得好懷開오

崔汝和

---

1 최석정(崔錫鼎):「임서하집중간서(林西河集重刊序)」 저자 소개란 참조.

계 모임

가을비에 국화 흩날리고
서리 내리는 하늘에는 기러기 날아오네
정情은 중표中表[2]의 인척으로 여기고
즐거움은 술잔의 깊고 얕음에 있다오
저물녘에 생황에 맞춘 노래 소리 퍼지고
주흥酒興에 겨워 시 지으라 재촉하네
이 모임에 만나지 않았다면
어떻게 좋은 회포를 풀 수 있겠는가

최여화

---

2 중표(中表) : 내외종 사촌 형제를 말한다.

次子容寄韻

莫嗟心事苦蹉跎하라
得意還朝鬢未皤라
芥視功名侍親側하니
如君誠孝世無多라

平生志業幾蹉跎러니
重入天官鬢已皤라
報國無階慙薄劣하니

---

1 이언적(李彦迪) : 1491년(성종22) ~ 1553년(명종8). 자는 복고(復古), 호는 회재(晦齋), 본관
은 여주(驪州)이다. 저서로『회재집(晦齋集)』이 있다.

望雲歸思入春多라

復古曉草

자용子容[2]이 보내온 시에 차운次韻하다

마음에 생각했던 일이 어그러졌다고 탄식하지 말게나
득의하여 조정에 돌아가면 귀밑머리 아직 세지 않으리라
공명을 티끌처럼 보고 부모님을 모시니
그대와 같은 진실한 효성은 세상에 많지 않다오

평생 뜻했던 사업이 거의 어그러져
다시 천관天官[3]에 들어오니 귀밑머리 벌써 하얗네
나라에 보답할 길이 없어 못난 재주 부끄럽고
구름 바라보며[4] 돌아가고픈 생각 봄에 더욱 간절하네

복고復古가 새벽에 씀

---

2 자용(子容): 이언괄(李彦适, 1494~1553)의 자이다. 호는 용재(龍齋)이며 언적(彦迪)의 동생
으로 저서에는 『습재유고(龍齋遺稿)』가 있다.

3 천관(天官): 이조(吏曹)의 별칭이다.

4 구름 바라보며 : 구름 밑에 고향이 있다는 뜻으로, 타향에 있는 자식이 고향의 부모를 그리는 마
음을 말한다. 당(唐)나라 적인걸(狄仁傑)이 병주(竝州)의 법조참군(法曹參軍)이 되어 태행산
(太行山)에 올라 흰 구름이 외로이 나는 것을 보고 좌우 사람들에게 말하기를, "우리 어버이가 저
밑에 계신다." 하면서, 슬픈 마음으로 오래도록 바라보다가 구름이 사라진 뒤에 내려왔다고 한다.
『唐書 狄仁傑傳』

『행초서발문선行草序跋文選』을 내면서

성백효成百曉
(해동경사연구소 소장·한국고전번역원 교수)

얼마 전 정조대왕正祖大王의 어찰御札 299통이 발표되어 학계의 큰 화제가 되었다. 본인은 이 간찰簡札들을 보면서 저것은 누가 탈초하고 누가 번역했을까? 하는 막연한 호기심이 일었다. 그동안 초서草書로 된 간찰들을 연구발표자가 해독한 경우는 거의 없었기 때문이다. 재주는 곰이 부리고 돈은 중국 사람이 챙긴다는 우리 속담이 생각난다. 그래도 지금은 이것을 독해할 수 있는 실력자가 상당수 있지만 이 분들이 학계를 떠나고 나면 그 자리를 누가 메꾸어 줄는지 참으로 암담하다. 한문 독해 능력이 점점 떨어지기 때문이다.

본인이 옛날 국역연수원國譯研修院에서 공부할 때만 해도 원로元老 한학자漢學者들이 포진하고 계시어 초서의 판독이나 원문의 해석에 오류가 없었다. 그리고 그 분들의 해석에 감히 이의를 제기하지 못하였다. 지금은 우리들이 2세 한학자漢學者가 되어 그 자리를 메우고 있는데, 돌아보면 그 때보다 원문교감이 잘 되어 있고 사전류가 발전하였으며 인터넷이 보급되어 원전을 참고하기가 쉬울 뿐, 기본 실력은 절대로 부족함을 통감한다. 그리고 중구난방식衆口難防式으로 잘못된 해석들이 판을 치고 있지만 이것을 바로잡아 줄 권위자가 없는 실정이다.

한문漢文 문장은 나름대로의 문리文理가 있고 성조聲調가 있는데, 이것을 모르고 엉터리로 해석하면서 '이렇게 해석하면 왜 안 되느냐?'고 강변하는 경우를 종종 보게 된다. 참으로 어이가 없다. 한문을 제대로 배우지 않았으니 문리를 알 리 없고, 글을 소리내어 읽어보지 않았으니 성조를 알 리 없다. 한문이 어려운 것조차도 알지 못한다. 한문 번역은 누구나 다 할 수 있는 것으로 착각하고 있다. 그야말로 한학漢學의 맥이 끊기고 만 것이다. 따라서 우리의 전통문화傳統文化도 함께 단절된 것이다.

고전번역교육원古典飜譯敎育院에서 한문을 집중적으로 교육하고 있지만 겨우 오역 없는 번역에만 급급한 실정이다. 초서草書는 물론이요 예학禮學과 성리학性理學, 한시漢詩와 한문漢文의 작법作法은 거의 모두 이루어지지 못한다. 한시와 한문을 짓는 것도 중요하다. 물론 지금 사용하지도 않는 한시와 한문을 무엇하러 짓느냐고 반문하는 자도 없지 않을 것이다. 하지만 실제로 작문을 해 보아야만 한문 문장을 짓는 원리를 알아 뜻을 제대로 파악할 수 있는 것이다.

지난 1998년 민족문화추진회의 국역연수원 시절, 최병준崔秉準 군 등은 상임연구원으로 있으면서 그때까지 간행된 《한국문집총간韓國文集叢刊》 가운데 행초서行草書로 된 서발문序跋文 200여 편을 뽑고, 『행초서발문선行草序跋文選』이란 제목을 붙여 강독講讀하였다. 이 교재는 비록 정본은 아니지만 그런대로 장점이 있었다. 그 이유는 문집 가운데서도 서발문이 대체로 독해하기 어려우며, 초서의 기본을 어느 정도 익힐 수 있고 우리나라 명현名賢들의 유려한 필체를 여러 가지 접할 수 있어서이다.

그 후 본인은 이것을 몇 번 강독하였다. 그러다가 지난해 한국고전번역원韓國古典飜譯院과 성균관대학교成均館大學校가 공동으로 개설한 석박사碩博士 협동과정協同課程에서 그 가운데 초서草書로 된 30여 편을 간추려 뽑아 강독교재로 활용하였는바, 학생들이 국역실습을 위하여 각자 발표한 내용을 번역하고 이를 다시 수정하였다. 초역은 협동과정에 있는 이상아李常娥, 장희성張喜成, 조준호趙埈晧 그리고 성균관대 대학원 한문학과에 있는 배종석裵鍾碩 군이 하였으며, 총괄정리는 이상아가 다시 담당하였다. 여기에 또 호암미술관에서 발간한『조선시대 문인들의 초서 편지글』에서 17편의 서간문과 2편의 한시 등, 총 50편을 모아『행초서발문선行草序跋文選』이라 이름하여 이번에 출간하게 되었다. 서간문書簡文과 한시漢詩는 간행된 원본을 그대로 따르되 약간의 오자와 오역을 수정하였다. 여기에 이 간찰들을 넣은 것은 행서行書에서 간단한 초서草書로, 다시 어려운 초서로의 심화과정을 보여주기 위해서이다. 이에 뽑은 서간문 17편은 어떤 기준이 있는 것이 아니고 대체로 원문 상태가 양호한 것을 취하였다. 이런 까닭에 유명한 분들의 서간문이 빠져있어 아쉽지만 현재 명가名家들의 서간문이 정부의 지원하에 속속 출간되고 있으니, 독자들은 이를 참고하기 바란다.

한편 해동경사연구소海東經史研究所에서는 연구원들이 강독한 한문고전漢文古典의 명저名著들을 속속 출간할 계획이다. 그 동안 이미 강독한 별도의 서발문序跋文과 기문記文, 간찰簡札과 제문祭文, 논론論과 묘비문墓碑文 등 다양한 문체들을 종합 정리하여 출간할 예정이며, 상량문

上樑文과 교서敎書 등의 변려문騈儷文도 강독이 끝나는 대로 출간할 예정이다. 이는 한문공부의 기본을 다소나마 공고히 하겠다는 본인의 간절한 욕구와 이에 적극 호응하는 연구원들의 열의에서 나온 결과라 하겠다. 강호제현江湖諸賢들의 성원聲援과 질정叱正을 기다리는 바이다.

몇 번의 수정을 거쳤지만 오류가 없지 않을 것이다. 정부의 지원이 없이 그저 학생들이 국역을 실습한 것을 가지고 수정과 보완을 거듭하여 출간한 점을 이해해 주기 바란다. 이 책이 행초서의 기본과 서발문의 자습에 다소나마 도움이 된다면 더이상 바랄 것이 없겠다. 끝으로 초역을 해준 네 분과 이것을 종합 정리한 이상아, 서간문을 수정해 준 한국고전번역원의 최병준崔秉準 군, 원문을 교정한 백광인白廣寅 선생, 번역문을 교정해 준 류재성柳在城, 박성자朴成子, 송숙희宋叔姬 씨에게 깊은 감사드리며 책을 발간해주신 도서출판 선 김윤태金倫泰 사장에게도 고마움을 표시하는 바이다.

이 척박한 한국학韓國學의 토양 위에서 참으로 열의를 가지고 한문의 기초를 독실히 공부할 자가 과연 몇 명이나 있겠는가? 절망감에 빠져있는 본인의 뇌리腦裏에 한 줄기 소낙비가 쏴악 내려 기우杞憂가 깨끗이 사라지고 수천 년 지켜온 우리의 전통문화傳統文化가 다시 소생되기를 고대한다.

2009년 5월   일에 한송寒松 성백효成百曉는
해동경사연구소海東經史研究所 동창하東窓下에서 쓰다.

『행초서발문선行草序跋文選』의 발간을 기뻐하며

이문호 李文鎬
(법무법인 프라임 대표 변호사 · 해동경사연구소 이사)

암울했던 IMF 경제위기로부터 1년쯤 지난 1998년 초가을, 법조인法曹人 8명이 모여 우리 사상의 뿌리를 알기 위해 동양고전東洋古典을 배우기로 하고 수소문하여 찾아간 한학자漢學者가 성백효成百曉 선생님이었다. 바쁘신 가운데서도 우리의 청을 거절하지 않고 받아들여 주셨고, 매주 1회 경전經典 강의講義가 시작되었다. 선생님은 『논어論語』의 "多聞厥疑 愼言其餘 則寡尤"라는 구절句節에서 따와서 우리 모임의 명칭을 과우회寡尤會라 칭하여 법조인은 특히 말을 조심하여야 한다는 경계를 주셨다.

2005년 봄 선생님의 강의를 8명만 듣기에 아깝다는 생각을 갖고 있던 우리는 회원을 개방하기 시작하였고, 그 과정에서 우리는 많은 사람들이 동양고전東洋古典에 대한 지식에 목말라하고 있다는 사실을 확인할 수 있었다. 그리하여 현재 50여명에 이르는 회원들이 바쁜 일상 가운데서도 선생님의 강의를 듣고 있다. 선생님은 확대개편 모임의 이름을 구인회求仁會라 칭하셨다.

그러는 가운데서도 우리의 마음을 붙들고 떨어지지 않는 생각은, 선생님의 사상思想과 철학哲學이 담긴 연구결과를 남겨야 한다는 것과, 선생님 이후 한학漢學을 끌고 갈 후학들을 양성하여야 한다는 것이었다. 종래 동양고전에 대한 번역이 정확한 해석이 아니라 역자譯者의 견해를 피력하는 데 치우침으로써 잘못된 해석이 확대재생산되는 폐단이 있었는데, 선생님의 책이 나옴으로써 그 폐단을 고칠 수 있었다. 이제는 정확한 해석을 넘어서 선생님의 사상과 철학이 담긴 연구결과를 내놓음으로써 후학들에게 지침서를 남겨야 한다는 것이 우리의 생각이었다. 또한 한문을 제대로 해독할 수 있는 능력을 가진 분들이 점점 줄어들고 있는 현실을 보면서 선생님의 뒤를 이을 후학들을 양성하는 것이 시급한 과제였다.

그러나 마음만 간절할 뿐 여건이 마련되지 않아 시간만 보내다가 2007년 봄 뜻있는 분들의 성의를 모아 해동경사연구소海東經史研究所를 만들게 되었다. 그 후 부산상공회의소 신정택申正澤 회장님이 우리의 취지에 공감하시고 적극 참여하심에 따라 연구소 활동은 탄력을 받게 되었으니, 이 자리를 빌어 신회장님께 진심으로 감사를 드린다.

이제 해동경사연구소海東經史研究所에서 첫 작품이 나온다고 하니 그 동안의 과정을 지켜보아 왔던 필자로서는 감회가 남다를 수밖에 없다. 초서草書를 해독할 수 있는 능력을 갖추고 있는 분들이 점점 줄어들고 있는 현실에서 이 책이 후학들에게 좋은 교재가 될 것으로 믿으며, 이러한 것이야말로 해동경사연구소가 해야 할 일이라고 생각한다. 이 책이 나오기까지 고생하신 분들께 감사를 드리며 앞으로도 해동경사연구소에서 더욱 많은 연구결과가 나오기를 기대한다.

『행초서발문선行草序跋文選』의 발간에 즈음하여

김성진 金成珍
(법무법인(유) 태평양 변호사)

몇 년 전 이경숙이 도올의 『노자』 해석을 "강아지 풀 뜯어 먹는 소리"라 비판해 세간의 화제가 된 적이 있다. 저잣거리의 삿대질 같은 이 사건에서 중요한 것은 누구의 해석이 옳으냐가 아니다. 이 일을 통해 확인할 수 있는 심각한 문제는 많은 사람들이 한자의 뜻만 알면 각자 소신대로 한문을 해석할 수 있다고 생각하는 경향이다. 이런 안이한 생각들이 전통 문화의 맥을 끊고 있다.

이런 문제의식은 한송 선생님의 가르침을 접하면서 비로소 갖게 된 것이다. 뒤늦은 공부였지만, 그것만으로도 많은 것들이 눈에 띈다. 그 중 한 예를 보자.

마을 사람들이 모두 좋다고 해도 안 되고, 다들 나쁘다 해도 안 된다.
좋은 것은 좋다고 하고, 나쁜 것은 나쁘다 하는 것만 같지 못하다.

(鄕人皆好之未可也, 皆惡之未可也. 不如其善者好之, 其不善者惡之也.)

— 이제현, 『역옹패설櫟翁稗說』

　이 글은 현직 국문과 교수가 2005년에 쓴 책에 '칭찬稱讚'이란 제목으로 나온다. 저자는 척박한 우리나라 고전 번역 분야에서 남다른 열정으로 수십 권의 책을 펴낸 분이라 평소 좋아한 분이다. 하지만 한학을 한 분들이 이 글을 보면 누구나 "허허……" 웃을 수밖에 없을 것이다.

　우선 이 글은 이제현이 『역옹패설』에서 처음 쓴 글이 아니라, 『논어』「자로」 24장의 내용이기 때문이다. 왜 이런 실수가 나오는 지는 명백하다. 과거 학자들에게 사서삼경四書三經은 기본 중에서도 기본인 책이니 만큼, 서로 웬만한 구절은 당연히 인용이라 밝힐 것도 없이 수시로 사용하였다. 그러나 오늘날은 한문 번역을 업으로 삼는 학자들까지도 기본적인 공부라는 것이 없기 때문에 이런 실수가 일어난 것이다. 그렇다면 시대가 달라진 만큼 이를 어쩔 수 없는 일이라고 보아야 할 것인가? 서양의 경우로 바꾸어 생각해 보자. 중세 서양의 신학자인 토마스 아퀴나스가 라틴어로 된 자신의 수필에서 "카이사르의 것은 카이사르에게 돌려라"라는 바이블의 구절을 인용하였다면, 그 당시로서는 그것이 마태오 신약에 나오는 구절이라는 것을 굳이 밝히는 것이 더 이상하였을 것이다. 만약 오늘날 서양의 학자가 아퀴나스의 이 수필을 번역하면서 "카이사르의 것은 카이사르에게 돌려라"라는 말을 예수가 한 말이 아니고 아퀴나스가 한 말로 번역하는 일이 발생하였다면 어떻게 될까? 서양인들은 물론이고 우리나라 사람들조차도 기가 찬다고 웃으면서 통박을 할 것이다. 이렇게 경우를 바꾸어 놓고 보면, 우리가 은연중에 서양의 고전은 당연히 알아야 하지만 우리 고전은 몰라도 별 상관없다는 어처구니없는 생각을 하고 있음을 새삼 깨닫게 된다.

더욱 중요한 문제는 이 글의 번역이다. "마을 사람들이 모두 좋다고 해도 안 되고, 다들 나쁘다 해도 안 된다. 좋은 것은 좋다고 하고, 나쁜 것은 나쁘다 하는 것만 같지 못하다." 좋은 것을 좋다 하고 나쁜 것을 나쁘다고 하다니, 이래서는 이 문장이 무엇을 말하는지 도무지 알 수가 없다. 이 말은 당연히 "고을 사람들이 모두 그를 좋아해도 안 되고, 마을 사람들이 모두 그를 미워해도 안 된다. 착한 자가 그를 좋아하고 착하지 않은 자가 그를 미워하는 것만 못하다."라는 내용이다. 이 예에서 그 많은 한문 고전을 번역해 온 국문과 교수조차도 사서삼경의 주석은 물론 원문조차 제대로 읽어보지 않았음을 알 수 있다.

이것이 엄연한 오늘 우리의 문화 현실이다. 해동경사연구소의 이번 작업은 이 한심한 현실을 타개하기 위한 거보巨步다. 참으로 어려운 여건 속에서도 한결 같은 모습으로 또 하나의 결실을 맺으신 선생님을 뵈면서, 오래 전 강의하시던 중에 혼잣말하시듯 오늘의 세태를 꾸짖던 말씀이 떠오른다.

> "한강 이남과 이북을 연결하는 다리가 그렇게 많은데 오늘도 다리를 건설하느라 수백억 원을 쏟아 붓는다. 수천 년 문화 전통을 잇는 다리는 하나도 없으면서……"

● 참고자료

《한국문집총간》 1, 『서하집西河集』, 임춘林椿

《한국문집총간》 8, 『춘정집春亭集』, 변계량卞季良

《한국문집총간》 9, 『저헌집樗軒集』, 이석형李石亨

《한국문집총간》 10, 『사가집四佳集 Ⅰ』, 서거정徐居正

《한국문집총간》 15, 『대봉집大峯集』, 양희지楊熙止

《한국문집총간》 16, 『매계집梅溪集』, 조위曺偉

《한국문집총간》 16, 『사우정집四雨亭集』, 이식李湜

《한국문집총간》 17, 『농암집聾巖集』, 이현보李賢輔

《한국문집총간》 22, 『정암집靜菴集』, 조광조趙光祖

《한국문집총간》 23, 『충암집沖庵集』, 김정金淨

《한국문집종간》 25, 『입암집立巖集』, 민제인閔齊仁

《한국문집총간》 26, 『잠암일고潛庵逸稿』, 김의정金義貞

《한국문집총간》 28, 『송재유고松齋遺稿』, 나세찬羅世纘

《한국문집총간》 40, 『우득록愚得錄』, 정개청鄭介淸

《한국문집총간》 41, 『오음유고梧陰遺稿』, 윤두수尹斗壽

《한국문집총간》 42, 『제봉집霽峯集』, 고경명高敬命

《한국문집총간》 49, 『겸암집謙菴集』, 유운룡柳雲龍

《한국문집총간》 61, 『계은유고溪隱遺稿』, 이정립李廷立

《한국문집총간》 65, 『한음문고漢陰文稿』, 이덕형李德馨

《한국문집총간》 67, 『사서집沙西集』, 전식全湜

《한국문집총간》 82, 『자암집紫巖集』, 이민환李民寏

《한국문집총간》 91, 『학사집鶴沙集』, 김응조金應祖

《한국문집총간》 92, 『계곡집谿谷集』, 장유張維

《한국문집총간》 95, 『천파집天坡集』, 오숙吳䎘

《한국문집총간》 101, 『호주집湖洲集』, 채유후蔡裕後

《한국문집총간》 126, 『고산집孤山集』, 이유장李惟樟

《한국문집총간》 159, 『창계집滄溪集』, 임영林泳

『世說新語』, 劉義慶 著·金長煥 譯, 살림출판사, 2001.

『詩經集傳』, 成百曉 譯註, 傳統文化硏究會, 1998.

『歷代名人竝稱辭典』, 上海辭書出版社, 2002.

『조선시대 문인들의 초서 편지글』, 林在完 編譯, 三星文化財團, 2003.

『中國歷代人名大辭典』, 上海古籍出版社, 1999.

『韓國古地名辭典』, 田溶新 著, 고대민족문화연구소, 1995.

『韓國文集叢刊 解題』, 民族文化推進會, 2003.

『韓國漢字語辭典』, 檀國大學校 東洋學硏究所, 1997.

『漢語大辭典』, 漢語大辭典出版社, 1995.

『懸吐完譯 古文眞寶』, 成百曉 譯註, 傳統文化硏究會, 2000.

『懸吐完譯 孟子集註』, 成百曉 譯註, 傳統文化硏究會, 1999.

『懸吐完譯 書經集傳』, 成百曉 譯註, 傳統文化硏究會, 2002.

『懸吐完譯 詩經集傳』, 成百曉 譯註, 傳統文化硏究會, 1998.

『懸吐完譯 周易傳義 上』, 成百曉 譯註, 傳統文化硏究會, 1999.

- 네이버 백과사전
  (http://100.naver.com)
- 문화재청
  (http://www.cha.go.kr/index.html)
- 조선왕조실록
  (http://sillok.history.go.kr/main/main.jsp)
- 한국학중앙연구원 한국사기초사전
  (http://yoksa.aks.ac.kr/main.jsp)
- 한국학중앙연구원 한국역대인물종합시스템
  (http://people.aks.ac.kr/index.jsp)